Moustiques

Mrs. Maurier, riche Américaine du Sud, a invité des « artistes » de ses amis à passer quelques jours à bord de son somptueux yacht de plaisance, la *Nausicaa.*

C'est, par un été torride, la surprenante croisière de quatre jours au large de la Louisiane. Les marionnettes fantoches de cette communauté éphémère mènent une ronde savante et pleine de péripéties sous les doigts humoristes d'un animateur de grand talent, autour du thème : « On est toujours trop bon avec les femmes. » Et il est difficile de ne pas croire que l'auteur y croit lui-même.

Issu d'une vieille famille aristocratique du Sud, ruinée par la guerre de Sécession, William Faulkner est né le 25 septembre 1897 à New Albany, Mississipi. Après des études à l'université du Mississipi, il rencontre Sherwood Anderson et publie un recueil de poèmes, le Faune de marbre *(1924). Amoureux de son Sud natal, il mène la vie d'un gentleman-farmer dans sa propriété de Rowan Oak, dans le comté d'Oxford — ce comté d'Oxford qui, sous le nom de Jefferson, servira de toile de fond à la plupart de ses œuvres. Citons, parmi celles-ci,* Moustiques *(1927),* Sartoris *(1929),* le Bruit et la Fureur *(1929),* Sanctuaire *(1931),* Lumière d'août *(1932),* Absalon ! Absalon ! *(1936),* L'Invaincu *(1938),* Descends, Moïse *(1942),* l'Intrus *(1948),* Requiem pour une nonne *(1951),* Parabole *(1954),* la Ville *(1957),* le Domaine *(1959).*

Il meurt subitement le 6 juillet 1962, après la publication de son dernier roman, les Larrons. *Il avait reçu le prix Nobel en 1950.*

William Faulkner

Moustiques

roman

TRADUIT DE L'AMÉRICAIN
PAR JEAN DUBRAMET

Préface de Raymond Queneau

Éditions de Minuit

TEXTE INTÉGRAL.

EN COUVERTURE : Bonnard, *Jeunes Femmes*, Musée du Petit-Palais, Paris. Photo Giraudon.

Titre original : *Mosquitoes.*

ISBN 2-02-005691-7.

Préface

C'est une question que je me pose souvent : où donc les romanciers vont-ils prendre ce qu'ils nous racontent ? En 1927, date de parution de Mosquitoes, *Hemingway venait de publier* The Sun also rises, *Steinbeck, Caldwell étaient inconnus.* Le Soleil se lève aussi, *on sait d'où cela vient : un barman de Montparnasse a même pris soin de le détailler tout au long, et qui est Mike, et qui est Brett, sans dire les noms bien sûr. On peut penser que Hemingway a dû vivre ou voir vivre ou entendre raconter les différents épisodes de son roman. Mais Faulkner, pour* Mosquitoes, *a-t-il jamais participé à une croisière sur une quelconque* Nausicaa *invité par une quelconque Mrs. Maurier ? De tous les écrivains américains, Faulkner est celui dont la vie nous paraît la plus mystérieuse. Les autres, on a l'impression qu'ils n'en ont pas (l'impression seulement, naturellement). Hemingway qu'il s'en est fait une publique.*

Peu d'écrivains, je crois, se soucient de rechercher les « sources », comme on dit en Sorbonne, de leurs œuvres romanesques : ici, ce serait une anecdote entendue, là une lecture de hasard. Lorsque le « travail » est bien en train, lorsque l'auteur est plongé dans son œuvre, alors tout vient s'y jeter, tout devient bon, tout semble s'organiser pour apporter sa contribution, grain de sel ou de calcium, algue ou petit poisson, les coïncidences se multiplient, et les intuitions, les éclairs, les brusques dévoilements, fournissant les épaisseurs, les densités voulues au « plan » conscient. Point n'est besoin d'ailleurs de toutes ces richesses appelées aux transmutations si le soi-disant roman n'est qu'une autobiographie déguisée. Constatation triviale : un jeune romancier débute presque toujours ainsi ; un conflit familial, un amour, les études, le régiment, souvenirs d'enfance même, et voilà un roman. Ensuite il faut vivre, car il faut des éléments pour la seconde œuvre, alors ce sont les débuts dans la vie, la vie d'écrivain tout principalement, la tentative d'écrire. Mais le second roman ne trouve souvent pas d'éditeur.

Oui, ça m'intéresserait de savoir si Faulkner fit jamais une croisière sur une quelconque Nausicaa *invité par une quelconque Mrs. Maurier. Il a commencé avec un recueil de poèmes, ce qui est normal ; avec* Soldier's Pay, *il déglutit la guerre qu'aviateur il a faite. Et il se trouve que* Mosquitoes *est une histoire de high brows, d' « artistes ». Les « artistes » sont personnages fort communs dans la littérature anglo-saxonne. Alors qu'il y a si peu de « vie littéraire » aux Etats-Unis, le nombre de romans dont les héros sont des littérateurs y est considérable, il est peu d'écrivains américains qui n'en ait commis au moins un. La proportion est certainement beaucoup plus élevée qu'en France, où l'on décrit relativement peu les « milieux littéraires », qui y existent pourtant. Peut-être les écrivains français se prennent-ils plus au sérieux (car ces peintures anglo-saxonnes sont toujours satiriques — dans* Mosquitoes *l'ordre de grotesque croissant est le suivant : le sculpteur, le romancier, le critique, le poète, le non-artiste, le mécène), et, plus conscients de l'abîme qui les sépare du vulgaire que l'écrivain américain peu différencié, ne veulent pas révéler les mystères de leur caste.*

Après Mosquitoes *et la triple trivialité du recueil de poèmes, de l'autobiographie et du regard sur soi-même en tant qu'artiste, il n'était guère possible de prévoir ce que serait l'œuvre future de Faulkner. Deux ans après, il publiait* le Bruit et la Fureur. *Qu'avait-il vécu entre-temps ? Il avait résolu un problème de technique, il était passé du monde de l'empirisme chimique dans celui de la théorie verbale. De souffleur, il était devenu alchimiste. Il a raconté à Maurice Coindreau les origines de son troisième roman :*

« J'avais songé qu'il serait intéressant d'imaginer (*le rapprochement de ces deux mots est lui-même « intéressant » : pour le romancier, il est « intéressant d'imagi-*

ner ») les pensées d'un groupe d'enfants le jour de l'enterrement de leur grand-mère (*ce thème, un peu modifié, devait devenir celui de* Tandis que j'agonise, *qui paraîtra dès l'année suivante, en 1930*) dont on a caché la mort, leur curiosité devant l'agitation de la maison, leurs efforts pour percer le mystère, les suppositions qui leur viennent à l'esprit. Ensuite pour corser (*sic — un mauvais romancier peut choisir avec beaucoup de pénétration une anecdote extraordinaire, s'il ne la « corse » pas, le roman est loupé*) cette étude (*nous sommes bien dans le domaine de ce qui est « intéressant », pas de l'anecdote autobiographique, simplement « amusante »*), j'ai conçu l'idée d'un être (*tout comme un mathématicien qui, en face d'intégrales ou d'équations différentielles qui ne se réduisent pas à des types connus, « conçoit l'idée » de nouvelles classes de fonctions*) qui serait plus qu'un enfant (*on va voir que ce qui est « plus qu'un enfant » est un idiot — on a parlé des femmes de Faulkner, il faudrait parler aussi de ses enfants*) un être qui, pour résoudre le problème (*l'enfant et l'idiot ont à résoudre des « problèmes » tout comme le romancier lui-même*) n'aurait même pas à son service un cerveau normalement constitué, autrement dit un idiot (*ici, Faulkner est au-dessous de lui-même, tout comme les géomètres qui, avant Lebesque, « pensaient » que « surface réglée » et « surface applicable sur un plan » étaient synonymes — il est clair qu'il y a d'autres cerveaux non normalement constitués que celui des idiots*). C'est ainsi que Benjy est né. Puis il est arrivé ce qui arrive à bien des romanciers (*on voit donc que Faulkner a réfléchi sur et à l'existence des prédécesseurs et confrères ; un romancier qui n'a pas réfléchi sur et à la technique des autres n'est pas un romancier*), je me suis épris d'un de mes personnages, Caddy. (*Une fille — le romancier peut même s'éprendre d'un vieux barbu de personnage, mais Faulkner est un terrible puritain : son faible pour Jenny et la nièce dans* Mosquitoes *le montre encore très « autobiographique. »*) Je l'ai tant aimée (*ça, c'est gentil et sympa, on voit là qu'on ne se trompe pas quand on aime bien Faulkner*) que je n'ai pu me décider à la faire vivre l'espace d'un conte (*je m'aperçois que j'ai oublié, ou plutôt que je ne voulais pas citer la première phrase de cette entrevue : ce roman, à l'origine, ne devait être qu'une nouvelle*). Elle méritait plus que cela. Et mon roman s'est achevé je ne dirai pas malgré moi, mais presque (*ceci se passe de commentaire, comme on dit*). Il n'avait pas de titre (*le titre est une sorte de slip, de cache-sexe, de dignité*) ; jusqu'au jour où, de mon subconscient (*hm, hm*), surgirent les mots connus (*en pays anglo-saxons bien sûr*). The sound and the fury. Et je les adoptai, sans réfléchir que le reste de la citation s'appliquait aussi bien sinon mieux (*c'est Macbeth, qui scène V, acte V, de la pièce qui porte son nom, dit, dans la traduction de Maeterlinck : « La vie n'est qu'une ombre qui passe, un pauvre histrion qui se pavane et s'échauffe* (*pas mal pour " frets ", peut-être ; " qui s'excite ", serait mieux*) *une heure sur la scène et puis qu'on n'entend plus... une histoire contée par un idiot, pleine de fureur et de bruit* (*Maeterlinck a inversé l'ordre de ces deux mots, sans doute pour des raisons d'euphonie*) *et qui ne veut rien dire* »), à ma sombre histoire de folie et de haine. »

Faulkner était devenu romancier. Dès lors les origines « privées » de ses œuvres sont pour nous de plus en plus obscures, et ce n'est pas la note « intéressante » de Coindreau qui les éclaire : « Les profondes secousses morales sont un facteur puissant dans l'inspiration de William Faulkner. C'est après avoir perdu un de ses enfants qu'il écrivit Light in August, *et* Absalom Absalom *fut composé dans les semaines qui suivirent la mort d'un frère de Mrs. Faulkner, tué dans un accident d'avion. » Oui, je me demande si Faulkner fit jamais une croisière sur une quelconque* Nausicaa *invité par une quelconque Mrs. Maurier.*

Dans ce roman préromanesque, il éprouve encore le besoin de s'exprimer directement. Mieux même, tout comme Charlie Chaplin apparaît incidemment dans A woman of Paris *sous les aspects d'un portefaix, Faulkner fait coucou au détour d'une conversation* (« talk, talk, talk ; the utter and heart-breaking stupidity of Words ») *sous les espèces d'un* « drôle de petit homme... un Blanc, terriblement bruni par le soleil et négligemment habillé... pas de cravate ni de chapeau... un menteur professionnel... pas dangereux : fou, tout simplement ». *Et il a des porte-parole, des masques, on dit pour lui ce qu'il veut dire, le roman lui-même tourne autour du thème : « on est toujours trop bon avec les femmes », et il est difficile de ne pas croire que l'auteur y croit lui-même, bien que l' « inventeur » de cette théorie dans* Mosquitoes *soit lamentablement ridicule (c'est le Mécène). Le puritanisme chez Faulkner et son horreur de la femme, des critiques en ont parlé. Ce serait à voir. Mais en dehors de cette exposition de son puritanisme, Faulkner parle aussi de son art, tout comme « on » le fait normalement dans un second roman.*

Oui, je me demande s'il a jamais fait cette croisière sur une quelconque Nausicaa *avec une quelconque Mrs. Maurier. Le rapport de l'homme à l'œuvre, quoi qu'on en pense, dans un esprit classique, ce n'est pas une recherche méprisable ; et ça transcende l'anecdote. L'écrivain, même crevé, est-il un tel néant que l'œuvre puisse s'inscrire dans la « culture » humaine sans sa signification originelle d'œuvre* DE *quelqu'un ? Alors, ce quelqu'un est quelqu'un. Une littérature commence dans une civilisation lorsque le quelqu'un en question signe Homère, par exemple. On ne peut plus dès lors considérer cette signature uniquement comme quelques lettres assemblées, un mot ultra-particulier, un nom propre à l'abandon, perdu, plus utilisable, sans renoncer à toute curiosité humaine. Que la recherche du rapport soit légitime, cela n'en éclaire pas pour autant ledit rapport, d'ailleurs. On ne saurait jamais prévoir ce que peut écrire un individu ; qu'on le connaisse depuis ikse années, et c'est toujours surprenant. Cet homme d'affaires qui casse des verres lorsqu'il a bu, un jour il vous apporte un manuscrit et c'est une histoire de moines et de miniatures. Cet autre est juge d'instruction, et il réfléchit sur la peinture, avec quels détours. Et ce jeune homme qui n'a l'air de « rien », il est déjà marqué de l'étoile au front rousselienne.*

Tout auteur ressent plus ou moins lui-même l'hétérogénéité de son œuvre par rapport à sa « personnalité ». Il se fait d'ailleurs des illusions lorsqu'il limite cette divergence à la simple personnalité sociale. Dans Mosquitoes, *parmi différents propos sur l'art et la littérature (et où il est dit entre autres que la principale illusion de Mr. Talliaferro est d'avoir l'illusion* « que l'art n'est qu'un camouflage légitime du désir sexuel », *ce qui explique somme toute son mécénat*), *Faulkner attribue à l'un de ses personnages l'opinion suivante :* « Un livre, c'est la vie secrète de l'auteur, le jumeau sombre de l'homme : vous ne pouvez les réconcilier (leur trouver un terrain d'entente) ». *Cela est valable pour une œuvre encore très proche de son auteur : la gémellarité est une parenté : il y a plus de rapports entre la couleur blanche et la couleur noire qu'entre la couleur blanche et une sauterelle, par exemple. Ce n'est qu'avec* le Bruit et la Fureur *que Faulkner donnera au monde ces morceaux de désastre que sont ses romans, et où toute question d'origine se perd vers d'étranges nébuleuses ; ce qui ne m'empêche pas de me demander avec curiosité si Faulkner fit jamais une croisière sur une quelconque* Nausicaa *invité par une quelconque Mrs. Maurier.*

Raymond Queneau.

A Hélène

MOUSTIQUES

Au printemps quand les oiseaux déroulaient leurs chansons stupides dans les guirlandes de verdure, saison riche et sans goût, artificielle et criarde comme les robes des vendeuses de prix-uniques, ils étaient encore jeunes et confiants et parfois vous réussissiez à les tuer. Mais quand, à travers le pâle été, août, comme un grand oiseau langoureux, volait lentement vers le déclin et la mort, ils devenaient gros et méchants ; affairés comme des entrepreneurs de pompes funèbres, rusés comme des prêteurs sur gages, inévitables et sûrs d'eux comme des politiciens, ils étaient venus vers la ville pleins d'une convoitise de paysans, unis comme les membres d'une équipe de football, monstrueux et sans dignité. Ils étaient une plaie publique vue par le mauvais bout de la lorgnette : en somme, c'était la majesté même du destin devenue méprisante à force de présence et de répétition.

Prologue

— L'instinct sexuel, répéta Mr. Talliaferro dans son accent appliqué et avec cette suffisance joviale d'un homme qui tient à part lui pour des vertus les défauts qu'il confesse. Chez moi l'instinct sexuel est particulièrement violent. La franchise élémentaire sans laquelle il n'y a pas d'amitié, sans laquelle, pour parler comme vous autres artistes, deux personnes n'arrivent pas à « communiquer »...

— Sûr, dit son hôte, voudriez-vous vous reculer un peu ?

Il obéit avec une hostilité respectueuse et observa les petits éclats fiévreux du ciseau sous les coups rythmés du maillet. Sous cet éclat silencieux le bois s'effeuillait en petits copeaux parfumés et répandait autour de Mr. Talliaferro comme un nuage de cheveux blonds, donnant ainsi l'impression qu'il se déplaçait, avec son mouchoir à la main, dans quelque cabinet de Barbe-bleue. Il découvrit avec consternation la fine pellicule de poussière qui s'amassait sur le bout de ses souliers vernis. « Le tribut à l'art », pensa-t-il. Il réfléchit un instant sur le spectacle des muscles puissants de son hôte, se demandant ce qui était le plus souhaitable, de ce maillot de corps tendu par l'effort ou de sa propre élégance distinguée, et il se dit qu'il n'avait rien à envier.

— La franchise, reprit-il, m'oblige à reconnaître que l'instinct sexuel est une de mes impulsions dominantes.

Mr. Talliaferro croyait que la conversation (non la discussion) entre personnes d'une même « famille » intellectuelle, consistait à avouer le plus grand nombre possible de choses réputées par les autres inavouables. Il pensait souvent avec regret au degré de complicité auquel il serait parvenu avec ses amis artistes si seulement il avait pris par exemple dans sa jeunesse l'habitude de la masturbation. Mais même cela lui avait manqué.

— Tiens, dit son hôte en le bousculant à nouveau.

— Je vous en prie, murmura furtivement Mr. Talliaferro à qui le contact rugueux et soudain d'un mur rendit à temps son équilibre.

Au bruit mou que fit le drap contre le plâtre, il se redressa vivement.

— Excusez-moi, bafouilla-t-il.

Sa manche reproduisait en blanc le schéma de son bras et il jeta un coup d'œil consterné sur son veston en se hâtant hors de la zone dangereuse. Il alla s'asseoir sur un petit bloc de bois situé plus loin. Se brosser était inutile, mais il songea soudain au fond de son pantalon, se leva précipitamment et étala son mouchoir sur le bois avant de se rasseoir. Chaque fois qu'il venait dans cet endroit, il salissait ses vêtements, mais il y revenait toujours attiré par le désir de voir ceux qu'il admirait accomplir sous ses yeux ce dont il était lui-même incapable.

Le ciseau mordait fermement le bois sous les coups lents du maillet. La lumière qui tombait de la verrière malpropre éclairait le corps musclé, le pantalon taché et les cheveux en broussaille de l'artiste qui poursuivait son travail sans se soucier de la présence de Mr. Talliaferro. Dans son coin d'ombre tiède, celui-ci tapotait machinalement le dos de sa main et commençait à regretter d'avoir sali son costume.

Au-dehors, le vieux « carré » de la Nouvelle-Orléans s'alanguissait comme une courtisane vieille, mais toujours belle, à la fois lasse et avide encore de passion, rêve dans sa chambre enfumée. Au-dessus de la ville l'été somnolait dans la chaude étreinte du ciel. Le printemps et les mois les plus cruels étaient passés, qui arrachent au confortable assoupissement de l'hiver; août s'envolait et appelait septembre, un mois tendre et nostalgique comme un feu de bois.

Mais Mr. Talliaferro n'était plus tourmenté ni par la jeunesse ni par le regret de l'avoir perdue. Dans cet atelier aucune jeunesse d'ailleurs ne venait tourmenter en vous l'individuel ; non, ce qui se trouvait mis en cause dans cette pièce était quelque chose de plus fondamental dans l'homme, quelque chose de réellement immortel ; et la jeunesse, elle, Dieu merci, n'est pas à l'abri de la mort. Ce plancher inégal, ces murs rugueux coupés de petites fenêtres haut placées, sans utilité apparente mais magnifiquement parées, ces linteaux sertis dans l'épaisseur croulante et immaculée des murs avaient abrité naguère des esclaves morts depuis longtemps, réduits en poussière comme l'époque qui les avait produits et qu'ils avaient servie de leur vivant avec une sorte de gentillesse grave et gracieuse... Mais les fantômes des maîtres et des serviteurs hantaient maintenant des lieux plus heureux ; ils étaient allés prêter sans doute leur dignité et leur grâce aux régions surnaturelles. (Après tout, rares sont ceux qui peuvent servir avec dignité, car l'instinct de l'homme serait de travailler pour lui-même, non pour les autres, et c'est aux serviteurs qu'il appartient ainsi d'ennoblir une condition aussi contraire à la nature.)

Au-dessus des toits, lentement teintés de violet, l'objet attirait d'abord le regard et l'on se retournait vivement, comme frappé à l'improviste par un bruit insolite, ou un mouvement. Mais le marbre était immobile et quand à la fin vous parveniez à en détacher le regard en lui tournant le dos, vous retrouviez aussitôt intacte, haute et pure l'impression d'une vitesse et d'un espace enfermé dans ces murs. Puis quand vous le regardiez de nouveau, vous le retrouviez comme avant, passionnément immobile, torse virginal et sans souffle de jeune fille, sans tête ni bras, ni jambes, prisonnier du marbre mais semblant guetter éperdument une occasion de s'en évader : passionné, simple et éternel dans l'obscurité équivoque et dérisoire du monde, il n'y avait rien en lui qui pût venir troubler votre jeunesse ou faire seulement appel à elle, mais quelque chose qui atteignait plutôt dans sa fibre vive l'intégrité même de votre être.

Mr. Talliaferro s'appliqua une forte claque sur le cou.

L'homme au maillet interrompit enfin son travail. Il se redressa, rendant leur liberté aux muscles de ses bras et de ses épaules et, comme s'il n'avait attendu que ce moment, le jour se retira tranquillement, vidant la pièce de sa clarté comme on vide une baignoire en ouvrant la clapet de vidange. Mr. Talliaferro se leva à son tour, et son hôte tourna vers lui son masque sauvage et aigu d'oiseau de proie. Mr. Talliaferro repensa avec amertume à sa manche sale et dit vivement :

— Alors je peux dire à Mrs. Maurier que vous serez des nôtres ?

— Comment ? dit l'autre, brusquement attentif. Bon Dieu non, vous savez bien que j'ai à travailler. Je regrette. Dites-lui que je regrette.

Le désappointement de Mr. Talliaferro se teinta d'exaspération quand il vit l'artiste traverser l'atelier plein d'ombre et prendre sur un banc de bois un broc d'émail auquel il but à longs traits.

— Voyons, dit-il, avec irritation.

— Non, non, répéta l'autre brusquement tout en essuyant sa barbe avec son avant-bras. Une autre fois peut-être, je ne dis pas, mais en ce moment, vraiment j'ai trop à faire pour aller me casser la tête à tenir des conversations. Désolé.

Il se dirigea vers la porte ouverte et y prit un veston léger et une casquette de tweed élimée qui y étaient accrochés. Mr. Talliaferro vit avec un dégoût plein d'envie ces muscles soulever l'étoffe légère des vêtements et se rappela les chairs molles et lymphatiques que recouvrait la flanelle impeccable de son propre costume. L'autre s'apprêtait visiblement à sortir et Mr. Talliaferro à qui la solitude devenait intolérable dans l'obscurité se hâta de prendre son canotier de paille dont le ruban aux couleurs vives se détachait encore plus auprès de l'étroite ligne jaune de sa canne de jonc.

— Attendez-moi, dit-il, je viens avec vous.

— Mais c'est que je sors, répondit l'autre d'un ton hostile.

Mr. Talliaferro fut pris au dépourvu.

— Ah ! je croyais, balbutia-t-il, je pensais...

Le visage de faucon s'attardait doucement au-dessus du sien dans les ténèbres ; il ajouta précipitamment :

— Je pourrais revenir bien sûr...

— Vraiment cela ne vous dérangerait pas ?

— Mais pas du tout, mon cher, pas du tout. Vous savez que vous n'avez qu'à me faire signe, je serai toujours ravi de venir vous voir.

— Vraiment, si j'étais sûr que cela ne vous ennuie pas, je vous demanderais bien un service. C'est pour aller me prendre une bouteille de lait chez l'épicier. Vous connaissez la boutique ? Voici la bouteille.

Puis, dans un de ces mouvements plongeants qui lui étaient propres, il franchit la porte, et Mr. Talliaferro se retrouva un peu surpris et fâché, serrant dans une main une pièce de monnaie et dans l'autre la bouteille poisseuse. Il s'arrêta encore en haut de l'escalier, regarda la haute silhouette enfoncée dans l'obscurité et se tenant sur une seule jambe, comme une grue, il serra la bouteille sous son bras et appliqua une claque sur sa cheville. Parvenu à la dernière marche, Mr. Talliaferro s'engagea dans un corridor sombre et passa devant deux personnes invisibles, qui s'embrassaient dans l'obscurité. Il se hâta vers la porte de la rue. Il s'arrêta encore indécis et ouvrit son veston. La bouteille lui collait aux doigts, il la contempla au travers de cette impression désagréable et en éprouva soudain une vive répugnance. Il ne la voyait pas mais il lui semblait qu'elle était devenue d'une saleté intolérable. Il désirait vaguement quelque chose, un journal peut-être, mais avant d'enflammer une allumette, il jeta un coup d'œil rapide en arrière par-dessus son épaule. Ils étaient partis et il entendit leurs pas dans l'escalier obscur comme une étreinte. L'allumette fit une petite flamme dorée et drue qui courut le long du bâton comme s'il était un cordon de poudre. Le couloir était vide, dallé de pierres froides, il donnait le sentiment de l'humidité et de la moisissure. L'allumette s'était consumée jusqu'à ses ongles polis et il se retrouva plongé dans une obscurité plus intense. Il ouvrit la porte de la rue et le crépuscule pénétra dans l'immeuble, chien violé et silencieux. Serrant la bouteille contre lui, Mr. Talliaferro jeta un regard au-dehors sur le square touffu, sur les palmiers qui se découpaient en noir dans le ciel, sur Andrew

Jackson et son cheval caracolant, son interminable façade du building Pontalba et les trois clochers de la cathédrale qui somnolaient dans la douceur du soir d'août. Il avança timidement la tête, inspecta la rue dans les deux sens. Puis il rentra à nouveau et referma la porte.

Il déploya à contrecœur son mouchoir de fil immaculé et y enveloppa la bouteille avant de la fourrer sous son veston. Puis, ayant constaté au toucher la grosseur qu'elle faisait sur sa poitrine, il la retira à nouveau avec un désespoir croissant et la posa à ses pieds, afin de pouvoir enflammer une autre allumette. Rien pour envelopper cette sacrée bouteille. Son réflexe était de la fracasser contre le mur et il jouissait déjà en imagination du bruit que ferait le verre en éclatant. Mais Mr. Talliaferro était un honnête homme et il ne voulait pas manquer à sa parole. Devait-il donc remonter à l'atelier et prendre un morceau de papier ? Des pas dans l'escalier le tirèrent de son indécision ; il se pencha pour ramasser la bouteille et la heurta ; il entendit son bruit creux par terre, finit par remettre la main dessus et rouvrant la porte se précipita au-dehors.

Le crépuscule violet suspendait de douces lueurs lentes comme des coups de cloche ; le square Jackson était maintenant un lac vert et calme abritant des lumières rondes comme des méduses et éventées par des mimosas argentés, des grenadiers et des hibiscus sous lesquels des cannas et des lantaniers saignaient, saignaient... Le building Pontalba et la cathédrale étaient découpés dans du carton noir et collés à plat sur le ciel vert. La chaussée était déserte, mais de la rue Royale le bourdonnement du trolleybus s'élevait graduellement jusqu'à devenir un tintamarre assourdissant pour s'apaiser ensuite et ne laisser entendre que le glissement de pneus gonflés sur l'asphalte, semblable au déchirement sans fin d'un tissu de soie.

Serrant contre lui la maudite bouteille, Mr. Talliaferro se sentait l'âme d'un criminel. Il marchait le long d'un mur sombre et passa devant les petites boutiques éclairées au gaz d'où s'échappaient des odeurs d'aliments de toutes sortes, peu ragoûtantes et un peu trop mûres ; les marchands étaient assis avec leurs familles sur des chaises longues ; les femmes endormaient leurs bébés au sein en échangeant entre elles les douces syllabes sud-européennes. En apercevant Mr. Talliaferro, les enfants qui couraient fuyaient et allaient se cacher dans l'ombre comme des animaux craintifs, sur la défensive. Il tourna à l'angle de l'immeuble. La rue Royale à cet endroit se divisait en deux bras et il se précipita dans l'épicerie du coin, passant devant le propriétaire qui était assis sur le pas de sa porte, les jambes confortablement allongées, son ventre ballonné d'Italien posé sur ses genoux. Voyant entrer un client, il retira de sa bouche une courte pipe, rota, se leva et entra à son tour dans le magasin. Mr. Talliaferro se débarrassa promptement de sa bouteille. L'épicier rota à nouveau avec bonne humeur.

— Bonjour, dit-il, dans un accent de West-End, bien plus pur que celui qu'affectait Mr. Talliaferro. C'est pour du lait, hein ?

Mr. Talliaferro tendit sa pièce de monnaie, murmura indistinctement quelque chose et regarda l'homme s'emparer de la bouteille sans répulsion et la glisser dans un casier avant d'en prendre une pleine dans un réfrigérateur.

— Est-ce que vous n'auriez pas un bout de papier pour l'envelopper ? demanda-t-il vivement.

— Si, bien sûr, dit l'homme avec amabilité. Voulez-vous que je vous fasse un paquet ?

Ses gestes étaient d'une lenteur exaspérante. Enfin, respirant mieux, quoique encore oppressé, Mr. Talliaferro prit son paquet et sortit dans la rue. Il s'arrêta frappé de stupeur.

Elle avançait, toutes voiles dehors, accompagnée d'une autre femme plus mince qu'elle. Dès qu'elle l'aperçut, elle vira de bord et s'approcha dans un frou-frou soyeux, en faisant cliqueter ses coûteux accessoires, sacs, chaînes et colliers. Sa main grasse et soignée fleurissait parmi les bracelets et les bagues et son visage de chair jaune exprimait un étonnement puéril et confiant.

— Mr. Talliaferro ! Quelle surprise ! s'écria-t-elle en

accentuant le premier mot de chaque phrase selon son habitude.

Elle ne feignait d'ailleurs pas la surprise : Mrs. Maurier se promenait dans le monde, émerveillée toujours de ce que lui apportait la chance ou le hasard, qu'elle l'eût ou non provoqué. Mr. Talliaferro cacha rapidement la bouteille derrière son dos, au risque de la casser et fut contraint de prendre la main que lui tendait Mrs. Maurier, ce qui le condamnait ainsi à ne pas ôter son chapeau. Il l'enleva dès qu'il eut la main libre.

— Je ne m'attendais pas à vous rencontrer par ici, poursuivit-elle. Je suppose que vous êtes venu voir quelque artiste de vos amis ?

La femme mince s'était arrêtée elle aussi et examinait Mr. Talliaferro avec une froide objectivité. Mrs. Maurier se tourna vers elle :

— Ma chérie, dit-elle, Mr. Talliaferro connaît toutes les personnalités intéressantes du quartier, tous les gens qui... qui créent... qui créent des choses, de belles choses. La Beauté, tu sais...

Mrs. Maurier désigna d'un geste vague avec sa main étincelante le ciel où des étoiles commençaient à s'épanouir, gardénias pâles et déjà flétris.

— Oh, excusez-moi, Mr. Talliaferro, je ne vous ai pas présenté ma nièce, Miss Robyn, dont vous m'avez entendu parler. Elle et son frère sont venus réconforter une vieille femme solitaire...

Son regard s'animait d'une coquetterie surannée, et Mr. Talliaferro crut bon de dire :

— Quelle absurdité, chère madame ! Mais c'est nous, vos malheureux admirateurs, qui avons besoin de consolation. Peut-être Miss Robyn aura-t-elle aussi pitié de nous ?

Il s'inclina vers la nièce avec une déférence calculée. Mais la nièce ne manifesta aucun enthousiasme.

— Ah ! fit Mrs. Maurier avec ravissement, voilà bien un exemple des façons chevaleresques du Sud ! Imagines-tu, ma chérie, un homme de Chicago parlant ainsi ?

— Certes non, dit la nièce.

— C'est pour cela, reprit la tante à l'adresse de

Mr. Talliaferro, que je tenais tellement à ce que Patricia vînt séjourner chez moi ; je voulais lui faire rencontrer des hommes qui sont... qui sont... Ma nièce s'appelle comme moi, vous voyez, Mr. Talliaferro, n'est-ce pas gentil ?

Mr. Talliaferro s'inclina de nouveau et fut sur le point de laisser tomber la bouteille ; il la replaça sous son aisselle, par-derrière, d'un geste vif de la main qui tenait déjà son chapeau et sa canne.

— Charmant, charmant ! dit-il.

La sueur mouillait ses cheveux.

— Oh ! je suis vraiment étonnée de vous trouver ici à cette heure, il est vrai que vous l'êtes sans doute tout autant. Je viens de dénicher la chose la plus merveilleuse ! Regardez cela, Mr. Talliaferro ; je voudrais tant savoir ce que vous en pensez.

Elle lui tendit une plaque de plomb sur laquelle un bas-relief d'un rouge et d'un bleu fanés représentait une Madone dont l'expression puérile et étonnée était semblable à celle de Mrs. Maurier elle-même ; l'Enfant, par contre, avait l'air d'un vieillard.

A cause de l'équilibre précaire où se trouvait la bouteille, Mr. Talliaferro n'osa pas étendre la main ; il se pencha vers l'objet.

— Regardez-le à la lumière, insista-t-elle.

— Je vais tenir votre paquet, dit soudain la nièce.

Avant qu'il eût pu s'en défendre, elle lui avait pris la bouteille.

— Oh ! s'écria-t-elle, manquant à son tour de la laisser tomber.

— Comment, mais vous avez vous aussi fait une découverte ? dit Mrs. Maurier. Je vous ai montré mon trésor et, pendant ce temps, vous dissimuliez quelque chose de bien plus beau, j'en suis sûre. Et vous considérez ma trouvaille à moi comme de la camelote, c'est bien ça, n'est-ce pas ?

Elle exagérait sa déconvenue :

— Ah ! que je voudrais être un homme, pouvoir explorer les boutiques toute la journée et faire de véritables trouvailles ! Montrez-nous ce que vous avez, Mr. Talliaferro !

— C'est une bouteille de lait, dit la nièce en examinant soudain Mr. Talliaferro avec intérêt.

La tante poussa un cri ; ses seins se soulevèrent en faisant scintiller ses broches et ses perles :

— Une bouteille de lait ? Seriez-vous devenu artiste, vous aussi ?

Pour la première et la dernière fois de sa vie, Mr. Talliaferro souhaita la mort d'une dame. Mais il était un gentleman, et il ne bouillait qu'intérieurement. Il rit d'un rire forcé.

— Un artiste ? Vous me flattez, chère madame. Mon ambition ne va pas jusque-là. Je me contente d'être simplement un...

— ... Un laitier, suggéra la jeune diablesse.

— ... Mécène, si je puis toutefois me décerner ce titre.

— Ah ! fit Mrs. Maurier en soupirant ; je suis terriblement déçue. J'avais espéré un moment qu'un de vos amis artistes serait parvenu à vous persuader que vous deviez donner quelque chose au monde de l'Art... Non, non, ne dites pas que vous en êtes incapable... Je suis sûre du contraire... avec votre... votre délicatesse d'âme, votre...

Elle agita de nouveau la main vers le ciel au-dessus de la rue du Rempart...

— Ah ! être un homme, sans autres liens que ceux de l'âme ! Et créer...

Elle se retourna vers la rue Royale :

— Mais, vraiment, Mr. Talliaferro, cette bouteille de lait ?...

— Simplement pour mon ami Gordon, dit-il. Je suis allé le voir cet après-midi et je l'ai trouvé tellement occupé que je suis sorti lui chercher du lait pour son souper. Ces artistes !... (Mr. Talliaferro haussa les épaules)... Vous savez comment ils vivent !

— Oui, dit-elle. Le génie !... Un maître sévère, n'est-ce pas ? Il est peut-être sage que vous ne vous consacriez pas à l'Art. C'est une route longue et solitaire. Mais comment va Mr. Gordon ? Je suis continuellement prise par des devoirs que ma conscience ne me permet pas d'éluder. Je suis très consciencieuse, vous savez... je n'ai pas le temps de fréquenter le quartier autant que je le voudrais. J'avais promis à Mr. Gordon de lui faire une visite et de l'inviter bientôt à dîner. Il doit sûrement croire que je l'ai oublié. Je vous en prie, excusez-moi auprès de lui, aussurez-le que je ne l'ai pas oublié.

— Je suis certain qu'il sait quelles sont vos obligations, dit Mr. Talliaferro avec galanterie ; ne vous en inquiétez pas.

— Oui, je ne sais vraiment pas comment j'arrive à faire tout ce que je fais. Je suis toujours surprise quand je dispose d'un moment pour mon propre plaisir.

La nièce virait lentement et gracieusement sur un haut talon ; la courbe de ses jambes, droites et fines comme des pattes d'oiseau et terminées par les taches jumelles et noires de ses escarpins, l'enchantait. Son chapeau formait autour de son visage une petite auréole brillante, et elle portait ses vêtements avec une élégance libertine, comme si elle avait ouvert son armoire en disant : « Allons nous amuser en ville. »

— A propos, dit la tante, et notre croisière en yacht ? Avez-vous transmis mon invitation à Mr. Gordon ?

Mr. Talliaferro se sentit mal à l'aise.

— Oui... Vous savez, dit-il, il est très occupé. Il... il a une commande qu'il doit exécuter dans un délai rapproché.

— Ah ! Mr. Talliaferro ! C'est honteux ! Vous ne lui avez pas dit que je l'invitais. Il va falloir que je le fasse moi-même puisque vous y avez manqué !

— Mais non, vraiment...

Elle l'interrompit :

— Pardonnez-moi, cher Mr. Talliaferro. Je n'avais pas l'intention d'être injuste. Au fond, je suis contente que vous ne l'ayez pas invité. Il vaut mieux que je le fasse moi-même afin de dissiper les scrupules qu'il pourrait avoir. Il est très timide, vous savez. C'est le tempérament artistique, comprenez-vous ? si spirituel...

— Oui, dit Mr. Talliaferro, observant secrètement la nièce qui avait cessé de tournoyer et dont le corps apparemment dénué d'os, se montrait plat et pur comme une sculpture égyptienne.

— Oui, je m'en occuperai moi-même. Je l'appellerai

ce soir ; nous partons demain à midi. Ce sera pour lui un délai suffisant, n'est-ce pas ? Il est de ces artistes qui n'ont pas beaucoup de choses, heureuses gens !

Elle regarda sa montre :

— Juste Ciel ! Sept heures trente ! Il faut que nous filions. Viens, chérie. Pouvons-nous vous déposer quelque part, Mr. Talliaferro ?

— Non, merci. Il faut que je rapporte son lait à Gordon et j'ai ma soirée prise.

— Ah ! c'est une femme, j'en suis sûre ! dit-elle en roulant les yeux d'un air espiègle. Quel homme terrible !...

Elle baissa la voix et lui tapota le bras :

— Prenez garde à ce que vous direz devant cette enfant. Je suis très bohème d'instincts, mais elle est la candeur même.

Sa voix chaude le baignait ; il se rengorgea. S'il avait eu une moustache, il l'aurait caressée.

Mrs. Maurier, soudain absolument ravie, fit tinter et étinceler ses bijoux.

— Mais j'y pense ! Nous allons vous conduire chez Mr. Gordon et j'en profiterai pour l'inviter. C'est parfait ! Quelle chance d'y avoir pensé ! Viens, chérie.

Sans se baisser, la nièce plia la jambe et se gratta la cheville. Mr. Talliaferro, pensant à la bouteille, accepta avec gratitude la proposition de Mrs. Maurier et lui abandonna le haut du trottoir avec une politesse méticuleuse. La luxueuse voiture était accroupie un peu plus loin dans la rue. Le chauffeur nègre ouvrit la portière, et Mr. Talliaferro s'enfonça dans les fauteuils moelleux, caressant sa bouteille et le parfum des fleurs artistement disposées dans le porte-bouquet. Il se promit une voiture pour l'année suivante.

Tandis qu'ils roulaient sans bruit, traversant des espaces de lumière et d'ombre, Mrs. Maurier ne cessait de parler des âmes de Mr. Gordon, de Mr. Talliaferro et de la sienne propre. La nièce ne disait rien. Mr. Talliaferro était conscient de l'odeur fraîche et jeune qui émanait d'elle comme d'un jeune arbre. Quand ils passaient sous des lampadaires, il apercevait sa forme svelte, ses jambes impersonnelles, ses genoux nus, sans sexe. Serrant sa bouteille de lait, il était heureux, et souhaitait que cette promenade ne prît pas fin. Mais la voiture s'arrêta au bord du trottoir, et il lui fallut descendre.

— Je vais monter le chercher et je vous l'amènerai, suggéra-t-il avec un tact prévoyant.

— Non, non, nous allons tous monter, répliqua Mrs. Maurier. Je veux que Patricia voie comment vivent les génies.

— Oh ! pour ça, dit la nièce, j'en ai déjà vu, de ces cocos-là ; il y en a partout. Je vous attendrai.

Elle plia son corps en deux sans effort et se gratta les chevilles avec ses mains brunes.

— C'est si intéressant de les voir chez eux, ma chérie. Tu en seras charmée.

Mr. Talliaferro renouvela sa suggestion, mais Mrs. Maurier le submergea sous un flot de paroles, si bien que, précédant les deux dames à contrecœur, il leur montra le chemin en enflammant des allumettes. Ils gravirent en file indienne l'escalier tortueux, leurs trois ombres monstrueuses singeant leurs gestes sur les vieilles murailles. Longtemps avant d'avoir atteint le dernier étage, Mrs. Maurier peinait et soufflait, ce dont Mr. Talliaferro se réjouit par un sentiment puéril de vengeance. Mais, étant un gentleman, il se le reprocha. Il frappa à la porte et entra.

— Vous voilà de retour ? dit Gordon.

Il était assis sur son unique chaise, et mangeait un épais sandwich, un livre à la main. La lampe sans abat-jour éclairait férocement son maillot de corps.

— Vous avez des visites, dit Mr. Talliaferro.

Mais Gordon n'avait pas besoin de cet avertissement tardif ; il avait déjà vu, derrière son épaule, le visage plein de curiosité de Mrs. Maurier. Il se leva et injuria copieusement le pauvre Talliaferro qui balbutiait :

— Mrs. Maurier a insisté pour monter...

Celle-ci l'emporta une fois de plus :

— Mr. Gordon ! s'écria-t-elle en s'avançant dans la pièce, comment allez-vous ? Me pardonnerez-vous jamais cette intrusion ? Nous venons de rencontrer Mr. Talliaferro dans la rue avec votre lait et nous avons décidé de braver le lion dans son antre. Comment allez-vous ?

Elle lui imposa sa poignée de main chaleureuse et jeta autour d'elle des regards étonnés et ravis.

— Ainsi, c'est donc ici que travaille le génie ! Comme c'est charmant : si original, si... et ça, fit-elle en désignant un coin masqué par un morceau de reps vert, c'est votre chambre à coucher, n'est-ce pas ? C'est délicieux. Ah, Mr. Gordon, je vous envie cette liberté ! Et la vue... vous avez aussi de la vue, n'est-ce pas ?

Elle lui tenait la main et regardait, extasiée, la haute fenêtre inutilisable qui encadrait deux étoiles à l'air las, de quatrième grandeur.

— J'en aurais une, dit-il, si je mesurais seulement deux mètres cinquante.

Elle lui lança un coup d'œil vif et ravi ; Mr. Talliaferro eut un rire nerveux.

— Ce serait délicieux. Je tenais tellement à ce que ma nièce vît un véritable atelier, Mr. Gordon, un atelier où travaille un véritable artiste. Chérie, dit-elle en jetant un regard en arrière sans lui lâcher la main, je te présente à un vrai sculpteur, l'un de ceux dont on attend de grandes choses... Chérie ! répéta-t-elle d'un ton élevé.

La nièce, que l'escalier n'avait pas fatiguée, se tenait devant le marbre.

— Viens parler à Mr. Gordon, ma chérie.

Sous les modulations saccharinées de la voix de sa tante se devinait quelque chose de beaucoup moins sucré. La nièce tourna la tête et l'inclina légèrement sans regarder Gordon. Celui-ci dégagea sa main.

— Mr. Talliaferro me dit que vous travaillez à une commande, dit Mrs. Maurier, de nouveau plus douce que le miel. Pourrions-nous la voir ? Je sais que les artistes n'aiment pas montrer des œuvres inachevées, mais entre amis... Vous savez tous deux combien je suis sensible à la beauté, bien que la nature m'ait refusé le don créateur.

— Oui, dit Gordon en regardant la nièce.

— Je vous avais promis depuis longtemps de venir visiter votre atelier. Vous vous en souvenez ? Alors, je vais profiter de l'occasion pour en faire le tour... Le permettez-vous ?

— Comme il vous plaira. Talliaferro vous servira de cicérone... Pardon...

Ce disant, il se faufila entre eux.

— Oui, comme moi, Mr. Talliaferro est sensible à la beauté de l'Art. Ah ! Mr. Talliaferro, pourquoi vous et moi qui possédons un tel amour du beau, avons-nous été privés de la faculté de le créer au moyen de la pierre, du bois et de l'argile ?

Lorsqu'il s'approcha d'elle, son corps, dans sa courte robe, était complètement immobile. Au bout d'un moment, il demanda :

— Ça vous plaît ?

De profil, sa mâchoire était lourde ; elle avait quelque chose de masculin ; mais de face, elle était simplement tranquille. Sa bouche, aux lèvres pleines et sans couleur, n'était pas fardée ; ses yeux semblaient opaques, comme une fumée. Elle rencontra son regard et remarqua le bleu glacé de ses yeux (semblables à ceux d'un chirurgien, pensa-t-elle) puis elle se retourna vers le marbre.

— Je ne sais pas, dit-elle lentement. Cela me ressemble.

— Comment cela vous ressemble-t-il ? demanda-t-il gravement.

Elle ne répondit pas. Puis elle demanda :

— Puis-je le toucher ?

— Si vous voulez, dit-il en examinant la ligne de sa bouche, son nez plein et droit.

Mais elle ne bougeait pas et il ajouta :

— Ne voulez-vous pas le toucher ?

— J'ai changé d'avis, dit-elle avec calme.

Gordon jeta un regard par-dessus son épaule vers l'endroit de l'atelier où Mrs. Maurier s'extasiait avec volubilité devant un objet, tandis que Mr. Talliaferro acquiesçait en contenant sa colère.

— En quoi cela vous ressemble-t-il ? répéta-t-il.

— Pourquoi n'a-t-elle rien là ?

Sa main brune indiquait d'un geste vif la haute poitrine mince du marbre.

— Vous n'en avez pas beaucoup vous-même.

Elle rencontra encore son regard direct et ne cilla pas.

— Pourquoi devrait-elle en avoir ?

— Vous avez raison, dit-elle sur un ton d'égal à égal. Je comprends, maintenant. Bien sûr ; il ne lui en faut pas. Je n'avais pas bien saisi, tout d'abord.

Gordon examina avec un intérêt accru sa poitrine et son ventre plats, son corps de garçon que démentaient son attitude et la minceur de ses bras. Asexué et néanmoins vaguement troublant. Tout simplement jeune, peut-être comme un poulain, ou un veau.

— Quel âge avez-vous ? interrogea-t-il brusquement.

— Dix-huit ans, si toutefois cela vous regarde, dit-elle sans rancune, les yeux fixés sur le marbre.

Soudain, elle leva ses regards sur lui :

— Je voudrais qu'il soit à moi, dit-elle, envieuse et franche comme une enfant de quatre ans.

— Merci, dit-il. Vous êtes très sincère. Mais vous ne pouvez pas l'avoir, naturellement. Vous le comprenez, n'est-ce pas ?

Elle garda le silence. Il comprit qu'elle ne voyait pas pourquoi le marbre ne pouvait pas lui appartenir.

— Je crois que oui, finit-elle par dire. J'ai pensé que je pouvais toujours essayer.

— Vous ne voulez jamais rater une occasion ?

— Oh, d'ici demain, je n'en aurai sans doute même plus envie... Et, en cas contraire, je pourrais me procurer quelque chose de tout aussi bon.

— Vous voulez dire que si vous le désirez toujours demain, vous pourrez l'acheter, c'est bien cela ?

Sa main, comme si elle eût été un organisme séparé, s'étendit lentement et caressa le marbre.

— Pourquoi êtes-vous aussi noir ? demanda-t-elle.

— Noir ?

— Pas vos cheveux et votre barbe. J'aime bien votre barbe et vos cheveux roux. Je veux dire...

Sa voix tomba. Il suggéra :

— Mon âme ?

— Je ne sais pas ce que c'est, déclara-t-elle tranquillement.

— Moi non plus. Vous pourriez le demander à votre tante. Elle paraît très familière avec les âmes.

— Demandez-le-lui vous-même, dit-elle en jetant un coup d'œil derrière elle ; la voici.

La masse parfumée et dodue de Mrs. Maurier surgit entre eux.

— Merveilleux, merveilleux ! s'exclamait-elle, remplie de l'étonnement le plus sincère. Et ceci...

Sa voix s'éteignit tandis qu'elle contemplait le marbre, sidérée : Mr. Talliaferro lui fit écho, s'attribuant le mérite d'un directeur de spectacle.

— Voyez-vous ce qu'il a saisi ? Le voyez-vous ? s'écriait-il mélodieusement. L'esprit même de la jeunesse ; cette chose que nous désirons tous jusqu'à ce que nos bouches se remplissent de poussière...

Le désir, chez Mr. Talliaferro, n'était plus, depuis longtemps, qu'une habitude insatisfaite et sans objet précis.

— Oui, dit Mrs. Maurier. Comme c'est beau ! Qu'est-ce... qu'est-ce que cela signifie, Mr. Gordon ?

— Rien, tante Pat, trancha sèchement la nièce. Cela n'a pas besoin de signification.

— Mais, cependant...

— Que voulez-vous que cela signifie ? A supposer que cela signifie un chien ou une glace à la crème, quelle serait la différence ? Du moment que c'est beau, cela suffit.

— C'est vrai, s'empressa d'intervenir Mr. Talliaferro pour les apaiser ; une signification objective n'est nullement nécessaire. Nous devons l'accepter comme une forme pure que n'entrave aucune relation avec un objet familier ou utilitaire.

— Oh, oui, sans entraves... (Mrs. Maurier connaissait ce mot-là :) « L'esprit sans entraves, une liberté d'aigle... »

— Taisez-vous, ma tante, dit la nièce, ne soyez pas si sotte.

— Pourtant, ce marbre a ce que Talliaferro appelle un sens objectif, coupa Gordon, brutalement : il représente mon idéal féminin : une vierge sans jambes pour me quitter, sans bras pour me retenir et sans tête pour me parler.

— Mr. Gordon ! s'écria Mrs. Maurier, horrifiée.

Puis, se rappelant une chose nettement objective, elle dit :

— J'allais oublier de vous donner la raison de cette visite tardive... non que nous ayons eu besoin d'une raison spéciale pour... pour... Mr. Talliaferro, comment s'exprimaient donc les Anciens pour dire qu'on s'arrête un moment sur la route de la Vie pour s'agenouiller aux pieds du Maître ?

Sa voix se perdait et son visage prit une expression de douce préoccupation.

— Ou peut-être est-ce à la Bible que je pense ?... Enfin, peu importe : nous sommes venus vous inviter à une partie de yacht ; quelques jours sur le lac...

— Oui, Talliaferro m'en a parlé. Je suis désolé, mais je ne puis y aller.

— Mr. Talliaferro ! Vous m'avez affirmé que vous ne lui en aviez rien dit !

Les yeux de Mrs. Maurier étaient devenus tout ronds.

Pardonnez-moi si je vous ai laissé croire cela, dit Mr. Talliaferro. C'était tout à fait involontaire ; je désirais simplement que vous en parliez vous-même à Gordon afin de le faire revenir sur son refus. La partie ne serait pas complète sans lui, n'est-ce pas ?

— En effet, réellement, Mr. Gordon, ne pouvez-vous changer d'avis ; vous ne voudrez pas nous causer cette déception ?

— Vraiment je regrette ; mais j'ai à travailler.

Mrs. Maurier retourna son visage étonné et malheureux vers Mr. Talliaferro ;

— Il n'est pas possible qu'il n'ait pas envie de venir ; il doit y avoir quelque autre raison. Persuadez-le, Mr. Talliaferro. Il faut absolument qu'il soit des nôtres. Nous avons Mr. Fairchild, Eva et Dorothy ; il nous faut un sculpteur. Je vous en prie, convainquez-le.

— Mais je suis sûr que sa décision n'est pas définitive ; je suis sûr qu'il ne nous privera pas de sa société.

Quelques jours sur l'eau lui feront énormément de bien ; il en sera revigoré comme par un tonifiant. N'est-ce pas, Gordon ?

Le visage de faucon de Gordon les dominait, absent et insupportable d'arrogance. La nièce s'était éloignée ; elle errait à travers la pièce, grave, silencieuse, curieuse et droite comme un peuplier. Mrs. Maurier implorait l'artiste du regard, comme un chien. Soudain, elle eut une inspiration :

— Venez, allons tous dîner chez moi ; nous pourrons discuter à notre aise.

— Vous savez bien que je suis pas libre, ce soir, lui rappela Mr. Talliaferro.

— Oh ! dit-elle, suppliante, en posant la main sur sa manche. Vous n'allez pas me lâcher, vous aussi. Quand les gens m'abandonnent, c'est toujours sur vous que je compte. Ne pouvez-vous pas décommander votre soirée ?

— J'ai peur que cela ne soit réellement pas possible ; pas ce soir, je suis navré...

— Ah ! Ces femmes ! fit Mrs. Maurier avec un soupir. Mr. Talliaferro est un terrible coureur, expliqua-t-elle à Gordon. Mais vous, vous venez, n'est-ce pas ?

La nièce était revenue auprès d'eux et elle frottait le mollet d'une de ses jambes contre le jarret de l'autre. Gordon se tourna vers elle :

— Est-ce que vous y serez ?

— Au diable soient leurs petites âmes, murmura-t-elle. Puis, après avoir bâillé, elle dit :

— Oh, oui je mange. Mais j'irai me coucher bigrement tôt.

Elle bâilla de nouveau, tapotant le large ovale pâle de sa bouche avec ses doigts bruns.

— Patricia ! s'écria sa tante, stupéfaite et choquée. Tu n'en feras rien ! En voilà, une idée ! Venez, Mr. Gordon.

— Non merci. Je ne suis pas libre non plus, répondit-il avec raideur. Une autre fois, peut-être.

— Je n'admets pas votre refus. Aidez-moi donc, Mr. Talliaferro. Il faut absolument qu'il vienne.

— Désirez-vous qu'il vienne dîner dans cette tenue ? demanda la nièce.

La tante, après un bref regard sur le maillot de corps, frémit et répondit courageusement :

— Certainement, si cela lui convient. Que sont les vêtements par rapport à ceci ? (Sa main décrivit un cercle étincelant de diamants...) Vous ne pouvez y échapper, Mr. Gordon ; il faut absolument que vous veniez.

Elle avança la main en direction de son bras. Il l'évita d'un brusque recul.

— Excusez-moi, dit-il.

Mr. Talliaferro évita de justesse son mouvement, et la nièce dit méchamment :

— Il y a une chemise pendue derrière la porte, si c'est cela que vous cherchez. Vous n'avez pas besoin de cravate avec cette barbe.

Il la souleva par les coudes, comme il eût fait d'une table étroite, et la mit de côté, puis son grand corps emplit l'embrasure de la porte et disparut dans l'obscurité du vestibule. Les yeux de la nièce le suivirent. Mrs. Maurier regarda fixement la porte, puis dirigea sur Mr. Talliaferro son regard éberlué.

— Je me demande un peu... Où va-t-il ?

— Il me plaît, déclara soudain la nièce. Je parie qu'il ne reviendra pas.

Il semblait, en partant, avoir vidé la pièce.

— Il ne reviendra pas ? cria la tante.

— C'est ce que je ferais à sa place.

La jeune fille retourna caresser le marbre, en proie à un lent désir. Eperdue, Mrs. Maurier s'adressa à Mr. Talliaferro :

— Où donc..., commença-t-elle.

— Je vais voir, proposa-t-il aussitôt, sortant de sa propre stupeur.

Les deux femmes virent disparaître son dos dans son costume bien coupé.

— Je n'ai jamais rien entendu de pareil de ma vie... Patricia, comment as-tu pu être aussi grossière ? Naturellement il aura été offensé. Ne sais-tu pas combien les artistes sont susceptibles ? Après que je me suis donné tant de mal à le cultiver !

— Quelle bêtise ! Ça lui fera du bien. Il a un peu trop bonne opinion de lui-même.

— Mais enfin, insulter un homme dans sa propre maison ! Ah ! décidément, je ne vous comprends pas du tout, les jeunes. Si j'avais dit une chose semblable à un monsieur, à un étranger... Je me demande où ton père a la tête de te laisser prendre de telles manières.

— Ce n'est pas moi qu'il faut accuser : s'il s'est conduit ainsi, c'est de votre faute. Imaginez que vous ayez été dans votre chambre en chemise et que deux hommes que vous connaissiez à peine y soient entrés et aient essayé de vous obliger d'aller quelque part quand vous n'en aviez pas envie, qu'auriez-vous fait ?

— Mais ces gens-là sont différents, répliqua la tante, froidement. Tu ne les comprends pas. Les artistes ne tiennent pas, comme nous, à ce qu'on respecte leur solitude. En tout cas, artiste ou non, n'importe qui serait froissé...

— Oh, et puis la ferme ! coupa grossièrement la nièce ; vous radotez.

Mr. Talliaferro réapparut, haletant :

— Gordon a été soudainement appelé au-dehors. Il m'a prié de l'excuser et de vous exprimer ses regrets d'avoir dû partir avec aussi peu de cérémonie.

— Alors, il ne viendra pas dîner ! soupira Mrs. Maurier.

Elle avait tout à coup conscience de son âge, de l'imminence de la nuit et de la mort. Non seulement elle n'était plus capable de s'attacher des hommes nouveaux, mais elle ne parvenait plus à retenir ses anciens amis... même Mr. Talliaferro... l'âge, ah ! l'âge... Elle soupira de nouveau.

— Viens, ma chérie, dit-elle d'un ton étrangement doux, calme et pitoyable.

La nièce appuya très fort, ses deux mains hâlées sur le marbre et murmura en guise d'adieu :

— O beauté !

Puis, se détournant vivement, elle dit :

— Allons-nous-en ; je meurs de faim.

Mr. Talliaferro avait perdu sa boîte d'allumettes ; il

était navré. Ils durent descendre l'escalier à tâtons, essuyant la poussière accumulée depuis des années sur la rampe. Le corridor de pierre était frais et humide ; ils le traversèrent rapidement.

La nuit était tout à fait tombée. Le chauffeur nègre était assis dans la voiture, dont il avait fermé les glaces. Dans cette atmosphère familière, Mrs. Maurier recouvra sa belle humeur. Elle tendit la main à Mr. Talliaferro et, sa voix avait retrouvé ses inflexions de coquetterie :

— Alors, vous allez m'appeler ? dit-elle. Mais ne le promettez pas. Je sais combien votre temps est pris... (Elle se pencha, lui donna une petite tape sur la joue)... Don Juan !

Il rit de plaisir. De son coin, la nièce dit :

— Bonsoir, Mr. Tarver.

Le buste légèrement incliné, glacé, Mr. Talliaferro ferma les yeux comme un chien qui attend le coup de bâton, tandis que le temps passait, passait... Il rouvrit les yeux, il ne savait au bout de combien de minutes. Mais les doigts de Mrs. Maurier ne faisaient que quitter sa joue ; dans son coin, la nièce était invisible : la méchanceté incarnée. Il se redressa et sentit ses entrailles gelées reprendre leur place normale.

La voiture démarra ; il la suivit des yeux ; il pensait à la jeunesse de cette fille, à sa jeunesse dure et saine, avec crainte, et aussi avec un désir troublant et malheureux comme un très vieux chagrin. Les enfants sont-ils vraiment comme les chiens ? capables de pénétrer ce qu'on leur cache, et de vous connaître instinctivement ?

Mrs. Maurier se renversa confortablement sur les coussins :

— Mr. Talliaferro est terrible avec les femmes, dit-elle.

— J'en suis convaincue, dit la nièce ; absolument terrible.

Mr. Talliaferro avait été marié très jeune à une fille sans beauté, au visage rond, qu'il avait essayé de séduire.

A trente ans il était veuf, et il en avait maintenant trente-huit. Sa naissance avait été le résultat de travaux biologiques de caractère plutôt empirique, exécutés par deux personnes qui, comme la plupart des gens, n'avaient pas cherché à avoir d'enfants.

La famille, originaire de l'Alabama du Nord, n'avait cessé de se déplacer lentement vers l'ouest, en vertu de cette impulsion de la race qui reste toujours aussi vive, et qu'un certain Horace Greeley résuma en un slogan si atrocement adéquat qu'il n'a pas été tenu d'en observer lui-même la vérité. Ses frères avaient accédé à des milieux très différents, mais cela avait toujours été le fruit du hasard. C'est ainsi que l'un d'eux gagna prématurément le ciel par le truchement du cheval d'un de ses prochains, d'une corde et d'un cotonnier du Texas tandis qu'un second parvint, grâce à une chaire d'humanités dans un petit collège du Kansas, à se faire élire magistrat en annexant des votes qui ne lui étaient pas destinés. Un autre arriva jusqu'en Californie.

On ne sut jamais ce qu'il advint de la sœur de Mr. Talliaferro.

Mr. Talliaferro avait reçu ce qu'on appelle une éducation soignée : il avait été contraint, encore tout jeune et malléable, à faire toutes les choses qui lui répugnaient et à s'abstenir au contraire de celles auxquelles il aurait pu prendre quelque plaisir. A la longue, la nature renonçant à la lutte, il s'y accoutuma. La Nature l'abandonna sans remords : les microbes eux-mêmes paraissaient l'ignorer.

Son mariage l'avait poussé au travail comme la sécheresse pousse les poissons des rivières vers la mer. Il avait eu une vie difficile durant les années qu'il avait passées à changer d'emploi, à suivre un cours par correspondance après l'autre. Il avait acquis une connaissance imparfaite et incorrecte de la plupart des méthodes permettant de gagner de l'argent d'une façon distinguée avant de faire son entrée inévitable au rayon des vêtements pour dames, d'un grand magasin. Là, il crut enfin qu'il avait trouvé sa vocation (il s'était toujours mieux entendu avec les femmes qu'avec les hommes) et, ayant repris confiance en lui-même, il accéda assez aisément à la situation enviée d'acheteur en gros. Il s'intéressait aux femmes et était convaincu que sa compétence en matière de toilette, son goût pour les petites choses qu'elles aiment le rendaient plus clairvoyant qu'aucun autre homme, plus habile à déchiffrer les méandres du cœur féminin. Mais il se contenta toujours de psychologie théorique : bien qu'elle fût alitée et malade, il resta fidèle à sa femme.

Et lorsque la réussite matérielle eut rendu leur vie plus facile, elle mourut. Comme, entre temps, il s'était habitué au mariage et qu'il lui était sincèrement attaché, sa réadaptation fut lente. Peu à peu, cependant, il se mit à apprécier sa nouvelle liberté : il s'était marié si jeune qu'elle lui offrait un champ inexploré. Il aima le confort de son appartement de célibataire situé dans un quartier élégant ; il goûta la routine solitaire de ses journées, le plaisir de rentrer à pied dans la nuit pour conserver sa sveltesse, tout en appréciant les corps gracieux des femmes qu'il rencontrait ; il se disait que, s'il avait envie d'en ramener quelqu'une chez lui, elle serait seule à pouvoir s'y opposer ; il jouissait d'un bon dîner, seul ou en compagnie d'un de ses précieux amis écrivains.

Mr. Talliaferro visita l'Europe en quarante et un jours et il y acquit une allure mondaine, une teinture d'esthétique sûre et un accent précieux ; de retour à la Nouvelle-Orléans, il se sentit un homme complet. Sa seule inquiétude était son début de calvitie ; son seul tourment, la crainte de voir découvrir qu'il était né Tarver et non Talliaferro.

Mais, depuis longtemps, le célibat commençait à lui peser.

Maniant sa canne avec élégance, il entra chez Broussard. Ainsi qu'il l'avait espéré, Dawson Fairchild, le romancier, y était, semblable à un phoque bienveillant qui vient de sortir du lit et n'a pas encore fait sa toilette. Il dînait avec trois autres hommes. Mr. Talliaferro s'arrêta sur le seuil ; un garçon aux joues roses, l'air d'un étudiant de Harvard revêtu du smoking d'un acteur, l'aborda avec politesse. Enfin, Fairchild l'aperçut, le salua et dit quelque chose à ses trois compagnons qui se retournèrent pour regarder le nouveau venu. Celui-ci, pour qui entrer seul dans un restaurant et retenir une table était un supplice, les rejoignit avec soulagement. Le garçon au visage de chérubin fit adroitement passer une chaise d'une table voisine derrière les genoux de Mr. Talliaferro pendant qu'il serrait la main de Fairchild.

— Vous êtes juste à l'heure, dit le romancier en plantant sur la table son poing refermé sur une fourchette. Je vous présente Mr. Hooper. Vous connaissez les autres, je crois.

Mr. Talliaferro subit la poignée de main d'un homme aux cheveux gris dont le visage rond et sérieux rappelait celui d'un maître d'école contrarié et il embrassa du regard les deux autres convives : un grand jeune homme spectral, avec un semblant de duvet clair sur le crâne, la bouche pâle et préhensile, et un homme au type sémitique, chauve, le teint malsain, les yeux tristes et railleurs.

— Nous étions en train de discuter, commença Fairchild...

Avec une calme et inconsciente grossièreté, l'étranger l'interrompit :

— Quel nom avez-vous dit ?

Il fixait Mr. Talliaferro qui ressentit aussitôt un certain malaise et lui répondit. Mais l'autre, l'interrompant à nouveau, demanda :

— Je veux dire votre nom de baptême. Il me semble que je ne l'ai pas entendu.

— Ernest, dit Mr. Talliaferro, très inquiet.

— Ah, oui, Ernest. Pardonnez-moi, mais quand on voyage et qu'on rencontre tous les mardis de nouveaux visages... Quelle est votre impression sur la réunion d'aujourd'hui ?...

Avant que Mr. Talliaferro eût pu répondre, il l'interrompit une nouvelle fois et, s'adressant à toute la table :

— Vous avez ici une organisation magnifique et une ville qui en est digne ; mise à part votre paresse méridionale, vous avez besoin d'un apport de sang du Nord pour développer toutes vos possibilités. Enfin, je ne veux pas vous critiquer ; vous m'avez fort bien traité.

Il se remplit la bouche, mâcha rapidement et, sans laisser à personne le temps de parler, reprit :

— J'ai été heureux que mon itinéraire m'ait fait passer par ici. Cela m'a donné l'occasion de voir la ville et d'être aujourd'hui parmi vous ; je suis content aussi qu'un de vos reporters m'ait offert la chance de connaître votre vie de bohème en me présentant à Mr. Fairchild qui, paraît-il, est écrivain.

Son regard s'arrêta de nouveau sur le visage stupéfait de Mr. Talliaferro.

— J'ai plaisir à constater comment vous conduisez le bon travail, le travail du Maître, dirais-je, car c'est seulement en mêlant Dieu à la vie quotidienne...

Il regarda encore une fois Mr. Talliaferro.

— Comment dites-vous qu'il s'appelle ?

— Ernest, répondit Mr. Fairchild poliment.

— Ernest... Le peuple, l'homme de la rue, le travailleur, celui dont l'existence est dure, sait-il ce que nous représentons, sait-il que nous pouvons lui apporter l'oubli de ses épreuves journalières ? Il ignore l'idéal que nous servons, les bienfaits que nous en retirons pour nous-mêmes, pour vous, pour lui... Et, à propos, ajouta-t-il sur un ton plus terre-à-terre, il y a quelques points dont je vais demain entretenir votre secrétaire. Quel effet vous ont produit mes interventions de ce matin ?

Il fixa Mr. Talliaferro qui demanda, effaré :

— Je vous demande pardon ?

— Que pensez-vous de mon idée de faire croire aux gens qu'ils perdront quelque chose de bon en ne venant pas à l'église ?

Mr. Talliaferro regarda l'un après l'autre ses compagnons d'un air ahuri.

— Serait-ce que vous ne vous souvenez pas de moi ? dit son interrogateur sur un ton froid et mécontent.

— Vraiment, monsieur, je suis désolé...

— Vous n'assistiez pas au déjeuner, aujourd'hui ?

— Non, répondit Mr. Talliaferro avec une chaude gratitude. Je ne bois qu'un verre de petit-lait, à midi. Je prends mon petit déjeuner très tard, vous comprenez. Je crains que vous ne me confondiez avec un autre.

L'étranger le dévisagea longuement, froidement. Le garçon mit un plat devant Mr. Talliaferro qui se jeta dessus en proie à la gêne la plus intense.

— Dois-je comprendre... fit l'autre en posant sa fourchette et en se tournant vers Fairchild avec un air réprobateur... Ne m'avez-vous pas dit que ce monsieur est membre du Rotary Club ?

Mr. Talliaferro, la fourchette en suspens, regarda également Fairchild, incrédule et froissé :

— Moi, membre du Rotary ? dit-il.

— J'avais l'impression qu'il en faisait partie, avoua Fairchild. N'avez-vous pas entendu dire que Talliaferro était rotarien ? demanda-t-il aux autres.

Et comme ceux-ci évitaient de se compromettre, il continua :

— Il me semblait avoir entendu dire par quelqu'un que vous étiez rotarien... mais vous savez comment les bruits se répandent. C'est peut-être à cause de la place importante que vous occupez dans la vie commerciale de notre ville... Talliaferro appartient à l'une de nos plus grandes maisons de couture pour dames, expliqua-t-il. Il est homme à vous aider à trouver le moyen d'intéresser Dieu au commerce. Vous Lui enseigneriez comment on s'entraide, n'est-ce pas, Talliaferro ?

— Non, vraiment, je..., objecta Talliaferro apeuré.

L'étranger l'interrompit de nouveau :

— Il n'y a rien de meilleur sur terre que le Rotary. Mr. Fairchild m'avait donné à entendre que vous en étiez membre.

Il arrêta d'un regard noir les signes de dénégation du pauvre Talliaferro et, tirant sa montre :

— Eh bien, il faut que je me sauve, dit-il. Toute ma journée est minutée. Vous seriez étonnés d'apprendre combien l'on gagne de temps à retrancher une minute par-ci, une minute par-là.

— Qu'est-ce que vous en faites quand vous en avez réuni un bon tas ?

— Assigner un temps limité à tout ce qu'on fait vous

donne plus de dynamisme ; on monte les côtes en première, pour ainsi dire.

« Il suffit d'une goutte de nicotine sur le bout de sa langue pour tuer un chien », songea Fairchild ; à haute voix, il dit :

— Nos aïeux réduisirent l'art de gagner de l'argent à des proverbes. Mais nous les avons battus : nous avons réduit toute l'existence à des fétiches.

— A des mots d'une syllabe qui font bien en gros caractères rouges, corrigea l'homme au type sémitique.

L'étranger les ignora. Il se détourna et fit claquer ses doigts jusqu'à ce qu'il eût attiré l'attention du garçon.

— Dans ces petites villes de second ordre, on manque d'allant, d'efficience dans les affaires... L'addition, s'il vous plaît, ordonna-t-il brusquement.

Le garçon angélique se pencha sur eux :

— Vous avez été contents du dîner ?

— Oui, oui. Apportez la note, voulez-vous, George ?

Et comme le garçon regardait les autres en hésitant, Fairchild se hâta de dire :

— Ne dérangez pas Mr. Broussard ; nous n'allons pas partir tout de suite. Mr. Hooper a un train à prendre. Vous êtes mon invité, Mr. Hooper...

L'autre fit mine de protester en offrant de payer sa quote-part, mais Fairchild répéta :

— Vous êtes mon invité, ce soir. Je regrette que vous soyez obligé de nous quitter aussi vite.

— Je n'ai pas les loisirs dont vous jouissez ici ; je suis sans cesse en route, moi.

Il se leva et donna des poignées de main à la ronde en disant à chacun :

— Bienheureux de vous avoir rencontré.

Il saisit le coude de Mr. Talliaferro de sa main gauche pendant que leurs dextres se serraient, tendit un demi-dollar au garçon qui lui apportait son chapeau et dit à Fairchild :

— Si jamais vous venez dans la petite ville...

— Bien sûr, bien sûr, répondit cordialement Fairchild tandis qu'ils se rasseyaient tous.

L'étranger sortit en courant du restaurant et cria :

— Taxi, taxi !

Il se fit déposer à l'hôtel Monteleone, à l'autre bout de la rue, acheta deux journaux du lendemain à l'aide desquels il passa une heure à somnoler dans le hall, puis monta se coucher et regarda les feuilles imprimées jusqu'à ce que leur ineptie l'eût amené à l'inconscience en faisant le vide dans son cerveau.

— Que ceci vous serve de leçon, jeunes gens, dit Fairchild. Voilà comment on devient quand on adhère à une organisation quelconque. Dès qu'un homme fait partie d'un club ou d'une loge, son esprit commence à se désintégrer. Quand on est jeune, on adhère à des associations parce qu'elles professent un idéal élevé. A cet âge, on croit à l'idéal. C'est bien, aussi longtemps qu'on ne fait pas de cet idéal le critérium de sa conduite. Mais, avec le temps, on entre dans d'autres sociétés ; on vieillit, on devient plus sensé et plus calme. On ne prend plus la peine de croire à ses idées, mais on se met à les appliquer dans sa vie extérieure, dans ses contacts avec autrui. Et quand votre idéal est transformé en une forme de conduite, il cesse d'être un idéal et vous devenez un fléau pour tout le monde.

— C'est de notre faute si les hommes à fétiches nous agacent, dit le Sémite. De nos jours, les croyances sont assez nombreuses pour que chacun puisse appartenir à un groupe quelconque.

— Payer l'immunité ce prix-là me semble un peu trop cher, dit Fairchild.

— Que cela ne vous tourmente pas, dit l'autre. Vous l'avez déjà payé.

Mr. Talliaferro posa sa fourchette et murmura :

— J'espère qu'il n'est pas offensé.

— De quoi ? demanda le Sémite.

Lui et Fairchild regardaient Talliaferro avec bonté.

— Nous avons dû le décevoir, dit Fairchild en riant. Il doit probablement ne pas croire que nous sommes la bohème et douter même que nous soyons artistes. Il s'attendait pour le moins à être invité à dîner dans l'atelier d'un couple non marié et à se voir offrir du hachisch pour tout potage.

— Oui.

— Et à être séduit par une femme en blouse orange et aux jambes nues, ajouta d'un ton sépulcral le sinistre jeune homme.

— Il n'aurait pas succombé, fit observer Fairchild.

— En effet, dit le Sémite, mais, comme à tout chrétien, l'occasion de refuser lui aurait sans doute fait plaisir.

— Très juste, dit Fairchild. Il doit penser qu'à moins de faire la bombe toute la nuit, de s'enivrer et de violer quelqu'un, cela ne vaut pas la peine d'être un artiste.

— Qu'est-ce qui est pire ? demanda le Sémite.

— Dieu le sait, répondit Fairchild. Je n'ai jamais été violé... (Il sirota son café...) Mais il ne serait pas le premier à être désappointé après avoir espéré être violé. J'ai passé beaucoup de temps à m'exposer dans différents endroits et je m'en suis toujours tiré indemne. Hein, Talliaferro ?

Mr. Talliaferro se tortilla, très embarrassé. Fairchild alluma une cigarette.

— Eh bien, si l'on définit le vice : toute impulsion naturelle que nous ne dominons plus, Hooper nous a montré ce soir à quoi mène l'instinct grégaire non contrôlé ; c'est là un vice comme un autre...

Il se tut un instant et reprit après un petit rire gloussant :

— Dieu doit considérer l'Amérique avec consternation : le spectacle des singeries auxquelles se livrent ceux qui prétendent l'aider est bien affligeant.

— Ou amusant, dit le Sémite. Mais pourquoi spécialement l'Amérique ?

— Parce que nos agissements sont beaucoup plus comiques. Les autres nations semblent croire à la possibilité que Dieu ne soit, après tout, ni un rotarien ni un Boy Scout. Nous, nous ne l'admettons pas. A moins de les regarder par-derrière, les convictions sont toujours alarmantes.

Le garçon s'approcha portant une boîte de cigares. Le

Sémite en prit un. Mr. Talliaferro acheva son dîner avec une rapidité bienséante. Le Sémite dit :

— Mon peuple a produit Jésus ; le vôtre l'a christianisé et, depuis lors, vous avez essayé de l'éliminer de votre Eglise. Vous y avez maintenant presque réussi : regardez ce qui l'y remplace ! Croyez-vous que votre nouvel idéal d'une servitude effectuée bon gré mal gré, sans prière ni recours, vaille mieux que votre ancien idéal d'humilité ? Non, non, comme aurait dit l'autre : « En ce qui concerne les résultats, les seuls à bénéficier des machinations spirituelles de l'humanité sont la petite minorité des gens auxquels l'activité elle-même offre l'occasion de prendre un exercice émotif, intellectuel ou physique ; la majorité passive, pour qui la croisade est prêchée, n'y gagne rien. »

— La purge par les mouvements péristaltiques en somme, murmura le jeune homme blond qui cultivait une réputation d'intelligence.

— Etes-vous donc opposé à la religion, d'une manière générale ? demanda Fairchild.

— Certainement pas, répondit le Sémite. Mais la religion n'est générale que lorsqu'elle profite au plus grand nombre de la même façon. Et l'avantage universel de la religion est de débarrasser la maison des enfants le dimanche matin.

— L'école l'en débarrasse cinq jours par semaine, observa Fairchild.

— C'est vrai. Mais je ne suis pas chez moi ces jours-là. La culture m'en éloigne déjà six jours par semaine.

Le garçon apporta son café à Mr. Talliaferro. Fairchild alluma une nouvelle cigarette.

— Alors, vous pensez que le seul résultat de l'instruction est de nous éloigner de notre maison ?

— Quel autre résultat pouvez-vous me citer ? Elle ne nous rend tous ni courageux, ni bien portants, ni heureux, ni sages ; elle ne nous enseigne même pas à rester mariés. En fait, l'éducation moderne ressemble à un mariage conclu à la hâte et dont on passe le reste de sa vie à tirer le meilleur parti possible. Mais comprenez-moi bien : je ne suis nullement hostile à l'instruction. Je crois qu'elle ne vous fait pas beaucoup de mal si ce n'est de vous rendre malheureux et inaptes au travail que les dieux ont infligé aux hommes avant qu'ils aient songé à s'instruire. Si ce n'était pas la culture, ce serait quelque chose d'autre de tout aussi mauvais, sinon de pire ; il faut que l'homme remplisse le vide de son temps, voilà tout.

— Mais, pour en revenir à la religion, l'esprit protestant éternel, murmura le jeune homme blond d'une voix enrouée, avez-vous en vue une religion déterminée ou seulement l'enseignement général du Christ ?

— Qu'est-ce que le Christ a donc à y voir ?

— Il est généralement admis qu'il en a créé une, quels qu'aient pu être ses mobiles.

— Il est généralement admis qu'il faut un effet pour pouvoir discerner une cause, et il est dans les habitudes de l'homme de mettre les erreurs de son temps et de sa race sur le compte de quelqu'un ou de quelque chose de trop lointain, de trop insouciant ou de trop faible pour se défendre. Mais quand vous parlez de religion, vous pensez à une certaine secte, n'est-ce pas ?

— Oui, dit Fairchild ; c'est toujours à la religion protestante que je songe.

— La pire de toutes pour l'éducation des enfants, dit le Sémite. Un catholique ou un israélite peut être religieux chez lui. Mais un protestant chez lui n'est jamais qu'un protestant. Il me semble que la religion protestante a été inventée uniquement pour remplir nos prisons, nos morgues et nos maisons de correction. Je fais allusion à ses formes les plus virulentes et en particulier à celle qui se manifeste dans les petites agglomérations. Comment les jeunes garçons protestants des petites villes, auxquels on interdit le base-ball et autres exutoires, passent-ils leurs dimanches après-midi ? Ils tuent, ils volent et incendient. Avez-vous jamais remarqué combien sont nombreux les accidents produits par des armes à feu qui arrivent à des jeunes gens le dimanche ? Combien de maisons et de granges prennent feu le dimanche après-midi ?

Il s'interrompit et secoua soigneusement la cendre de son cigare dans sa tasse à café. Mr. Talliaferro profita du silence pour tousser et prendre la parole.

— A propos, j'ai vu Gordon, aujourd'hui, dit-il. J'ai tâché de le persuader de se joindre à notre excursion en yacht. Il n'est pas enthousiasmé, bien que je l'aie assuré que nous serions tous enchantés de l'avoir.

— Oh, il s'y décidera, dit Fairchild. Il serait idiot de ne pas se laisser nourrir par elle pendant quelques jours.

— Sa nourriture lui reviendrait assez cher, dit le Sémite d'un ton sec.

Fairchild le regarda et il poursuivit :

— Gordon n'a pas encore fait son apprentissage, vous savez. Tandis que vous, vous avez terminé le vôtre.

— Oh ! fit Fairchild avec un large sourire, oui, je crois que j'ai fait mon temps avec elle.

— Est-elle allée en personne lui proposer l'expédition ? demanda-t-il en s'adressant à Talliaferro.

— Oui, répondit celui-ci en enflammant une allumette pour masquer sa gêne rétrospective. Elle est montée le voir cet après-midi ; j'y étais pendant sa visite.

— Bravo ! applaudit le Sémite.

— Et alors, dit Fairchild, qu'a dit Gordon ?

— Il est parti.

— Il lui a filé sous le nez ? dit Fairchild en riant.

Il jeta un bref coup d'œil vers le Sémite :

— Vous avez raison...

Et il rit de nouveau.

— Il devrait vraiment venir, dit Talliaferro. J'ai pensé que vous pourriez m'aider à le persuader. Le fait que vous serez des nôtres et votre euh... situation assurée dans le monde littéraire...

— Non, répondit Fairchild ; je ne suis pas très fort pour modifier l'opinion des gens ; je crois que je ne m'en mêlerai pas.

— Mais, persista Mr. Talliaferro, son travail en bénéficierait. Et puis, il compléterait notre équipe : un romancier, un peintre...

— Je suis invité moi aussi, intervint le jeune homme blond de sa voix sépulcrale.

— Evidemment, un poète..., dit Mr. Talliaferro avec effusion en s'excusant. J'allais vous mentionner, mon cher. Il y aura deux poètes, avec Eva W...

— Je suis le meilleur poète de la Nouvelle-Orléans, coupa l'autre à nouveau avec une hostilité sépulcrale.

— Oui, oui, acquiesça aussitôt Mr. Talliaferro..., et puis, un sculpteur. Vous comprenez ?

Il implora des yeux le Sémite qui lui rendit un regard bienveillant, sans rien dire.

— Qu'en pensez-vous ? demanda Fairchild.

— Je crois, répondit le Sémite, que nous aurons certainement besoin de Gordon.

Fairchild ricana à nouveau et approuva :

— Oui, je crois que vous avez raison, dit-il.

Le garçon apporta sa monnaie à Fairchild et se tint avec déférence auprès d'eux tandis qu'ils se levaient de table. Mr. Talliaferro se pencha vers Fairchild et prononça quelques mots à voix basse.

— Hein ? fit le romancier d'un ton jovial.

— Si vous pouviez me consacrer une minute... J'aurais besoin d'un conseil...

— Pas ce soir ? demanda Fairchild, effrayé.

— Si, quelques instants seulement, si vous êtes seul...

Il indiqua les deux autres d'un mouvement de la tête.

— Non, non, pas ce soir. Julius et moi passons la soirée ensemble... Une autre fois, voulez-vous ? ajouta-t-il en voyant se rembrunir Talliaferro.

— C'est cela, dit-il avec son infaillible politesse, une autre fois.

La voiture crissa dans l'allée et fit le tour de la maison. Derrière les vignes grimpantes, une lumière éclairait vaguement la véranda. Mrs. Maurier la traversa et entra, tintinnabulante, par une porte-fenêtre. La nièce suivit la véranda jusqu'au coin meublé d'osier et de cretonne où des magazines s'étalaient gaiement sur une table. En manches de chemise, son frère, assis sur un divan, sous une applique, sciait quelque chose qu'il tenait entre ses genoux ; à ses pieds s'amassaient les copeaux. Patricia s'arrêta auprès de lui et se gratta la jambe. La scie grinçait par saccades monotones. Bientôt, il leva la tête :

— Va me chercher une cigarette dans la bibliothèque, dit-il.

— J'en ai une sur moi, dit-elle.

Mais elle fouilla sans succès les poches de sa robe de toile.

— Où diable ?... murmura-t-elle.

Elle regarda dans la poche vide que ses doigts distendaient...

— Ah ! oui !... dit-elle, soudain, et, enlevant son chapeau, elle en retira une cigarette ramollie. Je devrais pourtant en avoir une autre.

Et elle inspecta de nouveau la calotte de son chapeau.

— Prends-la, dit-elle en lui tendant la cigarette et en jetant son chapeau sur le divan à côté de lui.

— Fais attention, ne le mets pas là ; tu vois bien que j'ai besoin de toute la place. Mets-le ailleurs.

Il repoussa le chapeau qui tomba par terre et il accepta la cigarette partiellement vide de son tabac et molle comme un ver.

— Qu'est-ce que tu lui as fait ? Depuis combien de temps l'as-tu ?

Elle s'assit à côté de lui ; il frotta l'allumette contre sa cuisse.

— Comment cela vient-il ? demanda-t-elle en étendant la main vers l'objet qu'il tenait sur ses genoux.

C'était un cylindre de bois, plus grand qu'un dollar d'argent et long d'environ huit centimètres. Il la repoussa de la main qui tenait l'allumette, lui fourrant son coude sous le menton.

— N'y touche pas, je te dis !

— Oh ! ça va bien, dit-elle.

Elle s'éloigna un peu, et il reprit sa scie, posant sa cigarette sur le canapé d'osier, entre eux deux. Une mince colonne de fumée s'en élevait dans l'air tranquille, et, bientôt, une légère odeur de brûlé. Elle ramassa la cigarette, en tira une bouffée et la replaça de manière à ne plus roussir l'osier. Les grincements saccadés de la scie avaient repris. Dehors, au-delà du rideau de vigne, des insectes bourdonnaient dans l'obscurité lourde et douce. Un papillon de nuit sortit du treillis et tourna stupidement autour de la lumière. Elle releva sa jupe pour regarder un petit bouton enflammé sur son genou hâlé. Il reposa la scie. Le cylindre était composé de deux sections s'encastrant l'une dans l'autre. Elle croisa les jambes et se pencha tout contre lui pour le regarder travailler.

— Dis, Gus, combien de temps te faudra-t-il pour le finir ?

Il leva la tête, et tint suspendue la lame. Ils étaient jumeaux ; de même que la mâchoire de la sœur paraissait masculine, celle du frère avait un caractère féminin.

— Pour l'amour de Dieu, dit-il, laisse-moi tranquille. Va-t'en et baisse tes jupes. Ne te lasseras-tu jamais de faire virevolter tes jambes ?

Un nègre en veste empesée se tenait silencieusement au coin de la pièce. Quand ils portèrent leurs regards sur lui, il disparut sans parler.

— Très bien, Walter, dit-elle.

Mais il était déjà parti. Ils le suivirent, laissant la cigarette exhaler sa fumée immobile et répandre dans l'air somnolent l'odeur de l'osier grésillant.

« Idiot, fou maudit et délaissé des dieux, ton travail est là à accomplir, la forme qui tend vers la liberté à force de sueur et de ruse, elle veut se libérer des chaos plus satisfaisants pour toi que ton pain quotidien, rêves de fou qu'on peut posséder dans un corps — le garçon vierge de ton âme est cocufié par le démon de l'utilité cocufiée et dérisoire. »

L'entrepôt et le dock formaient un rectangle sans perspective ; au-dessus, plats comme du carton, les mâts d'un cargo se détachaient sur un espace plus clair, sur un ciel moins imminent et las. « Forme et utilité, se répétait Gordon. Ou forme et hasard. Ou hasard et utilité. » Dans l'obscurité de l'entrepôt où des hommes avaient peiné, sur le plancher vide, récemment encore encombré de camions trépidants, il marchait parmi les odeurs trop succulentes du café, de la résine, du chanvre et des fruits, entouré de fantômes.

Les flancs renflés du navire, son gaillard d'avant et sa poupe élevaient leur superstructure sombre sur le ciel, bouchant la vue. La rivière invisible poursuivait contre la coque son murmure incessant, elle la berçait et simulait le bruit de la mer autour des piles du débarcadère. La courbe de la rive et celle du fleuve s'embrassaient comme le corps de deux dormeurs enlacés ; au loin, face au Point, des lumières vacillaient comme des cendres encore vivantes, dans le vent. Gordon s'arrêta et, penché au bout de l'embarcadère, il regarda fixement l'eau.

« Des étoiles dans mes cheveux, dans mes cheveux et dans ma barbe, je suis couronné d'étoiles... Le Christ lui-même n'a-t-il pas sculpté dans l'espace le corps tragique et placide d'une femme qui conçoit sans plaisir et enfante sans douleur... Travaille, imbécile, et si tu veux réchauffer ton satané corps, pourquoi recourir à l'impureté, le whisky ne suffit-il pas, ou le ciseau et le maillet, et l'écureuil ne se refroidit pas dans sa cage. Et que vas-tu lui dire maintenant de nouveau et d'amer ? Songe que quelque part, sous sa robe, deux petites limaces roses montrent leurs cornes malgré elles... et tu en ressens déjà un dégoût. Mais enduis donc à jamais tes ailes de cire à la moiteur inodore de ses cuisses... et étrangle ton cœur avec ses cheveux, imbécile, fou maudit et délaissé des dieux... »

Il rejeta la tête en arrière et éclata d'un rire énorme dans la solitude. Sa voix s'élevait comme une sombre houle, et s'éteignait, par-dessus le fleuve obscur ; puis, de l'autre rive, un écho moqueur et sans joie la renvoyait et s'éteignait lentement à son tour. Il continua de fouler la jetée qui sentait la résine. La noire monotonie du mur s'interrompit et il revit les lumières de la ville. Il tourna le dos à la rivière et se trouva bientôt au milieu des wagons de marchandises anguleux et menaçants ; sur la voie, bien plus loin qu'il ne semblait, une locomotive l'éblouit de son regard farouche ; elle haleta et éclaboussa le sol de filaments d'acier incandescents.

Une lune, usée comme une vieille monnaie, apparut, bas dans le firmament. Il continua sa route. Au-dessus des bananiers et des palmiers, les clochers de la cathédrale s'élançaient, dénués de relief, dans le ciel chaud. Vu au travers des hauts barreaux de la grille, le square Jackson avait l'air d'un aquarium; verdures humides et immobiles de toutes nuances, depuis le vert-noir jusqu'au vert nuageux de l'absinthe et au vert argenté des mimosas; au centre du jardin, sur son coursier fougueux, Andrew émettait de pâles lueurs comme si lui aussi, avait été récemment mouillé.

Il traversa la rue et longea le mur, dans l'ombre. Devant sa porte, se tenaient deux silhouettes indistinctes.

— Pardon, dit-il en touchant la première.

L'autre se retourna :

— Le voilà ! Hello, Gordon, nous vous cherchions, Julius et moi.

— Ah ! fit Gordon, dominant les deux autres de sa haute taille, lointain et arrogant.

Fairchild enleva son chapeau, s'essuya le visage et agita son mouchoir autour de sa tête.

— Je ne déteste pas la chaleur, expliqua-t-il, et même je l'aime. Comme un vieux cheval de course, vous comprenez ? Il veut bien courir, mais quand le froid lui raidit les muscles et que ses os lui font mal, les jeunes le battent facilement. Cependant, lorsque, vers le 4 juillet, le soleil devient chaud, que les muscles du vieux cheval se détendent et que ses os ne gémissent plus, les jeunes n'ont plus qu'à se bien tenir.

— Vraiment ? répéta Gordon, le regard fixé sur la nuit au-dessus de la tête les deux autres.

Le Sémite retira son cigare :

— Il fera meilleur sur l'eau, demain, dit-il.

Gordon rêvassa encore un instant, puis la mémoire lui revint soudain, il poussa le Sémite et dit en sortant sa clé :

— Montez chez moi.

— Non, non, dit Fairchild, nous venions simplement pour savoir si vous n'aviez pas changé d'avis, si vous ne viendriez pas demain nous rejoindre dans le yacht de Mrs. Maurier. Nous avons vu Tal...

— Moi aussi, interrompit Gordon. Je viendrai.

— Voilà qui est bien, dit Fairchild avec cordialité. Vous ne le regretterez sans doute pas trop. Il s'amusera peut-être, vous savez, Julius. Du reste, vous ferez bien d'aller jusqu'au bout et d'en être débarrassé ; après cela, elle vous laissera tranquille. On ne peut pas se permettre d'ignorer les gens qui possèdent des automobiles et qui tiennent table ouverte, n'est-ce pas, Julius ?

— Certainement, répondit le Sémite. Du moment qu'il s'agglutine à des gens (ce qu'il ne peut éviter), mieux vaut qu'il les choisisse parmi les possesseurs de voitures, de whisky et de bonne nourriture, et aussi peu intelligents que possible. De toute façon, elle ne le gardera pas très longtemps. Cela durera avec lui encore moins qu'avec nous.

— Oui, je crois que vous avez raison. Mais il devrait conserver l'oeil dessus. Quand on ne peut ni monter ni atteler une bête, il est bon de la garder dans un pâturage peu éloigné ; l'occasion peut se présenter de la troquer contre un objet intéressant, vous savez.

— Une Ford, par exemple, ou un poste de radio, suggéra le Sémite. Mais votre image est à l'envers.

— A l'envers ?

— Oui, vous vous êtes placé au point de vue du cavalier.

— Oh ! fit Fairchild... « Ford » n'est pas mal.

— Je trouve « radio » assez bien, dit l'autre avec suffisance.

— La ferme ! dit Fairchild en remettant son chapeau. Alors, c'est décidé, Gordon, vous venez avec nous ?

— Oui. Vraiment vous ne voulez pas monter ?

— Non, non, pas ce soir ; je connais votre logement.

Gordon ne répondit rien ; Fairchild reprit :

— Eh bien, je vais lui téléphoner de vous envoyer une voiture demain. Venez, Julius, allons-nous-en. Je suis content que vous ayez changé d'avis. Bonne nuit. Venez, Julius.

Ils traversèrent la rue et entrèrent dans le square. A peine la grille franchie, une joie silencieuse et démoniaque s'empara d'eux, les assaillant de derrière chaque feuille et chaque brin d'herbe.

— Bon Dieu ! s'écria Fairchild en brandissant son mouchoir ; allons aux docks. Ils sont peut-être déserts à cette heure.

Il prit un pas accéléré, le Sémite cramponné à son cigare éteint avait peine à le suivre.

— C'est un drôle de type, dit-il.

Ils attendirent qu'un trolley fût passé, pour traverser la rue. Deux mâts sveltes formaient un angle aigu au-dessus de la masse rectangulaire de la jetée et de l'entrepôt. Ils passèrent entre deux bâtiments obscurs et s'arrêtèrent de nouveau tandis qu'un chariot mobile traînait une longue file de wagons sur la voie.

— Il devrait se distraire davantage, dit Fairchild. On ne peut être tout le temps un artiste ; de quoi devenir fou.

— Vous ne le pourriez pas, en effet. Mais c'est que vous n'êtes pas un artiste. Il y a quelque part en vous une sorte de sténographe affolé qui a le don de comprendre les gens ; mais, extérieurement, vous pourriez être n'importe quoi. Vous n'êtes un artiste que lorsque vous parlez des hommes, tandis que Gordon n'est pas un artiste seulement quand il taille le bois ou la pierre. Je crois qu'il est très difficile à un homme de son espèce d'entretenir avec ses semblables des relations normales. Les artistes sont tous trop occupés à jouer avec leurs propres âmes ; les gens ordinaires ne veulent ou ne peuvent pas s'intéresser à un homme comme Gordon ; il n'a le choix qu'entre la misanthropie et le bavardage interminable de ses sœurs de lait esthétiques des deux sexes. Surtout que le sort le fait vivre en dehors de New York City.

— Vous voilà de nouveau en train de dénigrer notre quartier Latin. Où est votre amour-propre civique ? Où est même votre politesse la plus élémentaire ? Le chien ne mord pas la main qui lui offre du pain.

— Voilà bien le langage de l'Indiana. Etes-vous donc tous nés avec un complexe dans ce pays ? ou l'acquérez-vous quand vos cous se hâlent ?

— Oh ! C'est vrai que nous autres Nordiques sommes désavantagés, répliqua Fairchild d'un ton onctueux où l'autre décela comme une fausse franchise. Nous sommes obligés de nous attacher à quelque endroit terrestre ; nous savons bien que ce n'est qu'un pis-aller, mais nous ne pouvons faire mieux. Vous autres, vous avez tout le ciel pour patrie, mais nous...

— J'excuserai n'importe quoi excepté l'impardonnable maladresse de cette phrase. Pourtant, l'idée n'est pas mauvaise. Pourquoi ne l'offrez-vous pas à Mark Frost ? — dans ses grandes lignes, bien entendu ? il vous la débrouillerait. Vous pourriez alors l'utiliser tous les deux... pourvu que vous soyez assez vif, naturellement.

Fairchild éclata de rire.

— Maintenant, voilà que c'est notre vie de bohème de la Nouvelle-Orléans que vous prenez à partie, dit-il ; si elle vous déplaît, ne nous fréquentez pas. Moi, je l'aime ; elle présente une futilité charmante, comme...

— Comme un club sportif où l'on jouerait au croquet au lieu de jouer au golf, suggéra Julius.

— Oui, quelque chose de ce genre, convint Fairchild.

Ils pénétrèrent dans l'entrepôt, parmi les fantômes de tous les coins de la terre.

— Un joueur de croquet n'arrive peut-être pas à grand-chose, continua Fairchild ; mais que pensez-vous de l'homme qui se contente de critiquer le jeu ?

— Eh bien, je suis pareil au reste des immortels ; il faut que je passe le temps d'une manière ou d'une autre afin de me préparer à passer l'éternité.

Ils avancèrent sur le débarcadère ; il y faisait plus frais. Deux bacs passaient et repassaient comme un couple de cygnes dorés pendant les préliminaires de l'amour. La grève et le fleuve s'incurvaient jusqu'au rivage lointain où de petites lumières tremblotaient dans la nuit.

Ils enlevèrent leurs chapeaux ; le Sémite jeta son cigare éteint qui tomba sans bruit dans l'eau silencieuse.

Le premier jour

Dix heures.

Dans le bassin, la *Nausicaa* était belle à voir avec sa carène blanche rebondie, sa superstructure d'acajou et de cuivre et son pavillon à la drisse. Le vent fort qui soufflait du lac apportait déjà à Mrs. Maurier le goût de la mer, elle s'était coiffée de sa casquette de yacht et donnait libre cours à ses transports sans objet. Ses deux voitures avaient fait plusieurs voyages et en feraient encore plusieurs autres, cahotant à l'allure d'une tortue sur la mauvaise route macadamisée parsemée de bouchons de Coca-Cola. Joie de départ sous un ciel sans nuages, joie de laisser derrière soi la ville accablée de chaleur et de sentir la violente caresse du vent. Mrs. Maurier était heureuse et excitée ; elle accueillait en faisant cliqueter ses accessoires les invités qui arrivaient, les uns après les autres, chacun et chacune muni d'un pot de crème d'amandes et d'une bouteille de lotion brunissante, en poussant quelque exclamation nautique sous les regards maussades des passants rassemblés sur le quai.

Sur le pont supérieur où le steward leur ouvrait des transatlantiques, les invités formaient un groupe aux couleurs gaies ; ils portaient des robes de batik, des cravates flottantes et des cols Danton. Mark Frost, le jeune homme lugubre qui publiait de temps à autre un poème de quatre ou sept vers, cérébral et obscur, semblable à une évacuation laborieuse et incomplète, faisait seul exception. Il était vêtu de serge foncée avec un col haut empesé. Après avoir emprunté une cigarette au steward, il s'étendit immédiatement de tout son long sur le premier fauteuil venu, selon son habitude. Mrs. Wiseman et Miss Jameson, qui encadraient Mr. Talliaferro, fumaient aussi. Fairchild, Gordon, le Sémite et un étranger rubicond habillé d'un épais complet de tweed, portant tous de lourdes valises, étaient descendus directement en bas.

— Y sommes-nous tous ? Y sommes-nous tous ? chantonna Mrs. Maurier en roulant les yeux.

Sa nièce se tenait devant le bastingage auprès d'une douce jeune femme blonde dont la robe verte était légèrement tachée. Elles regardaient toutes deux la rive où, à l'extrémité d'une passerelle, un jeune homme flânait avec quelque chose d'hostile dans son attitude, en fumant des cigarettes.

— Mais qu'est-ce qu'il a ? Pourquoi ne monte-t-il pas à bord ? demanda la nièce sans tourner la tête.

Bien que le jeune homme eût l'air de ne prêter aucune attention au bateau, on sentait qu'il y était, par la pensée, boudeur et combatif.

— Hé, cria la nièce, puis elle dit : Comment se nomme-t-il ? Ne feriez-vous pas bien de l'appeler ?

La blonde fit : « Pete ! » d'une voix contenue. Le jeune homme bougea son canotier d'un centimètre, et la blonde lui adressa un salut de la tête. Il repoussa son chapeau sur l'occiput, donnant l'impression d'être assez éloigné.

— Ne venez-vous pas avec nous ? demanda la blonde, sur le même ton.

— Qu'est-ce que vous dites ? répondit-il si fort que tout le monde le regarda ; le poète allongé, lui-même, leva la tête.

— Venez à bord, Pete, cria la nièce. A quoi pensez-vous ?

Il tira une autre cigarette de son paquet, boutonna son étroit veston et dit de sa voix sonore :

— Eh bien, je m'y décide.

Tandis qu'il franchissait la passerelle, Mrs. Maurier le regardait avec son expression d'étonnement puéril. Il l'évita poliment et gravit l'échelle avec l'agilité fluide de la jeunesse.

— Etes-vous le nouveau steward ? lui demanda-t-elle en hésitant.

— Oui, madame, dit-il courtoisement, et il mit sa cigarette entre ses lèvres.

Les autres invités le dévisagèrent fixement ; il inclina son chapeau en avant et passa devant eux pour rejoindre les deux jeunes filles à l'arrière du bateau. Mrs. Maurier suivit des yeux son veston boutonné, puis, elle remarqua la blonde et dit :

— Mais, Patricia, qui est ?...

— Oh, oui, répondit la nièce, c'est... (Et, se tournant vers sa compagne :) Quel est votre nom, Jenny, je l'ai oublié.

— Geneviève Steinbauer, dit la blonde.

— ... Miss Steinbauer, reprit Patricia ; et celui-là est Pete Machin. Je les ai rencontrés en ville. Ils ont envie de venir avec nous.

Mrs. Maurier promena un moment son regard stupéfait de la vague beauté mûre de Jenny au visage audacieux et gênant de Pete.

— Mais n'est-ce pas le nouveau steward ? dit-elle.

— Je ne sais pas, répondit la nièce en regardant de nouveau Jenny.

Jenny n'en savait rien, et Pete lui-même était d'une imprécision troublante.

— Je ne sais pas. Vous m'avez dit de venir, dit-il en accusant la nièce.

— Elle demande, expliqua celle-ci, si vous êtes venu pour travailler sur le yacht.

— Jamais de la vie, répliqua vivement Pete. Je ne suis pas marin. Si elle s'attend à ce que je lui fasse marcher son bachot... Nous retournons en ville, Jenny et moi.

— Il n'est pas question que vous le dirigiez ; elle a des hommes exprès pour ça. Du reste, tante Pat, votre steward est là. Pete avait tout bonnement envie de venir avec Jenny.

En effet, le steward descendait l'échelle de la dunette, chargé de bagages. Elle dirigea de nouveau ses regards sur Pete et Jenny, mais la voix du capitaine l'arracha à cette contemplation : il voulait savoir s'il devait démarrer.

— Sommes-nous tous là ? chantonna Mrs. Maurier, oubliant Jenny et Pete. Où est Mr. Fairchild ?

Elle agitait sa figure ronde, essayant de compter les passagers et répéta :

— Où est Mr. Fairchild ?

Sa voiture faisait marche arrière et se préparait à tourner ; elle cria un ordre au chauffeur qui stoppa, obstruant le passage, et baissa la tête avec résignation.

— Mais il est ici, intervint Mrs. Wiseman ; il est arrivé avec Ernest.

Mr. Talliaferro confirma, et Mrs. Maurier, affolée, recommença à compter les têtes. Un marin sauta à terre et détacha les amarres sous les yeux moroses des passants. Le timonier passa la tête par la fenêtre du rouf et échangea avec son aide des propos acerbes. Le marin bondit à bord, et la *Nausicaa* remua légèrement comme si elle s'éveillait en soupirant silencieusement. Le steward enleva la passerelle ; la sonnette du téléphone de la chambre aux machines tinta au coin. La *Nausicaa* s'éveilla davantage, frémit lentement et pendant qu'une trouée d'eau se formait entre le quai et le bateau sans la moindre sensation de mouvement, la seconde voiture de Mrs. Maurier apparut, klaxonnant follement ; assise à plat sur le pont en train de retirer ses bas, la nièce dit :

— Voilà Josh.

Mrs. Maurier hurla. La voiture s'arrêta et son neveu en descendit sans se presser. Le steward déroula le câble de poupe, le ramassa et le lança par-dessus la trouée d'eau qui s'élargissait. Le téléphone tinta, la *Nausicaa* soupira, se rendormit avec un bercement tranquille.

— Dépêche-toi, Josh ! lui cria sa sœur.

Deux flâneurs saisirent le bout de la corde et enfoncèrent leurs talons dans le sol pendant que le neveu, sans veston ni chapeau, s'approchait d'un pas de promenade et grimpait à bord, portant à la main une scie de charpentier neuve.

— Il a fallu que j'aille en ville en acheter une, expliqua-t-il sans aucune confusion à sa tante ; Walter n'a pas voulu que j'emporte la vôtre.

Onze heures.

Mrs. Maurier finit par acculer sa nièce dans un coin. On avait laissé derrière soi la Nouvelle-Orléans, le bassin, le yacht-club ; la *Nausicaa* filait gaiement sous un ciel bleu et somnolent, la petite vague qu'elle poussait devant elle s'écartant comme un éventail. Les invités de Mrs. Maurier ne pouvaient plus lui échapper. Ils s'étaient confortablement installés sur le pont et n'avaient rien d'autre à faire que de se regarder les uns les autres en attendant le déjeuner. Tous, excepté Jenny et Pete. Pete tenait son chapeau pour l'empêcher de s'envoler, il était toujours debout, devant le bastingage d'arrière, à côté de Jenny. Elle avait un air doux et enjôleur auquel il répondait par une indifférence qui couvait sa colère.

Mrs. Maurier poussa un soupir de soulagement et fonça sur sa nièce.

— Patricia, lui dit-elle, pourquoi donc as-tu invité ces deux... jeunes gens ?

— Dieu seul le sait, répondit la nièce, mais si vous désirez faire demi-tour et les débarquer, ce n'est pas moi qui vous empêcherai.

— Mais enfin, pourquoi les as-tu invités ?

— Je ne pouvais pas deviner qu'ils seraient aussi ennuyeux, n'est-ce pas ? dit la nièce, et vous avez dit vous-même qu'il n'y avait pas assez de femmes. Vous l'avez dit hier soir.

— Oui, mais pourquoi inviter ces deux-là ? Qui sont-ils ? Où les as-tu rencontrés ?

— J'ai rencontré Jenny en ville. Elle...

— Je sais ; mais comment l'as-tu connue ? Et depuis quand la connais-tu ?

— Je vous dis que je l'ai rencontrée en ville ce matin, chez Holmes où j'ai acheté un costume de bain. Elle a dit qu'elle viendrait volontiers, mais l'autre l'attendait dans la rue et il s'y est opposé ; il a dit qu'elle ne pouvait venir sans lui. Je suppose qu'il est son amant.

Cette fois, l'étonnement de Mrs. Maurier était sincère.

— Est-il possible, dit-elle, incrédule et choquée, que tu aies invité sur mon yacht deux personnes que tu n'avais jamais vues avant ce matin ?

— J'ai seulement invité Jenny, dit la nièce avec patience ; il a fallu qu'il vienne aussi pour qu'elle puisse venir. Je ne tenais pas spécialement à l'avoir, lui. Et si je l'avais connue, elle, je vous garantis que je ne l'aurais pas invitée. Pour moi, elle est sans aucun intérêt. Mais je ne m'en suis pas aperçue ce matin ; elle m'a paru bien tout d'abord. Bon sang ! regardez-les...

Elles regardèrent toutes deux Jenny dans sa mince robe verte et Pete tenant son chapeau à deux mains...

— Enfin, maintenant qu'ils sont ici, il est de mon devoir d'empêcher qu'on leur marche dessus. Je crois que je vais donner à Pete un bout de ficelle pour attacher son chapeau.

Elle gravit l'échelle sans effort ; Mrs. Maurier remarqua avec une surprise horrifiée qu'elle ne portait ni bas ni souliers.

— Patricia ! cria-t-elle en désignant sans rien dire les jambes nues de sa nièce.

— Rengainez ça, tante Pat, dit brusquement la nièce ; vous êtes ridicule.

Une heure.

Le déjeuner était servi sur des tables à jeu mises bout à bout, sur le pont. Quand elle fit son apparition, les invités la regardèrent avec des yeux vifs, un peu curieux. Mrs. Maurier, d'une voix chantante, leur dit :

— Asseyez-vous comme bon vous semble. Les femmes font prime, sur ce bateau. Rappelez-vous que la belle dame appartient au gagnant...

Puis, cette phrase lui paraissant un peu étrange, elle répéta :

— Asseyez-vous où vous voudrez ; il faut que les messieurs...

Elle regarda autour d'elle et sa voix se perdit. Le groupe se composait de Mrs. Wiseman, Miss Jameson, elle-même ; Jenny et Pete, serrés avec embarras derrière sa nièce ; Mr. Talliaferro ; et son neveu, qui s'était déjà assis à la table.

— Où sont les messieurs ? demanda-t-elle à la cantonade.

— Ils ont sauté par-dessus bord, murmura Pete que personne n'entendit.

— Où sont les messieurs ? répéta Mrs. Maurier.

— Si vous cessiez un moment de parler, vous n'auriez pas besoin de le demander, dit le neveu qui plongeait sa cuiller dans un pamplemousse.

— Théodore ! s'exclama sa tante.

D'en bas montait le bruit indistinct d'une conversation animée.

— Ils font un rude boucan, dit le neveu. Moi, je suis pressé. Je veux en finir. Je ne peux pas attendre ces oiseaux-là.

Puis, remarquant pour la première fois les invités de sa sœur :

— Qui sont tes amis, Gus ? demanda-t-il, et il réattaqua aussitôt son pamplemousse.

— Théodore ! s'écria de nouveau sa tante.

Les bruits indistincts s'amplifièrent et éclatèrent en un rire sonore.

— Je me demande ce qu'ils peuvent bien faire ? demanda Mrs. Maurier.

— Voulez-vous… demanda Mr. Talliaferro avec déférence et tact.

— Oh ! si vous vouliez en avoir la bonté ! dit-elle, émue et reconnaissante.

— Envoyez plutôt le steward, tante Pat, et commençons à manger, dit la nièce en poussant Jenny devant elle. Venez, Pete, et donnez-moi votre chapeau.

Il refusa énergiquement de s'en séparer.

— Attendez, intervint le neveu, je vais les faire monter.

Il jeta l'écorce de son pamplemousse par-dessus bord et, saisissant son assiette d'épaisse faïence, il se mit à en frapper le pont à petits coups rapides.

— Théodore ! cria sa tante pour la troisième fois. Mr. Talliaferro, je vous en prie...

Mr. Talliaferro se hâta vers l'escalier des cabines et disparut.

— Envoyez-leur le steward, tante Pat, répéta la nièce. Venez, asseyons-nous. Cesse de taper, Josh, au nom de Dieu !

— Oui, Mrs. Maurier, ne les attendons pas, dit Mrs. Wiseman en s'asseyant.

Mrs. Maurier l'imita, puis, remarquant le chapeau de Pete qu'il continuait à maintenir sur sa tête :

— Donnez-le-moi, dit-elle en étendant la main.

Il s'esquiva rapidement, passa de l'autre côté de Jenny et dit, en plaçant le chapeau derrière lui, sur sa chaise :

— Attention, je le surveille !

A cet instant, les messieurs arrivèrent d'en bas en discutant.

— Ah ! les coquins ! fit leur hôtesse avec une flasque coquetterie en les menaçant du doigt.

Fairchild venait en tête, corpulent et jovial, la démarche un peu incertaine. Mr. Talliaferro formait l'arrière-garde ; il avait momentanément lui aussi un petit air émancipé.

— Je suppose que vous nous avez crus tous noyés, dit Fairchild en s'excusant avec un sourire heureux.

Mrs. Maurier consulta les yeux évasifs de Mr. Talliaferro.

— Nous aidions le major Ayers à retrouver ses dents, ajouta Fairchild.

— Je les avais perdues dans ce petit terrier à lapins, expliqua l'homme au teint fleuri. Impossible de remettre la main dessus. Et, pas de dents, pas de déjeuner, n'est-ce pas ? Vous permettez ? murmura-t-il poliment en s'asseyant à côté de Mrs. Wiseman. Des pamplemousses ! C'est épatant, nous n'avions pas vu de pamplemousses depuis que nous avons quitté la Nouvelle-Orléans, n'est-ce pas Julius ?

— Il avait perdu ses dents ? dit Mrs. Maurier, ahurie.

La nièce et son frère considéraient l'homme au teint fleuri avec intérêt.

— Elles lui sont tombées de la bouche, dit Fairchild en prenant place auprès de Miss Jameson. Il riait de quelque chose que Julius disait, alors elles lui sont tombées de la bouche, et l'un de nous les a poussées sous la couchette. Qu'est-ce que vous disiez donc, Julius ?

Mr. Talliaferro essaya d'aller s'asseoir à côté de l'homme rubicond, mais Mrs. Maurier saisit à nouveau son regard, se mesura à lui et le vainquit par l'éclat de sa fascination. Il se leva et vint se placer auprès d'elle. Se penchant vers lui, elle dit avec une fermeté enjouée :

— Ah ! Mr. Talliaferro ! Mr. Talliaferro ! Le vilain, le vilain !

— Rien qu'un petit coup, dit humblement Mr. Talliaferro, ils ont tellement insisté.

— Ces hommes ! dit Mrs. Maurier. Enfin, je vous pardonne encore, pour cette fois. Voulez-vous sonner, je vous prie ?

Le visage charnu aux yeux sombres et compatissants du Sémite présidait à un bout de la table. Gordon resta debout un moment après que les autres se furent assis, puis, avec une brusque arrogance, il alla se placer entre Mrs. Maurier et sa nièce. Celle-ci lui jeta un bref coup d'œil :

— Hello, Barbenoire ! fit-elle.

Mrs. Maurier lui adressa un sourire mécanique et dit :

— Ecoutez tous. Mr. Talliaferro va vous faire une déclaration. C'est au sujet de l'exactitude, ajouta-t-elle en posant sa main sur la manche de Mr. Talliaferro.

— Ah, oui. Je voulais vous dire que vous avez failli ne pas déjeuner. Nous étions décidés à ne pas vous attendre. On déjeunera désormais à midi et demie, et tout le monde doit être à l'heure. C'est la discipline du bord. N'ai-je pas raison, Commodore ?

— Il faut que vous soyez bien sages, ajouta Mrs. Maurier en parcourant la table des yeux... Comment ? mais il y a une place vide ! Qui est-ce qui manque ?

Son visage redevint brusquement tourmenté.

— Qui est-ce qui n'est pas là ? répéta-t-elle.

Elle entrevit des images affreuses qui défilèrent rapidement dans son esprit : une enquête judiciaire, des reporters, de gros titres dans les journaux et le corps inerte, flottant dans quelque crique solitaire du lac, et qui, plus tard, s'échouerait sur la grève, avec l'acharnement inopportun des noyés. Les invités se regardaient les uns les autres, puis regardaient la place inoccupée. Mrs. Maurier dressa mentalement la liste des passagers, les dévisageant à tour de rôle. Enfin, Miss Jameson dit :

— Mais c'est Mark qui manque, n'est-ce pas ?

C'était lui. Ils l'avaient oublié. Mrs. Maurier dépêcha le steward à la recherche du poète qu'il trouva, toujours étendu sur le pont supérieur. Il apparut, dans son costume de serge bien repassé et les embrassa tous dans son regard pâle.

— Eh bien, vous nous avez fait très peur, mon cher, lui dit Mr. Talliaferro sur un ton de reproche, assumant les devoirs du maître de maison.

— Et moi je me demandais si quelqu'un allait venir m'annoncer que le déjeuner était servi, dit le poète avec une froide dignité.

Fairchild l'observa et dit soudain :

— N'est-ce pas, Julius, Mark est exactement l'homme qu'il faut au Major Ayers ? Dites donc, Major, voilà l'homme qui achètera votre première bouteille. Expliquez-lui votre affaire.

L'homme au teint fleuri regarda aimablement le poète.

— Ah oui, dit-il, ce sont des sels, vous comprenez. Vous en mettez une cuillerée dans votre...

— Des quoi ? demanda le poète en posant sa cuiller et en fixant sur l'autre ses yeux délavés.

— Des sels, comme les sels qu'on emploie chez nous.

— Ah ? fit Mrs. Maurier.

Les yeux de Mr. Talliaferro lui sortaient de la tête.

— Tous les Américains sont constipés, reprit le Major avec sérénité ; un peu de sels dans un verre d'eau, le matin, est excellent. Mon idée consiste...

— Mr. Talliaferro ! implora Mrs. Maurier.

— Cher monsieur, commença Mr. Talliaferro en se ceignant de nouveau les reins.

— ... Mon idée est de mettre les sels dans un petit flacon, reprit le Major, un flacon d'un joli dessin, qui fera bien sur la table de chevet. Tous les Américains l'achèteront. La population de votre pays compte des millions d'individus ; si vous prenez en considération le fait que tous les Américains sont cons...

— Cher monsieur, dit Mr. Talliaferro, un peu plus fort.

— Hein ? dit le Major en le regardant.

— Comment sera votre flacon ? demanda le neveu qui commençait à s'emballer.

— Quelque chose de gentil que tous les Américains achèteront.

— Le drapeau américain avec un couple de pigeons tenant des billets de banque dans leur bec et une anse qui, lorsqu'on la tirera, sera un tire-bouchon, suggéra Fairchild.

Le Major se tourna vers lui avec attention et parut réfléchir.

— Ou bien encore, proposa le Sémite, une petite table pour calculer les intérêts d'un côté et, de l'autre, une bonne recette pour faire de la bière.

— Voilà pour les hommes, dit Mrs. Wiseman. Mais qu'y aura-t-il pour attirer les femmes ?

— Un petit miroir entouré d'un dessin en couleurs, hasarda l'homme au teint fleuri.

Mrs. Wiseman lui lança un coup d'œil meurtrier et le poète ajouta :

— ... Accompagné d'une formule anticonceptionnelle et d'une cachette pour les épingles à cheveux.

— Mr. Talliaferro ! gémit Mrs. Maurier.

— J'ai une bien meilleure idée pour les deux sexes, dit Mrs. Wiseman, avec rage : votre photographie d'un côté et la Règle d'Or de l'autre.

— Avez-vous déjà inventé un flacon ? demanda le neveu, je veux dire un moyen de faire sortir le sel du flacon ?

— Oh oui ! on le sort avec une cuiller, n'est-ce pas...

— Expliquez-leur plutôt comment vous savez que tous les Américains sont constipés, dit Fairchild.

Mrs. Maurier agita longuement et furieusement la sonnette. Le steward se montra et, pendant qu'il changeait les assiettes, le Major se pencha vers Mrs. Wiseman et lui demanda en indiquant Mr. Talliaferro :

— Qu'est-ce que c'est que ce type-là ?

— Ce qu'il est ? Je crois qu'il vend quelque chose en ville. N'est-ce pas, Julius ? demanda-t-elle à son frère.

— Je veux dire, à quelle... euh... race appartient-il ?

— Ah ! vous avez donc remarqué son accent ?

— Oui, j'ai remarqué qu'il ne parle pas comme un Américain. J'ai pensé qu'il était peut-être un de vos indigènes.

— L'un de nos... ?

— De vos Indiens Peaux-Rouges, vous savez ?

Mrs. Maurier agita de plus belle sa petite clochette, en paraissant grommeler contre elle-même.

Deux heures.

Mrs. Maurier mit fin à ce déjeuner aussi promptement qu'elle put décemment le faire. Si seulement je pouvais les disloquer, organiser un bridge, pensait-elle, torturée. Chaque fois que l'un des messieurs s'apprêtait à parler, elle frissonnait et se rapprochait de Mr. Talliaferro. Du moins, elle pouvait compter sur lui, pourvu que... mais elle était décidée à veiller elle-même à ce qu'il ne lui manquât pas. On avait discuté des sels du Major Ayers pendant tout le repas. Eva Wiseman les avait encouragés traîtreusement, en dépit de l'atmosphère de réprobation que Mrs. Maurier s'était efforcée de créer. Par surcroît, le jeune homme inconnu s'était servi de sa fourchette et de son couteau de la manière la plus étrange. Quant aux façons de Mr. Fairchild, elles étaient singulières, mais, après tout, il fallait faire des concessions à l'Art. Jenny, par contre, avait certainement du style ; elle mangeait en tenant son petit doigt en l'air, formant avec sa main un angle immobile et élégant... Maintenant Fairchild parlait :

— Voilà vraiment un exemple de justice poétique. Il y a cent et quelques années, le grand-père du Major Ayers a voulu venir à la Nouvelle-Orléans, mais nos grands-pères l'ont arrêté dans les marais de Chalmette et lui ont flanqué une raclée effroyable. Et aujourd'hui voilà que le Major Ayers vient conquérir la ville à l'aide d'un laxatif si doux qu'on ne s'en aperçoit même pas. Hein, Julius ?

— Et il ébranle aussi toutes les vieilles convictions relatives à l'incompatibilité de la science et de l'art, dit le Sémite.

— Comment ? dit Fairchild. Ah oui, en effet, c'est juste. Dites donc, il devrait certainement faire cadeau à Al Jackson d'une bouteille de son produit, vous ne croyez pas ?

Le poète gémit lugubrement et le Major répéta :

— Al Jackson ?

Le steward enleva la nappe. Sur l'ordre de Mrs. Maurier, il ne retira pas les tables à jeu sur lesquelles le couvert avait été mis. Elle l'appela et lui dit quelques mots à voix basse. Il descendit.

— Comment, vous n'avez jamais entendu parler d'Al Jackson ? dit Fairchild avec une surprise onctueuse. C'est un drôle d'homme, le descendant direct du Vieux Hickory qui vous a battus en 1812, prétend-il. C'est une figure bien connue à la Nouvelle-Orléans. On le reconnaît facilement à ce qu'il porte en toute occasion des bottes du Congrès.

— Des bottes du Congrès ? murmura le Major Ayers effaré.

— Oui, il les porte dans la rue, à des réunions élégantes, même quand il est en tenue de soirée ; même en se baignant.

— En se baignant ? Ce n'est pas possible !

Le Major regardait fixement le romancier de ses yeux ronds d'un bleu de porcelaine.

— Oui ; il ne souffre pas qu'on le voie nu-pieds. A cause d'une difformité héréditaire, vous comprenez. Le Vieux Hickory en était affligé lui-même ; et c'est la raison qui lui a permis de battre les Britanniques dans ces marais ; à part cela, allez à Jackson Square et regardez la statue ; vous verrez que le vieux type porte des bottes du Congrès. A propos, Julius, vous vous rappelez l'histoire de la cavalerie du Vieux Hickory ?

Le Sémite ne se compromit pas, et Fairchild poursuivit :

— Eh bien, le vieux général avait acheté une propriété en Floride. On lui avait dit que c'était une ferme d'élevage ; il réunit une bande de montagnards de chez lui, dans le Tennessee, et les envoya en Floride avec un troupeau de chevaux. Quand ils y arrivèrent, ils découvrirent que la propriété était presque toute en marécages. Mais c'étaient des gars courageux et ils s'appliquèrent à en tirer le meilleur parti possible.

— En quoi faisant ? demanda le neveu.

— Comment, fit Fairchild.

— Qu'est-ce qu'ils voulaient faire en Floride ? dit Mrs. Wiseman. Nous sommes tous curieux de le savoir.

— Vendre des terrains aux Indiens, suggéra le Sémite.

— Non ; ils voulaient élever les chevaux pour les hôtels de Palm Beach, dit Fairchild. Mais dans l'intervalle, quelques-uns des chevaux s'étaient échappés dans les marais et s'y sont croisés avec des alligators. Quand le Vieux Hickory a vu qu'il allait avoir à se battre dans ces marécages de Chalmette, il a envoyé chercher dans son ranch de Floride le plus grand nombre possible de ces mi-chevaux-mi-alligators et il les a fait monter par son infanterie ; les Britanniques n'ont pu arrêter ces bêtes-là ; ils ne connaissaient pas la Floride...

— C'est vrai, remarqua le Sémite ; il n'y avait pas d'excursions organisées, à cette époque.

— Ils ne comprenaient pas du tout à quels animaux ils avaient affaire.

Le Major Ayers et Mrs. Maurier contemplaient Fairchild avec une stupéfaction enfantine.

— Continuez, finit par dire le Major ; vous vous payez bien ma tête.

— Absolument pas ; demandez à Julius. Mais il est toujours difficile à un étranger de nous comprendre. Nous sommes un peuple simple, nous autres Américains, nous sommes ardents et semblables à des enfants ; et il faut être à la fois l'un et l'autre pour croiser un cheval avec un alligator et pour savoir en utiliser le produit. Tel est notre tempérament national. Vous le connaîtrez mieux quand vous serez resté plus longtemps parmi nous, n'est-ce pas, Julius ?

— Oui, il nous comprendra lorsqu'il aura séjourné en Amérique assez longtemps pour avoir adopté nos mœurs. Ce sont les mœurs qui font l'homme, vous savez.

— Peut-être, dit le Major, mais il est une de vos coutumes que je ne saurais adopter : votre habitude de manger des tartes aux pommes. On n'en fait pas chez nous. Aucun Anglais, aucun Gallois ni aucun Ecossais ne consentirait à manger une tarte aux pommes.

— Vraiment ? dit Fairchild. Il me semble pourtant me rappeler...

— Pas aux pommes, mon vieux. D'autres sortes, oui, mais pas de tartes aux pommes. Il y a de nombreuses années sévissait parmi les collégiens d'Eton l'habitude de sortir à toute heure pour acheter des tartes aux pommes. Un jour, il arriva que le fils d'un ministre mourut pour en avoir trop mangé ; sur quoi, son père fit passer au Parlement une loi interdisant de vendre à un mineur de la tarte aux pommes dans tout l'Empire britannique. La génération actuelle a donc grandi sans connaître cette friandise. Les coutumes, comme vous venez de le faire observer... dit-il en se tournant vers le Sémite.

Le poète, qui guettait l'occasion de placer un mot, murmura :

— Le ministre de l'Intérieur...

Mais personne ne l'écouta. Les convives regardaient tous en silence le visage aimable et rubicond du Major Ayers. Le steward réapparut, au vif soulagement de Mrs. Maurier.

— Mes amis, dit-elle en dévisageant ses invités un à un, à quatre heures, nous arriverons à un endroit propice à la baignade. D'ici là, que diriez-vous d'une partie de bridge ? Naturellement, ceux qui tiennent à faire la sieste seront excusés, mais je suis sûre que personne ne voudra rester en bas par un aussi beau temps. Voyons... Mr. Fairchild, Mrs. Wiseman, Patricia et Julius pourraient composer une première table. Le Major Ayers, Miss Jameson, Mr. Talliaferro et... son regard s'arrêta sur Jenny. Jouez-vous au bridge, Miss... mon enfant ?

Fairchild s'était levé, assez agité :

— Dites-moi, Julius, ne croyez-vous pas que le Major ferait bien d'aller se reposer un moment ? Il n'est pas habitué à notre climat. Et Gordon aussi. Hé, Gordon ! Vous ne pensez pas que nous ferions bien de nous étendre un peu ?

— Vous avez parfaitement raison, s'empressa de dire le Major en se levant. Si ces dames veulent bien nous le permettre, naturellement. Je crains un coup de soleil, ajouta-t-il en désignant la tente d'un clin d'œil.

— Mais, vraiment... fit Mrs. Maurier, désemparée tandis que les messieurs se rassemblaient et se dirigeaient vers le sabord de coupée.

— Vous venez, Gordon ? cria Fairchild.

— Voyons, Mr. Gordon, implora Mrs. Maurier, vous n'allez pas nous abandonner ?

Gordon tourna les yeux vers la nièce qui demeura calme sous son regard dur et arrogant.

— Si ; je ne joue pas aux cartes, répondit-il d'un ton bref.

— Mais sérieusement..., dit Mrs. Maurier.

Il ne restait que Mr. Talliaferro et Pete. Le neveu était déjà parti rejoindre sa scie de charpentier. Mrs. Maurier porta ses regards sur Pete, puis les détourna. Il n'était même pas besoin de demander à Pete s'il jouait au bridge.

— Vous ne jouerez pas du tout ? cria-t-elle aux hommes qui s'éloignaient.

— Nous reviendrons plus tard, dit Fairchild pour la rassurer.

Elle les entendit descendre bruyamment, puis elle regarda avec désespoir autour d'elle ; sa nièce jeta aussi un coup d'œil circulaire sur les tables à jeu superflues et dit :

— Et dire que vous croyiez que nous n'avions pas invité assez de femmes !

— Nous pouvons quand même constituer une table, dit Mrs. Maurier, soudain rassérénée. Il y a Eva, Dorothy, Mr. Talliaferro et... Mark !... On l'avait oublié une fois de plus... Bien sûr, il y a Mark. Je ferai le mort ce coup-ci.

— Pour rien au monde, dit Mr. Talliaferro. C'est moi

qui le ferai. Jouez la première, je vous en prie instamment.

Mrs. Maurier refusa ; Mr. Talliaferro insista, et elle l'examina avec une froide attention. Il finit par détourner les yeux, et Mrs. Maurier jeta un vif coup d'œil sur le sabord de coupée. Elle ne se laissa pas fléchir.

— Ce pauvre Talliaferro, dit le Sémite. Avez-vous vu sa figure ? Elle en fera ce qu'elle voudra, désormais.

— Je ne le plains pas, dit Fairchild qui conduisait la bande. Je crois qu'il aime ça ; il n'est jamais tout à fait à son aise avec les hommes, vous savez. Au milieu des femmes, il reprend confiance en lui-même ; il éprouve un sentiment de supériorité dont ses contacts avec des hommes ne lui offrent guère l'occasion. Il faut croire que le monde doit être un milieu bien grossier pour un type qui passe huit heures par jour au milieu des dentelles et du crêpe de Chine.

Il fourragea avec sa clé dans la serrure de sa cabine et continua :

— D'ailleurs, il ne peut pas me consulter sur la façon de s'y prendre pour séduire une femme. Il est assez intelligent, plus sensible que la plupart des gens et, cependant, il s'imagine que l'Art n'est que le paravent de l'amour.

Il réussit enfin à ouvrir sa porte. Ils entrèrent tous dans la cabine et s'assirent comme ils purent tandis qu'il s'agenouillait et tirait de dessous sa couchette une lourde valise.

— Elle est très riche, n'est-ce pas ? demanda le Major qui s'était assis sur le lit.

Le Sémite, à son ordinaire, s'était emparé de l'unique fauteuil, Gordon se tenait debout, appuyé au mur, grand, élimé et méprisant.

— Elle est pourrie d'argent, répondit Fairchild.

Il se releva et tendit vers le hublot une bouteille qu'il couva des yeux.

— Elle possède des plantations ou quelque chose de ce genre, n'est-ce pas, Julius ? Elle appartient à l'une des premières familles, je crois ?

— Oui, par son mariage ; ce qui l'explique, à mon avis. Elle est native du Nord.

— Comment cela l'explique-t-il ? dit Fairchild en distribuant des verres à la ronde.

— C'est une longue histoire. Je vous la raconterai un jour.

— Le fait est qu'il faut une longue histoire pour l'expliquer. Dites donc, elle serait pour le Major Ayers un meilleur filon que son laxatif. J'aimerais mieux posséder des plantations qu'une fabrique de produits pharmaceutiques.

— Il lui faudrait d'abord éliminer Talliaferro, dit le Sémite.

— Talliaferro ne pense tout de même pas sérieusement à elle ?

— Il aurait tort. D'ailleurs, je ne dis pas qu'il ait sur elle des intentions précises. Il est à sa portée sans le savoir : un hasard naturel dont tout autre amateur devrait tenir compte.

— La liberté et l'affaire du laxatif ou des plantations et Mrs. Maurier, dit Fairchild en réfléchissant à haute voix... Eh bien, je ne sais pas... Qu'en pensez-vous, Gordon ?

Gordon ne les écoutait pas ; il voyait, dans la solitude amère et orgueilleuse de son cœur, tourbillonner comme une flamme une forme étrange sans tête, ni bras, ni jambes, mais quand il entendit prononcer son nom, il tressaillit et dit :

— Buvons un coup.

Fairchild emplit les verres ; les muscles de la base de leurs nez se raidirent.

— Voilà la meilleure réponse à toutes les conjonctures critiques que peut présenter la vie, dit le Sémite.

— Oui, mais la liberté... commença Fairchild.

— Buvez votre whisky. Profitez, pendant que vous le pouvez, du peu de liberté qui vous sera jamais accordée. Ne pas être en prison est la plus grande liberté que l'homme puisse exiger.

— On n'est libre qu'en temps de guerre, dit le Major. Alors, les autres sont tous trop occupés à se battre, à obtenir des décorations ou à se faire un bon nid. Samouraï ou chasseur de têtes : choisissez entre les deux. Boue et gloire, ou un bout de ruban sur une tunique propre. Boue et abnégation, et le whisky cher et l'Angleterre pleine de vos sales troupes expéditionnaires. Cependant, vous valiez mieux que les Canadiens ; vous étiez moins nombreux. Quelle guerre ! hein ? J'aime le galon, moi, mais les décorations font bien en temps de paix.

— Mais la paix elle-même ne peut durer indéfiniment, n'est-ce pas ? dit le Sémite.

— Cette fois-ci, elle durera un certain temps. On ne peut pas recommencer de sitôt ; il y en aurait trop qui se défileraient. Ceux de l'armée régulière se jetteraient dès le début sur les emplois pépères, ils ont appris le truc à cette guerre-ci ; alors, les autres rouspéteraient et refuseraient de partir... On a tellement exagéré qu'on a rendu la guerre impopulaire dans le prolétariat. Comme le directeur de spectacle qui embauche trop de figurants : ils voient ce qui se passe dans la coulisse.

— Mais vous étiez quand même assez calé pour vous faire embusquer, pas vrai ? dit Fairchild.

— Embusquer ? répéta le Major Ayers.

Fairchild s'expliqua.

— Nous ne le faisions pas pour de l'argent, dit le Major. Nous nous contentions de rubans... Ce whisky est rudement bon, hein ?

— Si tu veux, je peux le ranger quelque part dans ma chambre, dit Jenny.

Pete appliqua la main sur son chapeau et inclina la tête du côté du vent. Il tenait comme un écran son autre main devant la cigarette que le vent tentait de lui arracher.

— Ça va très bien comme ça, dit-il. D'ailleurs, où le mettrais-tu ?

— Quelque part. Il n'y a qu'à le ranger n'importe où.

Le vent enflait sa robe et la moulait ; serrant des mains la barre du bastingage, elle s'en écartait de toute la longueur de ses bras en se balançant, tandis que le vent plaquait sa robe légère le long de ses cuisses.

— Bon, dit-il, je pourrais aussi bien le ranger moi-même si j'en avais envie... Prends garde, la gosse !

Jenny s'était rapprochée du bastingage : la barre supérieure lui atteignait la poitrine ; en grimpant sur la plus basse, elle s'était soulevée et son jeune ventre écrasé sur la barre du haut, elle se penchait au-dessus de l'eau. L'eau se fendait en moussant ; elle formait une crème blanche qui se dissolvait en un vert laiteux et redevenait bleue ; de fines gouttelettes s'en échappaient, frappant les parois du navire comme du petit plomb.

— Descends de là ; nous ne nous sommes pas embarqués pour nous flanquer dans le lac.

— Flûte ! dit Jenny, penchée sur l'eau ; sa petite jupe soulevée par le vent révélait le creux rose de ses genoux, au-dessus des bas.

L'homme de barre sortit la tête de son rouf et lui cria de se retirer. Jenny se tordit le cou pour le voir, secouant ses cheveux éventés.

— Ne vous en faites pas, frère ! cria Pete, pour la forme, et, tirant Jenny il marmotta : Qu'est-ce que je te disais, imbécile ? Viens. C'est leur bateau. Tâche de te comporter convenablement.

— Je ne lui faisais aucun mal, répondit-elle tranquillement... Tiens, le voilà de nouveau avec sa scie ; je me demande ce qu'il peut bien fabriquer.

— Quoi que ce soit, il n'a certainement pas besoin de nous... Combien de temps t'a-t-elle dit que devait durer cette promenade ?

— Je ne sais pas... On va peut-être danser, plus tard. C'est drôle, n'est-ce pas ? Ils ne vont nulle part, et ils ne font rien... on dirait un truc de cinéma. Moi, si j'avais de l'argent, je resterais là où je pourrais le dépenser. Ici, il n'y a même rien à voir.

— Oui, si tu étais riche, tu achèterais un tas de robes, des bijoux et une voiture. Et après, qu'est-ce que tu ferais ? Tu porterais tes robes assise dans ta voiture, hein ?

— Probable. En tout cas, je n'achèterais pas un bateau.

Les yeux fixés sur le neveu qui s'était installé avec sa scie près du rouf, sous le vent, elle poursuivit, rêveuse :

— Il est plutôt joli garçon. Mais il n'est guère séduisant. Je me demande ce qu'il peut bien fabriquer.

— Va le lui demander ; moi, je n'en sais rien, dit Pete, hargneux.

— Je n'ai vraiment pas envie de le savoir ; je me le demandais, simplement, comme ça.

Elle se balança lentement à bout de bras, jusqu'à ce que son dos, se retournant, s'appuyât contre Pete.

— Va le lui demander, insista-t-il, les coudes sur la barre d'appui, ignorant le contact du doux corps de Jenny. Un joli garçon comme lui ne te mordra pas.

— Ça ne m'est pas désagréable d'être mordue... Peter... ?

— Va-t'en, la gosse ; je suis respectable. Essaye tes charmes sur ton joli garçon ; vois si tu peux l'emporter sur la scie.

— J'aime les hommes qui ont l'air d'avoir du tempérament, dit Jenny. (Elle soupira.) Dieu ! je voudrais qu'on puisse aller au cinéma ou faire quelque chose... Je me demande ce qu'il peut bien fabriquer ?

— Combien fait-il de chevaux-vapeur ? demanda le neveu, élevant la voix pour dominer le bruit du moteur qu'il regardait avec ravissement.

Il était propre comme l'intérieur d'une montre, nickelé, et sa puissance latente se recouvrait d'une mince couche dorée d'huile lubrifiante semblable à la moiteur brillante qui accompagne les mouvements parfaits d'un bel animal. Le capitaine, coiffé d'une casquette naguère blanche, dont la visière portait un emblème terni, et vêtu d'un mince maillot de corps taché de graisse, lui indiqua la force du moteur.

Dans cette atmosphère confinée, oppressante d'énergie, il sentait le plus intime de son corps pénétré d'une extase qui lui donnait une sensation un peu désagréable de légèreté. Ce moteur était beau comme un cheval de course et, en un certain sens, il était effrayant, car malgré sa toute-puissance implacable, on ne voyait rien remuer à part les brefs éclairs des bielles, petit cliquetis étincelant qui survolait le tonnerre lointain de la machine. Les plaques de la cale, les cloisons étanches elles-mêmes en tremblaient ; on eût dit que le moment approchait où la force du moteur ferait éclater l'acier comme un cocon, qu'elle s'élèverait et s'étendrait, portée sur des ailes terrifiantes et splendides faites d'énergie et de flamme... Mais le moteur était maintenu par d'énormes boulons, propres et solides, des boulons que rien ne pourrait briser ; il était fixé aussi fermement que les fondements mêmes de la terre. De l'autre côté du moteur, au-dessus des bielles étincelantes, la casquette salie du capitaine se montrait et disparaissait ; le neveu la suivait, tournant avec soin autour du moteur.

Par le hublot qui s'ouvrait à la hauteur de son œil, il voyait le ciel, coupé par la coupe rigide d'une étendue d'eau figée comme un bronze. Le capitaine, un chiffon de coton à la main, tamponnait l'anatomie immaculée du moteur avec un amour maternel superflu. A la base d'un piston, il passa son chiffon sur une petite accumulation de graisse et le regarda à la lumière. Le neveu s'approcha et vit par-dessus l'épaule du capitaine une minuscule tache noire, inerte.

— Qu'est-ce que c'est, Josh ? fit, tout près de son cou, la voix de sa sœur.

— Nom de Dieu, dit-il. Qu'est-ce que tu fiches ici ? Qui est-ce qui t'a dit de descendre ?

— J'ai voulu venir, moi aussi. Qu'est-ce que c'est, capitaine ? Qu'est-ce que vous avez trouvé, vous et Gus ?

— Remonte sur le pont, à ta place. Tu n'as rien à voir ici, lui dit son frère.

Elle l'ignora et répéta :

— Qu'est-ce que c'est, capitaine ?

Le capitaine lui montra son chiffon.

— Est-ce le moteur qui l'a tué ? Comme j'aurais envie de les enfermer tous ici un bon moment. Pas vous ?

Regardez comme elles vont vite, s'écria-t-elle en désignant les bielles. On marche très, très vite, n'est-ce pas, capitaine ?

— Oui, mademoiselle, répondit le capitaine, assez vite.

— Combien fait-il de coups de piston à la minute ? demanda le neveu.

Le capitaine alla examiner un cadran, donna un petit tour de clé à une soupape et revint consulter le cadran. Le neveu répéta sa question ; le capitaine lui répondit par un chiffre.

— Il tourne rudement bien, dit le neveu au bout d'un silence.

— Oui, monsieur, dit le capitaine occupé à faire quelque chose avec deux petites clés anglaises.

Le neveu offrit de l'aider. Sa sœur le suivit, attentive et curieuse.

— Vous feriez mieux de me laisser faire tout seul, dit le capitaine, poliment mais avec fermeté. Je m'y connais mieux que vous. Allez vous mettre de l'autre côté avec la demoiselle pendant quelques minutes.

— Ce que vous le tenez propre, capitaine, dit la nièce. On mangerait dessus tant il est propre.

Le capitaine se dégela :

— Un moteur pareil vaut qu'on le tienne propre ; c'est le meilleur qui existe ; il est de fabrication allemande. Il a coûté douze mille dollars.

— Mince ! fit la nièce à voix basse.

Son frère se tourna vers elle et la poussa hors de la pièce.

— Qu'est-cc qui te prend ? lui dit-il d'une voix tremblante, quand ils furent dans le couloir. Qu'est-ce qui te prend à me suivre comme ça ? Te rappelles-tu ce dont je t'ai prévenue si tu continuais à me suivre ?

— Je ne te suivais pas ; je...

— Si, tu me suivais, dit-il en la secouant. Espèce de...

— J'avais tout bonnement envie de venir. C'est le bateau de tante Pat ; il ne t'appartient pas ; j'ai autant que toi le droit de descendre à la chambre aux machines.

— Monte sur le pont. Et si je te prends encore à me suivre…

La voix s'éteignit en une sombre et vague menace. Sa sœur se tourna vers l'échelle de coupée en disant :

— Oh ! la ferme ! tu radotes !

Quatre heures.

Ils étaient sur le pont, occupés à leur bridge, mêlant les cartes, les distribuant, se parlant par monosyllabes espacées. La *Nausicaa* continuait tranquillement sa route dans l'après-midi bleu ensommeillé. Loin, à l'horizon, le bac de Mandeville souillait paresseusement l'azur.

Mrs. Maurier, que le jeu n'absorbait pas tout entière, regardait par moments dans le vague d'un air distrait. Il montait d'en bas un bruit confus qui s'enflait et s'apaisait tour à tour. Mr. Talliaferro devint rétif. La *Nausicaa* voguait avec sérénité.

Ils commencèrent un nouveau « rubber ». Mr. Talliaferro ne jouait plus avec autant d'attention. Quand il se remettait au jeu, il voyait, fixés sur lui, les yeux froids de Mrs. Maurier, et il se penchait à nouveau sur ses cartes… Le bruit indistinct s'éleva une fois encore. Mr. Talliaferro prit, avec un atout, la dame de sa partenaire, et les messieurs, en maillot de bain, émergèrent de la coupée. Ils ignorèrent complètement les bridgeurs et passèrent à l'arrière en discutant bruyamment ; ils parlaient d'un pari. Ils s'arrêtèrent devant le bastingage sur lequel le steward s'appuyait à cet instant ; et y restèrent groupés quelques minutes, puis, le Major Ayers se détacha des autres et se jeta à l'eau d'un saut brusque et maladroit.

— Hourrah ! cria Fairchild. C'est lui qui gagne !

Mrs. Maurier avait levé la tête lorsqu'ils étaient passés, elle leur avait adressé la parole, les avait observés pendant leur halte et n'en avait pas cru ses yeux lorsque le Major Ayers avait bondi par-dessus bord. Alors, elle cria. Le steward enleva son veston, détacha une ceinture de sauvetage, la jeta à l'eau et la suivit ; il nagea en s'éloignant de l'hélice.

— En voilà deux ! hurla joyeusement Fairchild.

Et, se faisant un porte-voix de ses mains, il cria :

— On vous ramassera en revenant !

Le Major apparut dans le sillage du yacht, nageant avec énergie. La *Nausicaa* tourna : le télégraphe tinta. Le Major et le steward atteignirent en même temps la ceinture de sauvetage ; le pilote et son aide descendirent le canot et y hissèrent le Major. La *Nausicaa* était à la cape.

On aida Mrs. Maurier à descendre à sa cabine où le capitaine furieux vint bientôt la voir. Pendant ce temps, les autres messieurs se mirent à cajoler les dames, et le reste de la société revêtit ses maillots de bain.

Jenny n'en possédait pas ; ses préparatifs de voyage avaient consisté exclusivement à acheter un bâton de rouge et un peigne. La nièce lui prêta son maillot ; dans ce costume un peu trop bien ajusté, son visage blanc et rose sortant de l'eau comme un ballon, Jenny se cramponnait au plat-bord du canot, serrant la main de Pete qui s'y était assis complètement habillé et coiffé de son chapeau.

Le maillot de bain de Mr. Talliaferro était rouge et lui donnait un air bizarre, desséché comme une dent récemment extraite. Il portait aussi un bonnet de caoutchouc rouge, et il entra dans l'eau tout doucement, les pieds d'abord, en se tenant à l'arrière du canot ; il y demeura cramponné et s'efforça d'engager la conversation avec Jenny sous le regard fulminant de Pete. Le poète, qui ne nageait pas, s'était de nouveau étendu de tout son long sur quatre pliants et avançait son visage pâle au-dessus des baigneurs.

Fairchild ressemblait plus que jamais à un phoque : un phoque d'âge mûr, se révélant soudain d'une puérilité diabolique. Il se vautrait dans l'eau, lourdement folâtre, et, aidé du Major, taquinait les dames en les pinçant sous l'eau et en les éclaboussant, mouillant généreusement Pete qui tenait toujours la main de Jenny. Celle-ci poussait des cris de putois et essayait de protéger son maquillage. Le Sémite nageait avec l'application assez ridicule que les hommes gras mettent à cet exercice. Gordon, assis sur le bastingage, se contentait du rôle de spectateur. Fairchild et le Major finirent par ramener les dames dans le canot autour duquel elles barbotaient et jabotaient avec l'enjouement excessif de jeunes chiens, tandis que Pete maugréait :

— Nom de Dieu, faites donc attention ! tout en leur tapant sur les doigts avec l'un de ses souliers trempés.

Au-dessus de ce grouillement joyeux, la nièce, en équilibre sur le toit du rouf, n'était pas visible pour les nageurs. Ils ne l'aperçurent que sous la forme d'une flèche blanche tombant du ciel en une trajectoire courbe et s'enfonçant paresseusement dans l'eau ; pendant qu'ils regardaient le tourbillon vert qui marquait son point de chute, quelque chose s'agita derrière Fairchild ; il ouvrit la bouche de surprise et l'on vit apparaître un instant la nièce debout sur un objet submergé, puis elle plongea de nouveau dans la direction du Major, que l'étonnement paralysait encore.

Les dames criaient de plaisir. Le Major Ayers disparut à son tour, et la nièce continua de plonger. Soufflant et toussant, Fairchild grimpa dans le canot où Mr. Talliaferro, avec une admirable présence d'esprit, s'était déjà installé, abandonnant Jenny sans le moindre remords.

— J'en ai assez, dit Fairchild dès qu'il put parler.

Mais le Major Ayers accepta le défi. La nièce l'attendait en nageant sur place.

— Noyez-le, Pat ! crièrent les dames.

Juste avant qu'il pût l'atteindre, sa tête sombre, mouillée, disparut, et le Major barbota pendant un moment avec une résignation affairée. Puis, il disparut de nouveau, et la nièce, vêtue d'un caleçon et d'un gilet de tricot sans manches appartenant à son frère, émergea de l'eau et se planta, toute droite, sur les épaules du Major ; lui posant un pied sur la tête, elle l'enfonça davantage, après quoi, elle refit un plongeon.

Le Major finit par réapparaître, se dirigeant vers le bateau. Il en avait assez, lui aussi ; les messieurs le hissèrent à bord ; ils traversèrent le pont, tout ruisselants et descendirent à leurs cabines, salués par les rires moqueurs des dames.

Celles-ci regagnèrent également la *Nausicaa.* Pete,

debout dans le canot, s'efforçait de tirer Jenny de l'eau. Elle se laissait manier comme une poupée de luxe, levant de temps à autre une jolie jambe blanche tandis que Mr. Talliaferro, agenouillé, lui tapotait l'épaule.

— Viens donc, viens donc, lui susurrait Pete.

La nièce s'approcha à la nage et poussa les belles cuisses de Jenny jusqu'à ce qu'elle l'eût fait tomber dans le canot, blonde et alanguie, charmante de maladresse. La nièce maintint le canot pendant que les autres montaient à bord du yacht, puis elle sortit de l'eau, lisse et ruisselante comme un phoque, et pendant qu'elle rejetait en arrière ses cheveux courts elle aperçut deux mains et elle entendit la voix de Gordon dire :

— Donnez-moi vos mains.

Elle s'agrippa à ses poignets solides et il lui sembla s'envoler. Le soleil couchant illuminait sa barbe et son grand corps maigre ; ruisselante, elle s'arrêta sur le pont et le regarda avec admiration.

— Bon sang, vous êtes dur, vous !

Elle lui toucha l'avant-bras et le frappa du poing sur sa haute et dure poitrine.

— Recommencez, voulez-vous ?

— Quoi ? Vous soulever de nouveau ? demanda-t-il.

Mais elle était déjà redescendue dans le canot et lui tendait les bras ; le soleil couchant l'enveloppait d'un humide linceul d'or. Elle retrouva cette sensation de voler dans l'espace, suspendue à ces mains puissantes ; une seconde, elle s'arrêta en l'air, au-dessus du pont ; en tombant, les gouttes qui coulaient de son corps se transformaient en or.

Il avait le soleil dans les yeux ; le corps tendu de Patricia, presque sans gorge, aux hanches étroites de garçon, semblait sculpté dans un marbre doré, et, sur son visage, il vit l'extase passionnée d'une enfant.

Quand ses pieds touchèrent le pont, elle se détourna brusquement et courut vers l'escalier ; le dernier rayon de soleil glissa sur elle avec joie. Quand elle eut disparu, Gordon regarda sur le plancher les empreintes mouillées de ses pieds nus.

Six heures.

Pendant que le jour achevait de mourir, la *Nausicaa* pénétrait lentement dans l'embouchure d'une rivière entre de hauts cyprès barbus et solennels. En écoutant bien, on aurait pu entendre, flottant dans le crépuscule violet, les sons d'un *requiem*, on aurait pu entendre, s'élevant dans cette nef sombre, l'oraison chantée du monde prêt au sommeil. Le monde perdait ses dimensions ; les grands cyprès barbus se rapprochaient au-dessus de cette rivière vautrée ; avec l'impassibilité des dieux païens, ils regardaient, indifférents et sans peur, cet intrus d'acajou et de cuivre. L'eau était comme de l'huile et la *Nausicaa* glissait insensible dans ce corridor sans plafond ni plancher.

Mr. Talliaferro se tenait devant le bastingage d'arrière à côté de Jenny et de son chaperon morose coiffé de son inséparable chapeau. Dans l'obscurité, la placidité blanche et troublante de Jenny s'épanouissait comme une fleur lourde, répandant un parfum plus mûr et plus entêtant que celui des lys. Pete rôdait dans son voisinage, et la dernière lueur du jour se concentrait sur son chapeau autour duquel l'atmosphère paraissait encore plus sombre ; et dans la passion lasse d'août et la nuit tombante, la voix sèche de Mr. Talliaferro se faisait de plus en plus basse ; elle finit par s'éteindre et, soudain, il se frappa le dos de la main, remarquant au même instant que Pete aussi s'agitait et que Jenny remuait comme si elle se frottait le corps à l'intérieur de ses vêtements. Puis, tout à coup, ils en furent entourés ; mais contrairement à leurs parents de la ville, ces cousins-là étaient silencieux.

Jenny, Pete et Mr. Talliaferro quittèrent le pont. A l'échelle de coupée, le poète les rejoignit brandissant son mouchoir autour de sa tête. A cet instant, la voix de Mrs. Maurier se fit entendre, émettant des adjurations étonnées ; et bientôt, la *Nausicaa* renversa sa vapeur et reprit rapidement le chemin de l'eau libre.

Sept heures.

Des années auparavant, on avait enseigné à Mrs. Maurier que le jus de fruits était salutaire, voire indispensable, à la vie nautique. A première vue, cette information lui avait paru étrange, mais, à la réflexion, elle l'avait acceptée comme une chose possible et agréable, et elle en avait fait une conviction bien établie. Aussi y eut-il de nouveau des pamplemousses au dîner : elle voulait les inoculer avant de leur faire courir des risques.

Il fallut relancer la bande de Fairchild rassemblée dans sa cabine. Les autres invités étaient déjà à table ; ils regardèrent les nouveaux arrivants avec une curiosité pleine d'appréhension, et Mrs. Maurier les contempla avec un véritable effroi.

— Voici le chien de garde, dit gaiement Mrs. Wiseman. Il nous amène les messieurs, n'est-ce pas ? Nous n'avons pas vu de messieurs depuis notre départ de la Nouvelle-Orléans, hein, Dorothy ?

— Eh bien et Talliaferro et Mark ? lui dit son frère avec un sourire triste.

— Oh ! Mark est un poète ; il ne compte pas. Et Ernest n'est pas poète, donc il ne compte pas non plus, répliqua-t-elle avec une logique toute féminine. C'est juste, n'est-ce pas, Mark ?

— Je suis le meilleur poète de la Nouvelle-Orléans, dit le jeune homme en tournant vers elle son pâle visage de lune.

— Nous nous demandions où vous étiez passé, dit Fairchild. Nous avions l'idée que vous deviez venir en bateau avec nous. Il est bien regrettable que vous en ayez été empêché.

— Mark ne s'est peut-être pas trouvé lui-même en temps voulu, dit le Sémite.

— Il a retrouvé son appétit, en tout cas, dit Fairchild. Il trouvera peut-être le reste de sa personne dans les environs.

Il s'assit et regarda son assiette.

— Bon, bon, dit-il d'un ton distrait.

Les autres invités s'assirent ; le Major fixa les yeux sur son assiette et murmura aussi : Bon, bon... Mrs. Maurier, mordillant nerveusement sa lèvre, étendit la main sur la manche de Mr. Talliaferro.

— Il me semble que je connais ça, dit le Major.

— Mais c'est du pamplemousse, dit Fairchild. Je ne vais pas le manger maintenant ; je vais le mettre de côté.

— Vous avez raison, dit le Major. Mettons-les de côté.

Il posa son pamplemousse avec soin auprès de son assiette et dit :

— Je vous conseille à tous d'en faire autant.

— Les mettre de côté ? Pourquoi ? dit Mrs. Maurier. Nous en avons emporté plusieurs caisses.

— On ne peut pas courir ce risque, dit Fairchild ; ils pourraient tomber à l'eau, être perdus, alors que nous sommes à des kilomètres de la côte. Je préfère conserver le mien.

— De toute façon on pourrait conserver les écorces, dit le Major ; on ne sait jamais ce qui peut arriver en mer.

— Sûrement, dit Fairchild ; on pourrait en avoir besoin pour combattre la constipation.

— Mr. Talliaferro ! dit Mrs. Maurier d'un ton suppliant.

Mr. Talliaferro monta bravement sur la brèche.

— Maintenant que nous sommes tous enfin réunis, commença-t-il en éclaircissant sa voix, le Commodore désire que nous choisissions notre première escale. En d'autres termes, messieurs et mesdames, où irons-nous demain ?

Il les regarda les uns après les autres.

— Mais nulle part, répondit Fairchild avec surprise. Nous sommes à peine partis d'un endroit hier, n'est-ce pas ?

— Vous voulez dire aujourd'hui, dit Mrs. Wiseman. Nous avons quitté la Nouvelle-Orléans ce matin.

— Ah vraiment ? dit Fairchild, l'après-midi est long à passer. Mais nous n'avons aucune envie d'aller quelque part, n'est-ce pas ?

— Mais, si, dit Mr. Talliaferro. Demain, nous remontons la rivière Tchufuncta et nous pourrions pêcher toute la journée. Notre projet était de passer la nuit en amont, mais il s'est avéré irréalisable. Alors, nous pêcherons demain. Etes-vous tous d'accord ? ou faut-il voter ?

— Chouette ! dit la nièce à Jenny, ça me botte tout à fait ; pas vous ?

— En amont de la Tchufuncta ? dit Fairchild, dont le visage s'éclaira, mais c'est par là qu'est la propriété de Jackson. Al y est peut-être. Il faut que le Major Ayers fasse sa connaissance, Julius.

— Al Jackson ? répéta le Major.

Le meilleur poète de la Nouvelle-Orléans émit un gémissement et Mrs. Wiseman dit :

— Bon Dieu, Dawson !

— Mais oui ; celui dont je vous parlais à déjeuner, vous savez.

— Ah oui, celui des alligators... Mr. Talliaferro ! s'écria Mrs. Maurier.

— Voilà donc la question réglée, dit Mr. Talliaferro d'une voix forte. La pêche est décidée. Et, en attendant, le Commodore vous invite à danser sur le pont aussitôt après le dîner. Achevez donc votre repas, mes amis. Fairchild, c'est vous qui dirigerez l'expédition.

— Entendu, dit Fairchild. C'est bien du même qu'il s'agit. Son père possédait là un élevage de poissons. Al y a fait ses débuts, et il est à présent le plus grand pisciculteur du monde.

— Avez-vous vu le coucher du soleil, ce soir, Major Ayers ? demanda Mrs. Wiseman. Il était délicieusement brouillé, n'est-ce pas ?

— La Nature fait concurrence à Turner, suggéra le poète.

— Oh ! elle y mettra des années et des années, répondit Mrs. Wiseman.

Mrs. Maurier se jeta avec enthousiasme dans la conversation :

— Nos couchers de soleil méridionaux, Major Ayers...

Mais celui-ci regardait Fairchild avec des yeux ronds :

— Un élevage de poissons ? murmurait-il.

— Oui, comme les vieux élevages de bestiaux de

l'Ouest. Mais au lieu d'élever des bœufs dans un pâturage, Al Jackson élève des poissons dans les vastes espaces du golfe du Mexique.

— Où les hommes sont des requins, dit Mrs. Wiseman. Ne l'oubliez pas.

— Où les hommes sont des hommes. Et c'est là qu'intervient la belle blonde. Semblable à la Jenny que voilà. C'est peut-être elle. Etes-vous la femme en question, Jenny ?

Jenny regardait Fairchild, ses merveilleux yeux bleus tout ronds, un morceau de pain à la main.

— Comment, monsieur ? dit-elle enfin.

— Etes-vous la femme qui habite au bord du golfe du Mexique, là où Jackson fait son élevage de poissons ?

— J'habite sur l'Esplanade, répondit Jenny au bout d'un moment.

— Mr. Fairchild ! s'exclama Mrs. Maurier.

— Cher monsieur ! dit Mr. Talliaferro.

— Non, je suppose que vous n'êtes pas celle dont il s'agit ; vous le sauriez. Je n'imagine pas que Claude Jackson lui-même puisse vivre au bord du golfe du Mexique dans une ferme à poissons sans s'en rendre compte. La femme qui y habite est du reste de Brooklyn ; c'est une jeune fille du monde. Elle est venue là pour chercher son frère. Son frère venait de sortir d'une maison de correction, et son père l'avait envoyé chez les Jackson pour qu'ils en fassent un gardien de poissons. Il n'avait montré d'aptitude pour aucun autre métier, et son père savait qu'il ne fallait pas beaucoup d'intelligence pour garder des poissons. Sa sœur...

— Mais voyons, interrompit le Major Ayers ; pourquoi garder des poissons ?

— On les rassemble et on les marque, vous comprenez ?

— On les marque ?

— Oui, on les marque pour pouvoir les distinguer des poissons ordinaires, sauvages. A présent, Jackson possède presque tous les poissons du monde. Il est millionnaire en poissons, même si, à l'heure actuelle, il est pauvre comme un poisson. Chaque fois que vous verrez un poisson marqué, ce sera un poisson de Jackson.

— Il marque ses poissons, vraiment ?

— Oui, il leur fait une encoche à la queue.

— Mr. Fairchild, dit Mrs. Maurier.

— Mais, chez nous, les poissons ont la queue fendue, objecta le Major.

— Eh bien, ce sont des poissons de Jackson qui se sont échappés.

— Au fait, pourquoi n'a-t-il pas un agent en Europe ? demanda le poète.

Le Major les dévisagea l'un après l'autre et commença :

— Dites donc...

Puis il s'arrêta. La maîtresse de maison se leva avec décision.

— Venez, mes amis, dit-elle ; montons sur le pont.

— Non, non, dit la nièce, continuez à nous raconter des histoires...

Mrs. Wiseman se leva à son tour et dit d'un ton ferme :

— Dawson, taisez-vous. Nous en avons assez. Cette après-midi a été par trop éprouvante. Montons.

Et elle emmena énergiquement les dames, entraînant Mr. Talliaferro par-dessus le marché.

Neuf heures.

Il avait besoin d'un bout de fil de fer. Il avait atteint cette impasse connue de tous les créateurs où il ne parvenait pas à décider par laquelle de toutes les choses qui lui restaient à faire il devait commencer. Son objet en était au point où la simplicité de l'idée initiale se subdivise en une multitude de détails matériels nécessaires. Etendu sur sa couchette dans la cabine qu'il partageait avec Mr. Talliaferro, sa literie recouverte de sciure et de copeaux, il examinait, à la lueur d'une lampe mal placée, son cylindre de bois et pensait qu'il lui faudrait maintenant un morceau de fil de fer rigide ou quelque chose d'analogue. Il descendit de sa couchette d'un seul mouvement plein de grâce et, traversant la cabine nu-pieds, fouilla sans succès les effets de Mr. Talliaferro.

Toujours pieds nus, il sortit de la cabine et alla ouvrir une autre porte qu'il ne referma pas. Le demi-jour du couloir pénétra dans une chambre que remplissaient des ronflements sonores ; il discerna vaguement le dormeur et une casquette blanche, sale, accrochée au mur. « La cabine du capitaine », se dit-il, et, laissant la porte ouverte, il marcha de son pas silencieux jusqu'à l'autre porte, celle de la chambre des machines. Elle était éclairée par une faible lumière qui projetait de ternes éclairs sur le moteur immobile. Mais, à cette heure, le moteur ne l'intéressait pas. Un meuble à tiroirs s'appuyait à la cloison ; certains d'entre eux étaient fermés à clé ; il fouilla les autres, y prenant des objets qu'il replaçait, déçu, après les avoir inspectés. Quand il eut refermé le dernier tiroir, il parcourut la pièce du regard. Un morceau de câble ferait son affaire... un court morceau de câble rigide. Il y en avait sur l'un des murs, coupés par des interrupteurs ; mais ces câbles électriques étaient sans doute indispensables. Du fil électrique... Il devait y en avoir là où se trouvait la dynamo... probablement là derrière cette petite porte...

C'était bien là : un cabinet sombre qui sentait les acides et la décomposition, le vert-de-gris. Beaucoup de fils, là-dedans, mais pas de détachés... Il regarda attentivement autour de lui et bientôt il aperçut quelque chose de vertical qui luisait vaguement dans l'ombre. C'était une partie de la machine, en acier lisse et inodore, assez réconfortante, dans ce réduit saturé d'odeurs. Il l'examina en enflammant des allumettes et découvrit, attaché à cette tige, exactement ce qu'il lui fallait : une petite baguette d'acier.

Il se demanda à quoi elle servait. On aurait dit une manivelle. Mais pour quoi faire, une manivelle, ici ? On ne devait évidemment pas s'en servir souvent. C'était trop propre ; plus propre que le moteur, et pas couvert de graisse comme lui. On ne devait presque jamais l'utiliser... Ou bien une pompe. Oui, c'était une pompe. On ne devait pas avoir besoin d'une pompe plus d'une fois par an : il n'y a pas de cale dans un bateau astiqué comme un piano à queue. En tout cas, ils n'en auraient certainement pas besoin avant demain et, demain, j'aurai fini, se dit-il ; il y a même des chances pour qu'ils ne remarquent pas sa disparition si je la conservais tout à fait.

La baguette s'enleva facilement : il n'eut qu'à dévisser les écrous qui la maintenaient à chaque bout. Il s'arrêta, la baguette à la main. S'il allait l'abîmer... Il la considérait de tous côtés en la tournant entre ses doigts, mince, polie, exactement ce qu'il fallait. Et puis, en acier ; du bon acier. Cette machine avait coûté douze mille dollars ; si on ne peut pas avoir du bon acier pour ce prix-là... Il la lécha. Elle avait surtout le goût de l'huile à machines, mais ce devait être de l'acier bien trempé... Une machine aussi chère... on ne doit pas pouvoir abîmer de l'acier qui a coûté douze mille dollars, surtout en ne s'en servant qu'une seule fois... « S'il la leur faut demain, dit-il à haute voix, j'aurai fini d'ici là, de toute façon. »

Il avait dans la bouche le goût de l'huile ; il cracha. Le capitaine ronflait toujours ; il traversa sa chambre sans bruit et referma soigneusement la porte du couloir. Il glissa sa baguette dans sa poche et essuya ses mains graisseuses sur le fond de son pantalon. Il s'arrêta à la porte de la cuisine où le steward achevait la vaisselle. Il lui demanda une bougie ; le steward la lui donna. Il regagna sa cabine, alluma la bougie, tira la valise de Mr. Talliaferro de dessous la couchette et, faisant couler un peu de cire, il y fixa la bougie. Puis, il prit le nécessaire de toilette en peau de porc de Mr. Talliaferro, posa l'un des bouts de la baguette dessus, l'autre trempant dans la flamme de la bougie. Comme il avait encore ce goût d'huile dans la bouchc, il grimpa sur sa couchette et cracha par le hublot, mais il s'aperçut au même instant que le hublot était fermé. « Tant pis, se dit-il ; ça sèchera. »

Il tâta la baguette. Elle commençait à devenir chaude ; il la lui fallait chauffée à blanc. Ce mauvais goût d'huile le gênait ; il se rappela la cigarette qu'il avait mise dans la même poche que la baguette ; elle aussi avait un peu l'odeur de la machine ; mais, en brûlant, cela passerait.

La baguette devenait brûlante ; il alla chercher le

cylindre de bois sur sa couchette, posa sa cigarette au bord de la valise, prit la baguette et tint fermement son extrémité chauffée contre un point déterminé du cylindre ; bientôt une spirale de fumée s'éleva dans l'air immobile. Cette fumée sentait un peu le cuir roussi et probablement aussi l'huile à machines.

Dix heures.

— C'est parce que c'est un artiste, se dit Mrs. Maurier avec découragement.

Mrs. Wiseman, Miss Jameson, Mark et Mr. Talliaferro faisaient un bridge. Elle n'avait pas envie de jouer ; elle était trop énervée.

— Impossible de savoir ce qu'ils sont capables de faire, dit-elle tout haut, exaspérée de voir à nouveau disparaître la silhouette maladroite du Major, tandis que Fairchild, penché sur la rampe, lui criait quelque chose d'une voix tonitruante.

— Oui, dit Mrs. Wiseman, on dirait une excursion populaire, n'est-ce pas ? Ils ne font que boire et piétiner... Le diable vous emporte, Mark, ajouta-t-elle, sa tentative d'impasse ayant échoué.

— C'est pire que ça, rectifia la nièce en regardant tomber les cartes, c'est comme un transport de bestiaux, avec ces pas lourds qu'on entend tout le temps.

Mrs. Maurier soupira. La nièce s'éloigna, et une grande forme qui émergea de l'ombre vint la rejoindre ; ensemble, ils disparurent dans l'obscurité du pont. C'était l'étrange et minable Mr. Gordon. Soudain, la conscience de Mrs. Maurier lui reprocha d'avoir manqué envers lui à tous ses devoirs de maîtresse de maison. Elle lui avait à peine adressé la parole depuis qu'ils étaient à bord. « C'est à cause de ce terrible Mr. Fairchild, se dit-elle. Mais comment prévoir qu'un homme d'âge mur, un romancier renommé se conduirait de la sorte ? »

La lune se levait, argentant la surface de l'eau. La *Nausicaa* tirait lentement sur ses amarres, immobile, mais jamais tranquille, endormie, mais non morte, à la manière des navires sur toutes les mers du monde ; bercée comme une mouette d'argent rêvant sur l'eau... Son yacht... Ses invités qu'elle avait réunis pour leur plaisir mutuel... Peut-être pensent-ils que je devrais m'enivrer avec eux ?...

Elle se ressaisit, et s'efforça de tenir la conversation. Les bridgeurs mêlaient et distribuaient interminablement leurs cartes ; ils ne répondaient à ses remarques que par un murmure indistinct, sur un ton hors de propos ou détaché, ou bien, ils s'arrêtaient de jouer pour répondre raisonnablement, avec une patience déférente. Mrs. Maurier se leva brusquement.

— Venez, mes amis, dit-elle ; je sais que vous êtes fatigués du bridge ; faisons de la musique et dansons.

— J'aime mieux jouer au bridge avec Mark que de danser avec lui, dit Mrs. Wiseman... A qui cette levée ?

— Les hommes ne manqueront pas quand la musique se fera entendre, dit Mrs. Maurier.

— Mmmmmmm, fit Mrs. Wiseman, je doute qu'un disque de gramophone suffise à faire sortir les hommes de leur tanière ; il vous faudrait un décret d'extradition... Trois sans atout et trois as. Combien cela fait-il, Ernest ?

— N'aimeriez-vous pas danser, Mr. Talliaferro ? insista Mrs. Maurier.

— Tout ce que vous désirerez, chère madame, dit Mr. Talliaferro avec un détachement poli, tout en écrivant. Cela fait...

Il additionna une colonne en comptant sur ses doigts soignés, puis, levant la tête :

— Je vous demande pardon ; m'avez-vous parlé ?

— Ne vous dérangez pas, dit Mrs. Maurier. Je vais mettre le disque moi-même ; je suis sûre qu'ils se rassembleront quand ils l'entendront.

Elle remonta le gramophone et y plaça un disque.

— Finissez votre robre ; je vais voir qui a envie de danser.

Ils répondirent « Mmmmm », et le gramophone lâcha dans la nuit les rythmes syncopés des saxophones et des tambours pendant que Mrs. Maurier rôdait, scrutant l'obscurité. La première personne qu'elle découvrit fut le steward qu'elle dépêcha auprès des messieurs avec un ordre exprimé sous forme d'invitation. Un peu plus loin, elle trouva Gordon et sa nièce les jambes entortillées autour d'un étançon.

— Fais attention, lui dit-elle, tu pourrais tomber. Nous allons danser, ajouta-t-elle, joyeuse.

— Pas moi, répondit aussitôt la nièce. Pas ce soir, en tout cas. On danse très suffisamment sur la terre ferme.

— Tu n'empêcheras certainement pas Mr. Gordon de danser. Venez, Mr. Gordon, nous avons besoin de vous.

— Je ne danse pas, dit-il d'un ton bref.

— Vous ne dansez pas ? Vous ne dansez vraiment pas du tout ?

— Laissez-nous, tante Pat, répondit la nièce à sa place ; nous sommes en train de parler d'Art.

Mrs. Maurier soupira.

— Où est Théodore ? s'enquit-elle. Il nous tirera peut-être d'affaire.

— Il est au lit. Il est allé se coucher tout de suite après dîner. Mais vous pourriez descendre lui demander s'il ne veut pas se relever pour danser.

Mrs. Maurier jeta sur Gordon un regard désemparé, puis elle fit demi-tour. Le steward vint à sa rencontre et lui dit que ces messieurs étaient désolés, mais qu'ils étaient tous couchés. Ils étaient fatigués après une journée aussi éprouvante. Elle poussa un nouveau soupir et s'arrêta en voyant une masse informe se scinder en deux, devant l'échelle de coupée.

— C'est moi et Jenny, dit Pete.

Jenny émit un petit bruit dénué de sens, et Mrs. Maurier, prise de soupçons, se pencha en avant. Elle se rappelait l'allusion de Mrs. Wiseman aux excursions populaires.

— Je suppose que vous admirez le clair de lune ? dit-elle.

— Oui, m'dame, répondit Jenny ; on était tout bonnement assis là.

— N'avez-vous pas envie de danser, mes enfants ? Le gramophone vient d'être mis en marche.

— Oui, m'dame, dit de nouveau Jenny.

Mais ils ne bougèrent pas, et, après avoir reniflé, Mrs. Maurier dit d'une voix glaciale :

— Excusez-moi, s'il vous plaît.

Ils s'effacèrent pour la laisser passer, et elle descendit sans se retourner, gagna sa cabine, ouvrit brutalement le commutateur et soupira une fois de plus en se disant : « Ce que c'est d'être artiste. »

— Flûte, flûte et flûte, dit Mrs. Wiseman en flanquant ses cartes sur la table.

Le disque tournait toujours, bien que la musique eût cessé, avec un interminable et insupportable grincement.

— Mark, pour l'amour de Dieu, arrêtez ce machin.

Le poète obéit, et Mrs. Wiseman éparpilla les cartes sur la table en disant :

— Je n'ai pas l'intention de continuer à perdre mon temps avec trois joueurs aussi médiocres ; pas ce soir, du moins. Donnez-moi une cigarette, l'un de vous.

Elle renversa sa chaise en arrière ; Mr. Talliaferro lui offrit son étui ouvert ; elle prit une cigarette, leva un pied à la hauteur de l'autre genou et frotta une allumette contre la semelle de son soulier.

— Causons un peu, plutôt, dit-elle.

— Où diable avez-vous acheté ces jarretières ? demanda Miss Jameson avec curiosité.

— Celles-ci ? dit-elle en rabattant sa jupe. Pourquoi ? Vous ne les aimez pas ?

— Elle ne sont pas tout à fait votre genre.

— Que me conseilleriez-vous donc ? des bouts de ficelle de couleur ?

— Vous devriez en porter de noires fermées par des roses rouges de grandeur naturelle, dit Mark Frost. C'est cela qu'on s'attendrait à trouver sur vous.

— Erreur, mon bon jeune homme, dit Mrs. Wiseman sur un ton dramatique. Vous m'avez mortellement offensée… Je me demande où est Mrs. Maurier ?

— Elle a dû mettre la main sur quelqu'un. Peut-être ce

Gordon. Je l'ai vu devant le bastingage, là-bas, tout à l'heure.

— Ah ! Mr. Talliaferro ! s'écria Mrs. Wiseman. Prenez garde à vous ! Les veuves et les artistes, vous savez... Vous voyez combien je suis sensible moi-même. Aucune diseuse de bonne aventure ne vous a-t-elle mis en garde contre une grande femme rousse ?

— Vous n'êtes veuve que par complaisance, comme les servantes de la littérature du seizième siècle, dit le poète.

— Il en est de même de certains artistes, mon garçon, répliqua Mrs. Wiseman. Mais tous les hommes de cette croisière ne sont pas des artistes, n'est-ce pas, Ernest ?

Mr. Talliaferro se rengorgea derrière la fumée de sa cigarette. Mrs. Wiseman consuma la sienne en une série de grosses bouffées ininterrompues et jeta vers le bastingage le mégot incandescent.

— Je vous avais proposé de causer et non de proférer quelques propos décousus et dénués d'intérêt. Venez, Dorothy, allons nous coucher, dit-elle en se levant.

Miss Jameson demeura inerte :

— Quitter cette lune ? dit-elle.

Mrs. Wiseman bâilla et étira ses bras. La lune étendait sur l'eau sombre sa longue caresse argentée. Mrs. Wiseman se profila sur sa lueur blanche, les bras ouverts en un geste théâtral, et l'apostropha :

— Oh ! Lune, pauvre Lune lassée.

— Rien d'étonnant qu'elle ait l'air las, dit le poète. Pensez à tous les adultères qu'elle a dû contempler.

— Ou dont elle a porté la responsabilité, rectifia Mrs. Wiseman en laissant retomber ses bras. Je voudrais tant être amoureuse, dit-elle. Pourquoi Ernest et vous n'êtes-vous pas plus... Venez, Dorothy, allons nous coucher.

— Faut-il vraiment que je bouge ? dit Miss Jameson.

— Elle se leva pourtant ; les hommes se levèrent aussi et les deux femmes s'éloignèrent. Quand elles furent parties, Mr. Talliaferro ramassa les cartes que Mrs. Wiseman avait éparpillées ; quelques-unes étaient tombées sur le pont

Onze heures.

Mr. Talliaferro hésita avant de frapper à la porte de Fairchild. En ouvrant, il vit le Sémite assis dans l'unique fauteuil, et le Major Ayers et Fairchild sur la couchette, des verres en main.

— Entrez ! répéta Fairchild. Comment vous êtes-vous échappé ? Vous l'avez poussée par-dessus bord ou vous avez fui ?

Mr. Talliaferro eut un sourire désapprobateur, regarda la bouteille placée sur une petite table, et se frotta les mains, se régalant d'avance.

— Le corps humain est d'une résistance incroyable, dit le Sémite, mais j'imagine que Talliaferro est au bout de son rouleau, après ce qu'il a supporté sans aucune aide extérieure.

— Oui, acquiesça Fairchild, il a bien gagné de boire un coup. Où est Gordon ? Etait-il sur le pont ?

— Je crois, répondit Talliaferro, je crois qu'il est avec Miss Robyn.

— Eh bien, je lui souhaite bonne chance. Espérons qu'elle ne le traitera pas aussi durement que nous, hein, Major ?

— Vous et le Major Ayers en avez reçu exactement ce que vous méritiez, dit le Sémite. Vous n'avez pas le droit de vous plaindre.

— C'est possible. Mais je n'aime pas voir une créature humaine s'arroger les privilèges et les plaisirs de la prévoyance. Il appartient à Dieu de supprimer les embêtements.

— Que faites-vous des instruments de la Providence ?

— Oh ! reprenez un verre et taisez-vous pour que Talliaferro puisse boire tranquillement. Après quoi nous ferons bien de remonter sur le pont. Les dames pourraient commencer à se demander ce que nous sommes devenus.

— Pourquoi se le demanderaient-elles, fit innocemment le Sémite.

Fairchild se leva de la couchette et versa un gobelet de whisky à Talliaferro. Mr. Talliaferro le but lentement, avec délices, et invité à en accepter un second, il s'y décida. Il le vida d'un trait en faisant une petite grimace. Les autres s'offrirent une dernière tournée et Fairchild rangea la bouteille.

— Montons, dit-il en les poussant pour les obliger à se lever.

Il les dirigea vers la porte. Talliaferro resta le dernier dans la cabine, et, touchant le bras de Fairchild, il lui dit :

— Je voudrais vous demander un conseil.

— Quelle est l'heureuse personne dont il s'agit cette fois ?

Mr. Talliaferro murmura un nom.

— Tel est mon plan de campagne, dit-il... Qu'en pensez-vous ?

— Attendez, dit Fairchild. De pareilles questions se discutent le verre en main.

Mr. Talliaferro referma la porte.

— Et vous croyez que ça marchera ? répéta Mr. Talliaferro en quittant la cabine.

— Sûr, sûr ; ça collera parfaitement ; autant qu'elle se résigne à l'inévitable.

— Non, ne blaguez pas ; je veux que vous me disiez franchement votre opinion. Votre jugement sur les gens m'inspire plus de confiance que celui de n'importe qui d'autre.

— A mon avis, elle ne pourra pas vous résister. Elle n'a aucune chance, aucune, de vous échapper. En vérité, il m'est pénible de penser aux femmes et aux jeunes filles exposées à un homme tel que vous.

Mr. Talliaferro jeta sur Fairchild un regard rapide, empreint de doute, mais l'autre avait un visage solennel et exempt de malice.

— Eh bien, souhaitez-moi bonne chance, dit-il.

— Bien sûr. L'amiral compte que chaque homme fera

son devoir, vous savez, répondit Fairchild avec sérieux en montant derrière Talliaferro l'échelle de coupée.

Le Major Ayers et le Sémite les attendaient sur le pont. Mais les dames n'y étaient pas. Le pont était désert.

— Avez-vous bien cherché partout ? insista Fairchild. J'avais envie de danser un peu. Venez, allons regarder encore une fois.

A la porte du rouf, ils tombèrent sur le pilote, qui, vêtu seulement d'un pantalon et d'un gilet de corps, contemplait le ciel.

— Belle nuit ! dit Fairchild.

— Pas pour longtemps ; il fait mauvais temps par là-bas, répondit le pilote en étendant le bras vers le sud-ouest. Le lac sera peut-être très agité demain matin. Et puis, cette terre est sous le vent.

— Je ne crois pas, dit Fairchild avec optimisme. La nuit est tellement claire.

Le pilote, les yeux fixés sur le ciel, ne dit plus rien. Ils continuèrent leur chemin.

— J'ai oublié de vous dire que les dames se sont retirées, dit Mr. Talliaferro.

— C'est drôle, dit Fairchild. Auraient-elles cru que nous ne reviendrions pas ?

— Elles ont peut-être redouté notre retour, dit le Sémite.

— Quelle heure est-il ? demanda Fairchild.

Il était minuit. Vers le zénith, une buée obscurcissait les étoiles. Mais la lune, toujours sans voile, calme et froide, affable et exsangue comme une entremetteuse, continuait à baigner le lac de sa lumière argentée ; au sud, une procession de petits nuages, semblables à des dauphins d'argent sur une vague d'un bleu d'outremer, prêtaient au ciel l'aspect des gravures qui ornaient les anciens atlas.

Le deuxième jour

A trois heures, l'orage avait traversé le lac, et, à l'aube, quand le pilote éveilla le capitaine, les flots, selon ses prédictions, étaient fort agités. Le vent se dirigeait vers la côte. Sous le ciel sans nuages. Les bataillons de vagues se succédaient indéfiniment, s'arrondissant et moussant contre la coque pour s'effacer et ne former à l'arrière du bateau qu'une mince écume blanche qui se détachait sur un fond sombre de forêt. La *Nausicaa* s'élevait et s'abaissait, tirant sur ses amarres tendues. Quand il eut réveillé le capitaine, le pilote retourna promptement au gouvernail.

Le second leva les ancres et le pilote fit sonner le télégraphe. La *Nausicaa* s'éveilla en frissonnant, ressuscita, et, attendant un instant entre deux vagues, comme un nageur, elle bondit en avant. Elle donnait un peu de la bande ; le pilote tourna le gouvernail, mais elle n'obéit pas, s'inclinant davantage tandis que sa vitesse s'accroissait ; le pilote imprima de toute sa force le mouvement voulu au gouvernail, mais la *Nausicaa* tomba de côté au creux des vagues. Le pilote fit à nouveau sonner le télégraphe et cria au second de lâcher les ancres.

A sept heures, la *Nausicaa,* traînant ses ancres, avait touché le fond avec un léger choc. Elle parut réfléchir un moment, puis se dégagea et rampant sur le sable, elle se tourna un peu et, donnant à peine de la bande, elle s'assit comme un nageur corpulent, dans l'eau jusqu'à la taille, recevant les vagues sur le flanc.

Le style de Dorothy Jameson était hardi et sans humour. Elle préférait les portraits, bien qu'elle peignît à l'occasion des natures mortes — fruits et fleurs détestables, dans des bols sans relief, sur des tables sans dimensions. De ses gencives pâles sortaient de grandes dents blanches ; ses yeux gris étaient d'une beauté froide, son corps long et frêle, comme désarticulé. Au cours des deux années qu'elle avait cru nécessaire de passer à Greenwich Village pour s'assimiler les tendances de la peinture américaine, elle avait pris un amant, bien qu'elle fût encore vierge.

En vérité, elle l'avait pris surtout parce qu'il lui devait de l'argent qu'il lui avait emprunté pour régler une dette envers une autre femme. Par la suite, il s'était enfui avec une dame fort riche de Pittsburgh ; en route pour le port, il avait engagé le manteau de fourrure de Dorothy et lui avait expédié, du bord, le reçu du Mont-de-Piété. Il était musicien et d'opinions très avancées, un radical comme on dit ; dans l'intervalle de ses essais de composition, il faisait partie d'un orchestre de dancing du centre. C'était là qu'il avait rencontré la dame de Pittsburgh.

Mais cet épisode était achevé et presque sorti de sa mémoire. Elle avait voyagé un an à l'étranger et était revenue à la Nouvelle-Orléans où elle vivait d'une modeste pension qui lui permettait un atelier au Vieux Carré, des contraventions pour excès de vitesse, et la culture raisonnablement agréable de sa personnalité avec des remontrances familiales aussi peu gênantes que le bruit de la pluie derrière une fenêtre fermée.

Elle avait toujours eu des ennuis avec les hommes. Surtout à cause de l'habitude, datant de l'épisode presque oublié, de les choisir parmi les artistes ; ils finissaient invariablement par la lâcher. A l'exception toutefois de Mark Frost. Mais elle se rendait compte que sa fidélité était plutôt de l'inertie. Et elle s'avouait aussi que personne ne se souciait de garder Mark Frost. Quel intérêt présentait un homme consacré uniquement à la création artistique quand il créait aussi peu ?

D'autres hommes, dont elle reconnaissait les possibilités, passaient tous par une période où elle les attirait violemment, mais cet attrait était de brève durée et cessait aussi soudainement qu'il avait commencé ; ces incidents ne laissaient même pas derrière eux les liens ténus des souvenirs communs ; ils ressemblaient aux orages d'août qui menacent et se dissipent sans raison apparente et sans même produire de pluie.

Certains jours, elle spéculait avec un détachement presque masculin sur les motifs de ce phénomène. Elle essayait toujours de maintenir leurs relations sur le plan que les hommes semblaient préférer ; aucune femme ne pouvait être moins exigeante qu'elle à l'égard de ses amants. Elle ne leur demandait jamais de lui consacrer trop de temps ; elle ne les faisait jamais attendre, ne les priait jamais de la ramener chez elle à des heures incommodes, ne les chargeait jamais de paquets ni de commissions ; elle les nourrissait et se flattait de savoir écouter. Et pourtant... Elle pensa aux femmes qu'elle connaissait : toutes avaient visiblement un mâle au moins sous leur charme ; toutes semblaient capables de s'attacher un homme à volonté, et s'il les quittait, avec quelle facilité elles le remplaçaient !

Elle passa en revue les femmes du bord. Eva Wiseman. Elle avait eu un mari et l'avait pratiquement congédié. Elle plaisait aux hommes, Fairchild, par exemple, d'un talent réputé... mais cela provenait peut-être de son amitié pour son frère Julius. Mais non ; ce n'était pas son genre ; il ne tenait pas compte des obligations mondaines ; il éprouvait vraiment de l'attrait pour elle. A cause de la similitude de leurs goûts ? « Mais moi aussi, je crée », se dit-elle.

Puis, elle pensa aux deux jeunes filles. Elle évoqua Patricia avec sa franche curiosité, la joie enfantine que lui donnait l'effort physique, son manque de sentimentalité, son absence de tout intérêt pour la création artistique... (« Je parie qu'elle ne lit même pas »)... Et cependant, ce Gordon dédaigneux et insupportablement arrogant s'intéressait à elle. Et Fairchild aussi, à sa manière. Et même Pete, sans doute.

Pete et Jenny. Jenny, douce et placide, avec son simple appel aux sens, autour de laquelle tournait Mr. Talliaferro, presque câlin, bravant la fureur de Mrs. Maurier. Elle comprenait, elle sentait la séduction de Jenny : totalement dénuée de cervelle, chair jeune et rose, alanguie, attendant d'être fécondée, délicieuse à voir ; poupée qui n'espère du réveil ni joie ni chagrin. Elle avait amené un homme... Non, elle ne l'avait pas même amené : il avait suivi son sillage blond comme la marée suit la lune, sans volonté, peut-être sans inclination. Deux femmes ne s'intéressant pas le moins du monde aux arts et qui, sans effort, attiraient à elles des artistes. « Les contraires... les antithèses... je me suis peut-être trompée, pensait-elle, il se peut après tout que les artistes ne soient pas mon type. »

Sept heures.

— Non, madame, répondit le neveu avec politesse, c'est un tuyau.

— Oh ! murmura-t-elle, un tuyau.

Penché sur son cylindre de bois, il le raclait délicatement avec un couteau. Il faisait bien plus frais, aujourd'hui. Le soleil s'était levé d'une mer en miniature, dentelée, pour monter dans un ciel sans nuages. Pendant un moment, le yacht avait bougé, et c'était ce mouvement qui l'avait réveillée, mais à présent, il avait cessé, quoique des vagues assez fortes, venues du lac, se brisassent en une crème blanche le long de la coque pour aller mourir sur le sable, au pied d'une falaise sombre et boisée. Elle ne se doutait pas, la veille au soir, qu'on fût aussi près de la terre ; mais, la nuit, elle ne voyait jamais bien les distances.

Elle regretta de ne pas avoir emporté de manteau : si elle avait pu prévoir un temps aussi frais en août... Elle serrait son écharpe autour de ses épaules, regardant les avant-bras actifs, hâlés du jeune homme et ses cheveux durs, pareils à ceux de sa sœur, tout en songeant qu'elle serait bien contente de déjeuner. Elle se demanda s'il avait faim, mais à voix haute elle dit :

— N'avez-vous pas froid, ce matin, sans veston ?

Il continuait à sculpter son objet, avec un soin maternel qui l'absorbait entièrement. Elevant un peu la voix, elle demanda :

— Ne serait-il pas plus simple d'en acheter une ?

— J'espère, murmura-t-il...

Puis il leva la tête et le soleil éclaira ses yeux opaques tachetés de jaune :

— Qu'est-ce que vous dites ?

— Je pense que vous feriez mieux d'attendre de pouvoir en acheter une plutôt que d'essayer de la fabriquer.

— On n'en fait pas comme celle-ci, dit-il.

Le cylindre était formé de deux sections qui s'emboutissaient l'une dans l'autre. Il en prit une, la regarda d'un seul œil et en enleva une pellicule infinitésimale. Puis il la réajusta à la section mâle. Les séparant de nouveau, il racla la seconde et les remboîta une fois de plus. Miss Jameson l'observait.

— Portez-vous votre dessin dans votre esprit ? demanda-t-elle.

— Hein ? fit-il, ahuri.

— Le dessin que vous sculptez. Sculptez-vous par cœur ou quoi ?

— Un dessin ? Quel dessin ?

Il faisait aujourd'hui beaucoup plus frais.

Le visage de Pete trahissait encore une certaine inquiétude ; serrant son journal, il se leva avec une politesse trop tardive, mais elle dit :

— Non, non ; je vais le chercher. Restez assis.

Il resta donc debout, son journal à la main pendant qu'elle allait prendre un fauteuil qu'elle installa auprès du sien.

— Il fait vraiment frisquet ce matin, n'est-ce pas ?

— Oh, oui. Quand je me suis réveillé ce matin et que j'ai senti ce vent froid et le bateau qui montait et descendait sur l'eau, je me suis demandé ce qui se passait. Je ne suis pas à mon aise, ce matin ; le bateau continue à faire la balançoire, mais on dirait qu'on le rapproche de la rive comme pour le garer, maintenant.

— Oui, il me semble que nous sommes plus près de terre qu'hier au soir.

Lorsqu'elle se fut installée, il se rassit, et, bientôt, oubliant qu'elle était là, il mit les pieds sur le bastingage. Puis, la mémoire lui revint, et il les retira.

— Comment avez-vous pu vous procurer un journal ? avons-nous accosté quelque part hier soir ? demanda-t-elle en mettant à son tour ses pieds sur la barre.

Pour une raison quelconque, ce journal le gênait.

— C'est un vieux bout de journal, que j'ai trouvé en bas, dit-il d'un ton embarrassé. Il m'a empêché de penser à mon malaise.

Il esquissa un geste.

— Ne le jetez pas, dit-elle ; continuez à lire ; que je ne vous interrompe pas si vous y avez trouvé quelque chose d'intéressant. Je regrette que vous ne vous sentiez pas bien. Vous irez peut-être mieux après avoir déjeuné.

— Peut-être, dit-il sans conviction. Je n'ai guère envie de déjeuner, avec ce malaise et le bateau qui se balance comme ça.

— Cela passera ; j'en suis sûr.

Elle se pencha pour regarder le journal. C'était une feuille détachée d'un numéro-magazine du dimanche ; un article imprimé en très petits caractères sur l'architecture romane, illustré de photographies brouillées et indistinctes.

— Vous vous intéressez à l'architecture ? demanda-t-elle avec ferveur.

— Je ne pense pas ; je ne faisais que le parcourir en attendant qu'ils viennent.

— Tant de gens perdent leur temps à s'occuper d'architecture et de choses analogues, dit-elle. Il vaut bien mieux faire partie de la vie, vous ne croyez pas ? Il vaut mieux vivre sa vie, commettre des erreurs, en souffrir ou en jouir, plutôt que de consacrer une existence stérile à une postérité ingrate. Vous ne trouvez pas ?

— Je n'y avais pas pensé, dit Pete prudemment. Le

déjeuner est en retard, ajouta-t-il en allumant une cigarette.

— Evidemment, vous n'y aviez pas pensé. C'est cela que j'admire en vous. Vous connaissez si bien la vie que vous n'avez pas peur de ce qu'elle peut vous réserver. Vous ne passez pas votre temps à penser à la vie, n'est-ce pas ?

— Je n'y pense pas beaucoup. Mais un homme ne tient pourtant pas à passer pour un serin.

— Vous ne serez jamais un serin, Pete... Tout le monde vous appelle Pete, n'est-ce pas... ça vous est égal ? Je crois que les choses sérieuses sont celles qui constituent le bonheur, les gens et les choses qui s'accordent, l'amour... Tant de personnes se contentent d'en parler au lieu de s'efforcer d'y atteindre. Comme si la vie était une sorte de plaisanterie... Pourrais-je avoir une cigarette ? Merci. Je vois que vous fumez aussi cette marque... Merci. Savez-vous que vous avez un visage très intéressant ? Je n'ai jamais vu d'yeux exactement de la couleur des vôtres. Mais je suppose qu'un tas de femmes vous l'ont déjà dit ?

— C'est possible, répondit Pete. Elles vous disent n'importe quoi.

— Est-ce là ce que l'amour vous a apporté ? Une déception ?

Elle se pencha vers l'allumette, le regardant avec une invitation dans les yeux.

— Est-ce là l'opinion que vous avez de nous, Pete ?

— Oh ! Elles n'y mettent pas malice, dit-il, assez effrayé. A quelle heure déjeune-t-on sur cette ligne ?...

Il se leva...

— Je vais descendre une minute avant qu'on serve. Ce devrait être bientôt.

Miss Jameson fixait l'eau d'un regard tranquille. Elle portait sur ses épaules une mince écharpe d'étoffe brillante qui, de même que les taches de rousseur sur son nez, dues à un après-midi de soleil, lui donnait une fragilité anémique ; soudain silencieuse, sa cigarette entre ses longs doigts délicats, elle inspirait à Pete une gêne qu'il ne s'expliquait pas.

— Je vais descendre une minute avant le déjeuner, répéta-t-il ; pourquoi ne liriez-vous pas ce journal pendant ce temps-là ? ajouta-t-il en lui tendant la feuille.

Elle la prit et dit après l'avoir dévisagé à nouveau :

— Ah, Pete ! Vous ne nous connaissez guère, malgré toute votre expérience !

— Bien sûr, dit-il. Je reviendrai.

Et il s'éloigna en se réjouissant d'avoir changé de col la veille. « Ce voyage ne durera pas éternellement », se dit-il. Et, au moment de prendre l'escalier, il lança un regard sur elle. Le journal était sur ses genoux, mais elle ne lisait pas. Elle avait aussi jeté sa cigarette. Bon sang ! se dit Pete. J'ai de rudes épreuves en perspective !

Il atteignit l'étroit couloir coupé de part et d'autre par des portes aux poignées de cuivre. Il compta les portes pour trouver la sienne, et, à l'instant où il allait l'ouvrir, elle fut brusquement poussée et livra passage à la nièce qui se serrait dans un imperméable.

— Hello ! fit-elle.

— Ne vous excusez pas, dit-il en soulevant légèrement son chapeau. Jenny est levée aussi ?

— Dites donc, j'ai rêvé que vous aviez perdu votre chapeau. Oui, elle sera bientôt prête.

— Tant mieux. Je craignais qu'elle restât couchée et se laissât mourir de faim.

— Non, elle va bientôt sortir de la cabine.

Ils étaient l'un en face de l'autre dans le couloir qu'ils obstruaient complètement.

— Ecartez-vous, Pete ; il faut que je passe et je suis trop fatiguée ce matin pour grimper par-dessus vous.

Il s'effaça et, comme elle s'éloignait, il lui cria :

— Vous perdez votre culotte !

Elle s'arrêta et tenta de remonter l'étoffe informe qui, dépassant l'imperméable, lui tombait lentement sur les pieds. Debout, sur une jambe, elle se dépêtra à force de coups de pied et ramassa d'entre les plis du pantalon, une cravate d'homme effrangée.

— Le diable emporte ce cordon, dit-elle en ramassant le vêtement.

Pete, qui recommençait à compter les portes, sentit l'odeur du café.

— Oui, une dure épreuve, ce voyage, je le dirai à qui voudra l'entendre.

Huit heures.

— C'est le gouvernail, expliqua Mrs. Maurier, à la table du petit déjeuner. Il y a...

— Je sais, s'écria Mrs. Wiseman, des espions allemands !

— Il marchait très bien hier après-midi, le capitaine me l'a dit. Et puis, ce matin, quand la tempête s'est déchaînée... enfin nous sommes enlisés, et on va envoyer chercher un remorqueur pour nous tirer de là. Ils essaient de découvrir ce qui s'est détraqué, mais je ne sais pas...

Compatissante, Mrs. Wiseman tapota la main couverte de bagues qu'agitaient de petits tressaillements nerveux.

— Allons, allons, ne vous tourmentez pas. Ils nous désembourberont bientôt, et nous nous amuserons aussi bien ici qu'en naviguant... davantage, même ; le mouvement semble ne pas réussir à certains de vos invités. Je me demande...

Fairchild et ses acolytes n'étaient pas encore arrivés ; devant chaque place s'arrondissait un pamplemousse. La seule perspective de remanger du pamplemousse ne pouvait les retenir... Mrs. Maurier suivit son regard.

— En effet, cela ne change pas grand-chose, murmura-t-elle.

— Pour ma part, j'ai toujours eu envie de faire naufrage, continua Mrs. Wiseman. Le bateau n'aurait-il pas été... comment appelle-t-on cela ?... *sabordé ?* Julius et Dawson n'auraient quand même pas pensé à faire une chose pareille... Non, non, je dis des bêtises. Cet accident est arrivé, comme les choses arrivent, voilà tout. Mais que cela vous serve de leçon, mes enfants, ajouta-t-elle en regardant alternativement le neveu et la nièce, que cela vous enseigne à ne jamais prêter au soupçon.

Le steward apporta le café ; Mrs. Maurier lui dit de

laisser les pamplemousses de ces messieurs jusqu'à ce qu'il leur plût de venir.

— Ils n'auraient pas su comment s'y prendre même s'ils en avaient eu envie, dit la nièce. Ils ne connaissent rien à la mécanique. Josh aurait pu le faire. Il est très calé en ce qui concerne les moteurs d'automobiles. Je parie que tu saurais réparer l'avarie si tu t'en donnais la peine, n'est-ce pas, Gus ?

Il ne parut pas l'avoir entendue. Il acheva son déjeuner, mangeant tranquillement sans s'occuper d'autre chose ; puis, repoussant sa chaise, il demanda une cigarette sans s'adresser à personne en particulier. Sa sœur lui tendit un paquet qui portait des traces de poudre rosée, parfumée.

— Je me demande qui m'a pris mes cigarettes, dit Miss Jameson, brusquement ; c'est vous, n'est-ce pas ?

— Je croyais que vous les aviez oubliées, alors, je les ai montées.

Elle et son frère en prirent chacun une, puis elle poussa le paquet vers Miss Jameson qui, après l'avoir regardé fixement, le glissa dans son sac.

Le neveu avait un briquet ; il s'escrima vainement à l'allumer sous les yeux attentifs de ses compagnons ; Mr. Talliaferro lui offrit une allumette en manière de plaisanterie. Mais le briquet finit par marcher ; il le referma vivement quand il eut allumé sa cigarette.

— Donne-moi du feu aussi, Gus, lui dit sa sœur.

Il tira deux allumettes de la poche de sa chemise, les posa à côté de l'assiette de Patricia et se leva.

Tout en sifflant avec monotonie quatre mesures d'une chanson connue, il fouillait parmi les draps et couvertures de sa couchette. Quand il y eut retrouvé la baguette d'acier, il l'examina, les yeux mi-clos, à cause de la fumée de sa cigarette. A l'un des bouts, le métal était noirci ; il frotta la baguette dans un pli de son pantalon. Puis il l'examina de nouveau ; elle était toujours un peu noire. Comme la fumée de sa cigarette le faisait pleurer, il la cracha par terre et l'écrasa sous son talon. Il se saisit d'une brosse à dents et, traversant le couloir, alla récurer la baguette au lavabo ; il vint un peu de noir sur la brosse ;

il essuya la baguette à sa chemise et frotta la brosse d'abord sur le store d'un hublot, ensuite sur un tuyau d'eau en plomb passé au minium, enfin sur le dos de sa main. Il la renifla... elle sentait encore un peu la machine, mais avec du dentifrice dessus, on ne s'en apercevrait pas. Il retourna dans la cabine et replaça la brosse parmi les objets de Mr. Talliaferro.

Il sifflait toujours les mêmes mesures de la même chanson. La chambre aux machines était déserte. Mais il ne tentait nullement de se cacher. Il retrouva les clés anglaises dont il s'était servi pour dévisser la baguette et la revissa en sifflant. Quand il eut rangé les clés, il resta un moment à regarder avec ravissement le moteur endormi, puis, sans hâte aucune, il quitta la chambre.

Le capitaine, le steward et l'homme de pont étaient en train de déjeuner dans le salon. Il s'arrêta à la porte :

— Nous sommes en panne ? demanda-t-il.

— Oui, monsieur, répondit brièvement le capitaine.

Et il se remit à manger. Le neveu reprit :

— Quelle est l'avarie ?

Pas de réponse. Au bout d'un instant, il suggéra :

— C'est le moteur qui ne marche plus ?

— Le gouvernail, répondit le capitaine.

— On devrait pouvoir arranger ça. Où est la commande du gouvernail ?

— Dans la chambre aux machines.

Le neveu fit demi-tour.

— Eh bien, je n'ai rien touché dans la chambre aux machines.

Le capitaine, qui mâchait, la tête inclinée sur son assiette, la releva soudain, suivant des yeux le neveu qui s'en allait dans le couloir.

Dix heures.

— Votre défaut, Talliaferro, est de manquer d'audace avec les femmes. C'est cela, votre défaut.

— Pourtant, je...

Mais Fairchild l'interrompit :

— Je ne veux pas dire en paroles ; les paroles ne sont à leurs yeux que de petites choses qui font passer le temps. Avec des paroles, on ne peut même pas les choquer. La raison doit en être qu'elles ne vous écoutent pas la moitié du temps. Elles ne s'intéressent pas à ce que vous allez dire ; elles s'intéressent seulement à ce que vous allez faire.

— Oui, mais... Qu'entendez-vous par être audacieux ? Que faut-il faire ?

— Comment s'y prend-on partout ? Prenez n'importe quel journal, il sera plein d'histoires d'hommes pincés à Kansas City ou à Omaha dans des situations compromettantes en compagnie de jeunes filles disparues à Indianapolis, à Peoria ou même à Chicago depuis des jours et des jours. Si un homme peut aller jusqu'à Kansas City avec une fille de Chicago sans qu'elle lui tire dessus par affection, par hasard ou par simple exubérance, vous pouvez bien risquer le coup avec une fille de la Nouvelle-Orléans.

— Mais pourquoi Talliaferro aurait-il envie d'emmener une fille de la Nouvelle-Orléans, ou toute autre fille, à Kansas City ? demanda le Sémite.

Ils ignorèrent sa question.

— Je sais bien, dit Mr. Talliaferro, mais ces hommes-là viennent toujours de cambrioler un magasin de cigares... Moi, je ne pourrais pas faire cela, vous savez.

— Eh bien, les filles de la Nouvelle-Orléans n'ont peut-être pas besoin de cela ; elles ne sont pas encore aussi compliquées. Cependant, il faut compter avec le cinéma, et puis, il y en a peut-être qui lisent les journaux ; je vous conseille donc de ne pas perdre de temps. Le bruit peut s'être déjà répandu qu'en attendant seulement un jour ou deux, elles pourront avoir un magasin de cigares pour presque rien. Et il n'y a pas beaucoup de magasins de cigares à la Nouvelle-Orléans, vous savez...

— Mais, intervint le Sémite, Talliaferro ne veut pas à la fois une femme et un magasin de cigares.

— C'est exact, dit Fairchild. Vous n'êtes pas en quête de tabac, n'est-ce pas, Talliaferro ?

Onze heures.

— Non, monsieur, répondit patiemment le neveu, c'est une pipe.

— Une pipe ? fit Fairchild en s'approchant avec intérêt. Quelle est votre idée ? Fumera-t-elle plus longtemps qu'une pipe ordinaire ? Est-ce qu'elle contiendra davantage de tabac ?

— Elle ne chauffera pas autant, dit le neveu, tout en sculptant minutieusement son cylindre. Elle ne vous brûlera pas la langue. Vous pourrez fumer le tabac jusqu'à la dernière parcelle sans vous brûler la langue. On change les vitesses de cette pipe comme dans une voiture.

— C'est fantastique. Comment cela fonctionne-t-il ? Fairchild apporta un pliant, et le neveu lui montra le fonctionnement de sa pipe.

— Mais c'est épatant ! s'écria-t-il. Vous devriez gagner un tas d'argent si ça marche vraiment.

— Ça marche, dit le neveu en réajustant ses cylindres. J'en ai fabriqué une petite en bois de pin. Elle marchait très bien pour une pipe en bois de pin.

— De quel bois vous servez-vous en ce moment ?

— Du cerisier.

Il travaillait avec application, la tête penchée sur son ouvrage.

— C'est drôle que personne n'ait eu cette idée avant vous, dit Fairchild en le regardant travailler. Dites donc, nous pourrions former une société, avec Julius et le Major Ayers. Lui qui essaie de faire fortune rapidement avec quelque chose qui ne demande pas de travail ; votre pipe est une bien meilleure idée que son laxatif. Je n'imagine pas, même les Américains, dépensant beaucoup d'argent pour une chose qui ne fait que libérer leur ventre. Ce serait trop sensé... Votre sœur me dit que vous devez tous deux entrer à l'Université de Yale, le mois prochain.

— Moi, oui. Elle s'imagine simplement qu'elle ira aussi. Elle a tanné papa jusqu'à ce qu'il dise qu'elle pourrait y aller. Mais d'ici là, elle aura envie de faire autre chose.

— Que fait-elle ? demanda Fairchild. Passe-t-elle son temps, comme la plupart des filles, à danser, à courir les magasins et à traîner derrière elle une bande d'amoureux ?

— Non, répondit le neveu. Elle passe la plus grosse partie de son temps et du mien à tourniquer autour de moi. Oh ! je crois que c'est une fille bien, mais elle n'a pas beaucoup de bon sens.

Il sépara les cylindres et les étudia en louchant.

— C'est là qu'on change de vitesse, hein ? dit Fairchild en s'approchant de nouveau. Oui, c'est une gentille gosse. Un peu comme un poulain pur-sang... Alors, vous allez à Yale ? J'ai eu le désir d'y entrer moi aussi, naguère, mais j'ai dû me contenter d'aller où mes moyens me le permettaient. Je suppose que tout jeune Américain qui aspire à la culture supérieure ou qui se résigne à la subir, désire, à une certaine époque de sa vie, entrer à Yale ou à Harvard. C'est peut-être cela que signifient Yale et Harvard dans notre vie américaine : l'illusion d'un nirvana intellectuel qui pousse ceux qui ne peuvent y aller à travailler ailleurs comme des forcenés afin de ne pas faire trop piètre figure auprès de ceux qui y sont admis. Et néanmoins, quatre-vingt-dix pour cent des anciens étudiants de Yale et de Harvard sont des gens vivables s'ils ne sont pas des gens distingués. C'est déjà un beau résultat pour une fabrique, je crois. J'aurais bien aimé y aller...

Le neveu n'écoutait que d'une oreille distraite ; il taillait et raclait son cylindre avec sollicitude. Fairchild poursuivit :

— C'était un drôle de collège, celui où j'ai fait mes études. On y donnait un enseignement religieux particulier ; on y formait des prédicateurs. Je travaillais dans une fabrique de faucheuses de l'Indiana et le propriétaire de cette usine était membre du Conseil d'administration du collège. C'était un vieil hypocrite avec une barbe de bouc ; il offrait chaque année une demi-bourse au concours, aux jeunes gens qu'il employait. Quand on obtenait la bourse, il vous trouvait un emploi près du collège pour payer votre pension, mais pas assez rémunéré pour vous permettre de ne rien faire d'autre — il vous protégeait ainsi contre les tentations de la chair, vous comprenez ; on lui envoyait un bulletin mensuel sur chacun des boursiers.

« Cette année-là, j'ai obtenu la bourse ; ce n'était que pour une seule année, aussi ai-je essayé d'en apprendre le plus possible. Je suivais six ou sept cours par jour en dehors du travail qui assurait ma pension. Mais je me passionnai à m'instruire et j'y réussis en dépit de nos professeurs. C'était un ramassis de professeurs détraqués, la tête pleine d'intolérance et de dogme, et le ventre plein de paroles redondantes, dénuées de sens. Le professeur de littérature dénigrait Shakespeare parce qu'il parlait des putains sans en tirer de morale, et l'un des professeurs affirmait avec insistance que le chef des diables dans le *Paradis perdu* était un portrait inspiré de Darwin ; ils n'osaient toucher à Byron qu'avec un bâton de six pieds, et réduisaient Swinburne à sa mère et à l'océan. Et sans doute auraient-ils supprimé ce dernier si l'on avait alors porté des maillots de bain d'une seule pièce comme aujourd'hui. Malgré tout cela, je prenais plaisir à m'instruire, et j'aurais voulu pouvoir regarder l'intérieur de ma tête à la fin de cette année-là...

Il contempla les vagues ronflantes que le vent frangeait d'écume et rit :

— Et puis, j'ai failli faire partie d'une « fraternité ».

Fairchild sortit un paquet de cigarettes. Penché sur sa pipe, le neveu accepta distraitement une cigarette et du feu.

— Je suppose que vous avez déjà, dans votre esprit, choisi votre « fraternité », demanda Fairchild.

— Le Club des Anciens, si l'on veut m'y recevoir, répondit le neveu.

— Le Club des Anciens ? Cela veut dire que vous aurez trois ans devant vous, hein ? C'est une bonne idée. Elle me plaît. Mais moi, j'étais obligé de tout faire en un an, vous comprenez ; je ne pouvais pas attendre. Je ne disposais jamais de beaucoup de temps pour me mêler aux autres étudiants ; six heures de cours par jour, et le reste occupé à travailler et à étudier pour le lendemain. Mais j'entendais parler des serments, des menus potins du collège et des sports. Dans la maison où je prenais pension, il y avait un type, un beau type, qui parlait tout le temps des meilleurs athlètes du collège ; il les appelait tous par leurs prénoms. Et puis, il avait toujours une histoire de femme à raconter, une enveloppe rose à montrer, mais il ne procédait que par allusions anonymes ; il protégeait chevaleresquement leur réputation.

« C'était un " senior ", et il fut le premier à me renseigner sur les " fraternités ". Il était membre de l'une d'elles depuis longtemps, bien qu'il n'en portât pas l'insigne. Il avait donné l'insigne à une jeune fille qui ne le lui avait pas rendu. J'avais tellement à travailler pour gagner mon pain et mon bifteck que la chance n'avait guère l'occasion de m'atteindre. Pas plus la chance que l'information. Ce type m'apprit donc qu'il pourrait me faire admettre dans sa " fraternité " si j'en avais envie. Voyez-vous, ce sont les jeunes gens qui infusent de la vie aux rites ; ils font des conventions la vie elle-même ; les vieux détruisent la vie en la rendant conventionnelle. Je désirais tirer tout le parti possible de mon séjour au collège. A vingt et un ans, un garçon rêve encore de faire partie d'une bande de pirates et de défendre une abstraction au prix de son sang. Seulement, moi je n'avais pas d'argent. Il me suggéra de travailler provisoirement un peu plus et m'indiqua d'autres jeunes gens qui devaient se joindre à notre association : les joueurs de base-ball, des capitaines d'équipe, des lauréats de différents concours. Il me recommanda de n'en faire mention à personne. En fait, je travaillais trop pour me lier avec quiconque au point de me laisser aller à des confidences.

« Il fallait que mon travail supplémentaire fût un travail de nuit ; j'obtins un emploi de chauffeur auxiliaire à la centrale électrique qui alimentait le collège. J'emportais mes livres, car il était possible de lire quand la vapeur était à point. Mais la privation de sommeil me fatiguait ; j'avais parfois trop besoin de dormir pour pouvoir étudier, et je fus obligé de renoncer à l'un de mes cours. Le professeur m'accorda de me rattraper pendant les vacances de Noël. Bientôt, je m'habituai à dormir sur un tas de cendres ou dans une soute à charbon.

Ce récit intéressait le neveu, maintenant ; il ne maniait plus son couteau.

— La cotisation se montait à vingt-cinq dollars ; je comptais les gagner en me privant de sommeil sans qu'il m'en coûtât davantage. J'étais accoutumé au travail ; c'était, pour moi, vingt-cinq dollars tout trouvés.

« Je faisais ce métier depuis un mois quand le jeune homme vint me dire que, par suite d'un certain événement, la “ fraternité ” devait procéder tout de suite aux initiations et il me demanda combien j'avais gagné. Il ne me manquait pas grand-chose pour parfaire les vingt-cinq dollars ; il m'offrit de me prêter la différence. Je racontai au directeur de la centrale que j'avais besoin d'argent pour payer le dentiste. Il me versa tout ce qui m'était dû ; je remis la somme au type qui m'indiqua un rendez-vous pour la nuit suivante, derrière la bibliothèque. Je m'y rendis à l'heure dite...

Fairchild se mit à rire.

— Et alors, dit le neveu, qu'est-ce qu'il a fait, cet oiseau-là. Il vous a posé un lapin ?

— Il faisait froid, cette nuit-là. C'était à la fin de novembre ; un vent du nord, glacial, sifflait parmi les arbres dépouillés et faisait un bruit sec en agitant les quelques feuilles mortes qui y restaient. Le même après-midi, nous avions gagné un match de football ; je voyais des lumières dans les dortoirs où habitaient ceux qui en avaient les moyens ; je les entendais célébrer notre victoire par des cris joyeux. Il devait faire chaud et bon dans le bâtiment. Dehors, je marchais de long en large, frappant le sol de mes pieds ; je gelais. Au bout d'un moment, je contournai l'angle de la bibliothèque ; le froid était moins vif, de ce côté, et je pouvais jeter un coup d'œil de temps en temps pour voir si l'on me cherchait. De mon nouveau poste d'attente, je voyais le hall des étudiantes, tout illuminé comme pour une fête ; derrière les stores baissés des chambres, j'apercevais les ombres mouvantes des jeunes filles qui s'habillaient et se coiffaient. Bientôt, j'entendis des pas nombreux traverser le « campus ». Je me dis « les voici enfin », mais les garçons ne firent que passer, ils se rendaient chez les filles qui donnaient une réception.

« Je continuai à faire les cent pas. Une horloge sonna neuf heures. Dans une demi-heure, je devais être de retour à la centrale. J'entendais, malgré les fenêtres fermées, la musique de la fête. Quelques flocons de neige se mêlaient au vent. La demie de neuf heures devait être passée. Cependant, je poursuivais mon attente. La neige tomba bientôt en abondance : un vrai « blizzard ». C'était la première neige de l'année. Les jeunes gens de la réception sortirent pour la regarder ; j'entendis les voix aiguës, excitées et fraîches des jeunes filles, avec une bouffée de musique plus forte. Puis, ils refermèrent la porte et la musique s'affaiblit. L'horloge sonna dix coups ; alors je regagnai la centrale ; j'étais déjà en retard.

Il se tut, les yeux fixés sur les bataillons de vagues luisantes que le vent giflait et faisait écumer. Il rit de nouveau et dit :

— Il s'en est fallu de peu que j'en fasse partie, cependant.

— Eh bien, et le type ? demanda le neveu. Avez-vous mis la main dessus, le lendemain ?

— Il avait filé. Je ne l'ai jamais revu. J'ai découvert plus tard qu'il n'était même pas étudiant. Je n'ai jamais appris ce qu'il était devenu. Allons, finissez votre pipe, dit Fairchild en se levant, nous constituerons une société et nous nous enrichirons.

Les doigts serrés sur sa pipe et son cylindre, le neveu suivit du regard le dos épais de Fairchild jusqu'à ce qu'il disparût.

— Pauvre imbécile, dit-il en reprenant son travail.

Deux heures.

C'était ce moment insupportable aux gens jeunes et actifs : aussitôt après déjeuner, un jour d'été. Les autres sommeillaient tous quelque part ; personne à qui parler et rien à faire. Il faisait plus chaud que le matin, quoique, sous le ciel clair, toujours fouettées par le vent, les vagues continuassent à venir se briser de côté sur les flancs rebondis de la *Nausicaa.*

Penchée sur le bastingage, la nièce les regardait ; elles diminuaient. Au coucher de soleil, il n'y en aurait plus ; mais, par instants, il en venait une assez grosse pour l'éclabousser. Sa jupe voltigeait autour de ses jambes nues, et elle essayait, les yeux sur cette eau agitée, de se décider à chercher son costume de bain. « Mais, se dit-elle, si je me baigne maintenant, je serai fatiguée, et quand les autres viendront nager, plus tard, je ne pourrai pas me joindre à eux. »

Elle flâna sur le pont, et s'arrêta en bâillant devant le rouf. Personne n'y était ; évidemment ; le pilote était parti de bonne heure demander un remorqueur pour les désensabler. Elle entra dans la petite pièce et examina avec intérêt les cadrans. Elle toucha en hésitant au gouvernail. Il tournait bien ; on devait l'avoir réparé. Apercevant des jumelles suspendues au mur, elle les prit. D'abord, elle ne vit qu'une tache bicolore, puis, la tache devint des arbres dont elle voyait distinctement chaque branche, chaque feuille et la mousse verte roussie qui y pendait comme des barbes de chèvres ; devant les arbres s'étendait une bande de sable jaune bordée d'écume où le soleil suspendait de petits arcs-en-ciel.

Elle contempla assez longtemps ce paysage avec ravissement, puis, inclinant lentement la jumelle, elle vit passer, à brève distance, des vagues moutonnantes et crémeuses ; inclinant un peu plus la lorgnette, la rampe du bastingage lui apparut de dimension monstrueuse, et, sur la rampe, un objet sans nom qui émettait des cercles jaunes. Ceux-ci tombaient à l'eau, au fur et à mesure, sans aucun bruit, bien qu'ils parussent très proches. Elle remua de nouveau la lorgnette : l'objet qui émettait les disques jaunes n'y était plus ; il avait été remplacé par le dos d'un homme, si proche qu'elle aurait pu le toucher en étendant la main.

Elle abaissa la jumelle ; le dos de l'homme disparut, devenant celui du steward. Il portait un seau d'ordures ;

elle comprit alors ce qu'étaient les disques jaunes. Elle releva la lorgnette, et le steward se trouva tout à coup à portée de son bras. Elle cria : « Hé ! » Il se retourna et elle vit nettement son visage. Elle lui fit un signe de la main, mais il ne fit que lui jeter un coup d'œil et continua son chemin.

Elle raccrocha la jumelle à son clou et suivit le steward. Par l'ouverture de la coupée, elle le vit obliquement, dans son office, en train de laver la vaisselle du déjeuner. Elle alla s'asseoir en haut de l'escalier. De là, par une petite fenêtre, elle l'observa tranquillement, sans impertinence mais avec intensité, comme un enfant, tandis, que, penché sur l'évier, il achevait la vaisselle. Levant la tête, il aperçut le visage sérieux et hâlé qui l'observait dans l'encadrement rond du hublot.

— Hello ! dit-elle.

— Hello ! répondit-il avec gravité.

— Vous travaillez tout le temps, n'est-ce pas ? Dites donc, j'ai admiré la façon dont vous vous êtes jeté à l'eau pour secourir cet homme, hier, et tout habillé encore. Il n'y a pas beaucoup de gens qui ont l'intelligence de plonger en s'écartant de l'hélice. Comment vous appelez-vous ?

— David West, répondit-il en grattant une marmite.

L'eau de l'évier, sur laquelle flottait un gros morceau de savon jaune, fumait. La nièce, courbée en avant pour voir à travers le hublot, frottait les paumes de ses mains sur ses mollets nus.

— C'est dégoûtant que vous soyez obligé de travailler, qu'on soit à terre ou non. Le capitaine et le reste de l'équipage n'ont rien à faire à présent. Ils peuvent s'amuser plus que nous, maintenant. Tante Pat est terrible. Etes-vous avec elle depuis longtemps ?

— Non, mademoiselle, c'est mon premier voyage. Mais je ne me plains pas d'un travail comme celui-ci. Ce n'est pas grand-chose une fois qu'on s'y est mis. Ce n'est rien en comparaison de ce que j'ai fait avant.

— Oh ! vous n'êtes pas cuisinier de profession ?

— Non, mademoiselle. Pas de profession. C'est

Mr. Fairchild qui m'a procuré ce poste chez Mrs... chez elle.

— Vraiment ? Il connaît presque tout le monde, n'est-ce pas ?

— Ah ?

Par la fenêtre ronde, elle voyait la bouilloire noircie reprendre son éclat sous les coups de brosse du steward. Des paquets de mousse de savon flottaient dans l'évier comme de petits reflets de nuages.

— Vous connaissez depuis longtemps Mr. Fairchild ? reprit-elle.

— Depuis deux ou trois jours seulement. Je ne l'avais encore jamais vu avant de le rencontrer dans le parc où il y a la statue, près des docks ; nous avons parlé ; comme j'étais sans emploi, il m'a procuré cette place. Je sais faire n'importe quel travail, ajouta-t-il avec fierté.

— Vraiment ? Vous n'habitez pas la Nouvelle-Orléans ?

— Je suis de l'Indiana, mais je voyage d'un endroit à l'autre.

— Oh ! j'aimerais être un homme. Ça doit être agréable d'aller comme ça partout où l'on a envie. Je travaillerais sur des bateaux ; oui, c'est cela que je ferais.

— Oui, dit-il, c'est là où j'ai appris à faire la cuisine, sur un bateau. On a fait les ports de la Méditerranée, au dernier voyage.

— Mince ! Vous avez vu beaucoup de pays ! Que faisiez-vous quand le bateau s'arrêtait dans un port ? Vous ne restiez pas à bord ?

— Non. Je suis allé voir un tas de villes, loin de la côte.

— Je suis sûre que vous avez vu Paris.

— Non, dit-il comme en s'excusant. Je n'en ai jamais trouvé l'occasion. Mais la prochaine...

— Je savais bien que vous ne deviez pas avoir été à Paris. Dites-moi, les hommes ne vont en Europe que parce qu'on dit les Européennes faciles, n'est-ce pas ? Est-il vrai que les femmes d'Europe sont aussi dévergondées ?

— Je ne sais pas, je n'ai jam...

— Je parie que vous n'avez pas eu le temps de vous en

occuper ? Je ferais comme vous ; je ne perdrais pas mon temps avec les femmes si j'allais en Europe. Ils me dégoûtent tous, ces collégiens en culottes bouffantes avec des étiquettes de toutes les couleurs sur leurs valises, rapportant des bouteilles de cognac vides, toujours à vous dégoiser des histoires au sujet des Françaises et essayant de vous faire la cour en français. Dites, là où vous êtes allé, avez-vous vu un tas de montagnes avec de petites villes sur leurs pentes, des vieux remparts gris et des châteaux en ruine ?

— Oui, m'selle. Et il y avait un endroit perché au-dessus d'un lac bleu, bleu comme... de l'eau de lessive avec une boule à bleuir dedans, pour blanchir le linge, vous savez...

— Oui, je sais, dit-elle impatiemment. Mais y avait-il des montagnes autour ?

— Il y avait les Alpes, et, sur le lac, des petits bateaux blancs, pas plus grands que des araignées d'eau. On ne les voyait pas bouger ; on voyait seulement l'eau s'étaler de part et d'autre. Elle s'étalait presque jusqu'à toucher les deux rives, chaque fois qu'un bateau passait. Et l'on pouvait se coucher sur la montagne où j'étais et regarder les aigles voler en rond, haut, au-dessus du lac, jusqu'au coucher du soleil. A la tombée de la nuit, ils retourneraient tous dans la montagne.

Le regard de David, fixé sur le hublot, ne voyait pas le visage sérieux et hâlé qu'il encadrait ; il ne voyait plus que son lac bleu, les montagnes solitaires et les aigles planant au-dessus.

— Au coucher du soleil, les montagnes avaient quelquefois l'air d'être tout en feu. C'était la neige et la glace dont elles étaient couvertes qui s'enflammaient comme ça. Et la nuit aussi, c'était joli, ajouta-t-il avec simplicité en recommençant à gratter les casseroles.

— Bon Dieu, ce que c'est embêtant d'être une femme ! Je vais être obligée de me marier et d'avoir un tas de gosses... Eh bien, non. Je persuaderai Hank de me laisser aller là-bas l'été prochain. Est-ce que vous ne pouvez pas y retourner aussi ? Dites, arrangez-vous pour y retourner. Je rentrerai chez nous, j'en parlerai à Hank, et je reviendrai. Josh voudra en être aussi, probablement. Vous saurez nous conduire à tous ces endroits. Est-ce que c'est impossible ?

— Sans doute que non, répondit-il lentement... Seulement...

— Seulement quoi ?

— Rien, finit-il par dire.

— Eh bien ! organisez le voyage, alors. Je vous donnerai mon adresse, et vous pourrez m'écrire quand partir et où nous retrouver. Je ne pourrai peut-être pas faire la traversée sur le même bateau que vous ?

— Je crains bien que non.

— Ça s'arrangera quand même. Oh ! David, je voudrais qu'on pût partir demain ! Je me demande si l'on a le droit de nager dans ce lac ? Mais il est peut-être plus agréable de le regarder d'en haut, comme vous l'avez fait. L'été prochain...

Elle avait les yeux sur la tête brune du steward, mais elle se voyait, couchée sur le ventre au-dessus du lac Majeur où voguaient de petits bateaux blancs, tandis que les aigles fiers et solitaires s'élevaient dans l'azur ensoleillé parmi des montagnes couronnées de nuages, plus grandes que Dieu.

David essuya ses casseroles et ses marmites et les accrocha à la tringle ; puis il lava ses torchons et les mit à sécher.

— C'est triste que vous soyez forcé de travailler tout le temps, dit-elle avec un regret poli.

— J'ai fini maintenant.

— Alors, allons nager. L'eau doit être bonne à cette heure.

— Je ne peux pas. J'ai encore un peu d'ouvrage que je ferais bien de terminer tout de suite.

— Je croyais que vous aviez fini. Cela ne vous prendra pas très longtemps. Sinon, nous nous baignerons après ; je vous attendrai.

— Eh bien !... vous comprenez... je ne me baigne pas pendant la journée. Je vais nager de bonne heure, le matin, avant que vous soyez levés.

— Quelle bonne idée ! Il doit faire bon, à ce moment-là. Pourquoi ne m'appelleriez-vous pas quand vous êtes sur le point de vous baigner ? Voulez-vous le faire, demain ?...

Comme elle le vit hésiter, elle ajouta :

— Est-ce parce que vous n'aimez pas vous baigner avec des filles ? Ne craignez rien ; je ne vous ennuierai pas. Je nage assez bien ; vous n'aurez pas à m'empêcher de me noyer.

— Ce n'est pas cela, balbutia-t-il. Vous comprenez, je... n'ai pas de costume de bain.

— Oh ! si ce n'est que ça ! je vous apporterai celui de mon frère. Il sera sans doute un peu étroit, mais vous pourrez le mettre tout de même. Je vais vous le chercher tout de suite, si vous voulez bien vous baigner.

— Je ne peux pas, répéta-t-il. J'ai encore quelques nettoyages à faire.

— Eh bien, dit-elle en se levant, si vous ne voulez pas... Mais demain matin ? Vous l'avez promis, vous savez.

— Entendu, dit-il.

— Je tâcherai d'être réveillée. Vous n'aurez qu'à frapper à la porte, la deuxième à droite dans le couloir.

Elle s'éloigna du pas silencieux de ses pieds nus. Puis, s'arrêtant, elle lui cria :

— N'oubliez pas votre promesse !

Enfin son corps plat de garçon disparut et David reprit son travail.

Elle monta sur le pont et tourna le coin du rouf juste à temps pour voir Jenny repousser l'attaque de Mr. Talliaferro. Elle se cacha derrière le rouf avant qu'ils l'eussent aperçue.

De l'audace. Mais Fairchild avait dit qu'on ne peut pas avoir d'audace en paroles. Alors, comment ? Pour lui, essayer de faire une chose sans paroles c'était comme essayer de faire pousser du blé sans semences. Cependant, Fairchild avait dit... et il connaissait le monde et les hommes...

Mr. Talliaferro rôdait sur le bateau qui lui semblait désert. Enfin, il trouva Jenny, placidement endormie, dans un fauteuil à l'ombre du rouf. Blonde, rose et douce ; son mol abandon s'adaptait comme de l'eau à l'étreinte lâche du transatlantique de toile. Mr. Talliaferro envia ce pliant avec une flamme d'adolescent dans ses os desséchés ; pendant qu'il contemplait les cuisses et les jambes délicieuses de Jenny et la petite main sale étendue sur sa hanche, cette vague de flamme qui semblait distendre tous ses organes, lui laissait dans la bouche un petit goût salé.

Il jeta un rapide coup d'œil sur le pont, puis, se sentant assez sot mais étrangement jeune, il suivit de la main, à travers la toile qui le supportait, le tracé du corps de Jenny. Terriblement effrayé à la pensée que quelqu'un pouvait l'observer, il se redressa vivement dans une sorte de nausée, et regarda les yeux clos de Jenny. Ses cils projetaient sur ses joues une ombre bleue et transparente, son souffle était un petit vent régulier qui venait de passer sur du lait frais. Mais il sentait toujours sur lui des yeux invisibles, et il chercha quelque geste ordinaire à accomplir pour donner le change. Le prétexte d'une cigarette lui fut suggéré par son esprit en déroute ; mais il n'en avait pas sur lui et, éperonné par son idée, il se précipita vers sa cabine.

Le neveu y dormait sur sa couchette. Mr. Talliaferro prit ses cigarettes et examina son visage dans le miroir, cherchant à y voir les marques de sa témérité. Mais il ne reflétait que son habituelle politesse légèrement craintive ; et il lissa ses cheveux, songeant au corps charmant qui creusait le transatlantique... oui, presque exactement au-dessus de sa tête... Il se hâta de retourner sur le pont, redoutant qu'elle se fût éveillée et qu'elle s'en fût allée. Par un grand effort sur lui-même, il effectua sa reconnaissance du pont d'un pas mesuré. Tout allait bien. Il fuma sa cigarette par courtes bouffées nerveuses, entendant battre son cœur et sentant dans sa bouche ce goût de sel chaud. Oui, sa main tremblait, tandis que, dans une attitude naturelle, il regardait le ciel, l'eau et la rive. Puis, il se dirigea, toujours d'une allure lente, jusqu'à l'endroit où Jenny continuait à dormir dans le même abandon, douce, inconsciente et terrible.

Mr. Talliaferro se pencha sur elle. Il se mit sur un genou, puis sur les deux genoux. Jenny dormait ineffablement, lui envoyant son souffle parfumé dans la figure... Il se demanda si, en cas de danger, il saurait se relever assez vite. Il se releva, regarda autour de lui, traversa le pont sur la pointe des pieds pour chercher un autre fauteuil et le rapporta, toujours sur la pointe des pieds à côté de celui de Jenny. Il s'assit ; mais ces pliants étaient faits pour qu'on s'y allonge. Il essaya de s'asseoir au bord. C'était trop haut. Dans le chaos de sa pensée se mêlaient le désespoir de sa futilité et celui de la fuite implacable de l'occasion. Et en même temps, il était le dédaigneux spectateur de ses propres folies. Il alluma une nouvelle cigarette de ses doigts tremblants, en tira trois bouffées sans saveur et la jeta.

Ce plancher était dur pour ses vieux genoux. Entre les lèvres rouges de Jenny, ses petites dents... ses cheveux blonds partagés par une raie ; cette chair rose et dorée... et puis, un seul œil bleu... elle n'est pas encore tout à fait éveillée... Il sentit de nouveau peser sur lui un regard invisible, mais tant pis, advienne que pourra... à l'instant même où Jenny s'éveillait, il chercha à appuyer un baiser sur ses lèvres.

— Eveillez-vous, Princesse Baiser, dit-il d'une voix de fausset.

Jenny poussa un petit cri, remua la tête, puis, se réveillant tout à fait, elle avança la main sous le menton de Mr. Talliaferro.

— Eveillez-vous avec un baiser, répéta Mr. Talliaferro avec un petit rire nerveux.

Maintenant il était obsédé par le besoin d'achever son geste.

Jenny se souleva et repoussa Mr. Talliaferro sur ses talons.

— Qu'est-ce que vous faites, espèce de vieux..., dit-elle en le foudroyant du regard et en cherchant dans la région vague et rose qui lui servait de cervelle un terme adéquat.

Celui qu'elle finit par proférer était de ceux qu'appliquerait un matelot ou un cheminot pris de vin à son amie passagère d'un samedi soir, un terme dont il lui ferait, après, payer chaque lettre, comme pour un télégramme. Jenny regarda avec une douce indignation Mr. Talliaferro battre en retraite. Puis, quand il eut disparu, elle reprit sa position alanguie et ne tarda pas à se rendormir.

Neuf heures.

L'objet principal de ce crêpe de chine vert pomme, un peu taché, semblait être de dévoiler la forme du derrière de Jenny, pendant qu'elle dansait ; caressant les pointes jumelles de ses fémurs comme un vieil amant stérile, il était froissé comme si elle l'avait récemment porté pour dormir. Elle avait aussi un petit chapeau de paille claire, sans forme particulière, garni de rubans.

Jenny dansait placidement avec un art consommé, dans les bras de Mr. Talliaferro. Elle et Pete venaient de se disputer aigrement, du moins Pete, car Jenny placide et bovine, avait simplement fondu en larmes, ce qui n'altérait en rien la beauté de ses yeux, tout en continuant à poursuivre calmement son but : s'amuser le plus possible pendant cette croisière. Ici, Pete ne pouvait pas la quitter ; tout ce qu'il pouvait faire était de la gronder, de bouder ou peut-être même de la battre. Il l'avait frappée une fois, ce qui avait fait de lui son esclave volontaire. Elle n'avait pas détesté ça.

Au-delà des lumières, au-delà des sons du gramophone, l'eau bruissait doucement sous les étoiles ensommeillées. Jenny dansait sans que le flot incessant de paroles tendres que Mr. Talliaferro déversait dans son cou parvînt à la troubler, à peine consciente de la main qui s'appuyait au bas de ses reins.

— Assez jolie, n'est-ce pas ? dit Fairchild à son compagnon, du haut de l'échelle de coupée où ils étaient venus respirer un peu d'air. Elle est douce, stupide et jeune ; passive et cependant troublante.

Il regarda un instant les danseurs et ajouta :

— Et voilà la Grande Illusion par excellence.

— Quoi donc ? L'émoi de Talliaferro ?

— L'illusion qu'on peut séduire les femmes. Ce sont tout bonnement elles qui nous choisissent.

— Et alors, que Dieu nous protège, dit l'autre.

— Et avec des paroles, par-dessus le marché, des paroles...

— Eh bien, pourquoi pas des paroles ? Un moyen en vaut un autre, auprès des femmes. Et vous êtes drôle de faire fi des paroles, vous qui appartenez à la catégorie des gens dont tous les actes sont contrôlés par des paroles. C'est la parole qui renverse les trônes et les partis politiques et qui inspire les croisades contre le vice ; ce ne sont pas les choses. La Chose n'est que le symbole de la Parole. Songez dans quel diable de pétrin nous serions, vous et moi, si nous ne croyions plus aux mots. Je n'aurais plus rien à faire de toute la journée et vous en seriez réduit à travailler ou à mourir de faim... Après tout, son illusion est tout aussi nourrissante que la vôtre ou que la mienne.

— Je le sais, dit Fairchild, seulement les nôtres ne sont pas tout à fait aussi ridicules que la sienne.

— Comment le savez-vous ? dit le Sémite.

Et comme l'autre ne répondait rien, il poursuivit :

— En somme, peu importe ce que l'on croit. Non seulement l'homme se nourrit de convictions, mais il se nourrit de convictions quelconques. Quelle que soit votre croyance, elle agacera toujours quelqu'un, mais vous saignerez et mourrez pour elle, malgré la Loi, l'enfer ou la noyade. Ceux qui meurent pour des causes, périssent pour n'importe laquelle ; moins elle a de valeur, plus elle suscite de dévouements. Et ceux qui s'y sacrifient y trouvent leur bonheur. La Providence leur offre ainsi le moyen d'occuper leur temps... Savez-vous qui est l'homme le plus heureux du monde ? Mussolini, naturellement. Mais ensuite ? Les pauvres diables qu'il fera tuer avec son rêve de César. Ne les plaignez pas : si ce n'était pour Mussolini et son illusion, ce serait pour un autre et sa cause. Je crois que c'est la manifestation d'un grand dessein cosmique pour la fertilisation de la terre. Et puis, cela pourrait être bien pire. Qui sait ? Ils pourraient émigrer en masse en Amérique et tomber entre les mains d'Henry Ford... Alors, ne vous imaginez pas être supérieur à Talliaferro. Je trouve son illusion actuelle et son objet plutôt charmants, presque aussi charmants qu'en serait la réalisation, ce qu'on ne peut pas dire des vôtres.

Il ralluma son cigare éteint. Son visage sortit un instant de l'ombre pour y rentrer aussitôt. Il jeta l'allumette vers le bastingage.

— Vous en faites autant, reprit-il, vous, pauvre eunuque émotif ; vous en faites autant, en dépit de cette bâtarde d'un chirurgien et d'une sténographe que vous appelez votre âme ; vous aussi, vous vous souvenez avec regret des baisers dans l'obscurité et de toute la tendre et douce stupidité de la jeune chair.

— Au diable, dit Fairchild ; allons boire un verre.

Et son ami avait trop de tact et de bonté pour lui dire : « Je vous l'avais bien dit. »

Mrs. Maurier les captura comme ils atteignaient l'escalier.

— Vous voici ! s'écria-t-elle gaiement, et elle emprisonna leurs bras. Venez ! dansons. Nous avons besoin d'hommes. Eva a chipé Mark à Dorothy, de sorte qu'elle n'a pas de cavalier. Venez, Mr. Fairchild, et vous aussi, Julius.

— Nous reviendrons, dit Fairchild ; nous allons à la recherche de Gordon et du Major Ayers ; nous reviendrons tous ensemble.

— Non, non, dit-elle. Nous allons envoyer le steward les chercher. Venez tout de suite.

— Je crois que nous ferions mieux d'y aller nous-mêmes, dit Fairchild. Le steward n'a pas arrêté de travailler toute la journée ; il doit être éreinté. Et Gordon est timide : il pourrait ne pas céder à la prière d'un domestique.

Elle les libéra à regret ; son visage rond exprimait l'étonnement et le doute.

— C'est bien vrai ? Vous reviendrez, Mr. Fairchild ?

— Oui, oui, répondit-il en se hâtant de descendre.

— Julius ? cria Mrs. Maurier, désemparée.

— Je les ramènerai dans dix minutes, dit le Sémite en suivant son ami.

Mrs. Maurier s'éloigna dès qu'elle les eut perdus de vue. Elle alla rejoindre ses autres invités. Jenny et Mr. Talliaferro dansaient encore, de même que Mrs. Wiseman et le poète. Miss Jameson, sans partenaire, faisait une patience sur la table à jeu. Quand le disque fut terminé, Mrs. Maurier dit avec fermeté :

— Je crois que nous devrions changer de cavalier entre nous, en attendant que les autres remontent.

Mr. Talliaferro lâcha docilement Jenny qui, au bout d'un moment, s'éloigna ; elle passa devant le grand homme laid accoudé tout seul au bastingage ; plus loin, la voix de la nièce prononça dans l'ombre :

— Vous allez vous coucher ?

Jenny s'arrêta et, tournant la tête vers la voix, elle vit la tache claire du chapeau de Pete.

— Ou-hou ! répondit-elle.

La lune se levait, Vénus flétrie et implacable, se mirant dans l'eau noire. Bientôt la tante apparut, rôdant, fouillant des yeux les coins obscurs, les fauteuils cachés dans l'ombre.

— Mon Dieu ! que nous veut-elle encore ? gémit la nièce. Cette femme fait de la vie une affaire sérieuse pour tout le monde !

— Elle veut sans doute que nous dansions, dit Pete.

Le bord dentelé de son chapeau miroitait sous la lune ; on eût dit la lithographie d'un requin en train de charger, la mâchoire menaçante.

— C'est probable, dit Patricia. Je vais m'éclipser. Débarrassez-vous-en comme vous pourrez ; ou sauvez-vous aussi.

Elle se leva en hâte.

— Au revoir, ajouta-t-elle, à demain... Oh ! vous venez aussi ?

Ils allèrent s'allonger contre le capot d'échelle qui les dissimula aux yeux de la tante. Serrant la main de Pete, par précaution, la nièce allongea le cou et dit à voix basse :

— Dorothy est avec elle.

Puis, elle rentra la tête et soupira ; ils se tinrent les mains tout le temps que les dames poursuivirent leur exploration. Quand elles eurent enfin disparu, la nièce se dégagea. Elle s'aperçut alors en se tournant que le bras de Pete l'encerclait et qu'elle s'appuyait contre son corps sombre surmonté de son chapeau. Une pause se produisit comme avant que deux duellistes engagent le fer ; le bras de Pete se fit plus pressant, tandis que l'autre bras lui entourait les épaules avec une technique qui l'obligea à lever la tête. Elle était tellement immobile qu'il s'arrêta, perdant momentanément confiance en lui-même. Tout à coup, un coude dur et sans force vint lui heurter le menton.

— Vous essaierez ce truc-là sur votre saxophone, Pete, dit-elle sans aucun émoi.

La main de Pete se déplaçait à nouveau et lui saisissait le poignet, mais elle accentua la pression de son coude sur sa trachée tandis qu'il s'efforçait de lui repousser le bras ; leurs deux corps se tenaient tendus l'un contre l'autre, sans mouvement. Quelqu'un approcha à nouveau et il la libéra, mais avant qu'ils eussent pu dépasser l'angle du capot, Miss Jameson les avait vus.

— Qui est là ? demanda-t-elle de sa voix haut perchée. Ah ! je reconnais le chapeau de Pete ! Mrs. Maurier vous demande. Qu'est-ce que vous faites là ? ajouta-t-elle en les dévisageant d'un air soupçonneux.

— Nous nous cachons pour échapper à tante Pat, répondit la nièce. Que veut-elle nous faire faire à présent ?

— Mais... rien... Elle... Nous devrions être plus sociables, vous ne trouvez pas ? Nous ne sommes jamais tous ensemble. En tout cas, elle veut voir Pete. Vous venez aussi ?

— Moi, je vais me coucher. Pete peut y aller s'il a envie de le risquer.

Miss Jameson posa sa main sur la manche de Pete.

— Cela vous est égal que j'emmène Pete, alors ? insista-t-elle ?

— Bien sûr, du moment que ça lui est égal, à lui, répondit la nièce.

Elle partit :

— Bonne nuit !

— Cette enfant mériterait d'être fouettée, dit méchamment Miss Jameson.

Elle glissa sa main sous le coude de Pete :

— Allons, Pete, venez.

La nièce s'arrêta et frotta l'un de ses pieds nus contre le tibia de son autre jambe ; elle entendit leurs pas se retirer vers les lumières et l'invitation réitérée du gramophone. Elle frottait rythmiquement son pied de haut en bas sur son tibia en regardant l'eau sur laquelle la lune avait commencé d'étendre sa main pâle, désossée... Son pied cessa son mouvement et elle resta tranquille un moment, puis leva l'autre jambe et tâta une petite grosseur légèrement enflammée. « Nom de Dieu, murmura-t-elle, les voilà de nouveau. Il n'y a décidément rien à faire que d'attendre ce remorqueur qui ne trouvera peut-être qu'un tas d'os nettoyés... » Elle traversa le pont et s'arrêta de nouveau en haut de l'escalier. David se tenait accoudé au bastingage, et sa chemise, que blanchissait le clair de lune, se détachait sur la ligne sombre de la rive. Elle s'approcha de lui, silencieusement sur ses pieds nus.

— Hello, David, dit-elle doucement.

Elle s'accouda à côté de lui en levant les épaules et en croisant les jambes à son exemple.

— Ce serait une bonne nuit pour être sur notre montagne et regarder sur le lac les petits bateaux éclairés, n'est-ce pas ? Je parie que l'été prochain, à cette époque-ci, nous y serons, et nous verrons aussi un tas d'autres endroits que vous connaissez. Vous connaissez de belles choses, n'est-ce pas ? Moi aussi, je les connaîtrai quand nous reviendrons.

Elle regarda l'eau sombre, ciselée ; elle n'était jamais

immobile ni jamais la même, et la lune s'y brisait en petites ailes d'argent qui flottaient, se soulevaient, retombaient et changeaient.

— Je voudrais bien être dans l'eau, dit-elle, et nager au clair de lune. Vous n'oublierez pas, demain matin, dites ?

— Non, dit-il en observant ses bras maigres et sa tête aux cheveux courts.

— Dites, dit-elle en levant les yeux sur lui. J'ai une idée : si on allait se baigner ce soir ?

— Maintenant ?

— Quand la lune sera plus haute. Tante Pat ne me le permettrait sûrement pas, mais, vers minuit, quand ils seront tous couchés, qu'est-ce que vous en dites ?

Il la regarda ; il la regarda d'une manière si étrange qu'elle dit brusquement :

— Qu'est-ce qu'il y a ?

— Rien, répondit-il enfin.

— Bon, alors, rendez-vous à minuit. J'apporterai le maillot de bain de Gus. N'oubliez pas, maintenant.

— Non, dit-il.

Quand elle atteignit l'escalier et qu'elle se retourna, il la regardait toujours de son air étrange. Mais elle ne s'en étonna pas plus longtemps.

Dix heures.

Jenny avait la cabine pour elle seule. Mrs..., celle dont elle oubliait toujours le nom, était encore sur le pont. Elle les entendait parler ; elle entendait aussi venir de quelque part le rire gai de Mr. Fairchild, bien qu'elle ne l'eût pas vu sur le pont lorsqu'elle l'avait quitté ; au-dessus de sa tête, des pieds frappaient le plancher aux sons nasillards du gramophone. On dansait encore. Remonterait-elle ? Elle s'assit, saisit un miroir et se regarda, mais le miroir était caressant, lui rappelant que c'était une nuit où il n'était pas nécessaire de danser. « La nuit prochaine, peut-être », disait-il... « Mais il ne sera pas nécessaire non plus de danser la nuit prochaine », pensa-t-elle en se regardant et en s'asseyant plus au fond de son siège, sans émotion... Son bourdonnement léger commença à se faire entendre, grandissant jusqu'à son point culminant, et dans sa glace elle l'aperçut qui faisait sur sa gorge une petite tache grise. Elle se frappa vivement et il lui échappa adroitement, suspendant son agitation fébrile entre elle et l'ampoule de la lampe.

« Mon Dieu ! songea-t-elle, pourquoi aller à Mandeville ? » Elle se donna à nouveau une claque et examina ses mains avec dégoût. « Comment peuvent-ils porter autant de sang, si petits, si jeunes », se demanda-t-elle en essuyant sa main à son bas. « J'espère que c'est le dernier. » Ce devait être en effet le dernier, car à part le lapement murmuré de l'eau, elle n'entendait plus que de lointaines et troublantes bouffées de cuivre, accompagnées du martèlement monotone des pieds au-dessus d'elle.

« Il n'est vraiment pas nécessaire de danser », se dit Jenny, et, bâillant, elle examinait avec intérêt dans sa glace à main la courbe rose de son gosier, quand la porte s'ouvrit et laissa entrer Patricia. Elle portait un imperméable sur son pyjama. Jenny vit son visage dans le miroir et dit :

— Hello !

— Hello ! répondit la nièce. Je croyais que vous étiez restée là-haut à tournailler avec eux.

— On n'est tout de même pas obligé de danser tout le temps. Vous vous en passez bien, vous.

La nièce mit ses mains dans les poches de son imperméable et regarda autour d'elle.

— Est-ce que vous ne fermez pas la fenêtre quand vous vous déshabillez ? demanda-t-elle. Elle est grande ouverte.

Jenny posa son miroir.

— La fenêtre ? dit-elle. Je pense qu'il n'y a personne dehors à cette heure-ci.

La nièce s'approcha du hublot et aperçut un ciel bleu pâle coupé latéralement par la sombre rigidité de l'eau. La lune élargissait de plus en plus sur l'eau son sentier d'argent et la ranimait, lui rendant son incessant mouvement.

— C'est vrai, dit-elle, le seul homme qui savait marcher sur l'eau est mort... Laquelle est votre couchette ?

Elle enleva son imperméable et se tourna vers les lits. Le pantalon de son pyjama était attaché à la taille au moyen d'une vieille cravate d'homme.

— Celle-ci, dit Jenny en faisant un geste vague.

Elle était en train d'examiner le derrière d'une de ses jambes. Quand elle releva la tête, la nièce était couchée à plat et s'étirait voluptueusement.

— Ce n'est pas la mienne, c'est celle de Mrs. Je-ne-sais-quoi, dit Jenny.

— Aucune importance. Avez-vous une cigarette ?

— Je ne fume pas, dit Jenny.

— Pourquoi ?

— Je ne sais pas. Je ne fume pas ; voilà tout.

— Voyez s'il n'y en a pas dans les affaires d'Eva. Allez-y, fouillez ; ça lui sera égal.

Jenny se mit à chercher les cigarettes avec sa nonchalance de blonde.

— Pete en a, dit-elle au bout de quelques minutes. Il en a acheté vingt paquets avant de s'embarquer.

— Vingt paquets ! Bon sang ! où se figurait-il donc que nous irions ? Il a dû croire que nous allions faire naufrage !

— Probablement.

— Et c'est tout ce qu'il a emporté ? Rien que des cigarettes ? Et vous, qu'est-ce que vous avez emporté ?

— Un peigne, répondit Jenny en passant sa petite robe sale par-dessus sa tête, et aussi du rouge.

Elle secoua sa chevelure dorée et laissa tomber la robe sur le plancher.

Mais Pete en a, répéta-t-elle en poussant du pied sa robe sous la coiffeuse.

— Je le sais, dit la nièce ; Mr. Fairchild en a aussi, et le steward également, si Mark Frost ne les lui a pas toutes empruntées. J'ai aussi vu le capitaine en fumer ; cela ne m'avance pas beaucoup.

— Non, dit Jenny sans s'émouvoir.

Son sous-vêtement rose l'enveloppait depuis les épaules jusqu'aux genoux de falbalas et de rubans ; elle en dénoua quelques-uns, apparut rose et nue, et fourra également la chemise sous la table de toilette.

— Vous n'allez pas les laisser là ? demanda la nièce. Pourquoi ne les mettez-vous pas sur une chaise ?

— Mrs... Mrs. Wiseman y met les siens.

— Puisque vous êtes là avant elle, pourquoi ne la prenez-vous pas ? Ou bien accrochez-les aux patères de la porte ?

— Des patères ?

Jenny regarda la porte.

— Oh ! Ils seront aussi bien là-dessous.

Elle enleva ses bas et les posa sur la coiffeuse. Puis elle se tourna vers la glace et se mit à peigner ses cheveux fins et blonds ; le peigne bruissait légèrement comme au contact de la soie : les cheveux prêtaient au corps divin de Jenny une auréole angélique. Les pas cadencés des danseurs, le phonographe lointain, le clapotement de l'eau pénétrèrent dans la petite pièce silencieuse.

— Vous êtes drôlement fichue, dit la nièce après une contemplation attentive.

— Pas plus drôlement que vous. En tout cas, mes jambes ne ressemblent pas à celles d'un oiseau.

— Les miennes non plus, répondit la nièce avec suffisance. Vos jambes sont bien ; c'est plutôt au milieu que vous êtes un peu grasse ; votre derrière est trop gros pour vos jambes.

— Et puis alors, pourquoi pas ? Ce n'est pas moi qui l'ai fabriqué, n'est-ce pas ?

— Oh ! Bien sûr ; et si vous en êtes contente, après tout, tout va bien.

Sans effort apparent, Jenny se disloqua la hanche et regarda par-dessus son épaule ; puis, elle se tourna de côté et accepta l'offre muette du miroir. Rassurée, elle dit :

— Il est très bien. Je compte être plus grosse que ça par-devant, un jour.

— Moi aussi... quand il le faudra. Mais pourquoi en avez-vous envie ?

— Mon Dieu ! Je pense que j'en aurai toute une

ribambelle. Du reste, je les trouve gentils, les bébés ; pas vous ?

Le bruit du gramophone arriva à nouveau, mélodieux et nasillard.

A la lueur insuffisante du plafonnier, Jenny et la nièce tombèrent d'accord pour reconnaître que c'était rose et mignon. Jenny était visiblement sur le point de se coucher, et l'autre dit :

— Vous ne portez pas de vêtement de nuit ?

— Je ne peux pas mettre le machin que Mrs. Je-ne-sais-pas-quoi m'a prêté. Vous avez dit que vous me prêteriez quelque chose, mais vous ne l'avez pas fait. Si j'avais dépendu de vous, je serais en train d'essayer de rentrer à la nage.

— C'est juste. Mais cela ne change rien au fait que vous couchez sans chemise, n'est-ce pas... Eteignez la lumière.

La nièce tenait les yeux fixés sur l'ampoule sans abat-jour ; l'angélique nudité rose de Jenny traversa son champ visuel et, soudain, ce fut l'obscurité coupée d'un orifice rond, avec, au-delà, le ciel pâle et lunaire. Les pieds nus de Jenny glissèrent sur le sol sans tapis ; sa main émergea de l'ombre. La nièce se rapprocha du mur ; le bras réapparut et Jenny grimpa sur la couchette. Elle se cogna la tête et dit : « Oh » avec une surprise placide. La couchette s'enfonça et grinça ; le hublot fut de nouveau obscurci, et Jenny soupira. Elle changea encore de position et l'autre lui poussant le coude dans les reins, dit :

— Vous ne pouvez pas rester tranquille ?

— Je ne suis pas encore installée, dit Jenny sans rancune.

— Eh bien, installez-vous et ne bougez plus.

Jenny se détendit.

— Je suis installée, à présent, dit-elle en bâillant.

Toujours ces pas sur le pont et, dehors, la nuit pâle et le clapotis de l'eau contre la coque du yacht. L'étroite cabine se vidait de sa chaleur depuis que la lumière était éteinte. Il n'y eut plus d'autre bruit que celui de leurs souffles. Absolument aucun autre bruit.

— J'espère que j'ai tué le dernier, murmura Jenny.

— Dieu vous entende, dit la nièce ; cette croisière est déjà suffisamment pénible sans moustiques, rien qu'avec les gens qui en font partie. Que diriez-vous d'un bateau rempli de messieurs Talliaferro ?

— Lequel est-ce ?

— Quoi ? Vous ne vous en souvenez pas ? C'est celui qui parle avec un drôle d'accent et qui est terriblement poli. Je ne vois pas comment vous pouvez avoir oublié un homme aussi poli.

— Ah ! oui, je vois...

— A propos, et Pete ?

Jenny resta un instant complètement immobile, puis elle dit innocemment :

— Eh bien quoi ?

— Il est fou de vous, Mr. Talliaferro, n'est-ce pas ?

— Pete est très bien.

— Vous êtes toujours entourée d'un tas d'hommes, n'est-ce pas ?

— Il faut bien faire quelque chose, dit Jenny.

— Quelle blague ; c'est parce que vous aimez vous faire peloter.

— C'est vrai que je ne déteste pas ça, répondit Jenny ; je m'y suis habituée. Il faut bien faire quelque chose...

— Espèce de blagueuse, dit la nièce en faisant dans l'obscurité un geste de dégoût. Ces femmes ! Je parie que Dorothy Jameson est pareille. Vous feriez bien d'ouvrir l'œil. Je crois qu'elle est en train d'essayer de vous chiper Pete.

— Oh ! Pete est très bien, répéta Jenny avec placidité. Puis, soudain confidentielle :

— Savez-vous ce qu'elle a demandé à Pete de faire ?

— Non ; quoi ?

— Elle veut qu'il la laisse faire son portrait, dit-elle d'un ton désapprobateur et pincé.

— Oui ; et alors ?

— Eh bien, voilà, elle veut mettre Pete dans un tableau.

— C'est sans doute son moyen habituel de se procurer

des hommes, je suppose. Qu'y a-t-il d'extraordinaire à ça ?

— Rien, ce n'est pas un moyen qui puisse réussir avec Pete. Il n'est pas habitué, dit Jenny, du même ton pincé.

— Je ne le blâme pas de ne pas vouloir perdre son temps de cette façon. Mais pourquoi cette idée vous surprend-elle à ce point ? Pete ne risque pas d'être empoisonné rien qu'en faisant faire son portrait.

— C'est peut-être très bien pour des gens comme vous autres, mais Pete dit qu'il ne laissera pas une femme étrangère le voir sans vêtement. Il n'est pas habitué à des choses pareilles.

— Oh ! dit la nièce, c'est donc comma ça qu'elle désire le peindre ?

— De quelle manière peignent-elles donc ? N'est-ce pas toujours le « nu » ?

— Bon Dieu ! n'avez-vous donc jamais vu de portraits de personnes habillées ? Où avez-vous pris une telle idée ? Au cinéma ?

Jenny ne répondit pas. Puis, elle dit soudain :

— Ceux qui sont habillés sont tous de vieilles dames, des maires ou quelque chose de ce genre. En tout cas, je croyais...

— Quoi ?

— Rien.

— Pete peut se sortir cette idée de la tête. Il y a les plus fortes chances qu'elle veuille le peindre très convenablement, sans choquer sa pudeur le moins du monde. Je vais le rassurer demain.

— Ne vous en occupez pas, dit vivement Jenny. Je le lui dirai moi-même.

— Très bien. Comme vous voudrez... Ce que j'ai envie d'une cigarette !

Elles restèrent un moment sans parler. Le gramophone s'était tu ; on avait fini de danser. L'eau murmurait seule dans la nuit. Jenny se retourna sur le côté, faisant face à sa compagne dans l'obscurité :

— Dites-moi, demanda-t-elle, qu'est-ce que fabrique votre frère ?

— Gus ? Pourquoi ne le lui demandez-vous pas vous-même ?

— Je l'ai fait, mais...

— Quoi ?

— Il ne me l'a pas dit. Ou du moins, je ne m'en souviens plus.

— Qu'est-ce qu'il vous a dit quand vous l'avez interrogé ?

Jenny médita l'espace d'une seconde.

— Il m'a embrassée avant que j'aie seulement vu ce qu'il allait faire, dit-elle, et puis, il m'a tripotée par-derrière et m'a dit de revenir plus tard parce qu'il était en conférence ou quelque chose d'analogue.

— Sapristi ! murmura la nièce.

Puis elle dit sèchement :

— Vous allez laisser Josh tranquille, vous m'entendez ? Pete et Mr. Talliaferro ne vous suffisent donc pas qu'il faille encore que vous vous amusiez avec des enfants ?

— Je n'ai pas l'intention de m'amuser avec des enfants, dit Jenny.

— Très bien, gardez-vous-en. Laissez Josh tranquille, tout au moins.

Elle remua le bras et sentit le corps doux et nu de Jenny contre son coude.

— Poussez-vous un peu. Vous êtes vraiment indécente, vous savez.

Jenny s'éloigna et se remit à plat sur le dos. Elles gardèrent le silence, immobiles, côte à côte. Tout à coup Jenny demanda :

— L'homme poli, Mr. Talliaferro, je me demande s'il a une voiture ?

— Je n'en sais rien. Demandez-le-lui. Pourquoi me posez-vous toutes ces questions ?

— Je crois que les conducteurs de taxi, c'est ce qu'il y a de mieux, dit Jenny. Quelquefois quand ils ont des voitures et qu'ils n'ont rien d'autre, ils vous emmènent simplement en promenade.

— Dites, fit la nièce, soudain, que lui avez-vous donc dit cet après-midi ?

— Oh ! je croyais que vous étiez là, de l'autre côté du capot.

— Oui. Qu'est-ce que c'était ? répétez-le.

Jenny le répéta et la nièce après elle.

— Qu'est-ce que ça veut dire ?

— Je ne sais pas. Je me suis rappelé cette phrase, mais je ne sais pas ce qu'elle veut dire.

— Vous ne l'avez pas composée vous-même ?

— Non. C'est un garçon qui me l'a dite. Nous étions deux couples, un soir, au Marché, à prendre le café, Pete et moi, et une de mes amies avec un autre garçon. Nous étions allés à Mandeville par le bateau ce jour-là, pour nager et danser. Les autres, Pete, Thelma et son ami Roy ont vu un homme se noyer. Moi je ne l'ai pas vu, parce que je ne me suis pas baignée ; il y avait trop de soleil. Je trouve que les blondes ne doivent pas s'exposer au soleil comme les brunes, vous ne croyez pas ?

— Pourquoi pas ? Alors, votre histoire ?

— Ah oui. Eh bien ! je ne me suis pas baignée ; pendant que les autres nageaient, j'ai parlé avec un drôle de petit homme noir.

— Un nègre ?

— Non, un Blanc, mais très hâlé et pauvrement habillé : ni cravate ni chapeau. Il m'a dit de drôles de choses : il m'a dit qu'il n'avait jamais vu personne qui digérât aussi bien que moi et que si les épaulettes de ma robe lâchaient, je mettrais le pays à feu et à sang. Il m'a dit qu'il était menteur de profession et que ça lui rapportait beaucoup d'argent, suffisamment pour avoir une Ford dès qu'il serait réglé. Je crois qu'il était fou ; pas dangereux ; simplement toqué.

— C'est vrai, dit la nièce, que vous avez l'air d'être nourrie de panade au lait et couchée à sept heures tous les soirs... Comment s'appelait-il ? Vous a-t-il dit son nom ?

— Oui. C'était...

Jenny réfléchit un instant...

— Je me le rappelais parce qu'il était si drôle. C'était Walker ou Foster ou quelque chose comme ça.

— C'était Walker ou Foster ? Lequel des deux ?

— Ça doit être Foster, parce que je me le rappelais en

pensant que cela commençait par la même lettre que le second prénom de mon amie : Thelma Frances. Seulement, je ne crois pas que ce soit Foster, parce que...

— Alors, vous ne vous le rappelez pas ?

— Si je m'en souviens. Attendez... Oh, oui, ça me revient : Faulkner ; c'est ça, Faulkner.

— Faulkner ? dit la nièce.

Et elle réfléchit à son tour.

— Je n'en ai jamais entendu parler, finit-elle par dire, avec décision. Et c'est lui qui vous a dit cette chose ?

— Non. C'était plus tard, quand nous avons été de retour à la Nouvelle-Orléans. Le fou était sur le bateau ; il s'est mis à parler avec Pete et Roy pendant que Thelma et moi nous nous arrangions en bas. Il a dansé avec Thelma. Il n'a pas voulu danser avec moi : il a dit que c'était parce qu'il ne dansait pas très bien et qu'il était obligé de faire tout le temps attention à la musique. Il a dit qu'il pouvait danser avec Thelma, avec Pete ou Roy, mais pas avec moi. Il était fou, vous ne croyez pas ?

— De la manière dont vous le racontez, ça paraît fou, en effet. Mais parlez-moi de celui qui vous a dit cette chose ?

— Eh bien, c'était au Marché. Il y avait foule parce que c'était un dimanche soir. Il y avait un tas de garçons ; l'un d'eux avait beaucoup d'allure et je le regardais. Pete s'était arrêté pour acheter des cigarettes ; nous étions avec un tas d'autres gens à prendre du café, Thelma, Roy et moi ; alors, j'ai un peu regardé ce beau garçon...

— Oui, vous l'avez regardé. Continuez.

— Eh bien, il est venu derrière moi et il s'est mis à me parler. Il y avait un homme assis entre Roy et moi ; le beau garçon m'a demandé si cet homme était avec moi. J'ai répondu que non, que je ne le connaissais pas. Alors, il a dit qu'il avait une voiture parquée devant le café et il m'a proposé une promenade... Le frère de Pete a beaucoup de voitures ; l'une d'elles est pareille à celle de Pete... Et alors... oh oui, je lui ai dit que mon père n'aimait pas que je sorte avec des étrangers. Il a répondu qu'il n'était pas étranger, que n'importe qui pourrait me renseigner sur lui et il a dit son nom que j'ai oublié. Alors j'ai dit qu'il ferait bien de demander à Pete s'il pouvait m'emmener. Il m'a demandé qui était Pete. Eh bien, il y avait un homme tout près de nous, un homme énorme, fort comme un arrimeur qui me regardait de nouveau. Il m'avait déjà regardée et je sentais qu'il allait bientôt recommencer. J'ai dit au joli garçon que ce grand homme était Pete. Pendant que le grand détournait un moment les yeux, l'autre m'a dit cette chose et quand le grand m'a regardée à nouveau, il s'est éclipsé. C'est comme ça que j'ai appris ce mot.

— Est-ce que vous me permettez de le dire de temps à autre ? demanda Patricia.

— Oui, je veux bien, dit Jenny ; je vous le passe. Mais qu'est-ce que vous dites donc tout le temps à votre tante ? Quelque chose comme « larguer les voiles » ? ça ne me paraît pas mal non plus.

— Vous trouvez ? Eh bien, puisque vous me cédez votre expression, vous pourrez employer la mienne. Ça vous va ?

— Très bien, dit Jenny ; c'est un marché.

L'eau clapotait doucement sans arrêt dans la nuit pâle. La lune était plus haute, et la courbe inférieure du cercle de cuivre qui encadrait le hublot luisait maintenant comme la faucille d'argent de la nouvelle lune. Jenny remua ; sa nudité passive frôlait le bras étendu de la nièce. Elle se mit à caresser lentement du dos de sa main le flanc renflé de Jenny, de haut en bas, doucement ; Jenny se laissait faire comme une chatte. Doucement, de haut en bas.

— J'aime la chair, murmura la nièce ; la chair chaude et lisse. J'aurais voulu vivre à Rome, au temps des gladiateurs à la peau huilée... Jenny, demanda-t-elle brusquement, est-ce que vous êtes vierge ?

— Bien sûr que je le suis, répondit aussitôt Jenny d'un ton surpris... Je veux dire, reprit-elle, après une détente étonnée... je veux dire oui, naturellement, oui, naturellement je le suis...

Son corps se raidit un peu.

— Bien, dit judicieusement la nièce, je crois que c'est aussi la réponse que j'aurais faite moi-même.

— Dites, demanda Jenny, complètement éveillée, pourquoi m'avez-vous demandé cela ?

— Je voulais voir simplement ce que vous diriez. Cela n'a aucune importance, vous savez, d'être vierge ou non. Je connais des tas de filles qui disent qu'elles ne le sont pas et je ne crois pas qu'elles mentent toutes.

— Cela n'a peut-être pas d'importance pour certaines gens, dit Jenny d'un ton prude, mais moi je le désapprouve. Je pense qu'une fille perd le respect d'un homme en lui... en le... enfin je le désapprouve, voilà tout. Je pense que vous n'aviez pas le droit de me demander cela.

— Bon Dieu ! Vous parlez comme une cheftaine scoute ! Est-ce que Pete ne cherche pas à vous persuader du contraire ?

— Mais pourquoi me posez-vous des questions pareilles ?

— Pour voir ce que vous diriez. Il n'y a pas de quoi fouetter un chat. Vous vous offusquez trop facilement, Jenny.

— On le serait à moins, dit Jenny. Et puis, si vous tenez tellement à savoir comment on répond à ce genre de questions, pourquoi ne vous les posez-vous pas à vous-même ? Vous a-t-on jamais demandé si vous étiez vierge ?

— Pas à ma connaissance, mais...

— Alors, l'êtes-vous ?

— Bien sûr, répondit-elle vivement.

Puis, se soulevant sur un coude :

— Je veux dire... enfin, écoutez...

— Eh bien, c'est ce que j'aurais dit moi-même, répondit Jenny avec une malice placide.

La nièce s'accouda au-dessus de la douce et régulière respiration de Jenny.

— Vous me l'avez demandé si brusquement, dit-elle ; je ne m'attendais pas à être interrogée sur une chose pareille.

— Moi non plus. Vous me l'avez demandé encore plus soudainement.

— C'était différent. Nous étions en train de parler de votre virginité, tandis qu'il n'était nullement question de la mienne. Vous m'avez demandé cela tellement hors de propos que je n'ai pu vous répondre autrement. Ce n'était pas de jeu.

— Moi aussi, j'ai été obligée de répondre comme je l'ai fait. Ce n'était pas de jeu pour moi non plus.

— Non, c'était différent. Vous ne m'avez pas laissé le temps de réfléchir.

— Eh bien ! maintenant, je vous laisse le temps de réfléchir... Est-ce que vous l'êtes ?

La nièce demeura silencieuse. Au bout de quelques minutes, elle dit :

— Oui, je le suis ; cela ne vaut pas un mensonge.

— C'est bien mon avis, dit Jenny.

Et elle se tut. L'autre attendit un peu et enfin, éclata :

— Eh bien, l'êtes-vous ?

— Bien sûr.

— Vous ne jouez pas le jeu, dit la nièce, moi je vous l'ai dit.

— Moi aussi, je vous l'ai dit, dit Jenny.

— Vous le jurez ?

— Je le jure, dit Jenny avec sa fuyante et terrible placidité.

— Flûte ! dit la nièce.

Elle soupira doucement. Elles reposaient en silence côte à côte. Il semblait, malgré le silence, que l'ombre d'une syncope et l'écho des pas des danseurs demeurassent encore suspendus dans l'air. Jenny remua ses doigts de pied. Bientôt, elle dit :

— Vous êtes folle, n'est-ce pas ?

Aucune réponse.

— Vous aussi, vous êtes bien fichue, dit Jenny sur un ton conciliant ; vous avez un ravissant petit corps.

Mais l'autre refusa de se laisser flatter. Jenny soupira et demanda :

— Votre frère est étudiant, n'est-ce pas ? Je connais un collège à Tulane. les étudiants sont amusants, mais ils ne s'habillent pas aussi bien que Pete ; ils sont négligés...

Elle rêva un instant, puis reprit :

— Une fois, j'ai porté une épingle de « fraternité » pendant quelques jours. Je suppose que votre frère fait partie d'une « fraternité » ?

— Gus ? Faire partie d'un de ces clubs à la manque ? Pensez-vous ! Il appartient à Yale ; du moins, il en sera le mois prochain. Et je vais y aller aussi. On n'y accepte pas les premiers venus. On n'y entre qu'en seconde année. Mais Gus aspire à être reçu dans un club de « seniors » ; il n'a pas grande opinion des « fraternités ». Ah ! ce qu'il rirait s'il vous entendait !

— Je ne savais pas. Il me semble que toutes ces sociétés ne sont pas très différentes. Qu'est-ce qu'il obtiendra en faisant partie de la sienne ?

— On n'en obtient rien ; on y adhère, voilà tout.

— Et il faut travailler pour y être admis ?

— Trois ans. Et il n'y en a pas beaucoup de reçus.

— Et quand on y réussit, tout ce qu'on obtient est un petit bouton, un insigne. Bon Dieu !... Dites donc, savez-vous ce que je lui dirai demain ? Je lui dirai qu'il ferait mieux de larguer ses voiles, qu'il est... que dit-on après ?

— Oh ! la ferme ! dit la nièce en se retournant, tournez-vous de l'autre côté, vous n'y comprenez rien.

— Ça, c'est sûr, dit Jenny en se mettant sur le côté.

Elles se tournèrent le dos, et leurs derrières se frôlaient... Comme des enfants...

— Trois ans, bon Dieu !

Fairchild n'était pas revenu. Mais elle l'avait pressenti ; elle n'en fut même pas surprise ; de nouveau, ses invités n'avaient d'autre ressource que ces interminables parties de cartes. Mrs. Wiseman, elle-même, Mr. Talliaferro et Mark faisaient un bridge. En tendant le cou, elle pouvait apercevoir Dorothy Jameson à l'obstination frêle et sans humour et le jeune homme de Jenny aux allures sophistiquées : ils laissaient pendre leurs jambes au-dessus du rouf.

La lune se levait ; et l'éternel chapeau de Pete suspendait une molle clarté au-dessus du point rouge de son éternelle cigarette. Ah, et puis, là-bas, cet étrange, timide et minable Mr. Gordon, qui rêvassait tout seul, comme toujours. Le remords de l'avoir négligé s'empara d'elle à nouveau : les autres avaient l'air au moins de s'amuser. Mais lui, que pouvait-elle faire pour lui ? Il était si difficile, si mal à l'aise chaque fois qu'elle se mettait en frais pour lui... Elle se leva :

— Je vous laisse un moment... C'est Mr. Gordon... les devoirs d'une maîtresse de maison, vous savez, expliqua-t-elle. Vous pourriez jouer avec un mort jusqu'à... non, tenez...

Elle appela Dorothy avec une douce insistance et Miss Jameson finit par répondre.

— Vous ne voulez pas prendre ma place un moment ? Je suis sûre que ce jeune homme vous excusera.

— Je regrette, cria Miss Jameson, mais j'ai mal à la tête ; veuillez m'excuser.

— Ne vous tourmentez pas, Mrs. Maurier, dit Mrs. Wiseman ; nous saurons passer le temps en vous attendant ; nous sommes habitués à la flânerie.

— Oui, allez, dit Mr. Talliaferro ; nous comprenons.

Mrs. Maurier jeta un regard sur le grand corps de Gordon, toujours appuyé au bastingage et dit :

— Oui, il faut vraiment que je m'en occupe. Il m'est d'un tel réconfort de pouvoir compter sur vous.

— Jouons à l'écarté, dit Mrs. Wiseman quand Mrs. Maurier fut partie. Il me reste encore quelques dollars.

Elle l'aborda en silence. Il tourna vers elle son visage décharné, puis détourna les yeux.

— Quelle tranquillité, quelle paix, commença-t-elle, sans se laisser effrayer, en s'accoudant auprès de lui et en posant un instant son regard sur l'eau endormie où la lune étendait sa queue de paon, semblable à une traîne de sequins argentés.

Sous ses rayons, le visage de cet homme était d'une maigreur affreuse, hautain et presque inhumain. Elle eut la certitude soudaine qu'il ne mangeait pas à sa faim. « Il a l'air d'un faune d'argent, se dit-elle. Mais il est d'un abord si difficile ; il est si timide... » Elle commença :

— Si peu d'entre nous prennent le temps de regarder en eux-mêmes, ne trouvez-vous pas ? Ce doit être la vie que nous menons. Il n'y a que celui qui crée qui n'a pas perdu l'art de vivre pleinement en vivant en lui-même. Ne trouvez-vous pas, Mr. Gordon ?

Au-dessous de la courbe immense du pont où il se trouvait, il regardait aller et venir la proue du yacht : un pur triangle d'un blanc éclatant, au pied duquel de petites vagues venaient clapoter, se brisant et se fouettant entre elles, avec chacune leur petit reflet de lune : elles laissaient échapper une incessante et imperceptible respiration.

— Oui, répondit-il.

Mrs. Maurier agita les mains, et la lune mit des étincelles vertes parmi ses bagues.

— Vivre en soi-même, se suffire à soi-même... Il y a tant de malheurs dans le monde... soupira-t-elle à nouveau, comme étonnée... Ne traverser la vie que pour inspirer son Art, sans s'y mêler... Ah ! Mr. Gordon, que vous êtes heureux de créer ! Nous autres, le mieux que nous puissions espérer est qu'un jour, quelque part, nous ayons le bonheur de vous inspirer, de vous offrir le cadre de votre inspiration. Après tout, ce serait déjà un but. Savoir qu'on a contribué si humblement que ce soit à l'Art... Elle aussi, l'humble femme qui a su apporter cette offrande aura donné quelque chose au monde et foulé le sentier des dieux. J'espère que vous trouverez au cours de ce voyage une compensation à l'abandon provisoire de votre œuvre.

— Oui, dit Gordon, en fixant sur elle son regard arrogant et gênant.

« Il est par trop étrange, se dit-elle avec une sorte de frisson intérieur. Il a l'air d'un animal, d'une bête surnaturelle. » Et, malgré elle, elle jeta un coup d'œil sur le groupe rassurant qui entourait la table à jeu et sur Dorothy et le jeune homme de Jenny qui balançaient rythmiquement leurs jambes au-dessus du toit du rouf ; au même instant, Pete jeta sa cigarette, point lumineux qui alla s'éteindre dans l'eau sombre :

— Etre soi-même tout un monde, contempler la vie

humaine comme un spectacle de marionnettes — ah ! Mr. Gordon, comme vous devez être heureux !

— Oui, répéta-t-il...

Il s'était suffi à lui-même dans la tour de marbre de sa solitude et de son orgueil... Et puis, elle était venue, dans le ciel sombre de sa vie, comme une étoile, comme une flamme... Oh ! amertume imprévue !... Au fond de lui-même, un rire éclatait, un rire terrible et silencieux ; sa vie n'était plus maintenant qu'un énorme rire moqueur. Il se tourna vers la vieille femme, posa la main sur elle et lui fit lever le menton vers le ciel dans le clair de lune. Mrs. Maurier connut alors la peur absolue. Non pas l'effroi : la peur. Une condition passive et tragique comme dans un rêve. Elle balbutia : « Mr. Gordon » mais aucun son ne sortit de ses lèvres.

— Je ne vous ferai pas de mal, lui dit-il durement en regardant son visage comme eût pu le faire un chirurgien. Parlez-moi d'elle, ordonna-t-il. Pourquoi n'êtes-vous pas sa mère ? Vous auriez pu me dire comment vous l'aviez conçue, comment vous l'aviez portée dans votre sein.

— Mr. Gordon ! implora-t-elle, à travers ses larmes sèches, sans émettre un son.

Ses mains se promenaient sur son visage, prenant connaissance des os de son front, de ses arcades sourcilières, de son nez, à travers sa chair.

— Il y a quelque chose dans votre visage, derrière toute cette bêtise, fit-il de sa voix glaciale et sans inflexions.

Il pinça la peau flasque qui encadrait sa bouche ; sa main glissa le long des lignes obliques qui se creusaient dans ses joues...

— Je suppose que vous avez eu ce que vous appelez vos chagrins, vous aussi, n'est-ce pas ?

— Mr. Gordon, articula-t-elle enfin en recouvrant sa voix.

Il la libéra brusquement et la domina de sa haute taille, maigre, mal nourri et arrogant, tandis qu'elle se sentait défaillir et espérait vaguement qu'il la soutiendrait, tout en sachant fort bien qu'il n'en ferait rien. Mais elle ne s'évanouit pas, et la lune continua d'étendre sur l'eau ses longs doigts d'argent désossés et l'eau continua de clapoter, inlassable, berçant du murmure de sa respiration la coquille irréelle et pure de la *Nausicaa.*

Onze heures.

— Savez-vous ce que je ferais, dit Mrs. Wiseman en se levant, si nous devons passer encore une pareille soirée ? Je demanderai à Julius d'intervertir nos rôles, et je m'enivrerai à sa place avec Dawson et le Major Ayers. Sur ce, bonne nuit à tous !

— N'allez-vous pas attendre Dorothy ? demanda Mark Frost en jetant un regard sur le rouf.

— Non. Je crois que Pete est capable de se défendre tout seul, répondit-elle, et elle s'éloigna.

L'un des côtés du pont était dans l'ombre, et elle y discerna une forme dans un fauteuil ; elle ralentit sa marche.

— Mrs. Maurier ? dit-elle. Nous nous demandions ce que vous étiez devenue. Est-ce que vous dormiez ?

Mrs. Maurier se redressa avec les mouvements lents d'une très vieille personne. Se penchant sur elle, pleine d'une prompte sollicitude, Mrs. Wiseman demanda :

— Vous vous sentez souffrante ?

— Est-il l'heure de descendre ?... Notre bridge ?

— Nous avons été battus. Mais vous ?...

— Non, non ; je n'ai rien. Je regardais simplement le clair de lune.

— Nous pensions que Mr. Gordon était avec vous.

Mrs. Maurier frissonna.

— Quels terribles hommes, ces artistes ! dit-elle en essayant de prendre un ton léger.

— Gordon aussi ? Je croyais pourtant qu'il avait échappé à Dawson et à Julius.

— Oui, Gordon aussi, répondit Mrs. Maurier en se levant. Venez, je crois que nous ferions mieux d'aller nous coucher.

Elle frissonna de nouveau, comme si elle avait froid, et elle prit le bras de sa compagne :

— Je suis un peu fatiguée, avoua-t-elle. Les premiers jours sont toujours assez fatigants. Mais notre réunion est agréable, vous ne trouvez pas ?

— Très agréable, répondit l'autre sans ironie. Mais nous sommes tous fatigués ; nous irons mieux demain ; j'en suis sûre.

Mrs. Maurier descendit l'escalier lentement, lourdement. Sa compagne la soutenait de sa main robuste ; elle ouvrit la porte de la cabine de Mrs. Maurier, et trouva l'interrupteur :

— Voilà. Désirez-vous prendre quelque chose avant de vous mettre au lit ? demanda-t-elle.

— Non, non, dit vivement Mrs. Maurier.

Elle traversa la pièce et s'assit devant la coiffeuse, tournant le dos à son amie.

— Merci, je n'ai besoin de rien. Je crois que je vais m'endormir tout de suite. Je dors toujours bien sur l'eau. Bonne nuit.

Mrs. Wiseman referma la porte. « Je me demande ce qu'il y a », songea-t-elle. Elle suivit le couloir jusqu'à sa propre chambre.

« Il lui est arrivé quelque chose, sûrement, il lui est arrivé quelque chose », répéta-t-elle mentalement en tournant le bouton de sa porte.

Minuit.

La lune était plus haute, cette vieille lune lasse de verser sa lueur d'argent sur le yacht, sur l'eau et sur la rive, quand Patricia apparut sur le pont en costume de bain. Elle resta un instant sur le seuil du capot jusqu'à ce qu'elle vît bouger quelque chose, et elle aperçut sa chemise blanche tandis qu'il se tournait à demi, assis sur un rouleau de cordages. Elle leva la main, geste blanc dans l'ombre traîtresse de cette nuit de lune, ses pieds nus avancèrent sans bruit.

— Hello, David, je suis à l'heure. Où est votre costume de bain ?

— Je ne croyais pas que vous viendriez, dit-il. Je ne vous avais pas prise au sérieux.

— Pourquoi ? demanda-t-elle ; pourquoi vous l'aurais-je proposé si ça n'avait pas été sérieux ?

— Je ne sais pas... je croyais seulement... Ce que vous êtes brunie ! Ça se voit bien, au clair de lune !

— Oui, je suis bien bronzée. Où est votre costume de bain ? Pourquoi ne l'avez-vous pas mis ?

— Vous deviez m'en apporter un.

— C'est vrai ! dit-elle avec consternation ; je l'ai oublié. Attendez, je vais peut-être réussir à réveiller Josh. Ce ne sera pas long. Attendez-moi ici.

Il l'arrêta.

— Ne vous en occupez pas cette nuit. Ce sera pour une autre fois, dit-il.

— Non, non, je vais le chercher. Je veux avoir quelqu'un avec qui nager. Attendez-moi là.

— Non, ce n'est pas la peine ; je vous accompagnerai dans le canot.

— Vous ne croyez toujours pas que je vous aie parlé sérieusement ? dit-elle en l'examinant avec curiosité. Bon ; alors, dans ces conditions, je nagerai seule ; vous pouvez prendre le canot en tout cas ; venez.

Il alla chercher les rames ; ils montèrent dans le canot et démarrèrent.

— Quel dommage que vous n'ayez pas votre maillot de bain, dit-elle ; j'aimerais tellement mieux ne pas nager toute seule. Ne pourriez-vous pas vous mettre à l'eau avec vos vêtements ? Tenez, je vais me tourner et vous vous déshabillerez et vous sauterez à l'eau ; qu'en dites-vous ?

— Non, dit-il, alarmé ; il vaut mieux pas.

— Flûte ; j'avais envie de nager avec quelqu'un ; ce n'est pas amusant toute seule... Otez votre chemise et votre pantalon ; les vêtements de dessous, c'est presque comme un costume de bain ; je me suis baignée avec ceux de Josh, hier.

— Je vous suivrai en canot, dit-il.

La nièce répéta « Flûte ». David ramait ; de petites vagues fouettaient le canot qui se soulevait et s'abaissait ;

derrière eux, le yacht détachait sa silhouette pure et calme sur les arbres sombres de la rive.

— J'adore cette nuit, dit la nièce ; on dirait que tout nous appartient.

Etendue sur le banc d'arrière, les talons appuyés au plat-bord, il lui semblait que le rythme des avirons apportait aux étoiles, à la lune et à ses genoux repliés l'apaisement des oscillations d'un grand arbre dans le vent.

— Jusqu'où allons-nous ? demanda-t-il.

— Ça m'est égal, répondit-elle en regardant le ciel.

Il continua de ramer. Elle se retourna sur le ventre et laissa traîner son bras dans l'eau, le laissant se couvrir de petites bulles d'argent qui s'en détachaient comme à regret. Elle passa les jambes par-dessus bord et se suspendit à l'arrière du canot, étirant son corps dans l'eau. Il donna encore quelques coups d'aviron.

— Je ne peux pas ramer si vous restez accrochée là, dit-il enfin.

Les deux mains qui tenaient le plat-bord disparurent, sa tête noire disparut à son tour ; mais quand il eut viré de bord, il la revit, secouant sa tête d'où tombèrent des gouttes argentées. La lune glissait sur ses bras alternés et, devant elle, un éventail aux branches d'argent s'ouvrait et se fermait.

— C'est épatant, dit-elle de loin sans élever la voix que l'eau porta, distincte, jusqu'au canot. Elle est tout ce qu'il y a de bonne. Vous devriez vous décider.

Elle nagea vers lui et insista :

— Venez, David ; enlevez votre chemise et votre pantalon et sautez à l'eau. Je vais m'éloigner au large et je vous attendrai. Allons, venez !

Elle avait pris un ton de commandement. Il s'assit au fond du canot, retira ses vêtements de dessus et se glissa rapidement, pudiquement, dans l'eau.

— N'est-ce pas qu'elle est épatante ? lui cria-t-elle. Venez par ici !

— Il vaut mieux ne pas trop nous éloigner du canot ; il n'y a pas d'ancre, vous savez.

— Nous pourrons le rattraper. Il ne dérivera pas vite.

Venez jusqu'ici et nous ferons une course à qui regagnera le canot le premier.

Il nagea jusqu'à elle.

— Je parie que je vous bats, dit-elle. Vous êtes prêt ? Une...deux... trois, allez-y !

Elle le battit en effet ; d'un mouvement ininterrompu, elle atteignit l'embarcation, y monta et s'y tint debout, droite, sous la caresse argentée de la lune.

— Si on faisait un concours de plongeon à distance, voulez-vous ? proposa-t-elle à nouveau.

Dans l'eau jusqu'au cou, David s'accrochait des mains au plat-bord. Elle attendit qu'il montât dans le canot. Mais il ne bougeait pas, les yeux levés sur elle.

— Allons, venez donc, David, dit-elle d'un ton bref. Etes-vous intimidé ou quoi ? Je ne vous regarderai pas si cela vous gêne.

Il monta dans le canot, prenant soin de lui tourner le dos. Mais même sa curieuse tenue de bain ne rendait pas ridicule son corps jeune et mince.

— Je ne vois pas de quoi vous auriez honte, dit-elle ; vous avez un beau physique ; vous êtes grand, musclé... Etes-vous prêt ? Une... deux... trois, allez-y !

Mais bientôt, elle se contenta de flotter sur le dos pour reprendre haleine pendant qu'il nageait à côté d'elle. Elle sentait les petites mains de l'eau lui lécher le visage et elle respirait profondément, fermant les yeux sous la caresse blafarde de la lune.

— Je vais vous soutenir un moment, dit-il en lui mettant la main sous les reins.

— Si vous voulez, dit-elle en s'immobilisant. Est-ce que c'est difficile ? Laissez-moi voir si je peux vous soutenir. Ça n'est pas comme l'eau de mer ; on ne s'enfonce pas dans l'eau de mer, même si on le désire.

Il se mit docilement sur le dos et elle fit glisser ses jambes dans l'eau.

— Est-ce que je vous tiens bien ? Etes-vous capable de porter une personne en nageant, comme les sauveteurs ? demanda-t-elle.

— Un peu, répondit-il.

Elle fit à nouveau la planche et il lui montra comment il

faisait. Puis elle voulut l'imiter, et il s'y soumit avec résignation. Elle l'agrippa par le cou, de ses jeunes bras vigoureux, et plongea en avant, d'un mouvement violent, lui serrant la trachée. Il agita les bras pour se libérer du coude qui l'étranglait et, la bouche ouverte, sa tête disparut sous l'eau. S'étant dégagé en se débattant, il réapparut, haletant.

— Je suis désolée, dit-elle, je n'avais pas l'intention de vous faire de mal.

— Ça va bien, dit-il, toussant et s'étranglant.

— Je ne m'y suis pas bien prise ? Vous sentez-vous mieux ?

Elle le regardait d'un air anxieux et essayait de le soutenir.

— Je vais bien, dit-il. Vous n'auriez pas dû me prendre par le cou.

— Ah ! je croyais bien faire. Je le ferai comme il faut la prochaine fois.

— Il vaudrait mieux s'y exercer là où l'on a pied, se hâta-t-il de dire.

— Ah, bien ! Je crois que j'ai compris maintenant. Je suis navrée de vous avoir étranglé.

— Ça ne me fait plus mal ; je n'y pense plus.

— Mais j'ai été si bête de m'y prendre comme ça ! La prochaine fois, je saurai comment il faut procéder.

— Eh bien, essayez ; voyons si vous avez compris.

— Vraiment, vous voulez bien ? dit-elle, joyeuse... Non, non, je pourrais de nouveau vous faire plonger.

— Mais non, vous avez saisi, à présent ; vous ne me ferez pas de mal. Allez-y.

Il se remit sur le dos et elle étendit avec précaution son bras au-dessus de la poitrine de David et au-dessus de son bras le plus éloigné d'elle.

— C'est bien comme ça ? J'y vais, maintenant.

Elle s'appliqua à exécuter la manœuvre correctement pendant qu'il l'encourageait. Mais ils avançaient avec une lenteur exaspérante ; le canot paraissait éloigné de plusieurs kilomètres ; elle ne se maintenait la tête hors de l'eau qu'au prix du plus grand effort. Bientôt son souffle se raccourcit. « Je le ferai, je le ferai », se répétait-elle, mais c'était plus dur qu'elle ne l'avait cru. Le canot s'élevait et s'abaissait, profilé sur le ciel étoilé ; l'eau, blanche de lune, bouillonnait autour d'elle. Encore un grand effort avant d'y arriver, ou bien, y renoncer. « Je serai noyée avant d'y réussir », se dit-elle. Le bras par lequel elle le tenait s'était engourdi ; elle nagea plus énergiquement et son coude s'appuya sur la trachée de David, menaçant à nouveau de l'étrangler. Mais il s'y était préparé, il tourna la tête sans remuer le corps, emplit ses poumons d'air et ferma la bouche et les yeux... Elle cessa de nager ; il vida ses poumons et rouvrit les yeux pour voir au-dessus de sa tête le plat-bord du canot.

— J'y suis arrivée, dit-elle haletante. Etes-vous bien ? Je savais que je saurais le faire.

Cramponnée au canot, elle reposait sa tête sur ses mains.

— Quand il a fallu que je vous saisisse par l'autre bras, j'ai cru que je me trompais de nouveau, mais je m'y suis bien prise comme il fallait, n'est-ce pas, David ?... Je suis à peu près au bout de mes forces, avoua-t-elle tandis que côte à côte, ils tenaient le plat-bord, sous les étoiles lointaines et le disque pâli de la lune.

— C'est assez dur tant qu'on ne s'y est pas beaucoup exercé. Je vais vous soutenir jusqu'à ce que vous ayez recouvré votre souffle.

Il l'entoura de son bras, sous l'eau.

— Je ne suis pas du tout essoufflée, protesta-t-elle, mais, peu à peu, elle se détendit jusqu'à ce qu'il supportât tout son poids et sentît battre son cœur contre sa main ; et ce fut comme si la lumière s'était soudain allumée dans une pièce obscure ; oui, aussi simple que cela.

Ce fut comme un matin où, avec un groupe d'autres passagers clandestins, il était entré, sur un cargo, dans le port de San Francisco ; les policiers les avaient découverts et fourrés au bloc. C'était sur le front de mer ; il y avait beaucoup de bateaux qui se balançaient à l'ancre ; il pouvait voir dans l'eau le reflet des navires et des piles de la jetée. Bientôt, l'aube s'était levée au-dessus des fumées de la ville comme un son qu'on ne peut entendre ; autour des bateaux, l'eau s'était teintée de rose et de jaune, et autour des piles de la digue, de petites lignes jaunes semblaient sortir de l'eau ; les mouettes qui volaient en rond avaient des ailes jaunes et roses.

Et c'était comme dans la rue d'une ville, une rue pleine de détritus ; mais bientôt, il avait quitté la rue et se trouvait au milieu d'arbres. Ce devait être le printemps, car, sans être dépouillés, les arbres n'étaient pas encore feuillus ; le vent passait à travers leurs branches et il s'était arrêté pour écouter une musique ; on aurait dit qu'il venait de s'éveiller et qu'un vent chargé de musique passait dans l'aube pure au-dessus des vertes collines. Oui, c'était simple comme ça.

Enfin, elle bougea contre son bras.

— Je crois que je vais pouvoir grimper dedans, à présent. Je crois qu'il faut que vous me poussiez.

Il plaça la paume de sa main sous le pied qu'elle levait ; il vit se détacher sur les étoiles son corps plat de garçon ; elle était dans le canot, penchée vers lui, disant : « Attrapez mes mains », mais il ne put, pendant un moment, que lever sur elle des yeux pleins d'un désir éperdu, comme ceux d'un chien.

Mrs. Maurier était couchée dans sa chambre obscure. Le hublot placé au-dessus de son lit laissait passer un long pinceau de clair de lune qui diffusait dans la pièce une lueur froide. Sur la chaise, elle voyait vaguement ses vêtements ; masse informe, familière, réconfortante ; et, autour d'elle, ses objets de toilette, ses robes, son parfum particulier auquel elle était tellement habituée qu'elle ne le remarquait même plus. Dans le lit — son lit, le plus confortable du bord, construit spécialement pour elle — elle se sentait entourée d'une sécurité facile et familière, protégée par les surfaces douces et planes des cloisons étanches. Elle entendait les petites langues de l'eau lécher sans cesse les flancs du yacht, son yacht, île de sécurité toujours prête à la transporter confortablement au-delà des rumeurs et des chagrins du monde. Et, au-delà du yacht, l'espace : l'eau, le ciel et la nuit, et le silence ; la lune usée, froide, ni gaie ni triste... Mrs. Maurier était dans son lit douillet dans sa chambre confortable, pleurant à longs sanglots tremblants ; une terrible crise de nerfs, passive et sans un son.

Le troisième jour

Le matin s'éveilla au milieu d'un brouillard impénétrable ; il pesait sur un monde d'eau immobile. Bientôt le premier vent le dissiperait, mais, pour le moment, il enveloppait la *Nausicaa* de sa douce laine grise ; quelque part, dans l'épaisseur de cette laine, l'aurore retenait son souffle. Le premier matin du Temps se cachait peut-être derrière cette brume et les trompettes préparaient leur fanfare ; l'on croyait entendre, suspendues dans ce brouillard, les voix des dieux lointains, proclamant dans ce premier matin : « C'est bien ; que la lumière soit. » A une courte distance, une ombre, une rumeur, une épaisseur : la rive. L'eau surgissant de la brume devint comme un métal foncé dans lequel la *Nausicaa* était rigidement fixée ; et le yacht immobile s'enveloppait de brume comme un gros bijou.

Cinq heures.

Emergeant de l'obscurité du capot, la nièce s'avança, nue et silencieuse comme un fantôme. Elle traversa le pont et s'arrêta devant le bastingage, se remplissant les poumons de brume froide, sentant son corps ferme emmailloté de brume. Ses jambes et ses bras étaient tellement hâlés que, même nue, elle avait l'air vêtue d'un maillot de bain d'un blanc éclatant. Elle enjamba le bastingage. Le canot oscilla sous elle, ressuscitant l'eau noire immobile avec un léger bruit. Puis elle se laissa glisser de l'arrière et se mit à nager à travers le brouillard. L'eau se divisait avec une répugnance huileuse, se refermant aussitôt derrière elle sans presque se rider. Elle ne voyait, au niveau de l'eau, qu'une grisaille léchée par de flasques petites langues. La coque du yacht était une chose vague, sentie, connue plutôt que vue. Elle nageait lentement, tournant autour de l'endroit où il devait se trouver, essayant de conserver d'instinct sa distance. Consciemment, c'était difficile ; consciemment, dans cette vague immensité dont elle formait le centre, le yacht pouvait être n'importe où. Elle s'arrêta, nageant sur place. « Il est à ma droite », se dit-elle. Elle n'éprouvait pas de crainte, rien qu'un léger malaise, une exaspération, mais pour se rassurer, elle fit quelques brasses dans cette direction. Le brouillard ne devenait ni plus ni moins épais. Elle s'arrêta de nouveau tandis que l'eau silencieuse lui léchait le visage. « Espèce d'imbécile », murmura-t-elle, et, au même instant, une énorme chose ronde, semblable à un œil sans paupière, la regarda soudain et, au-dessus de sa tête, elle entendit un léger bruit. En deux brassées, elle toucha la coque du yacht. Elle était fière et soulagée quand elle longea la coque et contourna l'arrière. Elle saisit le plat-bord du canot et y demeura suspendue, reprenant son souffle.

Le même bruit lui parvint du pont. Elle appela dans la brume ; « David ? » Il l'entendit et se pencha sur le bastingage, au-dessus du canot.

— Allez-vous-en pour que je puisse sortir de l'eau, dit-elle.

Et, comme il ne bougeait pas, elle ajouta :

— Je n'ai pas de costume de bain. Allez-vous-en une minute, David.

Mais il ne bougea pas. Il la regardait avec son désir muet et absolu. Au bout d'un moment, elle se hissa vivement et facilement dans le canot ; il continua à rester immobile, et ne fit aucun mouvement pour l'aider quand son corps grave et simple sauta vivement à bord du yacht.

— Je reviens dans une minute, dit-elle par-dessus son épaule.

Son maillot de bain blanc passa comme une flèche et disparut du champ visuel de ses yeux de chien. Sans se lever, le brouillard s'emplissait de lumière : l'aurore était imminente comme une gloire ; on devinait la muette splendeur de sa fanfare.

Sa minute en dura trois. Elle réapparut dans sa petite robe de toile bigarrée, ses gros cheveux noirs encore mouillés, portant à la main ses souliers et ses bas. Il n'avait pas fait le moindre mouvement.

— Eh bien, partons, dit-elle impatiemment ; vous n'êtes pas encore prêt ?

Il finit par bouger, la regardant avec la passivité abjecte d'un chien.

— Dépêchez-vous donc, dit-elle. Vous n'avez pas préparé le paquet pour notre déjeuner ? Qu'est-ce que vous avez, David ? Sortez de votre transe, voyons !... Est-ce parce que vous ne croyiez pas que j'allais vraiment le faire ? Ou serait-ce que vous renâclez vous-même ? Allons, dites-le tout de suite, si vous y renoncez.

Elle s'approcha davantage, l'examinant de ses yeux opaques et graves.

— David ? fit-elle en étendant sa main.

Il la lui prit lentement, le regard fixé sur elle ; elle lui secoua vivement le bras :

— Réveillez-vous. Vous n'auriez pas ?... Allons vite chercher de quoi déjeuner. Nous n'avons pas toute la journée devant nous.

Il la suivit à la cuisine ; elle alluma l'électricité et choisit une boîte plate de bacon, une miche de pain qu'elle posa sur la table et continua à fouiller dans les armoires et les boîtes.

— Avez-vous des allumettes ? Un couteau ? Et, où sont les oranges ? Prenons-en. J'adore les oranges ; pas vous ?

Elle tourna la tête ; il avait mis la main sur sa manche, si timidement qu'elle ne l'avait pas senti. Soudain, elle l'entoura de ses bras, et dure, ferme et asexuée, elle lui posa sur la joue son baiser humide et sérieux. Elle sentit contre sa poitrine les battements désordonnés de son cœur, si forts, dans le silence, qu'ils semblaient émaner de son propre corps. Les bras de David se resserrèrent et il tourna la tête, cherchant à atteindre sa bouche, mais elle l'éluda d'un mouvement rapide sans lui adresser de reproche.

— Non, non, pas ça. Tout le monde fait ça, dit-elle en le serrant contre son corps musclé ; puis elle le libéra. Allons, venez. Avez-vous tout ce qu'il faut ?

Elle regarda de nouveau sur les planches et découvrit un petit panier. Il était rempli de laitues ; elle les enleva, les flanqua sur la table et les remplaça par des objets de son choix.

— Prenez mes souliers, dit-elle après y avoir fourré ses bas blonds chiffonnés. Ils tiendront dans votre poche, n'est-ce pas ?

Puis, elle prit le panier et éteignit la lumière.

Le jour n'était pas encore levé, mais il était plus proche ; bien que le brouillard fût toujours aussi dense, le yacht était maintenant visible de la poupe à la proue, endormi comme une mouette aux ailes repliées ; contre sa coque, l'eau poussa le long soupir du réveil. La ligne de la rive était plus nette, vague encore, mais plus palpable dans la brume.

— Dites, fit-elle en s'arrêtant brusquement, comment ferons-nous pour aborder à terre ? Je n'y avais pas pensé. Nous ne pouvons pas prendre le canot.

— A la nage, dit-il.

La tête sombre et humide de Patricia arrivait juste au menton de David. Elle réfléchit un moment. Puis elle demanda :

— N'y aurait-il pas moyen d'y aller avec le canot et ensuite de le ramener au yacht en tirant sur une corde ?

— Oui... Oui, ce serait possible.

— Eh bien, prenez une corde ; dépêchez-vous.

Quand il revint avec un rouleau de corde, elle était déjà dans l'embarcation, les mains sur les avirons. Elle le regarda avec intérêt passer la corde autour d'un étançon, en amener les deux bouts dans le canot et en attacher un à l'anneau de l'étrave. Puis, elle comprit son idée et laissa filer la corde entre ses mains pendant qu'il ramait vers la rive. Ils atteignirent bientôt la grève ; elle sauta à terre, tenant toujours le bout libre de la corde.

— Comment allons-nous empêcher le canot de tirer sur la corde et de se détacher ? demanda-t-elle.

— Je vais vous le montrer.

Il attacha ensemble les avirons et les tolletières avec le bout libre de la corde et coinça le tout entre les bancs.

— Je pense que cela tiendra. Quelqu'un ne tardera pas à l'apercevoir, dit-il.

Et il se prépara à tirer sur la corde pour ramener l'esquif au yacht.

— Attendez une minute, dit-elle en regardant la forme nébuleuse du yacht.

Puis, lui ayant emprunté des allumettes, elle arracha un bout de papier à la boîte de bacon et y traça avec une allumette carbonisée :

« Nous allons à... ».

— Où allons-nous ? demanda-t-elle en levant la tête. je veux dire... dans quelle ville ? Il faudra que nous allions dans une ville pour pouvoir retourner à la Nouvelle-Orléans afin que j'y prenne des vêtements et mes dix-sept dollars. Dites-moi le nom d'une ville ?

— Je ne sais pas. Je ne suis jamais...

— Oui, vous n'êtes encore jamais venu par ici. Eh bien ! et cette ville dont Jenny parle toujours, cette ville où l'on s'amuse ? Ah ! Mandeville, c'est comme cela qu'elle s'appelle. Comment va-t-on à Mandeville, d'ici ?

L'autre ne le savait pas et elle ajouta :

— Peu importe, nous la trouverons bien, je suppose.

Elle signa le billet et le plaça sur le banc d'arrière avec une pierre dessus.

— Lâchez-le maintenant, commanda-t-elle.

L'eau immobile leur transmit bientôt le bruit d'un léger choc.

— Adieu, *Nausicaa !* dit-elle. Attendez que je mette mes souliers.

Quand elle les eut chaussés, elle reprit les bas qu'elle lui avait donnés à tenir et tira de l'un d'eux une liasse froissée ; c'était l'argent qu'elle avait réussi à se procurer en fouillant dans les affaires de sa tante, de Mrs. Wiseman et Miss Jameson.

— Vous feriez bien de vous en charger, dit-elle en lui

tendant la liasse. Et maintenant, déjeunons ! ajouta-t-elle en s'accrochant à sa main.

Six heures.

De très vieux arbres lourds et moussus surgissaient, énormes, de la brume. Ce brouillard aurait pu être quelque récolte paresseuse et molle, venue là, entre eux. Ou plutôt non, ç'aurait pu être le matin préhistorique du temps lui-même. Ou bien la substance mère d'où les premières semences du monde naissaient ; et ces arbres énormes et silencieux auraient pu être les premières choses vivantes, nées trop récemment pour connaître l'étonnement et la peur, arrachant leurs cordons ombilicaux de quelque vieille matrice, de la matrice fétide d'un néant latent et terrible.

Elle se serrait contre lui, soudain silencieuse et soumise, tremblant un peu comme un jeune chien contre le bras rassurant de David.

— Allons, dit-elle d'une petite voix.

Ce faible son ainsi émis ne mourut pas aussitôt, il s'évanouit simplement dans cette moisissure grise où ils baignaient, comme si, à chaque mouvement de l'espace, le mot devait pouvoir se répéter lui-même quelque part entre la terre et le ciel à la façon dont un caillou est rejeté hors d'une gaine en coton. Il posa son bras sur ses épaules ; elle se retourna à son contact et cacha brusquement son visage sous son aisselle.

— J'ai faim, dit-elle de sa toute petite voix. J'ai besoin de manger.

— Voulez-vous que je vous fasse du feu ? demanda-t-il à la crinière noire qui couronnait sa tête.

— Non, non, répondit-elle en s'accrochant à lui. Nous sommes encore trop près du lac, ici ; on pourrait nous voir. Il faudrait nous éloigner de la plage. Mais je crois que nous ferions bien d'attendre ici que le brouillard se lève. Un morceau de pain me suffira. Asseyons-nous quelque part. Asseyons-nous et mangeons un peu de pain. Et quand le brouillard se sera dissipé, nous trouverons plus facilement la route. Venez, tâchons de trouver un tronc d'arbre, ou autre chose.

Elle le tira par la main et ils allèrent s'asseoir au pied d'un arbre, sur le sol humide, pendant qu'elle fouillait dans le panier. Elle cassa un bout de la miche, le lui donna et en prit un autre pour elle-même. Puis, elle glissa jusqu'à ce que son dos s'appuyât contre lui et se mit à manger. Elle soupira d'aise.

— Voilà. Est-ce que vous ne trouvez pas que c'est délicieux ? Ce paysage gris et solitaire vous donne l'impression d'avoir froid à l'extérieur et chaud en dedans, n'est-ce pas ?... Mais vous ne mangez pas ? Mangez votre pain, David. J'adore le pain ; pas vous ?

Elle remua et se rapprocha de lui.

Le brouillard commençait à perdre de sa densité ; il cédait sous l'action d'un mouvement de l'air, trop léger pour être qualifié de vent. Il se divisait en lambeaux semblables à des fantômes qui auraient dévoré tous les sons ; ils se suspendaient et se balançaient aux branches comme de gigantesques singes spectraux, révélant et cachant tout à tour les silhouettes sombres et patriarcales des arbres. De loin, de très loin dans les marécages, parvenait le chant d'amour enroué et familier des alligators.

— Chicago... murmura-t-elle. Je ne savais pas que nous étions aussi près de chez nous... Le soleil ne tarderait plus ; vautrée contre lui, elle était contente de grignoter son pain.

Sept heures.

Ils n'avaient pas trouvé la route, mais ils avaient atteint un endroit suffisamment éloigné du lac. Elle avait découvert un papillon plus grand que ses deux mains, posé dans une tache de soleil, sur le tronc d'un vieil arbre, et remuant ses merveilleuses ailes humides comme des poumons de verre ou de soie. Pendant qu'il récoltait du bois — tâche difficile, vu qu'ils n'avaient pas songé à emporter une hache — elle s'arrêta au bord d'un ruisseau noir et harcela un gros serpent paresseux avec une petite baguette. Un grand oiseau multicolore vint l'injurier ; le serpent, sans prendre garde à elle, s'enfonça lourdement dans l'eau visqueuse. Puis, levant les yeux, elle vit, dans la pénombre équivoque des arbres, briller le petit feu.

Ils mangèrent de nouveau : les oranges et aussi du bacon qu'ils firent griller, qu'ils brûlèrent, laissèrent tomber par terre et mâchèrent avec le reste du pain après l'avoir essuyé.

— Est-ce que vous n'aimez pas camper ? demanda-t-elle, les jambes croisées, en enlevant de sa jupe un petit bout de bacon. Je voudrais que nous vivions toujours ainsi, David ; que nous n'ayons jamais de maison qui nous oblige à rester au même endroit. Nous continuerons à camper comme ça, n'est-ce pas, David ?

Son regard rencontra les yeux pleins de désir de son compagnon.

— Ne me regardez pas de cette façon, dit-elle d'un ton bref...

Puis, plus doucement :

— Ne regardez jamais personne de cette manière. Vous ne persuaderez aucune femme de s'enfuir avec vous si vous la regardez ainsi.

Elle lui tendit la main ; il avança la sienne lentement, avec hésitation ; elle la lui serra durement, simplement et lui secoua le bras.

— Comment vous regardais-je ? demanda-t-il après un silence, d'une voix qui ne semblait pas lui appartenir. Comment voulez-vous que je vous regarde ?

— Oh ! vous le savez bien. Pas comme ça, en tout cas. Comme ça, vous êtes pour moi tout bonnement un homme. Ou un chien. Mais pas David.

Elle dégagea sa main, mangea son petit fragment de bacon et essuya ses doigts à sa robe.

— Donnez-moi une cigarette.

La brume avait disparu ; le soleil pénétrait déjà, chaud et sinistre, sous les arbres, atteignant la terre fourmillante de miasmes. Assise sur ses jambes croisées, elle fumait, rassasiée. Brusquement, elle posa sa cigarette et se figea dans une immobilité complète. Puis elle le regarda avec consternation et s'assena soudain une claque sur sa jambe nue.

— Qu'est-ce qu'il y a ? demanda-t-il.

Elle lui montra en guise de réponse sa paume brune au centre de laquelle un point sombre s'entourait d'une petite tache écarlate.

— Bon Dieu ! Donnez-moi mes bas, s'écria-t-elle. Il faut nous en aller d'ici. Je les avais oubliés.

Elle enfila ses bas et se mit debout d'un bond.

— David, cessez de me regarder comme ça. Tâchez au moins d'avoir l'air de vous amuser. Ressaisissez-vous. On vous dirait déjà découragé. C'est épatant de se sauver comme nous le faisons. Vous ne trouvez pas ?

Elle tourna la tête et le vit refaire le geste timide de toucher sa robe du bout des doigts. Dans l'air chaud du matin s'éleva le cri aigu du sifflet de la *Nausicaa.*

Huit heures.

— Non, monsieur, répondit patiemment le neveu, c'est une pipe.

— Une pipe, hein ? fit le Major Ayers en le dévisageant de ses petits yeux affables et durs. Vous fabriquez des pipes, vous ?

— Je fabrique celle-ci, répondit le neveu, tout à son ouvrage.

— C'est sans doute parce que vous avez oublié d'apporter la vôtre ? suggéra le Major après un silence.

— Non, je ne fume pas la pipe, dit le neveu. J'invente simplement un nouveau modèle.

— Ah ! je comprends. Pour la vendre.

L'esprit du Major s'enflamma lentement. Ça pourrait rapporter de l'argent, hein ? Les Américains sont hommes à acheter une nouvelle espèce de pipe, c'est certain.

— Vous avez naturellement fait des arrangements nécessaires pour la lancer ?

— Non, je la fabrique pour m'amuser, voilà tout, expliqua le neveu du ton patient qu'on emploie en parlant à des enfants obtus.

— Oui, dit le Major, vous avez raison de n'en rien dire avant d'avoir achevé le calcul de votre prix de revient. Je ne vous en blâme nullement. Il est très probable que les Américains achèteront volontiers un nouveau genre de pipe. Je m'étonne même que personne n'y ait encore songé.

Le neveu sculptait minutieusement sa pipe.

— Non, reprit le Major. Je ne vous reproche pas votre réticence. Mais quand vous aurez fini, vous aurez besoin de capitaux. Et ensuite... un mot à vos amis au moment voulu.

— Un mot à mes amis ? répéta le neveu en levant la tête. Je vous dis que je fabrique tout bonnement une pipe pour m'amuser. Simplement pour m'amuser.

— Vous avez tout à fait raison, dit le Major suavement ; vous ne m'offensez pas, mon cher garçon. Je ne vous blâme pas le moins du monde. Je me suis trouvé dans la même situation que vous, autrefois.

Neuf heures.

Ils avaient fini par trouver la route : deux ornières dans une poussière intolérable sur une digue qui traversait le marécage. Mais entre eux et la route s'étendait une nappe d'eau recouverte d'une végétation pourrie. Les racines d'énormes cyprès sortaient comme des ossements d'une écume verte et d'un sol spongieux qui n'était ni la terre ni l'eau ; et toujours ces éternels arbres barbus, pareils à des dieux qui contempleraient sans alarme cette profanation d'un silence déjà ancien à l'époque où le vieux Temps lui-même était un miracle rose et affreux dans les bras de sa mère.

Ce fut elle qui découvrit l'arbre abattu, et la première qui essaya son écorce vaseuse et traîtresse, et qui atteignit la première la route vide qui s'allongeait, monotone, entre les bataillons d'arbres centenaires. Un peu essoufflée, elle brandissait une branche verte et le regardait tandis qu'il avançait, centimètre par centimètre, sur le tronc de l'arbre tombé.

— Dépêchez-vous, David, dit-elle avec impatience. Voici la route ; nous sommes sauvés, maintenant.

Il avait franchi le fossé et il gravissait avec difficulté le talus de la digue. Elle se pencha et lui tendit la main. Mais, comme il ne voulut pas la prendre, elle se pencha davantage et le tira par sa chemise.

— De quel côté est Mandeville ?

— Par là, répondit-il aussitôt en désignant du doigt la direction.

— Vous m'avez dit que vous n'étiez encore jamais venu par ici ?

— En effet. Mais nous étions à l'ouest de Mandeville quand nous nous sommes échoués ; le lac étant par là-bas, Mandeville doit être de ce côté.

— Je ne le crois pas. Le marécage n'est pas aussi épais de ce côté. Et d'ailleurs, je sais que c'est là le chemin.

— Très bien, dit-il, vous devez avoir raison.

— Il faut bien que nous allions quelque part ; nous ne pouvons rester plantés ici, dit-elle en se tortillant et en se frottant dans sa robe.

— Alors, dans quel sens prenons-nous la route ?

— Eh bien, vu que quand nous étions à l'ouest de Mandeville hier soir...

Elle s'engagea brusquement dans le sens qu'elle avait choisi en disant :

— Venez, je vais mourir si nous demeurons ici.

Elle partit devant à grands pas.

Dix heures.

Elle essayait de l'expliquer à Pete. Le soleil s'était levé, sinistre et chaud, au milieu d'une brume endormie, et, dans une région basse, vague, qui n'était ni l'eau ni le ciel, des nuages, semblables à de grosses petites filles en robes empesées, marchaient avec solennité.

— C'est une chose à laquelle on adhère là où il doit aller. Seulement, il faut travailler pour y être admis, et quelquefois on n'y est même pas reçu. Ceux qui en font partie ne reçoivent rien en dehors d'un petit bouton, d'un insigne.

— Repose-toi et recommence. De quoi parles-tu ? dit Pete, suspendu au bastingage par les coudes et un talon, son chapeau rabattu en biais sur son visage brun et insouciant, les yeux à demi-clos à cause de la fumée de sa cigarette.

— Il y a quelque chose dans l'eau, dit Jenny, écrasant son ventre sur le bastingage en regardant l'eau tandis que la brise de terre moulait sur elle sa petite robe verte. Ça doit être tombé du bateau... Oh ! je parle de l'Université où il ira. On y travaille pour adhérer à des trucs, là-bas. Elle dit qu'on travaille trois ans et alors...

— Quelle Université ?

— J'ai oublié. C'est celle où ont lieu chaque année de grands matches de football dont parlent les journaux. Il...

— Yale et Harvard ?

— Oui, c'est le nom qu'elle a dit. Il...

— Laquelle, Yale ou Harvard ?

— Euh... Et alors, il...

— Voyons, bébé, tu parles de deux Universités. Est-ce Yale ou Harvard qu'elle t'a nommé ? ou bien Sing-Sing ou quoi ?

— Oh !... dit Jenny, c'était Yale... Oui, c'est bien ça qu'elle a dit. Il lui faudra travailler trois ans pour entrer dans cette chose et avec ça, il n'y sera peut-être pas admis.

— Oui, eh bien quoi ? A supposer qu'il travaille trois ans, qu'est-ce que ça fait ?

— Eh bien, même s'il réussit, tout ce qu'il obtiendra sera un petit bouton, je te l'ai déjà dit. Travailler trois ans et puis risquer de ne même pas y entrer...

— Ne reste pas idiote toute ta vie, la gosse, dit Pete.

Le soleil et le vent se jouaient dans les cheveux de Jenny. Le pont était désert ; les autres s'étaient réunis sur le pont supérieur ; leurs voix parvenaient par instants à Pete et à Jenny, et, sur le bastingage, juste au-dessus de la tête de Pete, reposaient innocemment deux pieds masculins. Une cigarette à moitié consumée tomba et flotta parmi les détritus qui avaient attiré l'attention de Jenny.

Pete jeta lui-même son mégot par-dessus son épaule. Mais il coula aussitôt, à sa calme surprise.

— Que ce garçon adhère à ce club si ça lui fait plaisir, dit Pete. Quel genre de club est-ce ? Qu'est-ce qu'on y fait ?

— Je ne sais pas. On travaille trois ans pour y entrer... Bon sang, trois ans... au bout de ce temps-là, on doit être trop vieux pour faire quoi que ce soit... Trois ans... Bon Dieu !

— Assieds-toi et ne parle plus, dit Pete.

Puis, après avoir jeté un coup d'œil sur le pont, il ajouta sans changer de position :

— Donne un baiser à papa.

Jenny jeta, elle aussi, un regard scrutateur sur le pont puis, avec une docilité prudente, elle leva vers lui son visage ineffable.

Bientôt, Pete recula le sien et demanda :

— Qu'est-ce qu'il y a ?

— A propos de quoi ? demanda innocemment Jenny.

Pete décrocha son talon du bastingage et entoura Jenny de son bras. Leurs visages s'appuyèrent de nouveau l'un sur l'autre ; Jenny ne fut plus qu'une douceur impersonnelle contre la bouche de Pete, ne laissant voir qu'un seul œil bleu et une auréole de cheveux éventés.

Onze heures.

Le marécage semblait sans fin ; il s'étendait, de part et d'autre de la route, éternel et fétide, sombre, silencieux et effrayant. La route s'allongeait indéfiniment sous un tunnel barbu, sous le sinistre ciel de cuivre. La rosée avait disparu depuis longtemps, et ses pas énergiques soulevaient une poussière indifférente. David marchait derrière elle, regardant sur ses bas deux taches de sang desséché. Bientôt, il y en eut trois, et il se rapprocha d'elle. Elle tourna la tête vers lui :

— Ne venez pas près de moi ! cria-t-elle, ne voyez-vous pas que vous les rendez plus méchants ?

Il se laissa de nouveau devancer par elle. Soudain, elle

s'arrêta, lâchant la branche avec laquelle elle les chassait sans succès, et dit en étendant les bras :

— David !

Il s'approcha d'elle avec embarras ; elle s'accrocha à lui en pleurnichant :

— Ne pouvez-vous rien y faire ? Ils me font mal, David !

Mais il ne fit que la regarder, son désir muet dans les yeux.

Elle se raidit, se dégagea rapidement, et ramassa sa branche :

— Nous en serons bientôt sortis. Ce sera différent, alors. Regardez ! Encore un grand papillon !

Mais son cri de joie se termina en un petit gémissement.

Dans leur cabine, Jenny trouva Mrs. Wiseman en train de changer de robe.

— Mr. Talliaferro, commença Jenny... Il est un homme très raffiné ; vous ne croyez pas ?

— Raffiné ? répéta Mrs. Wiseman. Oui, exactement. Ernest a inventé ce mot.

— Vraiment ? fit Jenny.

Elle alla se regarder dans la glace, puis dit soudain :

— Son frère est raffiné aussi, n'est-ce pas ?

— Le frère de qui, ma poulette ? dit Mrs. Wiseman en regardant Jenny avec curiosité.

— Celui qui a cette scie.

— Oh ! Oui, assez. Il est trop occupé pour ne pas l'être. Pourquoi ?

— Et cet homme aux yeux saillants aussi ? Tous les Anglais sont raffinés, n'est-ce pas ? Il y en avait un dans un film que j'ai vu. Il était terriblement raffiné.

Jenny contemplait son visage dans la glace, distraction parfaite dont elle ne se lassait jamais. Mrs. Wiseman regarda les beaux cheveux blonds de Jenny et la misérable petite robe qui révélait la perfection divine de son corps.

— Approchez-vous, Jenny, dit-elle.

Midi.

Quand il l'atteignit, elle était accroupie sur la route, la tête blottie entre ses bras croisés. Elle se balançait d'avant en arrière et tordait son corps comme sous l'effet d'un spasme.

— Ils me font mal, ils me font mal ! gémit-elle.

David s'agenouilla auprès d'elle et l'appela par son nom. Elle se redressa.

— Regardez, dit-elle d'un air égaré, sur mes jambes.

Et elle désigna une vingtaine de grands points gris rôdant autour de ses bas tachés de sang.

— Vous les voyez ? Ils sont partout... sur mon dos, je ne peux pas l'atteindre pour me gratter.

Elle s'étendit brusquement et frotta son dos contre la route poussiéreuse, sans lui lâcher la main. Puis elle se releva, et essaya de protéger par sa courte jupe ses jambes saignantes, tournant vers lui son visage exsangue et hagard.

— Il faut que j'entre dans l'eau, dit-elle haletante, dans la boue, n'importe où ; je vous dis que je meurs.

— Oui, oui, je vais vous chercher de l'eau. Attendez-moi ici. Vous attendez, n'est-ce pas ?

— Vous allez chercher de l'eau ? Vous le promettez ?

— Oui, oui. Je vais vous en chercher. Attendez-moi ici.

Il descendit le long du talus, ôta sa chemise et la trempa dans le fossé empli d'une pourriture chaude. Elle avait passé sa robe par-dessus sa tête, révélant son maillot de bain si blanc entre sa culotte et la bande de satin qui enserrait ses seins.

— Oh ! mon dos ! gémit-elle. Vite ! vite !

Il posa la chemise mouillée sur son dos ; elle en prit les bouts et s'en enveloppa, puis, s'adossa aux genoux de David en poussant un long soupir.

— Je voudrais boire, dit-elle. Pourrais-je avoir de l'eau à boire, David ?

— Bientôt, dit-il avec désespoir. Vous pourrez boire de l'eau dès que nous serons sortis du marécage.

Elle était accroupie dans la poussière de la route, de cette route infinie, blanche sous ses gardiens barbus, qui traversait le marais implacable avec une sorte de bravoure puérile comme une petite voix grêle jurant dans une cathédrale. Des aiguilles de feu voltigeaient autour d'eux, autour des épaules et des bras nus de David. Au bout d'un moment, elle dit :

— Allez la remouiller, David.

Il s'empressa de le faire et remonta le talus escarpé et puant.

— Mouillez-moi la figure, David.

Elle leva son visage vers lui et ferma les yeux tandis qu'il la mouillait et repoussait de son front ses gros cheveux humides.

— Si vous mettiez la chemise ? suggéra-t-il.

— Non, murmura-t-elle tout près de son bras et sans ouvrir les yeux, ils vous mangeraient tout cru sans votre chemise.

— Non, je n'en ai pas besoin, dit-il.

— Non, gardez-la, David. Gardez-la... J'aime mieux l'avoir en dessous... Oooo ça me fait du bien. C'est vrai que vous n'en avez pas besoin ?

Elle rouvrit les yeux et posa sur lui son regard grave. Il insista et l'aida à enfiler la chemise par-dessus sa tête ; puis elle remit sa robe.

— Je ne l'aurais pas acceptée s'ils ne me faisaient aussi mal. Je ferai quelque chose pour vous un jour, David, je vous le jure.

— Bien sûr. Je n'en ai pas besoin.

Il se releva.

— Je vous jure que je ne l'aurais pas acceptée s'ils ne me faisaient tant souffrir, insista-t-elle en lui mettant la main sur l'épaule.

— Bien sûr, je le sais.

— Je vous revaudrai ça d'une façon ou d'une autre. Venez ; allons-nous-en d'ici.

Une heure.

Mrs. Wiseman et Miss Jameson chassèrent de la cuisine Mrs. Maurier qui gémissait et se tordait les mains ; elles préparèrent le déjeuner : de nouveau des pamplemousses, déguisées tant bien que mal.

— Et nous en avons une telle quantité, dit la maîtresse de maison en s'excusant. Et puis, le steward disparu... nous qui sommes échoués, encore...

— Oh ! nous sommes capables de supporter quelques petites épreuves, dit Fairchild avec bonne humeur. La race n'est pas encore dégénérée à un tel point. Dans un livre, par exemple, ce serait terrible ; si l'on obligeait les personnages d'un roman à manger autant de pamplemousses que nous, les artistes et les défenseurs de l'humanité se mettraient d'accord pour protester en hurlant. Mais dans la vie réelle, tout peut arriver, et les gens peuvent faire n'importe quoi. C'est seulement dans les livres que les hommes doivent obéir à des règles arbitraires de conduite et de probabilité ; c'est seulement dans les livres que les événements ne doivent jamais abuser de la crédulité du public.

— C'est vrai, dit Mrs. Wiseman. Les caractères décrits par les écrivains paraissent toujours si conséquents avec eux-mêmes, si parfaitement d'accord...

— Voilà pourquoi la littérature est un art et non la biologie, dit son frère en l'interrompant. Dans un livre, il faut qu'un personnage soit constamment lui-même, en toutes choses, alors qu'en réalité, l'homme n'est constant que d'une manière : il est constamment vaniteux. Seule sa vanité maintient ses particules humides et adhérentes les unes aux autres. Sans sa vanité, il serait comme n'importe quelle autre poignée de poussière que le premier vent dissémine... Mais qu'allais-tu dire, Eva ?

— Je pensais combien, lorsqu'on les rencontre dans la vie réelle, les personnages livresques ont des goûts déconcertants. Par exemple, Dorothy. Supposez, Dawson, que vous décriviez son caractère dans un roman ; vous lui feriez aimer les bijoux bleus : l'or blanc, le platine, les saphirs dans des montures d'argent terni... vous voyez le genre, n'est-ce pas ?

— Oui, en effet, dit Fairchild, je la verrais aimant le bleu.

— Et puis, pour la musique ; vous supposeriez qu'elle aime Grieg et autres compositeurs nordiques avec de l'eau glacée dans les veines, n'est-ce pas ?

— Oui, approuva aussitôt Fairchild, pensant à Ibsen, à la légende de *Peer Gynt* et à un sonnet de Siegfried Sassoon sur Sibelius qu'il avait lu dans un magazine. C'est bien ce qu'elle devrait apprécier en effet.

— Pour être esthétiquement conséquente avec elle-même, ajouta Mrs. Wiseman. Mais je parie que vous vous trompez. N'est-ce pas, Dorothy ?

— Mais oui, répondit Miss Jameson, j'ai toujours aimé Chopin.

— Vous voyez bien, dit Mrs. Wiseman en haussant les épaules. C'est cela qui rend l'art si décourageant. On s'attend à tout ce qui se rapporte aux actions des hommes ou qui en dépend. Cela me choque toujours de constater que l'art dépend aussi de la population, de l'instinct grégaire tout autant que la fabrication des automobiles ou des bas...

— Avec cette différence qu'on ne se sert pas encore des jambes des femmes pour faire de la réclame à l'art, intervint Mark Frost.

— Ne dites pas de bêtises, Mark, dit Mrs. Wiseman d'un ton sec. C'est précisément de cette façon que l'art a été révélé à quatre-vingt-dix-neuf pour cent des gens qui ne sont pas artistes : par des cartes postales et des gravures à peine assez ésotériques pour échapper aux poursuites de la police. Demandez à l'homme de la rue ce qu'il comprend par le mot « art », il vous dira que cela veut dire un tableau, n'est-ce pas, Dawson ?

— C'est juste, dit Fairchild, et c'est une idée fausse. A mon avis, l'art signifie tout ce qui est consciemment bien fait : vivre ou fabriquer une bonne tondeuse, ou bien jouer au poker. Restreindre l'art comme on en a l'habitude de nos jours, à la peinture, c'est une idée qui ne me semble pas juste du tout.

— L'art de la Vie, d'une belle et complète vie de l'Ame, dit Mrs. Maurier, ne croyez-vous pas, Mr. Gordon, que ce soit là le plus grand rôle de l'Art ?

— Bien sûr que non, mon enfant, dit Mrs. Wiseman à Fairchild, ignorant Mrs. Maurier. Furieusement américain comme vous l'êtes, vous ne pouvez supporter cette idée. Vous croyez que la fonction de créateur d'art dépend de la géographie.

— Mais c'est un fait. On ne peut faire pousser de blé sans avoir un endroit où le semer.

— On ne sème pas le blé dans une carte géographique ; on le sème dans la terre. Peu importe où se trouve cette terre ; on peut même la changer de place ; le blé y poussera toujours.

— Mais il sera d'une espèce différente ; ce sera du blé russe, latin ou anglo-saxon.

— Une fois dans le ventre tous les blés se ressemblent, dit le Sémite.

— Julius ! s'écria Mrs. Maurier. Le vrai but de l'Art est d'assouvir la faim de l'Ame. Il y a tant d'autres choses pour satisfaire les appétits plus grossiers. N'est-ce pas votre avis, Mr. Talliaferro ?

— Oui, dit Mrs. Wiseman, soutenant son frère. Dawson tient à sa conviction parce qu'elle est commode pendant la vie et réconfortante au moment de la mort — comme la croyance en l'immortalité. C'est une assurance contre le doute et la peur.

— Et la paresse, ajouta son frère.

— Julius ! s'écria de nouveau Mrs. Maurier. Le vrai but de l'Art...

— En se cramponnant spirituellement à un petit coin de la surface de la terre, reprit-il, on trouve une grande partie de son travail tout fait d'avance. Les détails du vêtement, les habitudes du langage qu'on adopte sans peine, deviennent, accumulés, aussi imposants que toute marque isolée d'originalité. Mais je suppose qu'au fond d'eux-mêmes, les poètes considèrent les prosateurs comme des tire-au-flanc, n'est-ce pas ?

— Oui, dit sa sœur. Nous les trouvons un peu paresseux. Pas intellectuellement, mais nous trouvons que leurs... pas leurs cœurs...

— Leurs âmes ? suggéra son frère.

— Je déteste ce mot, mais c'est le plus approchant...

Son regard croisa les yeux tristes et moqueurs de son frère...

— Oh ! Julius ! Il y a des moments où je pourrais te tuer ! Il se moque de moi, Dawson.

— Il se moque de nous deux, dit Fairchild. Laissez-le s'amuser, le pauvre garçon. Laissez-le rire. J'ai toujours envie, pour une nuit, d'être un de ces eunuques d'autrefois. Ils devaient mourir de rire quand les sultans venaient visiter les dames.

— Mister Fairchild ! s'exclama Mrs. Maurier. Que voulez-vous dire ?...

— Il est heureux que quelqu'un trouve quelque chose d'amusant à cette opération. Ce n'est, semble-t-il, jamais le cas des maris, des participants actifs.

— C'est une précaution de la nature pour assurer la survivance de la race, dit Fairchild. Si les maris voyaient l'aspect comique de la chose... Mais ils ne le voient jamais, même quand ils en ont l'occasion, quelque blanche et délicate que soit la main que leur front orne.

— Ce ne sont ni les jolies femmes ni les hardis étrangers qui nous défigurent, dit le Sémite ; c'est la cérémonie du mariage.

— On constaterait sûrement une décroissance de la population si l'homme pouvait se dédoubler et se voir en train de faire l'amour.

— Mister Fairchild !

— Chopin ! intervint Mrs. Wiseman. Vraiment, Dorothy, vous me décevez !

Soulagée, Mrs. Maurier s'écria :

— Ah ! combien Chopin m'a aidée à supporter mes chagrins ! Personne ne saura jamais à quel point !

— Sûrement, dit Mrs. Wiseman : il est toujours d'un grand secours.

Puis, se tournant vers Miss Jameson :

— Imaginez combien Dawson vous aurait mieux faite

que Dieu ; malgré tout le respect dû à Mrs. Maurier, nombre de gens trouvent du réconfort dans la musique de Chopin ; c'est comme l'aspirine qui soulage toutes les douleurs. Je vous aurais pardonné même Verdi, mais Chopin ! Chopin... de la neige pourrissant sous la lune.

— Quelle musique aimez-vous, Eva ? demanda Fairchild.

— Oh ! Debussy, George Gershwin, Berlioz, peut-être... pourquoi pas ?

— Berlioz, répéta Miss Jameson en imitant le ton de son amie, Swedenborg passant des vacances en France.

Mark Frost, les yeux fixés sur ses mains, remua légèrement les lèvres.

— Vous regrettez d'avoir oublié votre calepin, Mark, dit Fairchild, taquin.

— C'est très triste, dit le Sémite. L'homme est parfaitement heureux jusqu'au jour néfaste où un autre découvre qu'il pense. Désormais, il n'ose plus sortir sans son calepin. Dieu le protège ! Mais c'est très triste.

— Mark n'est pas un pirate aussi accompli que toi et Dawson, répliqua vivement sa sœur. Lui, au moins, a besoin du calepin.

— Ma bonne vieille, dit le Sémite de sa voix nonchalante, tu te flattes.

— Moi aussi, dit Fairchild, j'emporte toujours ma serviette, c'est le seul objet sur lequel je sois confortablement assis.

Parler, parler, parler ; la stupidité absolue et désolante des mots. Sans fin, comme si cela devait durer éternellement, les idées devenaient de simples sons, balles qu'ils se renvoyaient jusqu'à leur complète usure.

Midi les oppressait comme une main, une main de cuivre qui, sans les frapper, restait suspendue au-dessus d'eux, menaçante. Le pont se couvrait d'ampoules, le bastingage était trop brûlant pour être touché ; les taches d'ombre, sur le pont, étaient imprégnées de chaleur comme de lourdes couvertures. L'eau brillait d'un éclat insupportable, la forêt, mur de bronze récemment coulé, n'était pas encore refroidie, et sous le vaste ciel, pas la plus légère brise.

L'intolérable hiatus de midi se termina enfin ; la main de cuivre ailée s'envola vers l'ouest. Le pont était désert comme le premier après-midi où il l'avait arrêtée dans sa fuite, semblable à une hirondelle mouillée ; il croyait toujours voir sur le pont les empreintes de ses pieds nus et sentir autour de lui comme une odeur, cette jeune gravité qui la distinguait. Rien d'étonnant qu'elle se soit sauvée, elle qui était comme une flamme parmi les cendres, comme une petite flamme hâlée. Partie, elle n'était plus qu'une fumée de pipe éparpillée au loin, que le souvenir d'une houle sur un rocher, à l'aube... Ah ! ah ! étrangle ton cœur, ô Israfel aux ailes de solitude, à l'amer empennage d'orgueil !

Leurs pieds se traînaient dans la terrible chaleur de midi, soulevaient des tourbillons de poussière. Et toujours, toujours, à côté d'eux, ces éternels arbres barbus, plus vieux et immobiles que l'éternité. La route s'allongeait, hypnotisante, les obligeant à une marche sans fin.

Il s'arrêta, ne la sentant plus près de son épaule ; il se retourna et la vit agenouillée devant le fossé putride. Comprenant soudain ce qu'elle allait faire, il se précipita et l'agrippa en criant :

— Non ! vous ne pouvez pas boire cette eau ; c'est du poison !

— Il faut que je boive ! Il me faut de l'eau ! Je vous en prie, David, rien qu'une gorgée ! s'il vous plaît, David ! fit-elle en luttant contre lui.

Il réussit à mettre les mains sous ses bras, mais ses pieds glissèrent sur l'herbe pourrie de la pente et il tomba sur les genoux dans l'eau épaisse et répugnante du fossé. Elle se tordait entre ses mains.

— Oh ! je vous en prie, je vous en supplie, rien qu'une gorgée ! Rien que pour humecter ma bouche. Regardez-la.

Elle leva vers lui son visage où ses larges lèvres étaient toutes sèches et gercées. Mais il la tenait fermement.

— Mettez vos pieds dedans, cela vous soulagera, dit-il d'une voix que la sécheresse de sa gorge rendait rauque. Allons, laissez-moi vous déchausser.

Elle pleurnicha comme un chien pendant qu'il lui retirait ses souliers. Puis, elle trempa ses jambes dans l'eau et gémit, partiellement rafraîchie. Les rayons du soleil commençaient enfin à s'incliner vers l'ouest ; mais, sous les arbres, la pénombre demeurait inchangée : silencieuse, menaçante, remplie d'un feu méchant et invisible.

— Il me faut de l'eau, dit-elle. Il faut que vous m'en trouviez, David.

— Oui.

Il se dégagea péniblement de cette boue chaude et, glissant ses mains sous les aisselles :

— Levez-vous, dit-il, il faut continuer notre chemin.

Deux heures.

Jenny bâilla franchement, puis elle dégrafa le devant de sa robe et contempla ses seins. Elle les trouva satisfaisants et rajusta sa robe, la lissant sur ses hanches. Elle monta sur le pont et les vit assis en groupe, comme d'habitude. Mrs. Maurier n'y était pas. Elle alla s'appuyer au bastingage, attendant placidement que Mr. Talliaferro s'aperçût de sa présence.

— J'étais en train de regarder ces choses dans l'eau, dit-elle quand il s'approcha d'elle comme un clou d'un aimant, verbeux et sans volonté.

— Où cela ? demanda-t-il.

— Là, dit-elle, en désignant un point plus proche du groupe de fauteuils.

— Mais ce sont simplement les détritus de la cuisine, dit Mr. Talliaferro avec surprise.

— Vraiment ? Ça m'a l'air drôle. Il y en a d'autres par là-bas.

Mr. Talliaferro la suivit, intrigué et curieux. Elle

s'arrêta et jeta un regard en arrière ; Mr. Talliaferro l'imita mais ne vit personne que Mark Frost, le rouf cachait les autres passagers.

— C'est plus loin, dit Jenny.

— Où cela ? demanda Mr. Talliaferro quand elle s'arrêta de nouveau.

— Ici, dit Jenny en regardant le lac.

Puis elle scruta encore une fois le pont. Mr. Talliaferro était maintenant tout à fait intrigué et même un peu effrayé.

— C'était juste ici que je l'ai vue, dit-elle : elle a dû s'en aller.

— Qu'est-ce que vous avez vu ?

— Quelque chose de drôle, dit-elle d'un ton détaché... Ce que le soleil est chaud, ici.

Elle s'éloigna et gagna l'endroit où le mur du rouf formait une sorte de niche. Mr. Talliaferro la suivit avec stupéfaction et la vit procéder à un nouvel examen du pont. Puis, elle se fit, à ses côtés, parfaitement statique et, sans le moindre mouvement, lui donna l'impression de l'envelopper de la douce chaleur de ses cuisses. Il la voyait comme à travers une brume blonde. Une légèreté exquise au point d'en être presque insupportable s'empara de ses membres, et, en même temps, il écoutait l'interminable et sèche incohérence de sa propre voix. Cette légèreté extraordinaire parcourut ses mains, ses bras, ses jambes, atteignit enfin ses pieds, et Mr. Talliaferro s'enfuit.

Jenny le regarda partir et soupira.

Au bout d'un certain temps, la route blanche laissa le marais derrière elle. Le terrain s'élevait un peu ; il était devenu sablonneux ; des pins croissaient parmi des broussailles épaisses et brûlées par le soleil.

— Enfin, nous en sommes sortis, lui cria-t-elle en hâtant le pas. Nous ne devons plus en être bien loin. Allons, courons un peu.

Il lui cria quelque chose, mais elle continua de trotter

en s'éloignant de lui ; il continuait de suivre, ses jambes tachées de sang. La chaleur tremblait au-dessus de la route ; le ciel était un bol métallique intolérablement chaud, et, dans l'après-midi sans brise, les grands pins exhalaient une odeur stimulante de résine et de chaleur, projetant des ombres éparses sur le ruban clair et sans fin de la route. Des lézards quittaient précipitamment devant eux la poussière pour se réfugier en sifflant parmi les broussailles des bas-côtés.

Il l'appela de nouveau, mais elle continua de trotter sans l'écouter.

Sans ralentir son pas, elle quitta la route ; quand il la rejoignit, elle s'appuyait contre un arbre et haletait.

— J'ai trop couru, articulèrent ses lèvres pâles. Je me sens drôle... épuisée. Soutenez-moi... Non, laissez-moi m'étendre.

Elle s'affaissa contre lui.

— Mon cœur bat trop vite. Sentez comme il bat.

Il sentit contre sa main les battements affolés de son cœur.

— Il bat trop vite, n'est-ce pas ? Qu'est-ce que je dois faire ? Faites quelque chose, David.

Il l'étendit maladroitement par terre et s'agenouilla auprès d'elle, lui soutenant la tête. Elle ferma les yeux pour ne plus sentir la brûlure de l'implacable ciel. Mais elle les rouvrit aussitôt et s'efforça de se lever.

— Non, non, je ne veux pas rester ici. Je veux me relever ; aidez-moi.

Il dut la soutenir une fois qu'elle fut debout.

— Il faut que je continue ; faites-moi continuer, David. Je ne veux pas mourir ici.

Elle avait le visage rouge et il voyait avec une terreur soudaine et absolue, le sang qui battait sur sa gorge.

— Que dois-je faire ? Vous devriez le savoir ? Ne savez-vous pas ce qu'il faut faire ? Je vous dis que je suis malade ; ils m'ont donné l'hydrophobie ou Dieu sait quoi.

Elle referma les yeux ; tous ses muscles se détendirent et elle glissa sur le sol, tandis qu'il s'agenouillait de nouveau, plein de peur et de désespoir.

— Soulevez-moi un peu la tête, murmura-t-elle.

Il s'assit, la tira vers lui et lui fit un oreiller de sa poitrine.

— Très bien.

Elle rouvrit les yeux :

— Prenez courage, David... Je vous ai déjà dit de ne pas me regarder comme ça.

Puis, elle referma les yeux.

Trois heures.

— Si seulement nous n'étions pas échoués ! gémit Mrs. Maurier pour la douzième fois. Ils ne peuvent pas être plus loin que Mandeville, je le sais. Ah ! quels reproches Henry va me faire !

— Pourquoi ne remet-on pas le moteur en marche pour essayer de le faire repartir ? demanda Fairchild. Le sable s'est peut-être déplacé.

— Le capitaine dit que ce n'est pas possible ; nous devons attendre le remorqueur. Ils l'ont envoyé chercher hier et il n'est pas encore là.

Elle se leva, s'accouda au bastingage et regarda dans la direction de Mandeville.

— Je n'arrive pas à croire qu'il faille un remorqueur pour nous tirer de là, dit Fairchild. Ce yacht n'est pas tellement grand. Il me semble que n'importe quel bateau suffirait. J'ai vu de petites vedettes remorquer des bateaux plus grands que la *Nausicaa*. Et sur les rivières, un seul petit vapeur tire six ou huit grosses péniches en remontant le courant.

— Mais oui, dit Mrs. Maurier, pleine d'espoir, il semblerait que des marins devraient trouver un moyen avec des cordes et des machins.

— Sur quoi se tiendraient-ils pendant qu'ils tireraient sur les cordes ? demanda Mark Frost. Ils ne pourraient tirer de la rive ; ce n'est pas là que nous voulons aller.

— Ils pourraient s'éloigner du yacht en canot et le mettre à l'ancre, proposa le Sémite.

— Mais oui, dit Mrs. Maurier, si le canot était à l'ancre, ils pourraient... s'il y avait quelque chose avec quoi tirer la corde. Vous ne supposez pas que les hommes pourraient tirer un bateau de cette taille à la main ?

— J'ai vu un remorqueur de rivière pas beaucoup plus grand qu'une Ford remonter le courant en tirant toute une file de péniches chargées, répéta Fairchild.

Il regarda ses compagnons l'un après l'autre, puis une étrange lueur dans les yeux, il dit soudain :

— Je parie que si nous nous y mettions tous...

Le Sémite et Mark Frost poussèrent en même temps un gémissement d'effroi ; quant à Pete, assis à l'extrémité du groupe, il se leva sans être remarqué, descendit à sa cabine et y resta l'oreille au guet.

Oui, ils allaient vraiment essayer de le faire. Il entendit la voix forte de Fairchild appeler les matelots ; d'autres voix élevaient des protestations, et les dominant toutes, celle de la vieille femme, absurdement excitée. « Jésus ! » murmura-t-il en serrant son chapeau. Des pas descendant l'escalier l'alarmèrent et il sauta se cacher derrière la porte ouverte. C'étaient Fairchild et le gros Sémite ; ils entrèrent dans la cabine voisine où leur activité se manifesta bruyamment, se terminant par un choc de verres.

— Qu'avez-vous entrepris là ? Croyez-vous vraiment pouvoir faire bouger ce bateau ? dit la voix du Sémite.

— Non, j'ai simplement voulu les secouer un peu, répondit Fairchild avec un gros rire. La vie devient par trop monotone, ici, vous ne trouvez pas ? Il ne s'est absolument rien passé aujourd'hui. Je le fais surtout pour voir Talliaferro et Mark Frost suer un brin.

— Bon Dieu ! dit l'autre. Finissez votre whisky, ô chérubin immaculé.

Pete les entendit remonter sur le pont et retourna à son hublot. Mais oui ! ils allaient vraiment le tenter : ils s'embarquaient dans le canot. Il les entendait marcher, claquer des portes et parler ; puis un petit cri de peur. Les femmes aussi en étaient ! Je parie que Jenny est avec eux ; et un autre qui n'avait aucune envie d'y aller...

— Venez, Mark ; il faut que vous veniez. Nous aurons besoin de tous les hommes, hein, Mrs. Maurier ?

— Oui, certainement. Tous les hommes doivent aider.

— Sûrement, vous autres qui êtes braves et forts. Mais moi je suis un poète et non un rameur. Je ne peux pas...

— Eva aussi est des nôtres ; regardez, elle part. Et Shelley savait ramer.

— Oui, mais je me rappelle ce qui lui est arrivé.

— Je vous empêcherai tous de vous noyer, dit Jenny ; c'est pour cela que j'y vais.

— Le diable l'emporte, murmura Pete.

— Allons, venez, Mark, tâchez de gagner votre croûte.

— Oh ! Tenez le bateau, Dawson.

— Dépêchez-vous, dépêchez-vous. Tiens, où est Pete ?

— Pete ! Pete !

Des pas sur le pont.

— Pete ! oh ! Pete !

Des pas dans l'escalier.

— Pete !

— Jésus ! murmura Pete sans faire le moindre bruit.

— Tant pis, Eva. Notre canot est plein. Si d'autres veulent venir, il faudra qu'ils nous rejoignent à pied.

— Mais il manque quelqu'un. Serait-il tombé à l'eau ?

— Oh ! dépêchez-vous et partons. Poussez-vous au large, Talliaferro. (Un cri.) Attention ! attrapez-la ! Ça va, Jenny ? Alors, partons. Allons-y.

— Merde ! elle est avec eux, murmura Pete l'œil à son hublot.

Bientôt, le canot apparut, bourré jusqu'au plat-bord comme un bateau de plaisir de nègres. Oui, Jenny y était, et Mrs. Wiseman et cinq hommes, y compris Mr. Talliaferro. Au-dessus de la tête de Pete, Mrs. Maurier, penchée sur le bastingage, agitait son mouchoir et leur criait quelque chose tandis que le canot s'avançait d'une marche incertaine traînant une corde derrière lui. Presque chacun des passagers tenait un aviron ; la petite embarcation était toute hérissée d'avirons qui battaient l'eau en vain, si bien qu'elle ressemblait à une tarentule désarticulée atteinte de paralysie. Mais ils finirent par se mettre d'accord et le canot prit une direction définie. Pendant que Pete le suivait des yeux, d'autres pas se firent entendre dans l'escalier et une voix dit avec précaution :

— Ed.

De la chambre du capitaine parvint une réponse indistincte, puis la voix ajouta mystérieusement :

— Montez sur le pont une minute.

Puis les pas, accompagnés d'autres pas, s'éloignèrent.

— Les rameurs sont trop nombreux, dit Fairchild en constatant le choc désordonné des avirons.

Mark Frost retira aussitôt sa rame, en atteignant au passage les doigts du Sémite.

— Non, non, pas vous, ordonna Fairchild. Julius, c'est vous qui retardez notre avance ; vous n'êtes d'aucune utilité. Gordon, Mark, Talliaferro et moi...

— Je veux ramer, dit Mrs. Wiseman ; laissez-moi prendre l'aviron de Julius. Ernest aidera Jenny à surveiller la corde.

— Prenez le mien, dit Mark Frost avec empressement, tendant son aviron vers elle et le cognant contre celui d'un autre.

Le canot oscilla d'une façon alarmante. Jenny poussa un cri de putois.

— Faites donc attention ! cria Fairchild. Vous ne voulez pas nous flanquer tous à l'eau ? Allons, Julius, passez votre rame. C'est cela. Et vous autres, asseyez-vous à l'arrière. Le diable vous emporte, Mark, si vous cognez encore quelqu'un, on vous jette par-dessus bord. Shelley était capable de nager, vous savez.

Mrs. Wiseman reçut enfin sa rame, et le canot finit par se montrer relativement docile. A l'arrière, Mr. Talliaferro et Jenny filaient le câble.

— Maintenant, dit Fairchild, en faisant, du regard, le tour de son équipage, allons-y !

Ils trempèrent de nouveau leurs rames dans l'eau ; Mark Frost heurta la sienne contre celle de Gordon en disant :

— Laissez-moi prendre mon mouchoir ; mes mains sont sensibles.

— Les miennes aussi, dit Mrs. Wiseman. Donnez-moi votre mouchoir, Ernest.

Mark Frost lâcha son aviron qui tomba à l'eau.

— Rattrapez-le ! cria Fairchild.

Mrs. Wiseman et Mr. Talliaferro s'y efforcèrent ; Gordon et le Sémite rétablirent à l'ultime instant l'équilibre de l'esquif. Il redevint stable, et Jenny referma la bouche sur le cri qui allait lui échapper. L'aviron s'arrêta, juste hors de portée du canot.

— Il faut que nous ramions jusque-là pour le reprendre, dit Mrs. Wiseman.

Ils le firent, mais avant qu'ils l'eussent atteint, il s'était éloigné lentement. Les rameurs labourèrent l'eau de plus belle.

— Je crois vraiment, dit Mr. Talliaferro, que nous ferions mieux de regagner le yacht. Les dames, vous comprenez...

Personne ne l'écouta.

— A vous, Ernest ! commanda Mrs. Wiseman, étendez le bras, saisissez-le !

Mais l'aviron ne se laissa pas faire.

— Tant pis, dit Fairchild, abandonnons ce satané machin ; il nous en reste assez.

Mais, comme il parlait, l'aviron fit lentement volte-face et nagea docilement le long de l'embarcation.

— Attrapez-le ! attrapez-le ! cria Mrs. Wiseman.

Mark Frost s'en saisit ; l'aviron sortit de l'eau sans résistance.

— Je l'ai ! dit-il, tandis que la rame, d'un saut brusque, le frappait sur la bouche.

Puis, elle se laissa prendre. Ils se remirent à ramer ; après quelques vaines tentatives, ils acquirent une sorte de rythme, bien que Mark Frost manquât son coup si souvent qu'il aspergeait chaque fois Mr. Talliaferro et Jenny assis à l'arrière. Les yeux de Jenny étaient tout ronds et sa bouche formait un petit O rouge, émettant sans arrêt un cri silencieux. L'expression de Mr. Talliaferro était celle de la crainte. Il répéta :

— Je crois vraiment...

— Nous ferions mieux de nous y prendre autrement,

dit le Sémite, sans quoi nous ne tarderons pas à nous ensabler nous aussi.

Les rameurs tendirent le cou et virent qu'ils n'étaient plus qu'à quelques mètres de la grève ; et comme si les moustiques avaient entendu les paroles du Sémite, ils se mirent à assaillir l'équipage avec une joie féroce. Les rameurs reprirent leurs avirons, agitant leur main libre autour de leur tête ; après quelques minutes, le canot consentit à se diriger vers le large. Mais les éclaireurs venus du rivage avaient révélé la présence de cette cargaison à leurs congénères qui vinrent en masse se joindre à eux.

— Je crois vraiment, dit Mr. Talliaferro, qu'à cause des dames, nous devrions retourner au yacht.

— Je suis du même avis, dit Mark Frost.

— Ne perdez pas courage, Mark, dit Mrs. Wiseman. Encore un peu de persévérance et nous pourrons faire une belle promenade sur l'eau cet après-midi.

— Celle que nous faisons depuis une demi-heure me suffira pour longtemps, dit le poète. Retournons au yacht. Qu'en pensez-vous, là-bas, à l'arrière ? Qu'en pensez-vous, Jenny ? N'avez-vous pas envie de faire demi-tour ?

— Oui, monsieur, dit Jenny d'une petite voix effrayée en se cramponnant au banc, des deux mains.

Sa robe verte était toute tachée par l'eau dont l'aviron de Mark Frost l'éclaboussait. Mrs. Wiseman lui tapota le genou de sa main libre.

— Taisez-vous, Mark ; Jenny n'a pas peur. N'est-ce pas, chérie ? Ce serait tellement amusant si nous réussissions vraiment à remettre le yacht à flot. Attention, Ernest ! La corde n'est-elle pas presque raide ?

Elle était presque tendue, descendant dans l'eau en formant un arc ravissant et se relevant jusqu'à l'avant du yacht. Mrs. Maurier, devant le bastingage, agitait son mouchoir de temps en temps. Trois autres personnes se tenaient un peu plus loin, dans des attitudes d'une indifférence étudiée : le capitaine, le pilote et l'homme de pont.

— A présent, dit Fairchild, tous en même temps.

Talliaferro, veillez à ce que la corde reste bien tendue, et vous, Julius...

Il jeta un regard en arrière : « Le diable emporte cette rive, la voilà de nouveau. »

Ils étaient, pour la seconde fois, presque sur la grève. Agitation, transpiration, lutte vaine contre les aiguilles de feu invisibles, puis, le canot se laissa de mauvaise grâce reconduire à la distance voulue.

— En avant, toute ! cria Mrs. Wiseman.

Ils enfoncèrent de nouveau leurs rames.

— La mienne me fait mal aux mains, dit Mark Frost. Bouge-t-il, Ernest ?

Le canot était perpendiculaire au flanc du yacht dont l'avant était pointé vers la côte. Mr. Talliaferro se leva avec précaution et s'agenouilla sur le banc, prenant l'épaule de Jenny pour soutien.

— Pas encore, répondit-il.

— Mettez-y toutes vos forces, dit Fairchild, pantelant.

Il libéra momentanément l'une de ses mains et battit furieusement l'air autour de son visage. L'équipage transpirant, ne ménageait pas son effort, aiguillonné jusqu'à la folie par d'innombrables piqûres ; les rameurs se tapaient réciproquement sur les doigts avec leurs avirons et imprimèrent bientôt à l'embarcation un mouvement semblable à celui des chevaux à bascule de leur enfance.

— La corde se relâche, dit Mr. Talliaferro.

— C'est donc que le yacht bouge, dit Fairchild.

— Peut-être devrions-nous chanter, dit Mrs. Wiseman en s'appuyant sur sa rame. Ne connaissez-vous pas des chants de marins, Dawson ?

— Que Julius chante ; il ne fiche rien, répondit Fairchild. Hardi, les gars !

— Il bouge ! il bouge ! cria soudain Mr. Talliaferro.

Ils cessèrent tous de ramer pour regarder le yacht. C'était vrai ! Il tournait lentement par le travers.

— Il bouge ! hurla Mr. Talliaferro en agitant les bras.

Mrs. Maurier répondit, du pont du yacht en faisant avec son mouchoir des signes frénétiques. Derrière elle, les trois hommes conservaient leur immobilité indifférente.

— Pourquoi ne mettent-ils pas le moteur en marche, ces imbéciles ? cria Fairchild, hors d'haleine. Hardi !

Ils se remirent à labourer l'eau de leurs rames avec une ardeur de fous. Le yacht tournait lentement ; bientôt sa proue pointa vers le large.

— Il démarre ! Il démarre ! cria Mr. Talliaferro de sa voix de fausset, en dansant presque d'émoi.

Mrs. Maurier criait aussi en brandissant son mouchoir.

— Il démarre ! chantonna Mr. Talliaferro, debout dans le canot, une main sur l'épaule de Jenny. Tirez, tirez !

— Tous ensemble ! haleta Fairchild.

Le yacht était maintenant presque parallèle au canot.

— Il vient ! hurla Mr. Talliaferro, en extase. Il vient...

Un choc, et l'esquif s'arrêta. Ils aperçurent la totalité délicieuse des jambes de Jenny et le séant rose de son sous-vêtement enrubanné, pendant qu'avec un cri de désespoir Mr. Talliaferro tombait par-dessus bord, en l'entraînant, et disparaissait sous les flots. Sauf les fesses, cependant, qui ne disparurent pas complètement ; bientôt, toute la personne de Mr. Talliaferro sortit de cinquante centimètres au-dessus de l'eau, tandis qu'il regardait avec stupéfaction une branche d'arbre juste au-dessus de sa tête. Jenny, encore couchée dans l'eau, formait un tourbillon indistinct de blondeur, de crêpe vert et de peur. Elle se leva, glissa et retomba. Le Sémite entra dans l'eau, la ramassa et la remit dans le canot où elle s'assit en le regardant sans pouvoir respirer, de ses yeux pleins d'une supplication abjecte.

Seule Mrs. Wiseman eut la présence d'esprit de la frapper entre les omoplates ; un moment affreux s'écoula pendant lequel tous les passagers, serrant leur aviron, fixaient les yeux suppliants de Jenny. Enfin, elle recouvra son souffle et se mit à gémir. Mrs. Wiseman la dorlota maternellement, tenant contre elle le corps mouillé de Jenny qui pleurait désespérément.

— Il m'a f... fait tellement peur ! finit-elle par articuler en frissonnant sans tenter de cacher son visage ruisselant de larmes.

Debout dans le lac, Mr. Talliaferro ruisselait, lui aussi. Jenny leva ses petites mains mouillées et vit sur l'une d'elles une tache rouge qui s'élargissait sous ses yeux. Elle sanglota de nouveau, en proie à une détresse absolue.

— Oh ! Vous vous êtes coupée ! Votre pauvre main ! dit Mrs. Wiseman. Dawson, vous êtes un idiot consommé ; reconduisez-nous au yacht. N'essayez pas d'y revenir à la rame, vous n'y réussirez jamais. N'est-il pas possible de nous y ramener en tirant sur la corde ?

C'était possible. Les hommes reprirent leurs places.

— Montez dans le canot, dit Fairchild à Talliaferro toujours dans l'eau. Nous n'avons pas l'intention de vous abandonner.

L'embarcation regagna le yacht rapidement. Mrs. Maurier les accueillit, criant de peur et d'étonnement. Pete se tenait à ses côtés. Les marins s'étaient discrètement éclipsés. Mrs. Wiseman aida Jenny à enjamber les bancs pendant que les autres maintenaient l'embarcation contre le flanc du yacht. Mr. Talliaferro voltigeait autour d'elle, mais Jenny l'évita en disant :

— Vous m'avez fait tellement peur.

Penché sur le bastingage, Pete lui tendit les mains. Le canot se balançait et raclait la coque du yacht. Pete saisit les mains de Jenny.

— Tenez le bateau, vieil idiot ! cria-t-il avec colère à Mr. Talliaferro.

Ses jambes étaient complètement engourdies sous le poids, mais il ne voulait pas bouger. Il brandissait la branche pour chasser les moustiques. Elle n'avait plus le visage aussi rouge ; il posa la main une fois encore au-dessus de son cœur. A ce contact, elle rouvrit les yeux.

— Hello, David, j'ai rêvé à de l'eau. Où avez-vous été pendant toutes ces années ?

Elle referma les yeux.

— Je me sens mieux, dit-elle au bout d'un moment.

Puis :

— Quelle heure est-il ?

Il regarda le soleil et lui indiqua une heure approximative.

— Il faut nous remettre en route, dit-elle. Aidez-moi à me lever.

Elle se redressa ; il sentit un million de fourmis rouges courir dans les artères de ses jambes.

— Je ne vaux pas pipette. La prochaine fois que vous enlèverez une fille, faites-lui d'abord passer un examen d'aptitude physique, David. Vous m'entendez ?... Mais il faut partir. Venez ; faites-moi marcher.

Elle fit quelques pas mal assurés et se cramponna de nouveau à lui en refermant les yeux... « Jésus ! si jamais je sors vivante d'ici... »

Elle s'arrêta.

— Que devons-nous faire ? demanda-t-elle.

— Je vais vous porter un bout de chemin, dit-il.

— Vous n'êtes pas trop fatigué ?

— Je peux vous porter un bout de chemin, jusqu'à ce que nous arrivions quelque part.

— Je crois que vous ne pourrez pas faire autrement... Mais si vous étiez à ma place, je vous laisserais tomber ; je crois que je le ferais.

Il s'accroupit devant elle et passa les mains sous ses genoux ; tandis qu'il se redressait, elle lui passa les bras autour du cou. Il se mit lentement debout, les jambes de Patricia lui encerclaient les hanches.

— Vous êtes très bon pour moi, David, murmura-t-elle, toute molle, sur son dos.

Mrs. Wiseman lava et pansa la main de Jenny ; puis elle lui brossa les mains et lui nettoya les ongles pendant qu'elle séchait, nue et rose dans la cabine. Elle fut aisément pourvue de sous-vêtements et de bas ; pour les souliers, ce fut plus difficile, ses pieds étant courts plutôt que petits. Mais elle affirma qu'elle se sentait très à l'aise dans les souliers de Mrs. Wiseman. La robe fut empruntée à Patricia. Quand elle l'eut revêtue, elle s'examina dans la glace, lissant la jupe sur ses délicieuses rotondités, et se rengorgea.

Appuyée à sa couchette, Mrs. Wiseman l'observait et songeait combien cette robe paraissait différente sur Jenny. Bien plus excitante qu'un costume de bain.

— Jenny, dit-elle, je crois vraiment, ma chérie, que vous ne devriez pas vous montrer aux hommes ainsi habillée. Ayez pitié de Mrs. Maurier ; elle a déjà suffisamment d'ennuis sans qu'on se batte à bord.

— Est-ce qu'elle ne me va pas bien ? demanda Jenny qui cherchait à voir autant de sa personne que le permettait la dimension du miroir, haut de trente centimètres. Je ne me sens pas ridicule.

— Elle ne vous donne nullement l'air ridicule ; au contraire, c'est qu'elle est un peu trop ajustée. Enlevez-la, chérie.

Jenny obéit en disant :

— Il me semble pourtant qu'elle me va bien. J'ai toujours cru que j'avais une silhouette à pouvoir porter n'importe quoi, dit Jenny en maniant la robe avec regret.

— C'est exact ; terriblement exact. Simple et inévitable. Bouleversant.

— Bouleversant, répéta Jenny avec intérêt. Il y avait un drôle de petit homme ce fameux jour, à Mandeville...

Elle se regarda de nouveau dans la glace...

— On m'a dit que je suis faite comme Dorothy Mackail... Je trouve qu'un peu d'embonpoint est seyant pour une femme. Qu'en pensez-vous ?

L'autre, qui avait fouillé dans sa valise, répondit :

— Bouleversant, et se releva, tenant à la main une robe de couleur foncée.

— Avec celle-ci, vous serez encore pire... terrible comme une jeune veuve.

Elle s'approcha de Jenny et, plaçant la robe devant elle, la contempla. Puis, sans lâcher la robe, elle entoura Jenny de ses bras et dit, très sérieusement, en la regardant de ses sombres yeux tristes :

— Un peu d'embonpoint est plus dangereux qu'un peu de dynamite, Jenny. Votre main vous fait-elle encore mal ?

— Non, plus maintenant, dit Jenny, se tordant le cou pour se voir sur le côté. Elle est un peu trop longue, n'est-ce pas ?

— La vôtre sera bientôt sèche.

Elle souleva le visage de Jenny et la baisa sur la bouche.

— Enfilez-la et nous irons suspendre vos affaires au soleil.

Quatre heures.

Il marchait à grandes enjambées dans la poussière de l'interminable route, sous la réverbération intolérable du ciel. Leur ombre informe, fondue, le précédait : deux pas de plus et il la traversait comme il traversait les ombres éparses des pins, mais elle avançait devant lui, entre les ornières oubliées, maintenant sans effort sa distance dans la poussière inégale, fine comme de la poudre. L'empreinte occasionnelle d'un sabot interrompait seule l'uniformité de cette poussière. Le ciel métallique, implacable, pesait sur son cou incliné, et il sentait sur son dos le poids humide de Patricia, sa joue frottant la sienne avec monotonie. Il recevait sans cesse la piqûre d'innombrables petites flèches. Il marchait toujours. La route poussiéreuse se déroulait derrière lui comme un ruban. Il s'aperçut qu'il tenait la bouche ouverte ; elle était complètement sèche ; ses gencives prenaient la contexture du papier à cigarette. Il ferma la bouche pour essayer de les humecter.

Il voyait marcher à ses côtés des arbres dénués de cimes, puis il les dépassait ; l'herbe pourrie des bas-côtés se fit proche ; elle devint monstrueuse ; il en distinguait chaque brin ; des lézards y rampaient. Les dards invisibles ne le faisaient plus souffrir, car ses épaules et ses bras étaient devenus insensibles ; il n'avait plus conscience que de ce poids humide sur mon dos, du ciel de cuivre qui lui brûlait le cou et de la friction d'une joue moite contre la sienne. Sa bouche se rouvrit ; il la referma.

— Ça ira, dit-elle, posez-moi par terre.

Il continua d'avancer sur la route plus blanche que du sel.

— Remettez-moi par terre, David, répéta-t-elle.

— Non, dit-il entre ses dents sèches et rugueuses ; pas fatigué.

Son cœur lui semblait battre quelque part dans sa tête, derrière ses yeux ; chaque battement était comme une marée rouge qui obscurcissait périodiquement sa vision. Elle s'arrêtait pour laisser venir une autre vague rouge qui l'aveuglait à son tour un instant. Indéfiniment, des soldats en uniforme rouge franchissaient la porte d'une chambre où il gisait, tâchant en vain de regarder au-dehors. Et cela faisait un bruit sourd, un bruit lourd comme les moteurs d'un navire ; il s'aperçut qu'il pensait à de l'eau, à la monotonie bleue des mers. Et toujours ce bruit rouge, derrière ses yeux.

La mer fait un bruit continuel dans les oreilles, un bruit régulier, mais pas derrière vos yeux. Voici l'ombre d'un arbre ; encore deux pas ; encore trois pas. L'après-midi s'avance. Encore trois pas. Le singe marche comme l'homme, mais il y a de l'eau dans la cage du singe. La mer, la mer. Tu es dans une grotte pleine d'un bruit obscur, dehors est le bruit. Je ne peux pas la voir, avec tous ces soldats rouges qui obstruent la porte.

— Laissez-moi descendre, répéta-t-elle. Regardez, il y a un poteau indicateur. Remettez-moi par terre, je peux marcher maintenant.

Elle arracha ses jambes à l'étreinte de David et le força à se baisser. Il trébucha et tomba sur les genoux ; les pieds de Patricia touchèrent le sol alors qu'elle était encore à califourchon sur lui. Elle se raidit. Il finit par s'arrêter et s'effondra à quatre pattes, la tête pendant entre ses jambes, comme une bête. Elle s'agenouilla dans la poussière et lui releva le front pour diminuer la tension de son cou. Levant les yeux sur le poteau, elle vit : « Mandeville, 22 kilomètres », avec une flèche montrant la direction d'où ils venaient. Le devant de sa robe portait des taches sombres qu'avait faites la sueur de David.

Lorsque Jenny eut été emmenée en bas, Fairchild enleva son chapeau et s'épongea la figure, contemplant avec un étonnement enfantin son invention illusoire. Puis, ses yeux tombèrent sur le désespoir hagard et humide de Mr. Talliaferro et il éclata de rire.

— Vous pouvez rire, dit le Sémite, mais encore un peu de cette gaieté-là et vous pourrez aller rire à terre ; je crois que nous soutiendrions tous Talliaferro s'il vous attaquait sérieusement en réparation.

Le Sémite regarda Mr. Talliaferro qui ruisselait à l'écart, puis il regarda les autres et le théâtre à présent paisible de leur récente activité.

— Il est certain que l'Art se paie un prix élevé, murmura-t-il.

— Talliaferro est le seul qui ait subi un véritable dommage, protesta Fairchild, et je vais l'indemniser de ce pas. Venez, Talliaferro, on va vous rafistoler.

— Cela ne suffira pas, dit le Sémite ; nous avons tous été assez atteints dans notre vanité pour exiger, par principe, une réparation.

— Eh bien, s'il le faut, je vous indemniserai tous, répondit Fairchild en se dirigeant vers l'escalier. Où est Gordon ?

Personne ne le savait.

— Cela ne fait rien ; il connaît le chemin. Après tout, l'Art offre des compensations, n'est-ce pas ?

Le Sémite en convint :

— ... Bien que, ajouta-t-il, ce soit payer le whisky un peu cher. Il faut vraiment que nous en tirions quelque chose : il nous coûte assez de temps et de tourments moraux et intellectuels.

— En effet, dit Fairchild. Ceux qui le produisent en tirent beaucoup de satisfactions. Notamment celle de remplir leur temps, ce qui est un grand bienfait en ce bas monde.

Ce disant, il ouvrit la porte de sa cabine.

— Ah ! c'est là que vous êtes. Vous avez manqué quelque chose !

Le Major Ayers, oubliant le gobelet placé à côté de lui,

un livre à la main, allait monter respirer l'air à l'instant où les autres entraient :

— Manqué quoi ? demanda-t-il.

Ils commencèrent à lui répondre tous à la fois, tandis qu'ils s'asseyaient et que Fairchild tirait sa valise de dessous sa couchette. Le Major ayant déjà accaparé le fauteuil, le Sémite se rabattit sur le livre :

— Que lisez-vous là ? demanda-t-il.

— Je passais le temps, dit-il. La façon dont on présente les livres à présent est curieuse. J'aimais bien ça. C'est gai, ces couleurs. Mais... j'ai perdu l'habitude de lire à Sandhurst. Et puis, toujours en service actif, vous comprenez.

— La guerre est affreuse, dit le Sémite. Mais que lisiez-vous ?

— J'ai perdu l'habitude de lire à Sandhurst, répéta le Major en reprenant le livre.

Fairchild déboucha une nouvelle bouteille.

— Il faudra que quelqu'un monte chercher des verres. Mark, tâchez donc de vous glisser dans la cuisine et d'en rapporter un ou deux. Montrez ce livre..., dit-il, étendant la main.

Mais le Sémite le devança.

— Occupez-vous de nous donner du whisky ; je désire oublier mes chagrins en ce moment... Tenez, voici Mark avec les verres. Ce dont nous avons besoin dans ce pays, c'est d'être protégés contre les artistes. Ils vont jusqu'à nous ennuyer avec les œuvres de leurs confrères.

— Allez-y, dit Fairchild, d'un ton égal, faites vos petites plaisanteries. Vous savez ce que je pense des gens spirituels.

Il distribua les verres.

— Il n'est pas sérieux, dit le Sémite ; ce n'est pas parce que *la Nouvelle République* l'a éreinté...

— Mais *le Cadran* a publié une nouvelle de lui, dit Mark Frost avec envie.

— Quel sort, pour un homme dans toute la fière vigueur d'un mâle de la vallée de l'Ohio : être immolé sur l'autel d'un Foyer pour vieilles dames des deux sexes ! Hein, Dawson ?

Fairchild rit.

— Je ne suis pas très bon alpiniste. Pourquoi cela vous tente-t-il, Mark ?

— Il y serait parfaitement à sa place, dit le Sémite, cette excitation intellectuelle chronique, en même temps vague et polie, lui conviendrait à merveille. Je ne comprends pas comment il a pu éviter d'y entrer... Si vous y regardiez de près, vous découvririez plus d'un grain de vérité dans ces observations de Mark et de moi que vous considérez comme simplement spirituelles. Les vôtres ne sont pas tout à fait assez intelligentes pour être mensongères, et pendant que nous admirons votre profondeur, vous perdez courage et vous vous contredisez à la minute suivante. Attacher une importance suffisante à la signification temporaire d'un assemblage de mots pour se contredire consciemment ou pour être ennuyé lorsqu'on le fait inconsciemment est une chose qui me dépasse.

— Les mots ont, en effet, une sorte de stérilité, dit Fairchild. On commence par les substituer aux choses et aux actes, comme le vieux mari cocu qui emporte *le Décaméron* au lit tous les soirs, et bientôt, la chose ou l'acte n'est plus que l'ombre d'un certain son que produisent nos lèvres. Néanmoins, je crois que vous vous trompez aussi. Je ne prétends pas que les mots vivent par eux-mêmes. Mais une combinaison heureuse de mots donne naissance à une chose vivante, de même que le sol, le climat et un gland, convenablement conjugués, produiront un arbre. Les mots sont comme les glands, vous savez. Chacun d'eux ne donne pas un chêne, mais si vous en plantez un nombre suffisant, vous obtiendrez sûrement un chêne tôt ou tard.

— Si l'on parle assez longtemps, on finit par dire une chose juste un jour ou l'autre. Est-ce cela que vous voulez dire ? demanda le Sémite.

— Laissez-moi vous montrer ce que je veux dire, répondit Fairchild en étendant la main vers le livre.

— Au nom de Dieu, buvons tranquillement notre verre. Nous nous avouons vaincus, si c'est cela que vous désirez. C'est bien ainsi que cela se dit, Major ?

— Non vraiment, dit le Major Ayers ; ce livre m'a plu,

quoique j'aie plutôt perdu l'habitude de lire, à Sandhurst...

— Moi aussi, il m'a plu, dit Mark Frost. Je lui reproche seulement d'avoir été publié.

— C'était inévitable, dit Fairchild ; cet accident-là arrive à tous ceux qui courent le risque d'écrire mille mots consécutifs et cohérents.

— Et plus facilement encore, intervint le Sémite, si vous avez assassiné votre mari ou que vous ayez gagné un championnat de golf.

— Oui, dit Fairchild. La chose imprimée. Ce qu'on écrit paraît si différent, une fois imprimé. Les caractères d'imprimerie prêtent une espèce d'autorité impersonnelle, même à la stupidité.

— Vous le dites à l'envers, rétorqua l'autre : la stupidité prête une espèce d'autorité impersonnelle, même à la chose imprimée.

— Et vous qui venez de me critiquer parce que je me contredis ! s'écria Fairchild.

— Je peux me le permettre ; je ne signe jamais. Quant à l'art et aux artistes, je préfère les artistes ; je ne refuse même pas de contribuer à les nourrir du moment qu'on ne me force pas à les écouter.

— Il me semble, dit Fairchild, que vous passez beaucoup de temps à les entendre pour un homme qui professe de pas aimer ça et ne pas y être obligé.

— C'est parce qu'il faut bien écouter quelqu'un, artiste ou cordonnier. Et l'artiste est plus amusant parce qu'il est moins préparé à la besogne qu'il entreprend... Et d'ailleurs, je parle un peu de moi-même... Je me demande ce qu'est devenu Gordon ?

Cinq heures.

Le soir tomba, aussi triste, sous les arbres, que le son du cor. La route s'était abaissée et traversait de nouveau le marais où, parmi une jungle impénétrable, coulaient sans but des cours d'eau obscènes ; sur la flamme de l'ouest se dressait l'écran des arbres énormes, anciens et barbus comme les patriarches de la Genèse.

David était couché de tout son long au bord de la route. Il était là depuis longtemps. Enfin, il se releva et la chercha du regard. Elle se tenait à côté d'un cyprès, enfoncée jusqu'aux genoux dans l'eau épaisse, ses bras croisés appuyés au tronc de l'arbre et son visage caché dans ses bras, complètement immobile. Autour d'eux, la pénombre verte et humide foisonnait de dards invisibles.

— David, c'est raté. Je ne prévoyais pas que ce serait ainsi.

Il émit un son rauque comme s'il s'efforçait de parler avec la voix d'un autre.

— Taisez-vous, dit-elle. C'est ma faute. C'est moi qui vous ai entraîné. Je vous demande pardon, David.

Ces arbres étaient plus gros, plus grands, plus vieux que tous les autres, rêvant dans la pénombre de leurs barbes.

— Que devons-nous faire, à présent, David ?

— Tout ce que vous voudrez, répondit-il lentement.

— Venez ici, David, dit-elle.

Il se leva avec effort, entra dans l'eau et s'approcha d'elle. Ils restèrent un moment côte à côte sans bouger. Puis, debout dans l'eau putride, ils s'embrassèrent. L'étreignant furieusement, elle demanda :

— Ne pouvez-vous rien faire ? Faut-il que ce soit ainsi ?

— Que voulez-vous que je fasse ? dit-il de cette voix qui n'était pas la sienne. Faites ce que vous avez envie de faire.

Elle desserra ses bras.

— Je suis terriblement désolée, David, de vous avoir mis dans ce pétrin. Josh a raison : je ne suis qu'une imbécile... Ils me font tellement mal, dit-elle en se tortillant, d'une voix pleurnicharde.

— Il faut que nous sortions d'ici, dit-il. Dites-moi ce que vous voulez faire.

— Ce sera bien si nous faisons ce que je crois être le mieux ? demanda-t-elle en le fixant de ses yeux opaques et graves. Vous le jurez ?

— Oui, dit-il avec une lassitude infinie. Faites ce que vous voulez.

Elle n'était que docilité soumise, mais il la tenait mollement et ne la regardait même pas. Brusquement, sortant de sa passivité, elle dit :

— Vous avez raison, David. Je voudrais faire quelque chose pour vous. Je voudrais vous offrir une compensation.

Elle tourna les yeux vers lui et s'aperçut qu'il la regardait.

— David, oh ! David ! Ne soyez pas si malheureux ! dit-elle.

Mais il continua de la regarder avec ses yeux pleins de désir.

— David, je vous demande pardon, pardon, pardon. Que puis-je faire ? Dites-le-moi. N'importe quoi.

— Ça va bien, dit-il.

— Mais non. Je veux me racheter de vous avoir entraîné dans cette aventure.

Il avait détourné la tête et paraissait écouter. Le bruit, un bruit léger, saccadé, parvenait à travers les vieux arbres.

— C'est un bateau, dit-il ; nous sommes près du lac.

— Oui, dit-elle ; je l'ai entendu il y a un moment. Je crois qu'il se rapproche. Oui, il vient par ici. Vous ferez bien de remettre votre chemise. Retournez-vous, s'il vous plaît, David.

Six heures.

— Bien sûr que je sais où il est, votre bateau ; je l'ai vu à l'ancre, en passant ; on est à moins de quatre kilomètres du lac, ici.

Le vieil homme avait posé un seau d'eau au bord de la véranda. La maison, bâtie sur pilotis, était située à l'orée de la jungle ; devant elle passait un large cours d'eau sombre, apparemment immobile entre les palissades rigides des arbres.

Il la regarda se verser sur la tête de pleines cuillers à pot de cette eau divine ; l'eau lui coulait sur le visage et trempait sa robe. Il portait une chemise bleue sans col, fermée au cou par un bouton de cuivre ; ses bretelles tachées de sueur tendaient sur son ventre son pantalon de coton déteint. Il remuait rythmiquement les mâchoires et crachait des jets de salive brunâtre aux pieds des jeunes gens sans presque détourner la tête.

— Vous avez erré dans les marais toute la journée ? demanda-t-il en parcourant de ses yeux pâles et lourds les bras boueux et la robe souillée de Patricia. Pourquoi voulez-vous rentrer, maintenant ? Le type en a assez, hein ?

Il cracha de nouveau et émit un son qui exprimait clairement le mépris et le dégoût.

— On ne doit jamais en avoir assez, tâchez de trouver un homme la prochaine fois, dit-il, un vrai.

Il regarda David et lui posa une question que la bienséance interdit de reproduire. Malgré sa fatigue, une colère impersonnelle l'enflamma, mais Patricia ne lui laissa pas le temps de parler.

— Revenons au bateau d'abord. Combien ? demanda-t-elle brusquement en regardant le vieil homme.

— Cinq dollars, dit-il.

Et, après un autre coup d'œil sur David, il ajouta :

— Payés d'avance.

David mit la main à sa poche.

— Avec mon argent, dit-elle aussitôt en le voyant sortir un billet unique soigneusement plié. Non, non, fit-elle péremptoirement, arrêtant sa main. Où est le mien ?

Il tira de son pantalon son paquet de billets froissés et elle les prit. L'homme accepta l'argent, cracha encore une fois et descendit à pas lourds vers l'endroit où sa vedette était amarrée. Ils y montèrent et démarrèrent. Penché sur le moteur, le vieux reprit :

— Oui, ces gars des villes, ça n'a aucun allant. La prochaine fois, venez par ici et vous verrez ce que c'est qu'un homme. Je suis libre presque tous les jours. Et je ne demanderai pas à rentrer au coucher du soleil.

— Taisez-vous, dit-elle d'un ton bref. David, faites-le taire.

L'homme la regarda de ses yeux pâles et ensommeillés :

— Ben, quand même...

— Taisez-vous, et mettez votre moteur en marche. Vous avez votre argent, alors, partons.

— A la bonne heure. Moi je les aime avec la langue bien pendue.

Il la dévisagea et lui lança une épithète. David bondit de son siège, mais elle le retint et se mit à injurier l'homme avec abondance et crudité.

— Et puis, maintenant, avancez ! dit-elle en guise de conclusion. S'il rouvre la bouche, flanquez-le à l'eau, David.

L'homme leur montra ses dents jaunes et se repencha sur le moteur. Le bateau se mit à fendre l'eau noire ; bientôt l'on aperçut, au-delà des arbres, la clarté de l'espace et celle de l'eau. Ils ne tardèrent pas à quitter la nef de bronze de la rivière pour le lac embrasé par le soleil couchant.

La *Nausicaa* ressemblait plus que jamais à une mouette rose, tranquillement assise sur l'indigo de l'eau. L'homme arrêta son moteur bruyant ; la vedette se glissa le long du yatch ; l'homme saisit le bastingage, immobilisa son bateau et regarda ses jambes aux bas fangeux pendant qu'elle grimpait à bord.

Il n'y avait personne en vue. Ils se penchèrent pour voir l'homme remettre son moteur en marche et s'éloigner en direction du soleil.

— David, dit-elle quand il eut disparu.

Elle posa une main ferme et hâlée sur sa poitrine ; il tourna la tête et la contempla à travers son désir.

— Ça va bien, dit-il au bout d'un moment.

Elle l'entoura de ses bras, durs et asexués, et lui mit sur la joue un baiser moite et calme. Cette fois, il ne bougea pas la tête.

— Je vous demande pardon, David.

— Ça va bien, répéta-t-il.

Ils se regardèrent longuement, puis elle le quitta, traversa le pont et descendit l'escalier sans se retourner ni vers lui ni vers la nuit qui venait soudain de remplacer le soir, la nuit où vibrait encore sur l'eau assoupie le bruit lointain de la vedette, pendant qu'au ciel les étoiles perçaient déjà comme une floraison magique.

Elle trouva les autres en train de dîner au salon. Ils l'accueillirent avec une surprise variée, mais elle les ignora, eux tous, et le visage rond, débordant d'expression de sa tante ; elle gagna sa place avec hauteur.

— Patricia, dit enfin Mrs. Maurier, où as-tu été ?

— Me promener, répondit sèchement la nièce.

Elle posa sur la table le petit paquet froissé qu'elle tenait à la main, séparant et lissant les billets en trois liasses plates.

— Patricia, répéta Mrs. Maurier.

— Je vous dois six dollars, dit Patricia en plaçant l'une des liasses à côté de l'assiette de Miss Jameson... Vous n'aviez qu'un dollar, dit-elle à Mrs. Wiseman en lui passant un seul billet par-dessus la table. Je vous paierai le reste de ce que je vous dois quand nous serons rentrés, dit-elle à sa tante en lui tendant la troisième liasse par-derrière l'épaule de Mr. Talliaferro... Et je vous ai ramené votre steward. Vous n'avez donc aucune raison de vous émouvoir.

— Patricia, dit Mrs. Maurier en s'étranglant, Mr. Gordon n'est pas revenu avec vous ?

— Il n'était pas avec moi. Pourquoi l'aurai-je emmené ? J'en avais déjà un, dit-elle.

Le visage de Mrs. Maurier prit un aspect affreux ; tout son sang lui refluait au cœur, et elle eut à nouveau la vision brève des fesses inertes, flottantes, qui viendraient plus tard s'échouer sur la grève avec l'implacabilité terrible et inopportune des noyés.

— Patricia, répéta-t-elle d'un ton angoissé.

— Oh ! larguez vos voiles ! dit-elle avec lassitude. Vous charriez. Dieu que j'ai faim !

Elle s'assit et ses yeux croisèrent le regard froid de son frère.

— Et toi aussi, Josh, dit-elle en prenant un morceau de pain.

Le neveu jeta un coup d'œil sur le visage torturé de sa tante :

— Vous devriez la rouer de coups, dit-il calmement en continuant à manger.

Neuf heures.

— Mais je l'ai vu vers quatre heures, affirma Fairchild, il était dans le canot avec nous. Vous l'avez vu aussi, Major... Ah ! c'est vrai que vous n'y étiez pas. Mais vous, Mark, vous l'avez vu, n'est-ce pas ?

— Attendez, il était, en effet, dans le canot lorsque nous sommes partis ; je m'en souviens très bien. Mais je ne me rappelle pas l'avoir vu après l'incident d'Ernest.

— Voyons, moi, je l'ai vu sur le pont tout de suite après notre retour, mais il ne me semble pas que je l'aie vu dans le canot après Jenny et Talliaferro... Il ne peut rien lui être arrivé. Il se montrera bientôt. Ce n'est pas un type à se noyer.

— Je n'en suis pas si sûr, dit le Major Ayers. Aucune femme ne manque. C'est un fait.

Fairchild eut un gros rire entendu, mais il rencontra le regard fixe et solennel du Major et s'arrêta.

L'endroit où ces jeunes gens sont allés aujourd'hui... commença le Major.

— Mandeville, dit le Sémite.

— Quel genre de ville est-ce ?

On le renseigna.

— Ah oui ! On y trouve des facilités pour ce genre de choses, non ?

— Pas plus qu'ailleurs, répondit le Sémite.

Et Fairchild ajouta en observant le Major avec une sorte de stupéfaction prudente :

— Pas plus qu'on en peut emporter avec soi. Nous autres Américains, nous portons toujours nos facilités avec nous. Dans ce pays, nous vivons tendus à l'extrême, nous profitons de tous les instants, vous comprenez ?

Le Major le foudroya d'un regard poli.

— Un peu comme sur le continent, finit-il par dire.

— Pas tout à fait, dit le Sémite. En Amérique, il arrive souvent que l'on soit chaste.

Fairchild et le Major l'observaient avec attention.

— Ce Mandeville, dit le Major, c'est une convention, n'est-ce pas ? Une convention locale ?

— Une convention ? répéta Fairchild.

— Je veux dire un peu comme notre Gretna Green. Quand on y invite une dame, elle comprend tout de suite ; cela évite les explications superflues.

— Je croyais que Gretna Green était un endroit où l'on obtenait rapidement des licences de mariage, dit Fairchild.

— Autrefois, oui, dit le Major. Mais pendant le Grand Incendie, tous les registres paroissiaux et tous les presbytères ont été brûlés. Dans ce temps-là, les communications étaient si lentes qu'on n'apprenait les nouvelles qu'au bout d'une quinzaine de jours. Alors, dans l'intervalle, quelques jeunes couples s'y étaient rendus en toute sincérité et avaient été obligés de revenir sans avoir reçu de bénédiction nuptiale. Naturellement, les jeunes femmes n'osaient en parler qu'une fois la situation régularisée, ce qui, à cette époque troublée, pouvait ne se faire qu'au bout d'un mois quelquefois. A ce moment-là, la police en avait été informée — la police de Londres finit toujours par tout savoir.

— Alors, maintenant, quand on va à Gretna Green, on tombe sur un policeman ? dit le Sémite.

— Vous confondez avec Yokohama, répondit le Major Ayers avec la même gravité. Naturellement, ce sont les policiers du cru, ajouta-t-il.

— Comme des poissons blancs, suggéra le Sémite.

— Ou des sardines, dit Mark Frost.

— Oui, ou des sardines, approuva le Major en tirant fortement sur sa pipe éteinte, sous les regards effarés de Fairchild.

— Mais cette jeune fille, celle qui a filé avec le steward et qui est revenue le même jour... Est-ce habituel parmi vos jeunes filles ? Je désire m'instruire, vous comprenez, s'empressa-t-il d'ajouter. Chez nous, les jeunes filles ne se conduisent pas ainsi ; il n'y a que les vieilles comtesses pour partir en Italie avec des chauffeurs ou des valets de pied. Encore ne rentrent-elles pas avant la nuit tombée. Mais nos jeunes filles...

— C'est l'Art, expliqua succinctement le Sémite.

Ce fut Mark Frost qui développa sa pensée :

— En Europe, dit-il, être artiste est un mode de conduite ; en Amérique, c'est plutôt un prétexte pour se conduire d'une certaine façon.

— C'est cela, dit le Major Ayers, l'air songeur. Mais, dites donc, n'est-ce pas elle qui a écrit ce drôle de petit livre sur la syphilis ?

— Non, c'est la sœur de Julius, dit Fairchild, Eva. Celle qui s'est sauvée et qui est revenue n'est absolument pas une artiste. Je crois qu'elle a dû subir simplement l'influence de l'atmosphère « artiste » de ce yacht.

— Etrange !... dit le major Ayers.

Il se leva, tapa sur sa pipe, souffla dans le tuyau et la mit dans sa poche.

— Je vais descendre prendre un whisky, dit-il. Qui est-ce qui vient avec moi ?

Le Sémite répondit : « Plus tard » ; Fairchild : « Pas tout de suite ». Le major se tourna vers le poète :

— Et vous, mon vieux ?

— Montez-le-nous, dit Mark Frost.

Mais Fairchild opposa son veto, soutenu par le Sémite, et le Major s'en alla.

— C'est intéressant ce qu'il nous a dit au sujet de Gretna Green, n'est-ce pas ? dit Fairchild. Je ne l'avais lu nulle part, mais je suppose qu'il y a dans l'histoire de tous les peuples bien des choses que ne mentionnent pas les livres des historiens.

Le Sémite émit une sorte de gloussement. Fairchild essaya de voir son visage dans l'obscurité :

— Ces Anglais sont de drôles de gens, dit-il ; ils vous taquinent toujours au mauvais moment. Ils vous racontent des choses à la limite de la probabilité, et quand on s'est décidé à les prendre au sérieux, on s'aperçoit qu'ils plaisantaient... (Il réfléchit un moment dans l'obscurité.)... Ce devait être charmant ces jeunes gens, ces jeunes filles pris dans cet étrange piège magique du sexe, avec le mystère du déshabillage, et tout le reste, et couchant l'un à côté de l'autre, dans le noir, en se racontant des choses... C'est là le charme de la virginité : se raconter des choses ; le corps n'est rien... Naturellement, une fois arrivées là-bas, les jeunes filles devaient se laisser persuader. Si loin de chez elles, dans un lieu inconnu, dans une chambre semblable à une île au milieu d'une mer marquée sur aucune carte, remplie de monstres tels que des aubergistes et des étrangers... et dépendant du jeune homme pour manger, d'un jeune homme ardent et qui craignait probablement qu'elles changent d'avis... Elles devaient se laisser faire assez facilement... Et de retour chez leurs parents, ils ne révélaient rien jusqu'à ce qu'ils eussent trouvé un autre pasteur et régularisé leur situation. Et peut-être encore ne l'avouaient-ils même pas à ce moment. Un jour, longtemps après, quand elles étaient d'assez vieilles mariées pour préférer l'oreille d'une amie à celle de leur mari, elles devaient murmurer leur secret. Mais elles n'en parlaient pas aux jeunes filles... Ce sont des créatures si pratiques ; seuls les hommes tiennent aux conventions pour des raisons morales.

— Ou par habitude, dit le Sémite.

— Oui, dit Fairchild... Je me demande quand même où est passé Gordon.

Jenny remarqua son pantalon de tweed et se demanda comment il pouvait supporter d'être aussi chaudement habillé par cette canicule. Elle l'appela sans proférer un son. Il changea de direction et s'approcha d'elle.

— Vous goûtez cette belle soirée ? dit-il aimablement.

Sous ses vêtements d'emprunt, elle était légère comme de la crème fouettée, blonde et périssable comme une pâtisserie.

— Mais oui, dit-elle.

Le Major Ayers s'accouda au bastingage :

— J'allais descendre, dit-il.

— Oui, monsieur, dit Jenny, passive, dans l'obscurité.

Le Major Ayers regarda sa tête vague et douce et demanda :

— Vous jouissez de cette belle soirée ?

— Oui, monsieur, répéta Jenny, épanouie comme une lourde fleur rassasiée.

Le Major Ayers eut un sursaut nerveux comme s'il s'était entendu appeler ; puis il regarda de nouveau Jenny et demanda :

— Etes-vous native de la Nouvelle-Orléans ?

— Oui, monsieur. Esplanade.

— Pardon ?

— Esplanade. C'est où j'habite à la Nouvelle-Orléans. C'est une rue, ajouta-t-elle au bout d'un moment.

— Ah ! murmura le Major. Et ça vous plaît de vivre là ?

— Je ne sais pas ; j'y ai toujours vécu. Ce n'est pas loin.

— Pas loin, ah ?

— Non monsieur.

— J'allais descendre, répéta le Major Ayers après un autre sursaut nerveux.

Jenny attendit quelques instants, puis elle murmura :

— C'est une belle nuit pour flirter.

— Pour flirter ? dit le Major.

— Pour se donner des rendez-vous, dit Jenny. Quand les garçons viennent vous voir, expliqua-t-elle. Quand on sort avec des garçons.

— Pour sortir avec des garçons, répéta le Major. A Mandeville, peut-être ?

— Quelquefois, dit-elle. J'y suis allée.

— Y allez-vous souvent ? demanda le Major.

— Quelquefois, répéta-t-elle.

— Avec des garçons, hein ? Et avec des hommes ?

— Oui, monsieur, répondit Jenny, avec surprise. Je ne pense pas qu'une fille aurait l'idée d'y aller toute seule.

Le Major fit ses calculs. Docile et mûre, Jenny projetait à ses côtés son petit parfum engageant.

— Si nous allions y faire un tour demain, tous les deux ? demanda-t-il.

— Demain ? fit Jenny.

— Ou ce soir, corrigea-t-il. Qu'en dites-vous ?

— Ce soir ? Pourrions-nous y aller ce soir ? Il est tard. Et comment y irions-nous ?

— Comme ceux qui y sont allés ce matin. Il y a un tramway ou un omnibus, n'est-ce pas ? Ou bien un train, au village le plus proche ?

— Je ne sais pas. Ils sont revenus en bateau.

— Oh ! un bateau ? (Le Major réfléchit.) ... Eh bien, ça ne fait rien ; nous attendrons jusqu'à demain, alors. Entendu pour demain ?

— Oui, monsieur, répondit Jenny, infatigable et passive.

Le Major jeta encore un regard autour de lui, puis lâchant d'une main le bastingage et voyant que Jenny se tournait vers lui, il lui prit le menton et dit, en la quittant :

— Alors, c'est entendu pour demain.

Jenny le regarda s'éloigner et se dit avec un soupir : « C'est bien un étranger, celui-là. »

Les yeux fixés sur l'eau sombre qui clapotait contre la coque du yacht, elle pensait : « Etant son frère, il doit être raffiné... plus qu'elle encore, puisqu'elle a passé la journée avec le maître d'hôtel... Mais peut-être ce steward était-il raffiné lui aussi ? Sa tante a dû l'attraper. Je me demande ce qu'elle aurait fait si nous avions réussi à désembourber le bateau et si nous étions partis... et maintenant ce rouquin qui s'est noyé... à ce qu'elle dit. »

Jenny évoqua la mort, la suffocation dans cette eau qui lui avait inspiré l'après-midi une peur si affreuse. Aussi, quand Mr. Talliaferro se trouva soudain, silencieusement, auprès d'elle, la touchant, elle le reconnut d'instinct. Immédiatement, la terreur la reprit.

— Vous m'avez tellement effrayée, dit-elle haletant pitoyablement, et elle s'écarta de lui.

Elle s'enfuit, elle courut vers la lumière, vers la sécurité des murs.

La cabine était obscure et, après le vaste espace du pont, elle paraissait étroite et étouffante. Mais elle était enclose de murs rassurants ; Jenny alluma la lumière et pénétra dans une atmosphère familière. Il y flottait encore un peu de son parfum favori mêlé à la forte odeur de lilas associée dans son esprit avec Mrs. Wiseman ; elle y retrouvait les robes de sa compagne, et, sur la coiffeuse, son propre peigne et le cylindre de métal luisant de son rouge à lèvres. Elle se regarda un certain temps dans la glace ; puis elle ôta sa robe et contempla son ineffable silhouette rose et blanche ; enfin, achevant de se dévêtir, elle peigna devant le miroir les ondes légères de ses cheveux dorés et introduisit placidement son corps nu entre les draps de la couchette, selon son habitude depuis trois nuits.

Mais elle n'éteignit pas la lumière ; elle en contempla le reflet sur la courbe peinte du plafond, sentant qu'elle avait envie de quelque chose sans savoir quoi. Elle se dit qu'elle avait peut-être envie de pleurer. Couchée nue, sur le dos, rose et passive, elle attendait ses larmes.

Au-dessus de sa voix, elle entendait encore des bruits de voix et de pas. Elle guettait ce prélude des pleurs : la sensation d'avoir juste sous les oreilles, deux petits canaux salés et une pression à la base du nez. « Heureusement que mon nez ne rougit pas quand je pleure », se dit-elle. Mais avant que ses yeux se fussent humectés, Mrs. Wiseman entra dans la cabine.

— Qu'avez-vous, Jenny ? demanda-t-elle. Qu'est-ce qui se passe ?

Elle n'arrivait pas à se le rappeler ; maintenant qu'elle n'était plus seule, elle ne se souvenait même pas d'avoir oublié quelque chose. Elle resta immobile, levant sans rien dire ses yeux vers la tête allongée et sombre qui se détachait sur le plafond clair.

— Ma pauvre enfant, vous avez eu une journée épouvantable, n'est-ce pas ?

Mrs. Wiseman se mit à caresser la joue de Jenny dont les yeux se fermèrent à demi comme ceux d'une chatte qu'on caresse. Elle sentit tout à coup qu'elle pourrait pleurer à tout instant si elle le désirait : mais cette certitude était presque aussi agréable que de pleurer effectivement. Elle rouvrit ses adorables yeux bleus.

— Pensez-vous qu'il se soit vraiment noyé ? demanda-t-elle.

— Je ne sais pas, répondit Mrs. Wiseman. C'est un homme malheureux. N'importe quoi peut arriver à un homme malheureux. N'y pensez plus. Vous m'entendez ?...

Elle appuya son visage sur celui de Jenny et répéta :

— Vous m'entendez ?

— Non, dit Fairchild, ce n'est pas un type à se noyer... Je me demande... (Il s'interrompit et regarda son compagnon...) Dites donc, croyez-vous qu'il ait disparu parce qu'il a cru que cette fille était partie pour de bon ?

— Il se serait noyé par amour ? dit Mark Frost. Pas de nos jours. Les gens ne se suicident plus que pour ennuis d'argent ou parce qu'ils sont malades ; mais pas par amour.

— Je ne sais pas, dit Fairchild. Autrefois on mourait d'amour ; la nature humaine ne change pas. Les actes des hommes produisent des résultats différents dans des conditions différentes, mais la nature humaine ne change pas.

— Je crois que Mark a raison, dit le Sémite. Dans les livres anciens, les gens mouraient aussi d'un chagrin d'amour ; mais c'était peut-être seulement une maladie qu'un médecin ou un vétérinaire moderne guérirait facilement. Car on ne meurt pas d'amour. C'est même pour cela que la conjonction de l'amour et de la mort offre, en littérature, un attrait éternel ; on ne les voit nulle part ailleurs aussi intimement associés. Mais à notre époque de vulgarisation littéraire... heureux celui qui s'imagine avoir le cœur brisé : il peut aussitôt écrire un livre qui le vengera de celui ou de celle qui lui a endommagé cet organe... Sans parler du débouché des magazines et du cinéma. Non, non, on ne se suicide pas pour un chagrin d'amour : on écrit un roman.

— Je n'en suis pas sûr, dit Fairchild avec obstination. Les gens sont capables de tout. De toute façon, je suppose qu'il faut être idiot pour agir de la sorte.

A l'est, l'horizon s'éclairait d'une faible lueur d'argent, pâle et froide. Ils restèrent assis sans rien dire, pensant à l'amour et à la mort. Ce fut Fairchild qui rompit le silence :

— La manière dont elle est partie avec ce steward et dont elle est revenue sans une excuse ni une explication, je trouve ça chic, pas vrai ? « Ne pas supposer le mal », c'est cela que nous a enseigné la génération d'après-guerre. Il n'y a que des vieux comme Julius et moi pour trouver mal ce que fait la jeunesse. Il est vrai que des gens élevés comme nous l'avons été trouvent mal tout ce qui ne subordonne pas l'inclination au devoir. On nous a enseigné que le devoir est infaillible, sinon il ne serait pas le devoir ; et s'il est suffisamment pénible, on vous donne un bon point au ciel... La plupart de nos péchés ne sont que des succédanés. Quand on est jeune, on s'amuse trop, rien que du fait d'être jeune, pour commettre beaucoup de péchés. La jeunesse de cette génération a une vie bien agréable.

— C'est ce que nous croyons tous quand nos artères commencent à durcir, dit le Sémite. Ce ne sont pas seulement la plupart de nos péchés qui sont des succédanés, mais la plupart de nos plaisirs. Regardez nos livres, notre théâtre, notre cinéma. Qui les fait marcher ? Ce ne sont pas les jeunes ; ils préfèrent se promener ou même rester assis en se tenant les mains. Ce sont aussi des succédanés, il me semble. Les succédanés de quoi ? Quand on est jeune, amoureux tantôt de l'une, tantôt de l'autre, que connaît-on de l'amour ? Un mélange horrible de jalousie, de désirs contrariés, de scènes, d'un plaisir semblable à une drogue et d'interférence avec ce monde purement masculin qu'au fond, nous préférons tous ? Ce ne sont pas les femmes avec lesquelles on couche dont on se souvient, vous savez.

— Non, Dieu merci, dit Fairchild.

L'autre continua :

— C'est éternellement le vieux problème de l'aristocratie : l'envie qu'une minorité libre de commettre tous les péchés inspire à une majorité trop occupée à gagner sa vie. Les jeunes modèlent toujours leur existence sur les exigences de la génération précédente. Je ne veux pas dire précisément qu'ils vont à l'église parce que leurs aînés le souhaitent — pourtant, Dieu seul doit savoir pour quelle autre raison ils pourraient fréquenter l'Eglise telle qu'elle est aujourd'hui, avec un gardien qui y fait la ronde, dans les localités urbaines et, dans les districts ruraux, des escadrons de K.K.K. battant les bois d'alentour et toutes les retraites traditionnelles qui permettaient naguère à l'Eglise de produire une âme chaque fois qu'elle en sauvait une. Mais, en général, la jeunesse obéit, sans poser de questions, aux principes arbitraires de ses aînés.

« Par exemple, il y a de cela une génération, les études supérieures n'étaient pas considérées comme indispensables ; les jeunes étaient élevés chez leurs parents avec l'idée qu'ils devaient se marier à vingt et un ans et se mettre aussitôt à travailler, sans tenir compte de leurs connaissances, de leurs goûts ou de leurs aptitudes. Mais aujourd'hui, ils sont élevés à croire que la jeunesse, jusqu'à trente ans, doit être une vie d'ét diant prolongée, sans cours, que l'on passe, habillé comme sur une caricature, à boire de l'alcool maison et à peloter le sexe opposé quand on n'est pas arrêté par les agents de la circulation.

« Il y a quelques années, un soi-disant artiste commercial (oui, vous pouvez gémir), appelé John Held, se mit à caricaturer la vie universitaire, cloîtrée ou non, dans les magazines ; depuis, la vie universitaire cloîtrée ou non, a consisté à caricaturer John Held. Leurs aînés s'attendent à ce qu'il en soit ainsi, et les jeunes ne veulent pas les contrarier ; ils se montrent beaucoup plus tolérants à l'égard des caprices inexplicables et dangereux de leurs parents que ceux-ci ne l'ont jamais été et ne le seront jamais vis-à-vis des faiblesses naturelles et inoffensives de leurs enfants... Après tout peut-être que les uns et les autres y prennent du plaisir.

— Je ne sais pas, dit Fairchild. Les vieux eux-mêmes n'aimeraient pas être entourés de gens qui font de l'existence un tel drame. Et les jeunes non plus n'aimeraient pas ça ; ils ont tant d'autres choses à faire. Je crois...

Sa voix s'éteignit dans l'obscurité où la cigarette de Mark Frost rougeoyait entre ses doigts invisibles.

— Vous comprenez, ajouta Fairchild, en manière d'excuse, je crois à l'amour, au printemps et à toutes ces choses-là. Dans le fond, je dois être désespérément sentimental.

Le Sémite grogna et Mark Frost dit :

— La vertu par l'abjection et la fausseté : immolation de l'insincérité.

Enveloppé dans son rêve, Fairchild l'ignora.

— Quand la jeunesse nous quitte, nous quittons la vie. Je veux dire que, jusque-là, on se contente de vivre ; après, on se rend compte qu'on vit, et vivre devient une œuvre consciente. Comment penser ? Penser ? Dès que l'on pense consciemment, on se met à penser avec des mots. Et l'on s'aperçoit un beau matin qu'au lieu d'idées, on n'a plus que des mots dans la tête. Tandis que quand on *est* jeune, on est, tout bonnement. Ensuite vient le stade où l'on agit ; puis, celui où l'on pense, et, en dernier, celui où l'on se souvient. Où l'on essaye de se souvenir, plutôt.

— Le sexe et la mort, dit Mark Frost d'une voix sépulcrale, en brandissant l'œil rouge de sa cigarette. Un mur nu sur lequel le sexe projette une ombre et cette ombre est la vie.

La lune haute dans le ciel, étalait son ventre pâle ; la *Nausicaa* rêvait sur l'eau sombre comme une mouette argentée.

— Je ne sais pas, dit Fairchild ; ni la vie ni les gens ne m'ont jamais paru semblables à des ombres ; et moins encore mes propres actes. Il est possible, cependant, qu'il existe dans le monde des êtres d'aussi peu de consistance, pour qui la vie n'est qu'un spectacle d'ombres chinoises.

Je ne les comprends pas, mais c'est peut-être parce que je suis fermement convaincu que la vie est bonne.

Mark Frost avait jeté sa dernière cigarette et n'était plus qu'une ombre étendue. Le Sémite se tenait également immobile, tenant son cigare éteint.

— Je me rappelle un été chez mon grand-père, dans l'Indiana, à la campagne. J'étais un tout jeune garçon. C'était une sorte de réunion de famille : beaucoup de tantes, de cousins qui ne s'étaient pas vus depuis des années. Et puis, des enfants, de toutes les tailles. Parmi eux se trouvait une fille à peu près de mon âge. Elle avait les yeux bleus et une masse de longues boucles dorées. Jenny devait lui ressembler à l'âge de douze ans. Je ne connaissais pas bien les autres enfants ; j'étais du reste habitué à m'amuser tout seul, alors je me contentais de les regarder faire ce que font les enfants. Je ne savais pas comment m'y prendre pour me lier avec eux. J'avais observé les autres nouveaux venus et je m'étais préparé à ce que je leur dirais...

Il s'arrêta et réfléchit comme étonné de sa propre pensée.

— Exactement comme Talliaferro, reprit-il ; cette idée ne m'était pas encore venue... J'étais comme un chien parmi des chiens étrangers ; j'avais un peu peur d'eux, mais je me montrais distant et hautain. Je les observais, je remarquais que, dès le lendemain de son arrivée, elle les commandait. Elle était presque toujours habillée de bleu. A cette époque, on n'avait pas encore d'eau courante et de lieux à l'anglaise dans les maisons de campagne. Le petit édicule d'usage se trouvait au bout d'une allée qui était bordée, des deux côtés, de bardanes plus hautes, à la fin d'août, qu'un garçon de douze ans. Les cabinets étaient une petite baraque de bois carrée ; à l'intérieur, une cloison séparait les hommes des femmes.

« La journée était très chaude. Au milieu de l'après-midi, les autres enfants s'étaient réunis sous les arbres du verger. Grimpé dans un grand arbre de la cour, je les regardais ; les robes des filles faisaient dans l'ombre des taches de couleur. Je les voyais encore entre les bardanes, quand, descendu de mon perchoir, je pris l'allée menant aux cabinets. Ils avaient l'air de jouer à un jeu ou de causer entre eux. Je pénétrai dans le petit endroit ; au moment de fermer la porte du côté des hommes, je vis s'avancer dans l'allée la robe bleue. J'ignorais si elle m'avait aperçu, mais je savais que si je me retournais, je passerais devant elle, et j'avais honte de le faire. Alors, je fermai vivement la porte et je demeurai immobile. Bientôt, je l'entendis entrer dans le compartiment voisin. Je ne savais toujours pas si elle m'avait vu, mais il me semblait que je ne devais pas révéler ma présence tant qu'elle serait là. Les enfants sont bien plus psychiques que les adultes, le cerveau d'un enfant est capable de synthétiser en un seul instant toute une gamme de faits dont il ne possède même pas la connaissance précise. L'anthropologie explique en partie ce phénomène, mais très imparfaitement. Quand l'enfant atteint l'âge où il pourrait nous instruire à son sujet, il a oublié la mentalité de ses premières années. Je crois que l'âme fait peau neuve chaque année comme les serpents. On ne peut ranimer les émotions éprouvées dans le passé ; on se souvient seulement qu'une certaine émotion a été associée à tel fait déterminé ; mais il ne vous en reste que le fantôme du bonheur, un regret vague et dénué de sens. Pourquoi l'expérience devrait-elle nous enseigner la sagesse ? Seuls les muscles se laissent instruire, et il faut pour cela un exercice mille et mille fois répété.

« Donc, je marchai jusqu'au siège sur la pointe des pieds. Il faisait très chaud, là-dedans ; le bois de la cabane sur laquelle tapait le soleil dégageait une odeur de résine qui dominait les autres odeurs. Dans un coin du plafond, un bousier avait fait son nid : une boule d'argile percée de trous autour de laquelle bourdonnaient de grosses mouches vertes. Dans cet endroit, avec la chaleur, on sentait l'implacabilité de la nature et du corps physique submerger les structures civilisées avec leurs faux-semblants. Je retenais mon souffle et je tâchais d'entendre si l'on remuait de l'autre côté de la cloison. Mais j'écoutais en vain ; alors je mis ma tête au ras du sol...

Mark Frost ronflait. La lune inondait le paysage de son fluide argenté ; l'eau murmurait inlassablement. Le

Sémite serrait encore entre ses doigts son cigare éteint ; tous deux, lui et Fairchild, quadragénaires aux muscles relâchés, voyaient deux grands yeux bleus curieux refléter une surprise inversée, et de longues boucles dorées se balançant au-dessus de l'ordure. Ils demeurèrent silencieux, se rappelant la jeunesse et l'amour, le temps qui s'enfuit, et la mort.

Onze heures.

Mark Frost s'était réveillé et, après avoir commis un affreux calembour, il avait regagné sa cabine. Un peu plus tard, le Sémite en avait fait autant en laissant un cigare à Fairchild. Celui-ci, ses pieds vêtus seulement de chaussettes, posés sur le bastingage, fumait depuis un certain temps, quand il remarqua un homme assis à l'arrière, seul et parfaitement immobile. Quelque chose dans son attitude éveilla la curiosité du romancier et il finit par quitter son fauteuil.

C'était David, le steward ; assis sur un rouleau de cordages, il tenait un objet entre ses genoux. Quand Fairchild s'arrêta auprès de lui, il leva la tête sans tenter de dissimuler ce qu'il tenait. Fairchild se pencha et vit que c'était un soulier, fissuré et couvert de boue sèche ; il conservait cependant quelque chose de la gravité dure et asexuée de Patricia. David détourna les yeux vers l'eau sombre moirée d'argent. Sans rien dire, Fairchild fit demi-tour et s'éloigna.

Le quatrième jour

Sept heures.

Fairchild s'éveilla et resta voluptueusement étendu sur le dos. Puis comme il se retournait pour faire encore un petit somme, il remarqua par terre un carré de papier qu'on avait dû glisser sous la porte. Il se réveilla complètement, se leva et ramassa le papier :

Cher Mr. Fairchild,
Je quitte le yacht aujourd'hui ; j'ai trouvé une meilleure place. On me doit deux jours ; je ne les réclame pas, puisque je m'en vais avant la fin de la croisière. Dites à Mrs. More que j'ai trouvé une meilleure place et priez-la de vous donner cinq dollars sur ce que vous m'avez prêté.
Votre dévoué,

DAVID WEST.

Fairchild relut le billet, le plia et le mit dans la poche de son pyjama. Sur sa couchette, le Sémite ronflait, sans défense, sur le dos.

Fairchild se rassit sur son lit sans toucher au verre de whisky qu'il s'était versé ; il déplia à nouveau le billet, le relut une fois, pensant à sa jeunesse et à la tristesse de tout ce qui vieillit dans le monde.

Huit heures.

— Ne vous tourmentez pas, dirent-elles en rassurant Mrs. Maurier ; nous ferons comme nous avons fait hier ;

ce sera bien plus amusant. Dorothy et moi ouvrirons des boîtes et ferons réchauffer les conserves. Nous nous passerons fort bien d'un steward. N'est-ce pas, Dorothy ?

— Ce sera comme un pique-nique, dit Miss Jameson. Mais il faudra naturellement que les hommes nous aident, ajouta-t-elle en regardant Pete.

Mrs. Maurier s'inclina, les suivant avec sa sottise gémissante, tandis que Mrs. Wiseman, Miss Jameson et la nièce ouvraient des boîtes et en faisaient réchauffer le contenu, salissant horriblement la cuisine d'éclaboussures de graisses, de jus et du sang de la nièce blessée au pouce. Cependant le café finit par être fait et le déjeuner fut prêt sans trop de retard. C'était bien comme un pique-nique, en effet, « moins les fourmis », fit observer le Sémite.

— Nous pourrons t'en ouvrir une boîte, proposa sa sœur.

Il restait encore beaucoup de pamplemousses.

Petit déjeuner.

FAIRCHILD : Mais je vous dis que je l'ai vu après notre retour sur le yacht ; j'en suis sûr.

MARK : Non, il n'était pas dans le canot quand nous sommes revenus ; à présent, je m'en souviens. Je ne l'ai pas revu exactement depuis que nous avons changé de places, juste après la chute de Jenny et d'Ernest.

JULIUS : Admettons-le... Etait-il vraiment dans le canot ? Quelqu'un se rappelle-t-il l'y avoir vu ?

FAIRCHILD : Bien sûr qu'il y était ; ne vous souvenez-vous pas comment Mark le cognait sans cesse avec son aviron ? Je vous affirme...

MARK : Il était dans le canot au début, mais après que Jenny...

FAIRCHILD : Je suis certain qu'il y était. Eva, ne vous rappelez-vous pas l'avoir vu après notre retour ?

EVA : Je ne sais pas. Je vous tournais le dos à tous

pendant que nous ramions. Mais après qu'Ernest eut jeté Jenny à l'eau, je ne me rappelle plus du tout qui y était ou n'y était pas.

FAIRCHILD : Talliaferro nous faisait face. Ne l'avez-vous pas vu, Talliaferro ? Et Jenny ? Jenny devrait s'en souvenir. Est-ce que vous vous rappelez l'avoir revu, Jenny ?

MR. TALLIAFERRO : Je surveillais la corde, vous savez.

FAIRCHILD : Eh bien et vous, Jenny ? Vous en souvenez-vous ?

EVA : Allons, ne tourmente pas Jenny. Comment pourrait-elle se le rappeler, n'importe comment ? Comment exiger de quiconque de se rappeler une chose aussi idiote.

FAIRCHILD : Eh bien, moi je m'en souviens. Ne vous rappelez-vous pas tous qu'il est descendu avec nous après notre retour ?

MRS. MAURIER, *se tordant les mains :* Est-ce que vraiment personne ne se souvient de rien ? C'est terrible. Je ne sais que faire ; vous ne semblez pas vous rendre compte de la position dans laquelle je me trouve, avec une possibilité pareille suspendue au-dessus de ma tête. Vous autres, vous n'avez rien à perdre, mais moi j'habite ici, j'ai une certaine... Et maintenant, une affaire pareille...

FAIRCHILD : Voyons, il n'est pas noyé. Il ne tardera pas à reparaître, croyez-moi.

LA NIÈCE : Et s'il est noyé, on le retrouvera. L'eau n'est pas très profonde entre le yacht et la rive. (*Sa tante lui jeta un regard noir.*)

LE NEVEU : D'ailleurs, un corps mort flotte toujours au bout de quarante-huit heures. Tout ce que nous avons à faire est d'attendre ici jusqu'à demain matin, il y a toutes les chances qu'il se cogne à la coque, prêt à être hissé à bord. (*Mrs. Maurier poussa un cri et regarda ses invités avec un désespoir affreux.*)

FAIRCHILD : Mais il n'est pas noyé. Je vous dis que je l'ai vu...

LA NIÈCE : Bien sûr. Ne vous en faites pas, tante Pat. Nous le retrouverons même s'il est noyé. Ce n'est pas comme s'il était tout à fait perdu, vous savez. Si vous renvoyez son corps, sa famille ne vous adressera sans doute aucune réclamation.

EVA : Taisez-vous, les enfants.

FAIRCHILD : Mais je vous dis que j'ai vu...

Neuf heures.

A l'avant, la nièce, son frère — momentanément sorti de sa coquille scientifique —, Jenny et Pete formaient un groupe. Pete avec son chapeau de paille, le neveu avec sa sveltesse juvénile et les deux filles gauches dans leurs petites robes écourtées avec une sorte de grâce redoutable, étaient tous d'une jeunesse si flagrante qu'elle élevait une barrière entre eux et les autres ; même Mr. Talliaferro qui rôdait non loin d'eux n'avait pas le courage de la franchir.

— Ces jeunes filles, dit Mr. Fairchild en les regardant se balancer d'avant en arrière devant le bastingage et pivoter sur leurs talons simplement pour faire jouer leurs jeunes muscles. Elle me font peur. Non à cause de leur chasteté possible ou probable. La chasteté n'est pas...

— Une illusion sans corps multipliée par le défaut d'occasion, dit Mark Frost.

— Quoi ? fit Fairchild en regardant le poète. Eh bien, ça se peut. Nous avons peut-être tous des idées différentes sur le sexe, comme toutes les races... Peut-être que nous sommes, nous trois, de races différentes en ce qui concerne le sexe. Comme un Français, un Anglo-Saxon et un Mongol, par exemple.

— Pour un Italien, dit le Sémite, c'est un peu comme un pétard à une fête enfantine ; pour un Français, une affaire dont il se distrait en gagnant de l'argent ; pour un Anglais, un embêtement ; pour un Américain, une course de chevaux. Et pour vous, qu'est-ce que c'est ?

Fairchild rit, les yeux toujours fixés sur le groupe des jeunes gens. Ces étranges formes asexuées : « Nous autres, vous et moi, nous avons grandi en nous attendant à trouver quelque chose sous la robe d'une femme : des seins, des hanches et ainsi de suite. Mais aujourd'hui... Vous rappelez-vous les images qu'on mettait autrefois dans les paquets de cigarettes ou celles des magazines qu'on feuilletait chez le coiffeur ? Anna Hold ou Eva Tanguay, faites comme les verres des lampes de salon élégantes ? Où en voit-on de semblables à présent ? Que voit-on dans les rues ? Des créatures gauches comme des veaux ou des poulains, avec deux petits boutons en guise de poitrine, des fesses à peine indiquées ; si leurs yeux n'étaient pas aussi doux on les prendrait pour des garçons de quinze ans. Plus rien pour se satisfaire ; elles sont simplement excitantes et monotones. Surtout monotones. Où sont les agréables rondeurs que les femmes cachaient jadis sous leurs vêtements comme des lapins apprivoisés ? Disparues, avec le pauvre Indien, la bière à dix cents et les pantalons de batiste. Pourtant je trouve qu'elles sont gentilles, ces jeunes filles ; elles plaisent comme le chant monotone de la flûte.

— Oui, perçant et stupide, approuva le Sémite qui, lui aussi, regardait le groupe des jeunes. Quel est donc l'imbécile qui a dit que nos vêtements, nos modes n'affectent ni notre forme ni notre conduite ?

— Pas stupides, objecta l'autre. Les femmes ne sont jamais stupides. Leurs facultés intellectuelles sont plus que suffisantes pour assurer le peu de direction dont leurs corps a besoin. Et quand votre intelligence suffit aux nécessités de votre corps, quand la capacité et la nécessité sont aussi bien assorties, il ne peut être question de stupidité. Lorsque les femmes sont plus intelligentes que cela, elles deviennent tôt ou tard un fléau. Elles ont besoin juste d'assez d'intelligence pour se mouvoir, manger et prendre les précautions essentielles de l'existence...

— Et reconnaître la mode à temps pour se standardiser, intervint Mark Frost.

— Oui, dit Fairchild ; je n'y vois pas d'objection en tant que frère de la race humaine. Après tout, elles ne sont que des organes génitaux articulés et doués de la faculté de dépenser tout l'argent qu'on possède ; aussi, du moment qu'elles s'arrangent toutes d'une façon identique, on peut accorder toute son attention à leur corps.

— Eh bien, et les exceptions ? demanda Mark Frost. Celles qui ne se fardent pas et qui ne coupent pas leurs cheveux ?

— Pauvres êtres, répondit Fairchild.

Et le Sémite dit :

— Il existe peut-être un ciel, après tout.

— Croyez-vous qu'elles aient une âme ? demanda Fairchild.

— Certainement. Si elles n'en sont pas pourvues en naissant, il faut qu'elles soient de vraiment bien piètres créatures pour ne pas s'en faire offrir une par quelque homme à partir de l'âge de onze ans.

— Très juste, dit Fairchild.

Puis, se levant, il dit :

— Je vais aller écouter cette conversation.

Mrs. Wiseman vint emprunter une cigarette à Mark Frost et ils regardèrent s'éloigner le large dos de Fairchild.

— Voilà un homme, dit le Sémite, dont le talent est incontestable, en dépit de la confusion de ses idées dès qu'il s'agit d'émotions compliquées.

— Vous voulez dire en dépit de son manque de confiance en lui-même, rectifia Mark Frost.

— Non, ce n'est pas cela, dit Mrs. Wiseman. Vous ne faites que dire la même chose que Julius, à savoir que parce qu'il est né Américain, dans une famille de petits bourgeois du Middle-West, il a hérité de la crainte de la Culture avec un C majuscule, crainte que sa difficulté à être reçu à l'Université et à y rester n'a fait qu'accentuer.

— Oui, dit son frère, et la réaction qu'a provoquée en lui la simple accumulation des années et l'expérience de la vie l'a porté à l'autre extrême sans toutefois détruire cette méfiance innée et sans lui offrir de quoi la remplacer. Ses œuvres semblent confuses, non parce qu'il ne voit pas clairement la vie, mais à cause de sa conviction qu'elle est foncièrement bonne, admirable et belle ; et aussi parce que dans le milieu américain où il est tombé rôdent les fantômes des Emerson, des Lowell et autres grands prêtres de la Culture avec un grand C, assis sur des chaises dans des salons aux tapis épais, au milieu d'une atmosphère de belles reliures et de sécurité ; les ombres de ces gens qui ont dominé les lettres américaines pendant leur période la plus saine « sans violence ni vulgarité » minaudent encore avec une sorte d'ubiquité attentive, ce qui explique ses puériles bravades et sa peur de ses propres moqueries.

— Mais, intervint sa sœur, pour un homme comme Dawson, il n'existe pas de meilleure tradition américaine que la leur. Ils ont beau s'être tenus dans leurs bibliothèques à traduire du grec et du latin et à correspondre avec des Européens, ils ont quand même trouvé moyen de sortir de leurs ports de la Nouvelle-Angleterre, la Bible dans une main, le cabillot dans l'autre, toutes voiles dehors ; et tout ce contre quoi ils s'emportaient était américain.

— Oui, dit son frère, mais il lui manque ce dont ils disposaient au milieu de leurs livres bien sages, malgré leur absence de chaleur et de vulgarité, un type de littérature qui soit internationale. Non, pas exactement un type, mais la conviction que son talent ne doit pas se restreindre à dépeindre la mentalité américaine, les réactions de l'âme américaine.

— La liberté ? suggéra Mark Frost.

— Non. Personne n'a besoin de liberté. Nous ne pouvons pas la supporter. Il n'aurait qu'à se laisser aller, à oublier ce fétiche de la culture supérieure qu'ont pu acquérir de plus favorisés, de ces hommes que, malgré lui, il considère avec respect et auxquels il se croit inférieur. S'il se débarrassait de ces inhibitions, s'il décrivait la vie américaine d'une manière que même la traduction n'altérerait pas (comme l'a fait Balzac pour la vie française, par exemple), elle prendrait, à son insu, un caractère éternel. La vie est partout la même, vous savez. Les habitudes peuvent être différentes — ne le sont-elles pas entre villages voisins ? — mais le devoir et les désirs des hommes, l'axe et la circonférence de sa cage d'écureuil, ne changent pas. Peu importent les détails ; ils n'ont d'autre objet que de nous distraire. Rien de ce qui n'est fait que pour nous amuser n'a d'importance, car les choses qui nous amusent sont purement spéculatives : elles nous promettent des plaisirs que nous ne goûterons sans doute jamais. Les autres choses ne font que nous surprendre. Et celui qui a supporté la surprise de naître peut supporter n'importe quoi.

Dix heures.

— Mais, sacrebleu, dit le neveu en levant la tête, je vous l'ai déjà dit ce que je fais, non ?

Il s'était réfugié derrière le rouf, espérant y être moins dérangé qu'ailleurs. Debout, à côté de lui, Jenny le regardait avec placidité.

— Je ne venais pas vous le redemander, dit-elle ; je passais tout bonnement par ici... C'est un bon endroit pour flirter, dit-elle après avoir jeté sur la partie visible du pont un regard expert.

— Ah ! fit le neveu. Que devient Pete ?

Il cessa de manier son couteau et releva la tête. Jenny marmotta une réponse vague. Sans précisément le regarder, elle restait là, placide, l'entourant de sa douce et chaude présence. Le neveu mit sa pipe et son couteau de côté.

— Où vais-je m'asseoir ? demanda-t-elle.

Il se poussa dans son transatlantique pour lui faire de la place ; elle s'y laissa tomber lentement et dit :

— On y tient tout juste.

Bientôt le neveu ouvrit la bouche :

— Vous n'y mettez pas beaucoup d'ardeur, dit-il.

Jenny prit davantage ses aises. Au bout d'un moment, le neveu leva la tête et jeta un coup d'œil vers l'eau.

— Nom de Dieu, dit-il en caressant avec détachement les cuisses placides de Jenny... Nom de Dieu !... Où est Pete ?

— Par là-bas, quelque part, répondit Jenny. Je l'ai vu juste avant que vous m'arrêtiez.

Le neveu allongea le cou, inspectant le pont, puis il dit :

— En voilà assez.

Et poussant Jenny :

— Levez-vous, maintenant. J'ai à travailler. Fichez le camp.

— Laissez-m'en le temps, dit Jenny en s'extrayant du fauteuil, non sans peine.

Elle y réussit enfin et lissa ses vêtements. Le neveu reprit ses outils, et au bout de quelques instant, Jenny s'en alla.

Onze heures.

C'était un mince volume dont la reliure bleu foncé s'ornait des arabesques orange d'un dessin ésotérique, ininterrompu sur le dos comme sur les plats et qui portait en lettres orange le titre : *Satyricon à la lueur des Etoiles.*

— Eh bien, dit Fairchild, le nez chaussé de grosses lunettes cerclées d'écaille : voici le poème du Major sur la Syphilis. Après tout, la poésie accomplit un tour de force quand elle réussit à exciter un homme tel que le Major. Les poètes n'ont pas le sens des affaires. Si moi...

— C'est peut-être cela qui fait de vous un poète, intervint le Sémite : être capable d'oublier le monde et ses obligations.

— Vous confondez avec les pêcheurs d'huîtres, dit Mrs. Wiseman. Pour être un poète à succès, il suffit d'être chatoyant et obscur et assez répandu dans la vie publique pour se faire pardonner n'importe quoi dans sa vie privée.

— Si j'étais un poète... commença Fairchild.

— C'est vrai, dit le Sémite. De nos jours, le noble Art a atteint ce point de perfection où il est superflu de rien connaître en littérature pour être poète ; le jour viendra où il ne sera même plus nécessaire d'écrire. Mais ce jour n'est pas encore arrivé ; pour l'instant, il faut encore écrire de temps en temps ; pas très souvent, mais quand même de temps en temps. Et si vos vers sont suffisamment obscurs, tout le monde est content ; vous êtes immédiatement oublié et libre de dîner avec quiconque vous invite.

— Ecoutez-moi, dit Fairchild. Si j'étais poète, savez-vous ce que je ferais ? Je...

— Vous feriez la conquête d'une femme libre, ardente et riche. Ou à défaut de cela, quelque autre poète, plus heureux, partagerait avec vous un week-end, car « noblesse oblige » est de rigueur parmi eux — ce sont des gentlemen poètes, ajouta-t-il.

— Non ! dit Fairchild, sans se lasser. Je parsèmerais mon livre de photographies et d'études sur ces ineffables idiots vêtus de costumes de bain ou bien serrant contre le milieu de leur corps des rideaux de dentelle fabriqués à la machine.

— De quoi le condamner du point de vue de l'Art, dit Mark Frost.

— Vous confondez l'Art et la vie d'atelier, Mark, dit Mrs Wiseman en acceptant la cigarette qu'il lui offrait... Merci, il ne m'en reste plus.

— Quand la vie d'atelier est suffisamment coûteuse, elle devient de l'Art, dit Mark Frost. Il faut bien fournir de bonnes relations à vos parents qui habitent l'Ohio ou l'Indiana.

— Dieu merci, tout le monde n'est pas né dans la vallée de l'Ohio, dit le Sémite.

Fairchild le regarda, un peu interloqué et légèrement hostile :

— Je parle de ceux d'entre nous qui lisons les livres au lieu de les écrire, reprit l'autre. Il est déjà assez pénible de se dire qu'on devrait passer sa vie à écrire des livres, mais avoir toute son enfance assombrie par la possibilité de devoir écrire le Grand Roman Américain...

— Oh ! dit Fairchild, vous êtes peut-être comme moi : vous préférez un poète vivant aux écrits de n'importe quel homme.

— Dites de n'importe quel poète, et je suis d'accord.

— Eh bien, écoutez ceci, dit Fairchild en rajustant ses lunettes.

Mark Frost gémit, se leva et s'éloigna. Fairchild lut, implacablement :

Sur la rose et la pêche ils saignaient,
L'amour a fait un sacrifice,
Sous sa main, sa bouche est blessée,
Sous sa main, sa bouche est morte...

— Non, attendez...

Il tourna une page. Mrs. Wiseman écoutait avec énervement, son frère, avec son habituel flegme moqueur.

Le Corbeau noir et Philomèle
Nichés dans les arbres sanglants
Leurs cris rauques se confondant
Laissaient tomber des gouttes dans la nuit.

Sur la rose éruptive
Sur la branche brisée du pêcher,
Brouillées par les bouches parfumées
Qui chantent l'un à l'autre...

Il lut le poème tout entier, puis demanda :

— Le comprenez-vous ?

— Ce ne sont guère que des mots, dit le Sémite, un cocktail de mots. J'imagine que ça vous remonte si l'on a pris le goût des cocktails.

— Pourquoi pas ? dit Mrs. Wiseman, défendant l'auteur avec véhémence. Seuls les imbéciles demandent aux vers d'exprimer des idées.

— Peut-être, dit son frère, mais l'électricité ne nourrit pas, contrairement à ce que vous autres poètes vous vous imaginez aujourd'hui.

— Eh bien, de quoi voulez-vous qu'ils parlent ? Il n'y a qu'un sujet possible. Qu'est-ce qui vaut la peine et le désespoir d'écrire en dehors de l'amour et de la mort ?

— C'est le point de vue féminin. Vous feriez mieux de laisser l'Art tranquille et de vous en tenir aux artistes, conformément à votre nature.

— Mais des femmes ont écrit des choses très bien, dit Fairchild. J'ai lu...

— Elles portent des génies. Mais croyez-vous qu'elles se soucient des tableaux et de la musique que produisent leurs enfants ? Croyez-vous que la mère de Shakespeare ait été plus fière de lui que, par exemple, celle de Tom le Fou de son fils ?

— Certainement, dit Mrs. Wiseman ; Shakespeare gagnait de l'argent.

— Vous avez mal choisi votre comparaison, dit Fairchild. Tous les artistes sont un peu fous. Vous ne croyez pas ? dit-il en se tournant vers Mrs. Wiseman.

— Oui, dit-elle brusquement, presque aussi fous que ceux qui en parlent.

Les yeux sur le livre, Fairchild dit lentement :

— C'est comme une chose obscure ; une porte sombre devant laquelle on vous amène. Voulez-vous y entrer, oui ou non ?

— Mais on vous y a fait entrer avant de vous demander votre avis ; c'est après qu'on vous demande si vous voulez en sortir.

— Je ne sais pas. Il y a des chambres, des chambres obscures que ces types d'autrefois ne connaissaient pas. Freud et les autres...

— Ils les ont découvertes juste à temps pour fournir aux littérateurs sans logis un endroit où coucher. Mais vous venez de tomber d'accord avec Eva sur l'inutilité pour les vers d'offrir un sens ; selon vous, les meilleurs poèmes ne sont que des mots.

— Oui, dit Fairchild. L'enivrement des mots... c'est quand on est ivre de mots qu'on fait de grand poèmes. On est entraîné sans s'en rendre compte par un rythme chantant comme le nageur par le courant. Des mots... j'ai éprouvé cette ivresse, naguère.

— Taisez-vous, Dawson, dit Mrs. Wiseman. Julius peut se permettre d'être idiot.

— Des mots... répéta Fairchild. Mais cette première ivresse s'est dissipée ; je ne peux plus écrire de poésies. Il me faut trop de temps, à présent, pour exprimer ce que je veux dire.

— Nous avons tous fait des vers quand nous étions jeunes, dit le Sémite.

— Oui, dit Fairchild en feuilletant le volume. Ecoutez :

... O printemps, léger et cruel,
qui dénudes tes cuisses blanches
sous la main avide de mars...

Mrs. Wiseman regardait l'endroit du pont où venaient d'apparaître Jenny et Mr. Talliaferro qui s'appuyaient maintenant ensemble au bastingage. Le Sémite écoutait avec une politesse lasse.

— Savez-vous ce que je crois ? dit Fairchild. Je crois que chaque mot écrit par un homme doit être en définitive destiné à impressionner une femme qui, sans doute, ne s'intéresse nullement à la littérature. Ce n'est peut-être pas toujours une créature de chair et de sang ; ce peut n'être que le symbole du désir, mais c'est un être féminin. La gloire n'est qu'un sous-produit... Vous vous rappelez que les poètes anciens ne prenaient même pas la peine de signer leurs poèmes... Mais je suppose que personne ne connaît jamais les raisons qui font agir un homme ; on ne peut que formuler des hypothèses en se basant sur les résultats... L'ennui est que pour comprendre la poésie moderne, il faut avoir subi récemment des émotions identiques à celles qui ont inspiré le poète. La poésie de notre époque est comme une paire de souliers ne convenant qu'à des pieds pareils à ceux du cordonnier ; les gens d'autrefois fabriquaient des souliers pouvant être portés par tout homme capable de marcher.

— Comme des caoutchoucs, suggéra l'autre.

— Comme des caoutchoucs, dit Fairchild. Mais je ne dis pas ça pour les dénigrer. Les quelques individus auxquels vont les souliers peuvent sans doute aller beaucoup plus loin que tout un troupeau de gens tous chaussés de la même façon.

— En tout cas, il est intéressant, dit le Sémite, de réduire le progrès spirituel de la race à une migration émotive : des Israélites esthétiques traversant à pied sec une mer rose d'ennui et de sécurité, qu'en penses-tu, Eva ?

Mrs. Wiseman, qui songeait au corps charmant de Jenny, sortit de sa rêverie et dit :

— Je pense que vous êtes tous deux non seulement bêtes, mais ennuyeux. Je voudrais vous chiper encore une cigarette, Dawson.

Il lui en donna une, avec une allumette, et elle les quitta.

Puis, après avoir tourné encore quelques pages du livre, il dit :

— Il m'est difficile de la concilier avec ce livre. N'en êtes-vous pas étonné ?

— Si. Moins d'ailleurs qu'elle ait écrit ceci que du seul fait qu'elle écrive. Que quiconque écrive. Mais ce livre en lui-même n'a rien de surprenant. Pour moi, du moins. Mais vous qui vous promenez avec confiance dans ce parc aux sombres arbres sans racines récemment ouvert au public par les Allemands et le Dr. Ellis... Vous serez toujours un enfant perdu dans le bois, vous savez. Affolé, un peu agacé, nerveux comme l'étalon d'Assurbanipal quand son maître le montait.

— Bisexualité émotive, dit Fairchild.

— Oui, mais vous essayez de concilier ce livre et son auteur. Un livre est la vie secrète de l'écrivain, son jumeau noir ; on ne peut absolument pas les concilier. Et, à vos yeux, quand l'inévitable heurt se produit, c'est le véritable moi de l'auteur qui s'effondre, car vous êtes de ceux pour qui l'illusion devient vraisemblable dès qu'elle est imprimée.

— Peut-être, dit Fairchild, avec détachement, de nouveau absorbé par le livre. Ecoutez :

Lèvres plus lasses que tout ton corps si las,
Que rend plus lasses encore l'énigme pâle
Silencieuse et rusée de ton visage secret
Et ton désespoir qu'obsède son propre mal ;
Ne pose pas ta main de garçon sur ton cœur
Pour protester que le sourire fatigue ta bouche lasse,
Tu ne saurais tromper la joie secrète
De ton cœur de femme.

Fatigue ta bouche à sourire ; peux-tu l'étreindre
Toi-même et étancher toi-même ta soif de baisers ?
Ton réveil de vierge se moque de lui-même,
Si éveillée, dès que le sommeil fuit ;
Près de ta bouche se cache le chagrin de ton cœur jumelé
Qu'aucune poitrine ne sépare et qui ne peut pas se briser.

« Hermaphrodite, lut-il, voilà son titre. C'est une sombre perversion. Un feu qui n'a pas besoin d'aliment ; il vit de sa propre chaleur. Toute la poésie moderne est une sorte de perversion. On dirait que les jours de la poésie saine sont à jamais passés, que nos contemporains ne sont plus capables de composer des vers. Autre chose, oui, mais pas de poésie. On dirait que les hommes ne sont plus, aujourd'hui, assez vigoureux et assez mâles pour se mêler d'une chose aussi proche du surnaturel. La race est devenue stérile : les femmes, trop masculines pour concevoir, les hommes trop féminins pour engendrer...

Il ferma le livre et retira lentement ses lunettes.

— Des gens comme vous et moi, c'est ce que la poésie a de plus insidieux à combattre. La culture générale permet trop facilement à tout le monde d'avoir une opinion sur les poèmes. Sur tout le reste aussi. Les seuls qui devraient être autorisés à juger la poésie sont les poètes... Mais tous les artistes subissent le même sort : l'oubli, le mépris, l'indignation et, ce qui est pire, l'adulation des imbéciles.

— Et, ajouta le Sémite, ce qui est pis encore : leur conversation.

Midi.

— Vous devez commencer à être bien fatigué de vous en occuper, dit Fairchild en descendant déjeuner. (On était, au salon, à l'abri de la brise et, de plus, il était près de la cuisine.) Pourquoi ne le laissez-vous pas dans votre cabine ? Le Major Ayers est un homme en qui l'on peut avoir confiance, je crois.

— C'est très bien comme ça, dit Pete. J'y suis habitué. Il me manquerait, vous comprenez ?

— Oui. Il est neuf ?

— Je l'ai depuis quelque temps.

Pete l'ôta, et Fairchild remarqua le ruban de couleur gaie et l'épaisseur de la paille tressée.

— Personnellement, je préfère un panama, murmura-t-il, un chapeau mou... Celui-ci doit avoir coûté cinq à six dollars, n'est-ce pas ?

— Oui, dit Pete, mais je crois que je dois y veiller.

— C'est un joli chapeau, dit le Sémite. Tout le monde ne peut pas porter un canotier. Mais cette forme convient à la tête de Pete, n'est-ce pas ?

— En effet, dit Fairchild. Pete a le visage insouciant, dénué d'humour, auquel sied un canotier. Il est vrai que seul un homme dénué d'humour ose acheter un canotier.

Pete les précéda au salon. En tout cas, ce vieux avait eu une bonne intention. Drôle d'oiseau. Attention, attention, en voilà encore un qui jaspine... C'était Fairchild qui insistait avec un certain tact :

— Tenez, voilà un bon endroit où le laisser pendant que vous mangerez. Vous ne connaissiez pas cette cachette, j'en suis sûr ? Glissez-le là-dessous ; il y sera parfaitement en sécurité. Regardez, Julius, n'est-ce pas un emplacement fait tout exprès pour un canotier ?

C'était une table pliante à deux étages encastrée dans la cloison et mue par un ressort.

— Il ne me gêne pas, dit Pete.

— Tant mieux, mais vous pourriez aussi bien le laisser là. C'est un recoin si parfait pour y déposer un chapeau ; mieux que les vestiaires de théâtre. J'aimerais bien avoir un chapeau à y laisser ; pas vous, Julius ?

— Je peux très bien le tenir, dit Pete.

— Certainement, dit Fairchild, mais essayez pour voir.

Pete céda ; les deux autres le regardaient.

— Il y tient tout juste, n'est-ce pas ? Pourquoi ne pas l'y laisser ?

— Non, non, j'aime mieux le garder, dit Pete en reprenant son chapeau.

Quand il se fut assis, il le mit, comme de coutume, entre son dos et le dossier de sa chaise.

Mrs. Maurier chantonnait :

— Asseyez-vous tous et excusez le service. J'avais espéré que nous déjeunerions sur le pont, mais avec ce vent qui souffle de la côte...

— Ils ont découvert où nous sommes et que nous sommes bons à manger, de sorte que peu importe d'où souffle le vent, dit Mrs. Wiseman, très occupée avec son plateau.

— Et puis, le départ du steward, reprit Mrs. Maurier, l'air malheureux, et Mr. Gordon...

— Il ne lui est rien arrivé, dit Fairchild, la rassurant avec lourdeur ; il reviendra sain et sauf.

— Ne faites pas la bête, tante Pat, dit la nièce. Pourquoi voudrait-il se noyer ?

— J'ai si peu de chance, gémit Mrs. Maurier... Il m'arrive toujours des malheurs.

Et elle voyait une barbe rousse flottant dans les eaux vertes, impitoyables, de la mer.

— Laid comme il l'est et si plein de lui-même, il a trop de raisons de se noyer pour le faire. Ce sont ceux qui n'en ont pas auxquels arrivent des accidents.

— Mais on ne peut jamais prévoir ce que feront les gens, dit Mrs. Maurier, rendue profonde par la désintégration de son confortable entourage.

— Eh bien, s'il s'est noyé, c'est qu'il en avait envie, dit la nièce avec cruauté. Il ne peut certainement pas exiger que nous restions ici à l'attendre. On n'a jamais entendu parler de quelqu'un qui disparaissait comme ça sans laisser un mot. N'est-ce pas, Jenny ?

— S'est-il noyé ? demanda Jenny dont les craintes prématurées n'altéraient pas la douceur. Un jour à Mandeville, j'ai vu...

Et, tout à coup, les yeux divins de Jenny reflétèrent une émotion altruiste, d'une pureté absolue et momentanée.

— Oh ! ne pensez pas à Gordon, lui dit Mrs. Wiseman. S'il est noyé, ce que je ne crois pas, il est noyé. S'il ne l'est pas, il ne tardera pas à se montrer, comme le dit Dawson.

— C'est précisément ce que je dis, intervint la nièce,

seulement, il ferait bien de se dépêcher, s'il veut revenir avec nous. Il faut que nous rentrions.

— Vraiment ? dit la tante avec une lourde ironie. Et comment rentreras-tu, s'il te plaît ?

— Son frère fabrique peut-être un bateau avec sa scie, suggéra Mark Frost.

— C'est une idée, dit Fairchild. Dites donc, Josh, avez-vous un outil quelconque avec lequel vous puissiez nous faire démarrer ?

— Déchiquetez-le, dit le neveu avec solennité. Je vous prête mon couteau, à condition que vous me le rendiez.

— Il faut que nous rentrions, dit la nièce. Vous autres, vous pouvez rester ici si cela vous amuse, mais il faut que nous rentrions à la Nouvelle-Orléans, Josh et moi.

— En passant par Mandeville ? demanda Mark Frost.

— Mais le remorqueur devrait arriver d'un moment à l'autre, dit Mrs. Maurier.

La nièce regarda Mark Frost avec un étonnement réfléchi.

— Vous êtes malin, vous, n'est-ce pas ? lui dit-elle.

— Il le faut bien, sinon...

— ... Vous seriez obligé de travailler, hein ? Il faut être malin pour vivre aux dépens de tante Pat, n'est-ce pas ?

— Patricia ! s'écria sa tante.

— En tout cas, nous sommes obligés de rentrer afin de nous préparer à aller à New Haven le mois prochain.

Sortant de sa rêverie, son frère dit :

— Ah ! vraiment ? Tu dis *nous ?*

— Oui, j'y vais aussi. Hank a dit que je le pouvais.

— Est-ce que tu as l'intention de me suivre partout toute la vie ? lui demanda son frère.

— Je vais à Yale, répéta-t-elle avec obstination. Hank a dit que je pouvais y aller.

— Hank ? dit Fairchild en l'observant avec intérêt.

— C'est ainsi qu'elle appelle son père, expliqua sa tante. Patricia...

— Eh bien, tu n'iras pas ! déclara son frère avec violence. Du diable si je supporterai de t'avoir éternellement à mes trousses ! Je ne peux pas bouger sans toi. Tu devrais être contrôleuse de billets...

— Ça m'est égal : j'irai, redit-elle du même ton buté.

— Théodore ! adjura vainement la tante.

— A cause d'elle, je ne peux rien faire, dit le neveu avec amertume. Je l'ai toujours sur mes talons. Et maintenant, elle parle de me suivre à l'Université ! Elle a tourmenté Hank jusqu'à ce qu'il consente à ce qu'elle y aille. J'en aurais fait autant, Dieu le sait, si je ne devais l'avoir tout le temps autour de moi.

— Ferme ta satanée bouche, lui dit sa sœur.

— Patricia ! Patricia ! supplia Mrs. Maurier.

Mais Patricia répétait :

— J'irai ! J'irai ! J'irai !

— Mais qu'y ferez-vous ? demanda Fairchild. A quoi passerez-vous votre temps pendant qu'il suivra les cours ? Avez-vous l'intention de travailler aussi ?

— Oh ! je me promènerai simplement en culotte bouffante ; je fréquenterai les dancings et je m'amuserai. Je ne l'ennuierai pas ; je ne le verrai presque jamais ; il est tellement embêtant.

— Je te dis que tu n'iras pas à Yale ! dit son frère.

— Si, j'irai. Hank a dit que je pouvais y aller.

— Eh bien, tu ne m'y verras guère. Merci bien ! T'avoir tout le temps sur le dos !

— Es-tu le seul au monde qui ira à Yale l'année prochaine ? Je ne perdrai pas mon temps à t'attendre à la sortie des cours pour te voir. Et ce n'est pas avec des étudiants de première année que je bavarderai, assise sur la barrière de la Pelouse. J'irai dans des endroits où tu ne seras pas admis avant trois ans, à moins de faire un éclat. Ne te tourmente pas à mon sujet. Qui est-ce qui a été invitée l'année dernière à assister aux Promotions, seulement Hank n'a pas permis que j'y aille ? Qui est-ce qui a assisté au match, l'automne dernier, dans une tribune, pendant que tu étais perché avec un tas de journalistes, tout en haut, sous la pluie ?

— Tu n'as pas assisté aux Promotions ?

— Parce que Hank ne me l'a pas permis. Mais j'y serai l'année prochaine, tu peux te le tenir pour dit.

— Oh ! tais-toi un moment, dit son frère avec lassitude. Ces dames ont peut-être envie de parler.

Deux heures.

Le remorqueur était là, accroupi sur ses câbles, surgi comme par magie, telle une image projetée sur l'écran pendant que l'on tournait la tête.

— Regardez ce bateau, dit Mark Frost.

— C'est le remorqueur ! cria derrière lui Mrs. Maurier.

Et se penchant sur l'escalier, elle hurla :

— Le remorqueur ! Le remorqueur est arrivé.

— Le remorqueur ! Le remorqueur ! crièrent tous les autres.

— Il a fini par venir ! Il est venu pendant que nous déjeunions ! dit Mrs. Maurier. Est-ce que quelqu'un... le capitaine... A-t-il été averti ? Mr. Talliaferro ?

— Certainement, dit Mr. Talliaferro avec une alacrité polie en grimpant l'escalier à toute vitesse. Je vais appeler le capitaine.

Les autres le suivirent sur le pont qu'il parcourut en criant :

— Capitaine ! Oh ! Capitaine !

Mais il ne le vit nulle part et le rouf était vide.

— Il doit dormir, dit-il aux autres passagers.

— Il ne devrait pas dormir à cette heure-ci, dit Mrs. Maurier, et justement quand le remorqueur arrive et qu'on pourrait partir tout de suite !

— Eh bien, et Gordon ? dit Mark Frost.

Miss Jameson lui serra le bras :

— Partons d'abord, dit-elle.

— Le capitaine doit dormir dans sa cabine, dit Mr. Talliaferro.

— Oui, il doit dormir... Si l'un de ces messieurs... dit Mrs. Maurier.

— J'y vais, dit Mr. Talliaferro.

Mrs. Maurier agita son mouchoir en direction du remorqueur qui l'ignora.

— En attendant, dit Fairchild, nous pourrions nous

préparer ; tout devrait être prêt lorsqu'ils commenceront à nous tirer.

— En effet, dit Mark Frost. Descendons emballer nos affaires.

— Ah ! mais nous n'allons pas rentrer ! La croisière est à peine commencée, mes amis !

Ils regardèrent tous Mrs. Maurier qui roulait des yeux désolés. Elle finit par dire bravement :

— Non, bien sûr que non... si vous n'en avez pas envie... Mais le capitaine... nous devrions nous tenir prêts.

— Eh bien, allons nous préparer, dit Mrs. Wiseman.

— Personne ne s'y connaît en navigation, sauf Fairchild, dit Mark Frost.

Mr. Talliaferro revint sans le capitaine.

— Moi ? dit Fairchild. Talliaferro a traversé tout l'océan. Et puis, il y a le Major Ayers ; tous les Britanniques se font les dents sur des chaînes d'ancres et des épissoirs.

— Voulez-vous, jusqu'à ce qu'il apparaisse, remplacer le capitaine ? demanda Mrs. Wiseman.

— Messieurs, mesdames, dit Mr. Talliaferro, Mr. Fairchild fait momentanément fonction de capitaine... Il ne semble pas être à bord, murmura-t-il à l'oreille de Mrs. Maurier.

— Que suis-je supposé faire ? demanda Fairchild en jetant autour de lui des regards comiquement effarés. Sauter par-dessus bord avec une pelle et retirer le sable ?

— Les autres dames et moi avons déjà eu cette idée, dit Mrs. Wiseman ; elle ne vaut rien. Vous devriez en avoir une meilleure, vous qui nous avez si souvent fait sentir votre supériorité depuis une semaine.

— Il me semble que nous devrions enrouler des cordes ou quelque chose de ce genre, dit Miss Jameson. C'est ce qu'on fait dans toutes les histoires de navigation que j'ai lues.

— Très bien, dit Fairchild ; enroulons les cordes ; où sont-elles ?

— A vous de le savoir, dit Mrs. Wiseman ; vous êtes capitaine à présent.

— Eh bien, nous allons trouver des cordes et les enrouler. Vous nous y autorisez, Mrs. Maurier ?

— Non, sérieusement, dit-elle de sa voix étonnée. N'y a-t-il rien que nous puissions faire ? Agiter un drap en guise de signal ? Ils peuvent ne pas savoir quel bateau ils doivent remorquer.

— Oh ! ils doivent le savoir. En tout cas, nous allons enrouler des cordes et nous apprêter à les recevoir. Allons, venez, les hommes.

Il rassembla sa troupe diminuée et la fit descendre à sa cabine pour lui administrer les stimulants nécessaires.

— Le Major Ayers devrait s'y entendre en navigation ; tous les Britaniques ont cela dans le sang.

— Les bateaux américains présentent des caractères amphibies qui manquent aux nôtres, objecta le Major. La moitié du voyage se fait à terre, vous comprenez, expliqua-t-il laborieusement.

Fairchild lui donna raison et précéda ses hommes sur le pont, se dirigeant vers l'avant où son instinct lui disait que les cordes se trouvaient.

— Je me demande où est le capitaine, dit-il. Il n'est sûrement pas noyé. Qu'en pensez-vous ?

— Je ne le crois pas, répondit le Sémite. Il est payé pour ça... Tiens, voilà un canot !

L'embarcation venait du remorqueur, elle s'arrêta le long du yacht et le capitaine enjamba le bastingage. Un étranger l'accompagnait. Ils descendirent sans hâte, laissant les paroles de Mrs. Maurier dans l'air comme d'inutiles oiseaux sans compagne.

— Allons, préparons-nous, dit Fairchild à ses hommes ; attachons une corde à quelque chose.

Ils le firent au moyen de nœuds nombreux et compliqués ; puis, le Major découvrit qu'ils l'avaient attachée au manche d'une manivelle si lâchement emboîtée qu'elle ne pouvait manquer de céder à la première traction. Alors, ils la détachèrent, et ayant trouvé quelque chose de fermement fixé au pont, ils l'y fixèrent.

Bientôt, le capitaine et l'étranger, une courte pipe à la main, remontèrent sur le pont et les regardèrent travailler.

— Nous tenons la bonne corde, dit Fairchild tout bas à ses compagnons. Est-ce bien ainsi, capitaine ? demanda-t-il en se redressant, le dernier nœud achevé.

— Très bien, répondit le capitaine. Puis-je vous demander du feu ?

Fairchild leur donna une allumette. L'étranger alluma sa pipe ; ils se réembarquèrent dans le canot et s'éloignèrent. Ils étaient à peine partis, qu'un marin du nom de Walter les appela ; ils firent demi-tour et revinrent le chercher. Puis ils regagnèrent le remorqueur.

— Il a dit que c'était la bonne corde, dit Fairchild ; nous n'avons pas besoin de rester là.

Ils allèrent rejoindre les dames à l'arrière. Le canot revint, avec un nègre qui transpirait abondamment et se tint contre la coque du yacht pendant qu'abordaient le nommé Walter et un autre étranger. Ils tenaient une corde qui traînait dans l'eau derrière eux.

Tous les passagers regardèrent Walter et son compagnon attacher leur corde à l'avant après avoir enlevé celle de Fairchild. Puis Walter et son ami descendirent.

— Croyez-vous qu'ils aient trouvé notre whisky ? demanda Fairchild au bout d'un moment.

— Je pense que non, dit le Sémite. J'espère que non, rectifia-t-il.

Et ils retournèrent tous ensemble regarder le canot où le nègre, sans se soucier d'eux, mangeait d'un grand objet gris. Pendant qu'ils l'observaient, Walter et son compagnon revinrent et l'étranger cria vers le remorqueur en se faisant un porte-voix de ses mains. On finit par lui répondre, et l'autre bout de la corde qu'ils venaient de fixer au yacht, glissa du pont du remorqueur et tomba lourdement à l'eau. Walter et son compagnon le remontèrent à bord du yacht et l'enroulèrent tout mouillé et ruisselant. Puis, accoudés au bastingage, ils jetèrent la corde dans le canot, y sautèrent eux-mêmes tandis que le nègre, mettant de côté son étrange objet comestible, prenait les avirons et les ramenait au remorqueur.

— Vous vous étiez de nouveau trompé, dit Mark Frost avec une ironie sépulcrale. Essayez d'une autre corde.

— Attendez, dit Fairchild ; attendez seulement dix

minutes avant de parler. Nous serons sous pression dans dix minutes... Tiens, d'où vient ce bateau ?

Dans l'après-midi somnolent, le bruit saccadé d'un moteur se faisait entendre quelque part, au loin, sur le lac. Venu on ne savait quand ni d'où, un esquif accostait le yacht ; l'homme qui le manœuvrait, un paludéen coiffé d'un chapeau de femme en paille noire tout délabré, s'accrocha au bastingage et demanda :

— Où est le noyé ?

— Nous ne le savons pas, répondit Fairchild. Nous l'avons perdu de vue entre ici et la rive.

— Y a-t-il une récompense ?

— Une récompense ? répéta Fairchild.

— Oui, dit Mrs. Maurier ; il y a une récompense ; j'en ai offert une.

— Combien ? demanda l'homme.

— Trouvez-le d'abord, dit le Sémite. Vous pouvez être tranquille ; il y aura une récompense.

— Avez-vous déjà fait draguer pour le retrouver ? demanda l'homme.

— Non, dit Fairchild ; nous venons seulement de commencer nos recherches. Allez jeter un coup d'œil dans les environs ; nous allons prendre notre canot pour vous aider.

L'homme poussa son bateau et se mit à ramer. Le bruit du moteur se rapprochait de plus en plus ; bientôt on aperçut la pétrolette, avec deux hommes à son bord ; elle modifia sa direction et mit le cap sur l'esquif. Les deux bateaux restèrent un certain temps accolés, puis ils se séparèrent, et, à peu de distance l'un de l'autre, se mirent à avancer lentement pendant que leurs occupants piquaient le fond du lac avec le bout de leurs rames.

— Regardez-les, dit le Sémite ; on dirait des vautours. Avant une heure, il y aura sans doute ici une douzaine de bateaux. Comment supposez-vous qu'ils en aient été instruits ?

— Dieu le sait, répondit Fairchild. Rassemblons notre équipage et aidons-les à chercher. Nous ferions bien de prendre avec nous les hommes du remorqueur.

Ils crièrent à tour de rôle assez longtemps ; enfin un

homme apparut au bastingage du remorqueur, les regarda d'un air apathique et s'éloigna. Peu après, un canot s'en détacha et amena à bord du yacht un homme qui, à la suite d'une consultation générale, attacha à l'avant de la *Nausicaa* une autre corde, plus sale que la première. Puis, accompagné de Walter, il retourna au remorqueur, filant la corde derrière eux sous les yeux ébahis de Mrs. Maurier et de ses invités. Se ressaisissant, Fairchild dit :

— Montons dans notre canot.

Il choisit ses hommes, ils rassemblèrent tous les avirons disponibles et s'apprêtèrent à s'embarquer.

— Voilà le canot du remorqueur qui revient, dit Mark Frost.

Le compagnon de Walter qui s'y trouvait, demanda :

— Où est-il le type que vous avez noyé ?

— Je vais aller avec eux, dit Fairchild, et je les dirigerai, et vous autres, vous nous suivrez ; plus les chasseurs sont nombreux, mieux cela vaut.

L'un derrière l'autre, les deux canots reprirent le chemin fait la veille. Les deux autres bateaux occupés à la même recherche, étaient un peu en avant d'eux. Tout l'après-midi, les quatre équipages piquèrent inlassablement du bout de leurs rames le fond du lac, sous un soleil voilé, comme las de sa propre chaleur, dans le silence engourdissant que rompait seul le clapotement de l'eau. Les heures se traînaient, lentes et monotones. Finalement, comme des moutons qui tendent à se rassembler, les quatre bateaux s'approchèrent involontairement les uns des autres. La pétrolette gratta la coque de l'embarcation où se trouvait Fairchild ; il leva la tête, clignant des yeux, et demanda :

— Etes-vous un fantôme ou en suis-je un moi-même ?

— J'allais vous poser cette question, répondit Gordon, assis dans la pétrolette.

Ils se dévisagèrent sans rien dire.

— Est-ce tout ce dont vous aviez besoin ? demanda Walter avec un dégoût poli, les arrachant à leur stupeur, ou bien faut-il continuer ?

Fairchild éclata d'un rire nerveux, immodéré.

Quatre heures.

Le paludéen avait attaché son esquif à la pétrolette du gros homme et ils étaient partis, maussades et dépités, sans récompense ; le remorqueur avait poussé un dernier coup de sifflet ironique et leur avait montré son vilain arrière carré où le nègre mordait à nouveau dans son objet gris, et il avait disparu. La *Nausicaa,* libérée, avançait rapidement vers le large.

Mrs. Maurier l'avait regardé, avait levé les mains avec un mouvement de recul et s'était détournée sans le saluer.

— Mais je vous ai vu sur le pont après notre retour au yacht, répéta Fairchild avec un étonnement obstiné, en ouvrant une nouvelle bouteille.

— Ce n'est pas possible, dit Gordon. J'ai quitté le canot au milieu de l'agitation causée par la chute de Talliaferro.

Il refusa d'un geste le verre que lui offrait Fairchild.

— Je vous l'avais bien dit, fit triomphalement le Sémite.

— Mais je l'ai vu... recommença Fairchild.

— Si vous le répétez encore une fois, je vous tue, dit le Sémite.

Et, s'adressant à Gordon :

— Et vous avez cru que Fairchild s'était noyé ?

— Oui. L'homme qui m'a ramené — j'étais tombé par hasard ce matin sur sa maisonnette — en avait été informé je ne sais comment. La nouvelle a dû se répandre tout le long du port. Il ne se souvenait pas du nom ; quand j'ai énuméré les invités et prononcé le nom « Dawson Fairchild », il a dit que c'était ça. Il a confondu Dawson et Gordon, vous comprenez.

Fairchild se remit à rire, d'un rire d'hystérique ; ses mains tremblaient ; son verre heurta la bouteille et une lampée d'alcool se répandit par terre.

— Le voilà revenu, dit-il entre ses hoquets, après avoir passé une demi-journée à chercher son propre cadavre...

Le Sémite lui retira la bouteille et le verre, le poussa sur la couchette et dit :

— Allons, asseyez-vous et buvez ça.

Fairchild but docilement le whisky. Se tournant vers Gordon, le Sémite demanda :

— Qu'est-ce qui vous a fait revenir ? Pas simplement d'apprendre que Dawson s'était noyé, si ?

Fairchild lui toucha le genou en guise d'avertissement.

— Là n'est pas la question, dit-il. La question est de savoir si oui ou non nous allons prendre une cuite. Je suis d'avis que oui.

— D'accord, dit l'autre. Il faut que Gordon célèbre sa résurrection.

— Non, dit Gordon, je n'en veux pas.

Le Sémite protesta, mais Fairchild le pinça pour lui imposer silence ; quand Gordon se dirigea vers la porte, il le suivit dans le couloir.

— Elle est revenue aussi, lui dit-il.

Gordon baissa sur lui son maigre visage barbu, son visage de faucon arrogant de timidité et d'orgueil et répondit :

— Je le sais. (« Votre nom est comme une petite cloche d'or dans mon cœur. ») L'homme qui m'a ramené est celui qui les a ramenés hier.

— Vraiment ? dit Fairchild. Il fait de bonnes affaires avec les déserteurs, on dirait…

— Oui, répondit Gordon.

Et il s'éloigna avec, dans son cœur, une légèreté chantante et une joie brillante comme des ailes.

Comme cet autre après-midi, le pont était désert. Il attendit patiemment, enveloppé de son rêve heureux, son cœur amer si jeune encore oublieux d'hier et de demain ; et bientôt, en réponse à son attente, elle arriva, jambes nues, la marche moulant sa robe sur elle, et, avec une grave surprise, elle lui tendit sa dure main hâlée.

— Alors, vous vous êtes sauvé ? dit-elle.

— Vous aussi, lui dit-il au bout d'un intervalle rempli d'une belle chose pure, argentée.

— C'est vrai ; nous sommes les seuls, sur ce bateau, qui ayons un peu de cran. Mais vous êtes revenu, dit-elle d'un ton accusateur.

— Vous aussi, lui dit-il au milieu du frémissement silencieux de ses ailes d'argent.

Cinq heures.

— Enfin, nous voilà de nouveau en marche, répétait périodiquement Mrs. Maurier, guettant les bruits vaguement joyeux et inquiétants qui montaient par l'échelle de coupée.

Mrs. Wiseman remarqua sa préoccupation et prêta l'oreille, elle aussi.

— Recommenceraient-ils ? dit-elle.

— Je crains que oui, répondit l'autre, l'air malheureux.

Mr. Talliaferro hasarda :

— Je ferais peut-être bien...

Mrs. Maurier l'immobilisa d'un regard, et Mrs. Wiseman dit :

— Les pauvres garçons ont été bien éprouvés ces derniers jours.

— Les hommes sont toujours des hommes, dit Mr. Talliaferro qui écoutait avec envie ces bruits d'agape fraternelle.

— Mais, du moins, nous avançons de nouveau, dit Mrs. Maurier, froidement détachée.

Six heures.

Le soleil couchant moirait d'or l'eau fuyante, l'élégance luisante de l'acajou et des cuivres du bord et les ailes d'argent qui frémissaient dans son cœur se teintaient d'or et de rose, tandis qu'il regardait le sommet de sa tête et ce corps asexué appuyé au bastingage d'une manière à la fois émouvante et comique, dans la même attitude que lui.

— Savez-vous, lui demanda-t-il, ce que Cyrano a dit un jour ? *Il y avait une fois un roi qui possédait tout : puissance, gloire, richesse, splendeur et tranquillité. Assis au crépuscule dans sa cour de marbre où chantaient l'eau et les oiseaux, à l'ombre des palmiers immobiles, il regardait, au-delà des dômes pâlissants de sa cité, les frontières mauves de ses terres.*

— Non, de quoi s'agit-il ? dit-elle.

Mais il ne lui répondit qu'en abaissant sur elle le regard gênant et caverneux de ses yeux.

— Que disait-il ? Est-ce qu'il était amoureux d'elle ? demanda-t-elle.

— Je le crois... Oui, il était amoureux d'elle. Et elle ne pouvait pas non plus le quitter.

— Pourquoi ? Que lui avait-il fait ? L'avait-il enfermée à clé ?

— Peut-être qu'elle n'avait pas envie de partir.

— Elle était joliment gourde alors. Etait-il assez bête pour croire qu'elle n'en avait pas envie ?

— Il ne voulait pas courir de risques. Il l'avait enfermée... dans un livre.

— Dans un livre ? répéta-t-elle.

Puis, le comprenant :

— Oh ! c'est cela que vous avez fait, n'est-ce pas ? avec cette jeune fille de marbre, sans bras ni jambes ? N'en préféreriez-vous pas une qui soit vivante ? Vous n'avez pas de petite amie ?

— Non, répondit-il. Comment le saviez-vous ?

— Vous avez l'air si minable, dit-elle, si malheureux. Aucune femme ne désire perdre son temps avec un homme qui se contente d'un morceau de bois ou de pierre. Vous devriez sortir de vous-même. Un beau jour, vous éclaterez soudain à moins que vous ne vous desséchiez tout simplement... Quel âge avez-vous ?

— Trente-six ans.

— Bon sang ! Trente-six ans et vous vivez dans un trou avec un bloc de pierre comme un chien avec un vieil os. Bon sang ! Pourquoi ne vous en débarrassez-vous pas ? Donnez-le-moi, voulez-vous ?

— Non.

— Alors, je vous l'achèterai.

— Non.

— Je vous en donnerai dix-sept dollars. Argent comptant.

— Non.

Elle le regarda avec une exaspération patiente.

— Eh bien, qu'allez-vous en faire ? Avez-vous une raison de le garder ? Vous ne l'avez pas volé ? Ne me dites pas que vous n'avez pas l'emploi de dix-sept dollars, étant donné votre façon de vivre. Je parie que vous ne possédez pas cinq dollars, à cette heure. Je parie que vous avez accepté de faire cette croisière à cause de la nourriture... Je vous en donnerai vingt dollars et dix-sept comptant.

Il continua à la regarder comme s'il ne l'entendait pas... *Et le roi dit à l'esclave accroupi à ses pieds : Halim ! — Seigneur ? — Je possède toutes les choses, n'est-ce pas ? — Tu es le fils du Matin, Seigneur. — Alors, écoute, Halim : j'ai un désir...*

— Vingt-cinq, dit-elle en lui secouant le bras.

— Non.

— Non, non, non, non ! fit-elle en martelant le bastingage de ses deux poings bronzés. Vous me mettez tellement en colère ! Ne pouvez-vous rien dire d'autre que non ? Vous... vous...

Elle le foudroya de ses graves yeux opaques et prononça la phrase que Jenny lui avait apprise. Il lui saisit les coudes ; elle se raidit, les yeux toujours fixés sur le visage de Gordon. Il sentait les petits muscles durs de ses bras.

— Qu'allez-vous faire ? demanda-t-elle.

Il la souleva et elle se mit à se débattre. Mais il la porta de l'autre côté du pont, s'assit sur un transatlantique et la mit sur ses genoux, face au plancher. Pleine d'une rage silencieuse, elle lançait des coups de pied ; mais il la tenait si fermement qu'elle cessa de lutter ; elle lui mordit la jambe à travers l'étoffe rugueuse de son pantalon, en se démenant comme un chiot enragé. Il tendit sa robe sur ses cuisses et la fessa fortement.

— J'ai parlé sérieusement ! cria-t-elle, furieuse et sans larmes.

Quand il lui eut fait lâcher prise et qu'il l'eut assise sur ses genoux, il y avait un petit ovale mouillé sur son pantalon.

— Je parlais sérieusement ! répéta-t-elle, raidie et rageuse.

— Je le sais bien ; c'est pourquoi je vous ai donné le fouet. Non parce que vous l'avez dit, mais parce que vous avez interverti les genres. Je vous ai fouettée parce que vous vouliez le dire, que vous sachiez ou non comment l'exprimer.

Tout à coup, elle se détendit et se mit à pleurer ; il la tenait serrée sur sa poitrine. Mais ses larmes s'arrêtèrent brusquement, et elle demeura immobile pendant que lentement, fermement, mais avec légèreté, il lui palpait le visage. *Ce n'est pas comme une musique de cuivres et de cordes accompagnant des danseuses voluptueuses ; non, Halim, ce n'est pas une pâle vierge de Tal aux ongles peints avec du miel et de la myrrhe habilement placés sous sa langue. Ce n'est pas non plus le parfum de la myrrhe et des roses parcourant, pour l'amollir, la moelle des os d'un homme... Attends, Halim : un jour, j'étais ? N'est-ce pas vrai ? C'est l'aube, dans les hautes collines froides ; l'aube se lève comme un vent, parmi les pures collines, et le vent apporte le chant des pipeaux des bergers avec l'odeur de l'aube et des amandiers. N'est-ce pas ainsi ? — Oui, Seigneur. Je te l'ai dit : j'y étais.*

— Etes-vous cajoleur en même temps que brutal ? demanda-t-elle en se raidissant de nouveau.

Il suivait du doigt le tracé de ses pommettes, de sa mâchoire, reconnaissant les muscles.

— *Alors, écoute, Halim : je désire une chose qui m'aurait éveillé, même inexistant, si j'en avais eu conscience ; une chose que, même mort, je me serais rappelée et qui m'aurait fait me cramponner à ce monde, fût-ce sous les haillons d'un mendiant ; oui, je préfère cette chose à être roi parmi les rois goûtant les sons doux et parfumés du paradis. Trouvez-moi cette chose, ô Halim !*

— Dites-moi, fit-elle, curieuse et sans crainte. Pourquoi faites-vous cela ?

— J'apprends votre visage.

— Vous apprenez mon visage ? Allez-vous me reproduire en marbre ? Pouvez-vous faire un marbre avec ma figure ?

— Oui.

— Puis-je l'avoir ?... Faites-en deux, alors. Et si vous ne voulez pas faire ça, donnez-moi l'autre, celui qui est chez vous, et je poserai pour rien. Qu'en pensez-vous ?

— Peut-être.

— J'aimerais mieux avoir l'autre que mon propre portrait. Avez-vous bien appris mon visage ? Apprenez-le bien, dit-elle en levant la tête vers lui.

— *Or, ce Halim était un vieil homme, si vieux qu'il avait beaucoup oublié. Il avait tenu ce roi sur son premier poney, marchant patiemment à ses côtés par les rues et les chemins ; il avait protégé le jeune prince contre les dangers de mort multiples que fait naître l'esprit inventif des garçons ; il l'avait défendu contre les inévitables admonestations paternelles. Et maintenant, il était assis, ses mains grises posées sur ses genoux maigres, sa tête grise penchée sur ses mains, pendant que la nuit tombait sur les dômes immaculés de la ville, faisant taire les oiseaux, si bien que le silence mauve de la cour n'était plus troublé que par l'éclaboussement du jet d'eau et le bruissement des palmiers sous la brise. Au bout d'un moment, Halim parla : « Ah, Seigneur ! dans les collines de Géorgie, j'ai aimé cette jeune fille, quand j'étais adolescent. Mais il y a très longtemps, et elle est morte. »*

Immobile contre sa poitrine, pendant que le soleil enfonçait ses cornes de cuivre dans le lac, elle dit :

— Vous êtes un drôle d'homme... Je me demande si je saurais sculpter ? Si j'apprenais votre visage ?... Eh bien, non, j'aime autant rester sans bouger. Il est bien plus confortable d'être couchée sur vous que l'on pourrait le supposer. Seulement, je crois que vous devez commencer à être fatigué ; je ne suis pas un oiseau-mouche. N'êtes-vous pas fatigué de me tenir ?

Il remua la tête et la regarda de ses yeux caverneux et gênants. Elle essaya de donner une expression particulière à son regard, en même temps qu'elle prenait une attitude en quelque sorte invitante, si évidemment théâtrale et fausse qu'elle ne servait qu'à accentuer son air grave et naturellement asexué.

— Pourquoi vous donnez-vous tant de mal pour me séduire ? demanda-t-il.

— Zut ! dit-elle en se dégageant et en se remettant debout. Alors vous ne voulez pas me le donner ? C'est non ?

— Non, dit-il calmement.

Elle s'éloigna, s'arrêta et se retourna :

— Vingt-cinq dollars ? dit-elle.

— Non.

Elle dit encore « Zut ! » et, silencieusement, en foulant le pont de ses pieds nus, elle disparut. (Votre nom est comme une petite cloche d'or dans mon cœur et quand je pense à vous...) La *Nausicaa* filait. La nuit vint brusquement ; une étoile brilla.

Sept heures.

Il s'était accoutumé à le sentir dans son dos, contre le dossier de sa chaise ; il était sûr que, là, rien ne pouvait lui arriver. Sans doute, dans ce petit recoin, il eût été en sécurité, mais changer maintenant, après tant de jours, serait comme parier pour et contre... Et d'un autre côté, supporter les taquineries de ces deux vieux bonzes... Il s'arrêta à la porte du salon. Les autres étaient déjà très avancés dans leur dîner, mais devant chacune des quatre places vides, il y avait l'éternel pamplemousse. Il n'arrivait donc pas le dernier ; il aurait eu le temps d'aller encore le déposer dans sa cabine. Et si l'un de ces ivrognes le jetait par le hublot, pour s'amuser ?

Mrs. Wiseman circulait avec un plateau.

— Libérez le passage, dit-elle.

Il s'effaça le long du mur pour la laisser passer ; à cet instant, la nièce tourna la tête et l'aperçut :

— Dépêchons-nous, dit-elle, et il entendit le bruit d'autres pas qui s'approchaient.

Il hésita une seconde, puis fourra son chapeau dans le petit retrait entre les deux planches. Ce soir, il courrait le risque de toute façon ; il pouvait ne pas le perdre de vue. Il s'assit.

La troupe de Fairchild pénétra dans le salon, animée d'une jovialité cordiale, mais ils sombrèrent dans la consternation à la vue des pamplemousses.

— Mon Dieu ! dit Fairchild.

— Asseyez-vous, Dawson, commanda Mrs. Wiseman d'un ton bref. Nous avons déjà entendu à ce sujet autant de plaisanteries que nous pouvons en supporter.

— Tout à fait d'accord, dit Fairchild ; c'est même ce que pensent Julius, le Major Ayers et moi à chaque repas. Et cependant, que voyons-nous quand nous venons à table ?

— Mon premier est une divinité grecque, dit Mark Frost... il est un peu tôt pour jouer aux charades, peut-être ?

— Quoi ! dit le Major en regardant alternativement Mark Frost et Fairchild. C'est « pamplemousse », n'est-ce pas ?

— Mais nous en avons tellement, expliqua Mrs. Maurier. On est supposé ne jamais s'en lasser.

— Gagné, dit Fairchild solennellement. Le Major Ayers l'a deviné du premier coup. Moi, je n'en étais pas tout à fait certain. Mais on ne peut pas rouler le Major ; un homme qui a autant voyagé. Pas avec un simple pamplemousse, en tout cas. Vous avez dû tirer sur des montagnes de pamplemousses en Chine et aux Indes, n'est-ce pas, Major ?

— Asseyez-vous, Dawson, répéta Mrs. Wiseman. Faites-les asseoir, Julius, ou alors, allez tous à la cuisine, si vous êtes décidés à ne rien faire d'autre que parler.

Fairchild s'assit précipitamment et dit :

— Ça ne fait rien, nous le supporterons ; du moment que les dames en sont capables. Le corps humain supporte n'importe quoi. Il peut s'enivrer et passer la nuit à danser ; il peut consommer caisse sur caisse de pam...

Mrs. Wiseman se pencha et lui enleva son pamplemousse.

— Puisqu'ils n'en veulent pas, dit-elle à Miss Jameson, prenez celui-ci aussi.

Elles retirèrent aussi le pamplemousse qui était placé devant le Major, et Mrs. Wiseman posa bruyamment leurs assiettes sur le plateau. En passant devant la table pliante, elle la heurta avec sa hanche : « Flûte ! » dit-elle. Et elle rabattit la planche contre la cloison. Le chapeau de Pete glissa par terre ; elle le repoussa vers le mur du bout de son pied.

— Oui, messieurs, répéta Fairchild, le corps humain peut supporter bien des choses, mais s'il me fallait manger encore un pamplemousse... Dites donc, Julius, figurez-vous qu'en examinant mon dos, aujourd'hui, j'ai constaté que ma peau devenait sèche et rugueuse avec une teinte jaunâtre. Si cela continue, bientôt je n'oserai pas plus me déshabiller en public qu'Al Jack...

— Attention ! s'écria Mark Frost en se levant ; je m'en vais d'ici.

— ... son n'oserait enlever ses souliers devant témoins, continua Fairchild.

Mrs. Wiseman revint ; les poings sur les hanches, elle considérait avec dégoût la tête mal peignée de Fairchild.

— Tout le monde a fini, dit-elle ; nous allons monter sur le pont.

— Non, dit Mrs. Maurier. Mr. Fairchild !

— Continuez, dit la nièce ; que racontez-vous d'Al Jackson ?

— Taisez-vous, Pat, dit Mrs. Wiseman. Venez, vous autres. Laissons-les radoter entre eux. Et si on les enfermait, qu'en dites-vous ?

Mrs. Maurier, faisant preuve d'autorité, se leva et dit :

— Mr. Fairchild, je ne peux tolérer... si vous devez persister à vous conduire ainsi, je préfère quitter le salon. Ne voyez-vous pas combien il est éprouvant... enfin difficile...

Au-dessous de ses yeux suppliants, ses multiples mentons se mirent à trembler.

Mrs. Wiseman lui toucha le bras :

— Venez, lui dit-elle ; vous voyez bien qu'il est inutile de discuter avec eux en ce moment. Venez, ma chère.

Elle tira la chaise de Mrs. Maurier ; la vieille femme fit

un pas et s'arrêta brusquement, se cramponnant à son bras.

— J'ai marché sur quelque chose, dit-elle, en scrutant le plancher de ses yeux myopes.

Pete se leva et poussa une sorte de cri furieux et inarticulé.

— Le vieux Jackson, reprit Fairchild, prétend descendre en ligne droite du vieux Hickory. Bonne vieille famille du Sud, avec tout l'orgueil qui caractérise ces familles-là. Jackson en a sa part, et c'est pour cela qu'il refuse de se déchausser devant les gens. Je vous en expliquerai la raison une autre fois. Donc, le vieux Jackson était comptable ou quelque chose d'analogue, je crois... enfin, avec un faible salaire ; et il avait une nombreuse famille à nourrir. Désireux d'améliorer sa situation en travaillant le moins possible, comme il était naturel au descendant d'une bonne vieille famille du Sud, il eut l'idée d'élever des moutons dans ces marécages de la Louisiane. Il avait remarqué combien la végétation est plus luxuriante sur les arbres dans les pays marécageux et il en avait conclu que la laine des moutons élevés dans les marais devait être également plus touffue. Il renonça à son emploi de comptable, loua quelques centaines d'hectares de marais sur les rives du Tchufuncta et il y mit des moutons qu'il avait achetés avec l'argent que lui avait laissé un oncle de sa femme, un type d'une vieille famille aristocratique et un peu lunatique du Tennessee. Mais ses moutons commencèrent tout de suite à se noyer et, alors, il eut l'idée de leur fabriquer des ceintures de sauvetage avec de petits barils de bois qui provenaient aussi de l'héritage de l'oncle du Tennessee ; ainsi, pensait-il, quand les moutons s'égareraient en eau profonde, ils pourraient flotter jusqu'à ce que le courant les ramenât. Ce système fonctionna très bien ; et pourtant, ses moutons continuaient à disparaître, c'est-à-dire les brebis et les agneaux. Alors, il découvrit que c'étaient les alligators...

— Oui, murmura le Major Ayers, ce vieux Hickory !

— ... qui les guettaient. Il confectionna des cornes de bélier en bois et en attacha une paire à chaque agneau lors de sa naissance. Grâce à ce procédé, les pertes subies du fait des alligators devinrent insignifiantes.

« Au bout d'un certain temps, les ceintures de sauvetage s'usèrent, mais, dans l'intervalle, les moutons ayant appris à nager, le vieux Jackson jugea inutile de leur refaire des ceintures. Les moutons s'étaient mis à aimer l'eau à tel point que les agneaux n'en sortaient qu'aux heures de leurs repas, et, la première fois qu'il voulut les tondre, il dut, avec ses hommes, les rassembler en bateau. Mais à la période de tonte suivante, les moutons ne sortaient même pas de l'eau pour manger. Jackson et ses hommes étaient obligés de placer des baquets de nourriture flottant sur les bayoux. Cette seconde génération d'agneaux savait également plonger ; on n'en voyait jamais un seul sur terre ; on apercevait seulement leurs têtes, tandis qu'ils nageaient à travers les marécages.

« Finalement, quand vint le moment de la troisième tonte, les moutons nageaient plus vite que le vieux Jackson et ses hommes dans leurs bateaux, et les jeunes plongeaient et se sauvaient. Il dut emprunter un bateau à moteur. Lorsqu'après une longue poursuite, ils réussirent à fatiguer l'un des moutons et à s'en saisir, il découvrirent que seul le dessus de son dos portait de la laine ; sur le reste du corps, il avait des écailles, comme un poisson. Et quand ils attrapèrent finalement l'un des agneaux de printemps, ils constatèrent que sa queue s'était élargie et aplatie comme celle d'un castor et qu'il n'avait pas du tout de pattes. Tout d'abord, ils ne surent pas quelle était cette bête.

— Vraiment, fit le Major.

— Oui, monsieur, complètement atrophiée. Le temps passa, et la prochaine génération d'agneaux n'apparut point. Les oiseaux mangaient la nourriture placée dans les baquets, et quand revint l'époque de la tonte, ils ne purent même pas attraper un seul mouton avec la pétrolette. Ils n'en avaient pas vu un seul depuis trois semaines. Ils les savaient toujours là, car il les entendaient bêler à l'occasion, mais très loin dans le marais. De temps en temps, ils en prenaient un à la ligne avec des hameçons à requins qu'ils appâtaient avec des épis de blé ; mais pas beaucoup.

« Et bien, monsieur, plus le vieux Jackson pensait à ce marais plein de moutons, plus il enrageait. Il jurait qu'il les attraperait, dût-il acheter une pétrolette faisant du 75 à l'heure et un costume de scaphandrier pour lui et chacun de ses garçons. L'un de ses fils, le frère d'Al, s'appelait Claude. C'était un mauvais sujet : coureur, joueur, beau gaillard avec ça, sans esprit, mais avec beaucoup d'allure. Claude finit par décider son père à lui laisser la moitié de chacun des moutons qu'il attraperait. Il ne s'embarrassait jamais de bateaux ni de cannes à pêche ; il se déshabillait, entrait dans l'eau et les prenait à bras le corps.

— A bras le corps ? répéta le Major.

— Oui, il les acculait contre le talus et les tirait hors de l'eau avec ses mains nues. C'était tout Claude. Alors, ils s'aperçurent que les agneaux de cette année n'avaient plus du tout de laine, mais que leur chair était la meilleure chair de poisson qu'on pût manger dans toute la Louisiane ; comme ils avaient été partiellement nourris de blé, cela leur avait donné très bon goût. Et ce fut après cette découverte que le vieux Jackson cessa d'élever des moutons et se lança dans la pisciculture sur une grande échelle. Il savait que tant que Claude les attraperait, tout irait comme sur des roulettes ; il conclut des arrangements avec les marchés de la Nouvelle-Orléans et ils commencèrent à s'enrichir.

— Bon Dieu ! fit le Major Ayers qui prenait feu.

— Claude aimait ce travail. C'était une vie aventureuse qui lui convenait. Il cessa de boire, de jouer et de courir les filles ; on nota même une régression du vice assez nette dans le voisinage, et les jeunes filles l'attendaient en vain à l'entrée des salles de bal et sur le pas de leurs portes. Bientôt, il devint meilleur nageur que les vieux moutons, et, ayant à plonger si souvent pour rattraper les jeunes, il resta de plus en plus longtemps sous l'eau. Il y demeurait parfois une demi-heure ou davantage. Et bientôt il en arriva au point de ne sortir de l'eau que pour dormir et manger ; on s'aperçut alors que sa peau prenait un aspect bizarre et qu'il marchait comme s'il avait les genoux ankylosés. Peu après, il refusa de sortir de l'eau même pour manger ; on lui apportait son repas sur la berge ; il venait le prendre à la nage et repartait. Quelquefois il se passait plusieurs jours sans qu'on le vît. Mais il continuait à prendre les moutons et à les rassembler dans un parc que le vieux Jackson avait construit dans un bayou peu profond, et son compte en banque grossissait. De temps en temps, des morceaux de mouton à moitié mangés flottaient jusqu'au rivage. Le vieux Jackson crut que les alligators recommençaient à s'en emparer. Mais il ne lui était plus possible de leur mettre des cornes, parce que personne en dehors de Claude n'était capable de les attraper. Or, il y avait environ deux semaines qu'ils ne l'avaient pas vu, lorsqu'un jour une agitation anormale s'empara du parc à moutons. Le vieux Jackson s'y précipita avec deux de ses autres fils, et ils virent les moutons sauter dans tous les sens en essayant de regagner la terre ; puis, un gros alligator bondit hors du parc et le vieux Jackson comprit ce qui avait effrayé les moutons. Mais alors, juste derrière l'alligator, il vit Claude ; ses yeux semblaient s'être déplacés vers le côté de sa tête, sa bouche s'était un peu rentrée et ses dents s'étaient allongées. Le vieux Jackson comprit alors ce qui avait effrayé l'alligator. Mais ce fut la dernière fois qu'ils virent Claude.

« Peu de temps après, la peur des requins sévit dans toutes les stations balnéaires du Golfe. On disait que c'était un requin isolé qui tourmentait les baigneuses : il attaquait surtout les blondes ; alors on comprit que c'était Claude Jackson.

Fairchild s'était tu. La nièce poussa un cri de joie strident, se leva d'un bond et vint lui taper dans le dos. Les yeux ronds ineffables de Jenny étaient fixés sur lui, totalement vides de pensée. Le Sémite était affalé dans son fauteuil et s'était peut-être endormi. Le Major regarda longuement Fairchild.

— Pourquoi donc celui des alligators porte-t-il des bottes du Congrès ? demanda-t-il enfin.

Fairchild réfléchit quelques minutes :

— Il a les pieds palmés, dit-il sur un ton dramatique.

— Oui, dit le Major. (Il réfléchit à son tour.) Voyons, mais ce type qui s'est enrichi...

La nièce glapit de nouveau et regardait Fairchild avec admiration :

— Continuez, continuez, dit-elle. Parlez-nous de celui qui a volé l'argent, vous savez.

Fairchild la regarda avec bonté. Un air de musique sirupeux s'égrena dans le silence.

— Voilà le gramophone, dit-il. Montons sur le pont et dansons.

— Oh ! Racontez l'histoire de celui qui a volé l'argent, je vous en prie ! dit la nièce en lui mettant la main sur l'épaule.

— Une autre fois, promit-il en se levant. Maintenant allons danser.

Il secoua le Sémite, toujours affalé dans son fauteuil.

— Réveillez-vous, Julius. Je ne crains plus rien, maintenant.

Le Sémite ouvrit les yeux et le Major demanda :

— Combien ont-ils pu gagner avec leur élevage de poissons ?

— Pas autant que leur eût rapporté un laxatif breveté et au goût agréable. Tous les Américains n'aiment pas le poisson, vous savez. Montons, maintenant ; et livrons-nous à cette danse qu'on a voulu nous imposer tous les soirs.

Neuf heures

— Ecoutez-moi, dit la nièce en montant l'escalier avec Jenny. Vous vous rappelez ces phrases que nous avons échangées l'autre nuit ? Celle que vous m'avez permis d'employer si je vous laissais vous servir de la mienne ?

— Oui, dit Jenny, je me rappelle que nous avons fait un marché.

— L'avez-vous déjà employée ?

— Je ne me la rappelle plus, avoua Jenny... Du reste, j'en ai appris une autre, depuis.

— Vraiment ? Qui vous l'a dite ?

— L'homme aux yeux saillants, vous savez, l'Anglais.

— Le Major Ayers ?

— Oui. L'autre soir, il n'a cessé de me demander d'aller à Mandeville avec lui aujourd'hui. Et ce matin, il s'est conduit comme s'il croyait que je voulais sérieusement y aller avec lui. Il s'est comporté comme un fou.

— Qu'est-ce qu'il a dit ?

Jenny lui répéta un mélange de « pidgin english » et d'hindoustani que le Major avait dû recueillir sur la jetée-promenade de Singapour ou dans quelque endroit douteux des Etats malais ; mais dans la bouche de Jenny, cela ne semblait offrir aucun sens.

— Je ne vois pas du tout ce que cela veut dire. Etes-vous sûre que ce soit ce qu'il a dit ?

— C'est ce que j'ai entendu, dit Jenny.

— Les hommes jurent beaucoup avec vous, dit la nièce. Que leur faites-vous donc ?

— Mais rien, répondit Jenny ; je leur parle, simplement.

— Eh bien... Vous savez, vous pouvez reprendre la phrase que vous m'avez prêtée.

— L'avez-vous utilisée avec quelqu'un ? demanda Jenny avec intérêt.

— Je l'ai essayée sur ce rouquin de Gordon.

— Le noyé ? Qu'est-ce qu'il a dit ?

— Il m'a battue, dit la nièce en se frottant rétrospectivement. Il m'a battue comme plâtre.

— Mince alors ! dit Jenny.

Dix heures

Fairchild réunit sa garde, l'abreuva puis la ramena sur le pont. Les dames l'accueillirent avec un plaisir douteux. Mr. Talliaferro dansait avec Jenny ; la nièce et Pete, avec son chapeau endommagé, exécutèrent un pas compliqué avec une habileté presque professionnelle ; les autres passagers les regardaient.

— Sapristi ! s'écria Fairchild avec une admiration enfantine.

La nièce et Pete se tenaient l'un en face de l'autre, leurs corps rigides jusqu'à la taille, alors que leurs jambes semblaient voltiger dans toutes les directions à la fois ; leurs genoux paraissaient devoir toucher le sol. Puis, se prenant les mains, ils se mirent à tournoyer ensemble tout en continuant à frapper le sol de leurs talons à une vitesse folle.

— Eh ! Dites donc, Major ! Julius ! Venez ! Je crois que je saurais faire cela !

Il conduisit ses hommes à l'assaut. Mais à cet instant, le disque arriva à fin de course ; il ordonna au Sémite de s'occuper du gramophone, et, s'approchant de Pete et de la nièce :

— Mais vous êtes de véritables professionnels, dit-il. Pete, voulez-vous me la prêter pour cette danse ? Je voudrais qu'elle m'apprenne ce pas. Montrez-le-moi donc.

— Bien sûr, répondit la nièce ; je vous dois bien cela en remerciement de la belle histoire que vous avez racontée pendant le dîner... Ne vous en allez pas, Pete, dit-elle en lui posant la main sur le bras. Je vais lui montrer, et après il pourra s'exercer avec les autres ; ne vous sauvez pas, prenez Jenny, un moment, elle doit être fatiguée, l'autre s'instruit avec elle depuis une demi-heure. Alors, vous, Dawson. Regardez-moi.

Elle était complètement désossée.

Le Major Ayers galopait lourdement aux bras de Miss Jameson ; quand le disque s'acheva, elle haletait et proposa de rester assise pendant la prochaine danse, mais Fairchild l'entraîna de force. Il pensait avoir saisi le truc. « Nous allons mettre la vieille demoiselle au goût du jour », dit-il. Enflammé par son exemple, le Major s'offrit à conduire la nièce. Privé de Jenny, Mr. Talliaferro fut accepté par Mrs. Wiseman, et le Sémite faisait sa cour à la maîtresse de maison. Ils se mirent tous à chanter. Gordon était entré brusquement et les observait dans l'ombre. Fairchild l'aperçut :

— Venez, Gordon, cria-t-il, attrapez-en une !

Lorsque la musique cessa, Gordon fonça sur le Major Ayers. La nièce leva les yeux, surprise, et le Major se dirigea sur Jenny.

— Je ne savais pas que vous dansiez, dit la nièce.

— Pourquoi pas ? demanda Gordon.

— Je ne sais pas. Vous n'avez pas l'air de quelqu'un qui sait danser, dit-elle, et d'ailleurs, vous avez dit à tante Pat que vous ne dansiez pas.

— C'est vrai, dit-il en la regardant et il ajouta lentement : « Amère, c'est cela que vous êtes ; amère et neuve comme l'écorce d'un jeune arbre quand la sève monte. »

— Vous le donnerez ? demanda-t-elle.

Il garda le silence. Elle ne voyait pas distinctement son visage : rien que la silhouette de sa tête barbue.

— Pourquoi ne voulez-vous pas me le donner ?

Il ne répondait toujours pas et sa tête se détachait comme un mauvais bronze sur le ciel. Fairchild remit le gramophone en marche ; un saxophone gémit une obscénité. Elle leva les bras.

— Allons-y.

Quand le disque fut terminé, Fairchild et sa garde redescendirent ; Mr. Talliaferro sut trouver l'occasion de les rejoindre subrepticement. Ils remontèrent ensemble.

— Vous devriez faire attention, Talliaferro, lui dit Fairchild. Elle a l'œil sur vous. Je vous conseille de ne pas respirer dans sa figure si vous dansez avec elle.

De nouveau, il mena ses hommes à l'assaut. Les dames ébauchèrent un refus, mais Fairchild était partout à la fois, caressant, menaçant, insufflant la vie à la soirée. Mrs. Maurier cherchait le regard de Talliaferro, la nièce s'était, d'autorité, réemparée de Pete, et Gordon avait repris dans l'ombre son poste d'observateur dédaigneux et hautain.

Onze heures.

— Ecoutez, dit Mr. Talliaferro en pénétrant avec précaution dans la cabine et en acceptant un verre. Nous ferions bien de ne pas y aller trop fort, vous ne croyez pas ?

— Pourquoi ? demanda le Sémite.

— Ah ! ne vous en faites pas, dit Fairchild. Elle s'attend à cette conduite de notre part, et puis, nous voulons que cette croisière reste à jamais mémorable, n'est-ce pas, Major ? C'est Talliaferro, lui, qui devrait se modérer.

— Nous le surveillons, dit le Sémite.

— Encore un coup ? dit le Major.

Ils burent tous un coup de plus et remontèrent en bande sur le pont.

— Que faites-vous à la Nouvelle-Orléans, Pete ? demanda avec intérêt Miss Jameson.

— Une chose et l'autre, répondit prudemment Pete. Je suis dans les affaires avec mon frère.

— Vous devez avoir des quantités d'amis, je suppose ? Et les jeunes filles doivent toutes désirer danser avec vous. Vous êtes l'un des meilleurs danseurs que j'aie jamais vus ; presque un professionnel. J'aime tant la danse.

— Oui, dit Pete, rétif.

— Je me demande si nous ne pourrions pas nous retrouver un soir pour danser ? Je ne fréquente guère les boîtes de nuit, parce que aucun des hommes que je connais ne danse très bien. Mais avec vous, cela me plairait.

— Je pense..., dit Pete.

— Je vais vous donner mon adresse et mon numéro de téléphone, et vous n'aurez qu'à m'appeler un de ces jours, n'est-ce pas ? Vous pourriez venir dîner et nous sortirions ensemble ensuite.

— Sûrement, dit Pete, l'air gêné.

Il enleva son chapeau, en examina la calotte et le remit, incliné, sur sa tête aux cheveux sombres.

— Prenez-vous jamais des rendez-vous d'avance, Pete ? demanda Miss Jameson.

— Non, répondit-il vivement, jamais d'un jour à l'autre. Je les appelle, je les sors, et je les ramène à temps pour qu'elles puissent aller travailler le lendemain. Je ne voudrais pas avoir à m'en occuper jusqu'au jour suivant, vous comprenez.

— Moi non plus. Mais que diriez-vous d'une exception à la règle ? Si nous prenions rendez-vous pour le premier soir de notre retour à terre ? Venez dîner chez moi et nous sortirons ensuite pour danser. J'ai ma voiture.

— C'est que, dit Pete, voyez-vous...

— Allons, c'est entendu. Ne l'oublions pas. C'est promis ?

Pete se leva :

— Je crois que je ferais mieux de ne pas faire cette promesse. Il pourrait survenir quelque chose qui m'empêche de la tenir. Mieux vaudra nous arranger quand nous serons rentrés.

Elle le regardait sans rien dire ; puis, elle détourna les yeux et les fixa sur l'eau. Pete, que son embarras poussait à parler, dit :

— Il vaudrait mieux attendre ; je pourrais être obligé de m'absenter ce jour-là, vous comprenez ? On verra plus tard.

Il la regarda ; elle continuait de contempler l'eau dans une plainte abjecte de passivité. Pete s'esquiva.

Tandis qu'il l'embrassait, Jenny lui enleva son chapeau et en examina la calotte cabossée avec un doux étonnement. Elle le garda à la main et l'entoura d'un mouvement enveloppant sans paraître sortir de son immobilité. Leurs visages se confondirent ; toute molle, elle ouvrit sa bouche tendre comme un fruit mûr sur la bouche de Pete. Quand il releva la tête, le visage de Jenny formait dans l'obscurité une tache pâle, exquise ; il tira de sa poche son mouchoir malpropre et lui essuya les lèvres, très doucement.

— Tu t'en es tirée sans la moindre éraflure. Non ? dit-il.

Et, sans le vouloir, ils sombrèrent dans un monde invisible et beau, étrange, silencieux et grave sous la lune décroissante, astre de mort.

— Un baiser à ton petit camarade, la gosse, dit Pete.

La nièce entra sans frapper dans la cabine de sa tante. Mrs. Maurier leva son visage étonné, prêt à crier, et couvrit hâtivement, d'un vêtement pris au hasard, sa poitrine qu'elle venait de libérer du corset.

— Ce n'est que moi, tante Pat, dit la nièce.

— Pourquoi ne frappes-tu pas ? dit la tante dont les seins et les mentons s'étaient mis à trembler. Tu ne dois jamais entrer dans une chambre sans frapper. Henry ne t'a-t-il jamais... ?

— Tout le temps. Ecoutez, tante Pat : Pete trouve que vous devriez lui rembourser son chapeau. Vous avez marché dessus, vous savez.

— Quoi ? fit la tante, éberluée.

— Vous avez écrasé le chapeau de Pete. Jenny et lui trouvent que vous devriez le lui rembourser ou offrir de le faire, en tout cas. Je pense que si vous le lui offriez, il ne l'accepterait pas.

— Ils pensent que je devrais...

— Oui, et je leur ai promis de vous en parler. C'est tout. Vous n'avez pas besoin de le faire si vous n'en avez pas envie.

— Que je devrais les rembourser ! répéta Mrs. Maurier dont la voix se brisa.

Sa stupéfaction se changea en une sorte de sentiment chaotique qui inonda curieusement son visage avant de se geler brusquement en quelque chose de parfaitement définissable et qui était un mécontentement glacé et irrévocable. Après quoi, elle retrouva la voix :

— Je les ai logés et nourris pendant une semaine. Je ne

me crois pas obligée de les vêtir par surcroît, dit-elle.

— Bien sûr, dit la nièce sur un ton apaisant. Mais je ne vous en ai parlé que parce que je le leur avais promis.

Mrs. Maurier, Jenny et la nièce avaient disparu, au soulagement mitigé de Mr. Talliaferro. Il restait encore deux dames. Ils se les partagèrent à tour de rôle.

Le Major, Fairchild et le Sémite redescendirent et Mr. Talliaferro les suivit, cette fois ouvertement, d'un pas quelque peu désordonné.

— Comment cela marche-t-il ? demanda Fairchild en posant la bouteille.

Mr. Talliaferro émit un petit bruit désapprobateur en désignant les deux autres d'un coup d'œil.

— Oh ! vous n'avez rien à en craindre, dit Fairchild. Ils sont aussi désireux que moi de vous voir réussir.

Il posa la bouteille par terre, sans la cogner et avala son verre.

— Ce qui l'emporte toujours avec les femmes, c'est l'audace, pas vrai, Major ?

— Très juste. De l'audace ; et les prendre par surprise.

— Voilà ce qui compte, dit Fairchild. Buvez encore un coup.

Il remplit le verre de Mr. Talliaferro.

— De l'audace, encore de l'audace et toujours de l'audace, voilà ma devise.

Mr. Talliaferro regarda l'autre d'un œil vitreux qui essayait de cligner.

— Vous m'avez vu danser avec elle ? demanda-t-il.

— Oui, mais ce n'est pas suffisamment audacieux ; à votre place c'est ce soir que je bouclerais l'affaire. Savez-vous comment je m'y prendrais, Julius ? J'entrerais dans sa chambre, tout de go. Il a dansé et causé avec elle ; le terrain est déjà préparé. Je parie qu'elle l'attend, qu'elle l'espère assez audacieux pour venir la surprendre. Il se sentira plutôt niais demain quand il s'apercevra qu'il a laissé échapper l'occasion. On n'en a jamais qu'une avec les femmes, vous savez. Si on la manque, elles ne veulent plus rien savoir, et le prochain homme qui se présente triomphe sans le moindre combat. Ce n'est pas l'homme qui aime qui récolte la passion d'une femme ; c'est celui qui lui tombe du ciel après qu'elle a perdu le premier. Moi, je détesterais travailler au profit d'un autre. Pas vous ?

Mr. Talliaferro avala péniblement sa salive par deux fois et dit :

— Mais supposons — supposons seulement — qu'elle ne m'attende pas ?

— Ah voilà ! Il y a évidemment ce risque à courir. Il faut en courir un, de toute façon pour entrer dans sa chambre sans frapper et se diriger droit vers le lit. Mais combien de femmes résisteraient ? Pas moi en tout cas si j'étais une femme. Et vous, Talliaferro, si vous étiez une femme, vous résisteriez ? Je parie que le Major ferait comme cela.

— Exactement. Sans frapper, parbleu... Dites donc, j'ai même envie de le faire. Laquelle est-ce ? La vieille ?

— Bravo, dit Fairchild... C'est-à-dire, si Talliaferro y renonce. Il a le droit de tirer le premier ; c'est lui qui a effectué tous les travaux préparatoires. Mais il faut un homme audacieux.

— Mais Talliaferro a autant d'audace qu'un autre, dit le Sémite.

— Mais vraiment, répéta Talliaferro, à supposer qu'elle ne m'attende pas. A supposer qu'elle crie au secours !... Non, non.

— Vous avez raison, Talliaferro n'est décidément pas assez audacieux. Il n'y a qu'à laisser faire le Major, après tout.

— Et d'ailleurs, se hâta de dire Mr. Talliaferro, elle partage sa chambre avec une autre personne.

— Non, c'est inexact. Elle en a une pour elle seule, à présent : au bout du vestibule.

— C'est celle de Mrs. Maurier, celle-là, dit Mr. Talliaferro.

— Mais non, elle en a changé. Le store de la cabine s'était cassé et elle a déménagé. C'est Julius et moi qui l'avons aidée à transporter ses affaires cet après-midi.

N'est-ce pas, Julius ? Nous sommes bien placés pour le savoir, il me semble.

— Vous en êtes sûr ? dit Mr. Talliaferro. C'est sérieux, vous savez.

— Encore un verre, dit Fairchild.

Minuit.

Le pont était désert. Fairchild et le Major regardèrent autour d'eux avec une surprise mêlée d'affliction. Le gramophone était recouvert de sa housse, muet et mystérieux. Ils se consultèrent rapidement et se mirent à la recherche des traînards. Mais il n'y en avait pas.

— Si nous mettions un disque, suggéra Fairchild. Ça les fera peut-être revenir. Elles ont dû croire que nous étions allés nous coucher.

Le Sémite remonta le gramophone ; le Major et Fairchild passèrent en vain le pont au peigne fin. La lune s'était levée ; elle avait l'air d'une monnaie qui est passée dans beaucoup de mains.

Mrs. Maurier dénicha le capitaine et se rendit avec lui dans la cabine de Fairchild.

— Prenez-les toutes, lui ordonna-t-elle. N'en laissez pas une seule.

Le capitaine obéit.

— Et maintenant, ouvrez le hublot.

Elle lui donna encore d'autres ordres. Quand ils eurent été exécutés, elle retourna dans sa cabine et s'assit sur son lit. Le pinceau de lune qui entrait par le hublot remplissait la pièce d'une fine poussière argentée. « C'est venu, murmura-t-elle, c'est venu enfin. » Elle sentait son corps lourd d'années. « Je devrais être heureuse », se dit-elle, mais ses membres lui semblaient bizarres et refroidis, et à l'intérieur d'elle-même, une chose terrible grossissait, une chose terrible et empoisonnée débordait comme une eau trop longtemps endiguée ; on eût dit que s'éveillait, au sein de son corps si familier, une chose qu'elle y avait abritée à son insu. Cette chose se déployait comme une fleur vénéneuse, un assemblage compliqué de pétales qui poussaient, se fanaient et mouraient, et que remplaçaient aussitôt d'autres pétales plus grands encore et plus implacables. Ses membres tremblaient, et cette fleur secrète, cette fleur sombre, hideuse, grandissait, grandissait, l'étouffant, l'amenant lentement à la crise de nerfs, tandis que sur le pont, un petit air de danse sirupeux s'accompagnait des pas lourds de Fairchild en train d'enseigner le charleston au Major Ayers. Bientôt, un autre bruit ébranla la nuit : la *Nausicaa,* frémissante, s'apprêtait à se mettre en mouvement.

A l'avant, Mr. Talliaferro laissait le vent souffler sur son visage et lui ébouriffer les cheveux. La lune s'était levée ; elle étendait sur l'eau éternelle sa longue main désossée, et les étoiles brillaient, froides, indifférentes et lointaines. Que leur importait le désespoir hagard de son visage et le désespoir silencieux de son cœur ? Elles avaient vu tant de labeur, tant d'indécision et d'étonnements humains qu'elles ne se souciaient guère du fait que Mr. Talliaferro venait de se fiancer pour la seconde fois.

... Et bientôt, un bruit s'éleva : la *Nausicaa,* frémissante, s'apprêtait à se mettre en mouvement.

Soudain, Fairchild s'arrêta et leva la main pour réclamer le silence.

— Qu'est-ce que c'est que ça ? demanda-t-il.

— Qu'est-ce que c'est que quoi ? fit le Major Ayers.

— J'ai cru entendre quelque chose tomber à l'eau.

Il s'approcha du bastingage ; le Major le suivit ; ils écoutèrent tous deux, mais la nuit était calme, et aucun bruit étrange ne troublait le murmure de l'eau sombre.

— C'est le steward qui a dû jeter les pamplemousses à l'eau, suggéra le Major.

— Je l'espère, dit Fairchild. Remettez-le en marche, Julius.

Et bientôt, un nouveau bruit s'éleva : frémissante, la *Nausicaa* s'apprêtait à se mettre en mouvement.

Épilogue

L'eau du lac avait produit sur la petite robe verte de Jenny des effets étranges. Elle était froissée, salie, elle s'était allongée à certains endroits et raccourcie à d'autres : entre le ballonnement gracieux de l'ourlet et le haut de ses bas tachés, on voyait de la chair rose.

De cela, elle était d'ailleurs inconsciente, tandis qu'elle attendait son tram dans la rue du Canal et regardait s'éloigner au milieu des passants le chapeau endommagé de Pete ; elle serrait dans sa petite main sale les dix sous qu'il lui avait laissés pour payer sa place. Le tram arriva ; elle y monta, donna sa pièce au conducteur qui lui rendit la monnaie ; pendant qu'elle mettait sept cents dans la machine, des hommes non rasés, des hommes sans veston, des vieillards, des jeunes hommes élégants, des hommes sentant l'eau de toilette et la sueur, et des hommes sentant simplement la sueur la regardaient, l'eau à la bouche, comme des chiens. Puis, elle remonta le couloir et alla s'asseoir, en partie sur un gros homme en chapeau mou qui lisait un journal ; il leva les yeux sur elle, se rencogna vers la fenêtre et se replongea dans son journal.

Le tram bourdonnait, s'élançait, cahotait, s'arrêtait entre des murs et de vieilles grilles de fer jolies comme de vieilles dentelles, parmi des enfants criards d'origine sud-européenne, sauvages et doux comme des animaux et joyeux dans leur crasse ; parmi des odeurs de nourritures grasses (si grasses qu'on engraissait rien qu'à les respirer) parmi des femmes aux châles bigarrés qui s'interpellaient à tue-tête d'une porte à l'autre. Ses trois sous étaient devenus humides dans la chaleur de sa main ; elle essuya sa paume contre sa cuisse et les mit dans l'autre main.

La rue s'élargit, coupant les rues perpendiculaires à angle droit ; les feuillages de la fin d'août verdoyaient dans cette rue spacieuse où la civilisation figurait sous la forme d'une pompe à essence. Elle descendit, et passa entre des maisons qui avaient, il y a longtemps, possédé leur personnalité, mais que leur dégradation avait rendues maintenant identiques. Elle franchit enfin une grille de fer, prit l'allée de ciment bordée de massifs de fleurs qu'une raison inconnue empêchait toujours de prospérer, traversa la véranda et pénétra dans la maison. Son père était de service de nuit ; maintenant, en chaussettes, ses galoches enlevées, il soupait de maquereaux, de pommes de terre frites et de café (c'était vendredi), tout en lisant un journal de l'après-midi. Il s'essuya la moustache du revers de sa main et demanda :

— Où as-tu été ?

Jenny enleva son chapeau, le jeta par terre et s'approcha, d'un mouvement tournant.

— En voyage, répondit-elle, en bateau.

Il fit mine de se lever ; son visage prit lentement une expression de soulagement mêlé de colère.

— Tu crois que tu peux t'en aller comme ça, sans dire un mot à personne, et rentrer tranquillement ici ?

Mais Jenny ne lui donna pas le temps de se lever ; bien qu'il essayât de la repousser, elle s'assit sur ses genoux et l'embrassa à travers sa moustache encore pleine de maquereau pour l'empêcher de parler pendant qu'elle fouillait sa mémoire. Enfin, la phrase lui revint :

— Largue tes voiles ; tu charries.

Pete était le dernier-né. Il était trop jeune pour se rappeler que l'apparition de l'enseigne lumineuse qui portait le nom de sa famille avait marqué une époque nouvelle : celle de son américanisation définitive. C'était en 1919. Avant cette date, on entrait dans une petite salle de restaurant sombre, à l'atmosphère alourdie par les odeurs grasses de la cuisine italienne ; on y était entouré de visages italiens à la mastication franche et bruyante ; les tables, couvertes de toiles cirées à damiers rouges et blancs fort sales, comme imprégnées de nourriture, étaient toujours prêtes à recevoir des nourritures nouvelles. La vieille Ginotta y apportait elle-même des assiettes de soupe, son pouce trempant dans l'épaisse écuelle ; Joe, les bras nus, taciturne, servait les clients, des ouvriers italiens, avec une prompte dextérité, tandis que Mr. Ginotta en personne, son tablier taché tendu sur sa bedaine, conversait avec une tablée d'intimes. Si vous restiez assez longtemps à picorer votre banane ou vos raisins trop mûrs, vous aviez l'occasion de voir Pete avec sa culotte de velours à côtes déchirée, sa chemise propre et délavée, sa tignasse bouclée, ses étranges yeux dorés, beau comme seul un petit Italien peut l'être à douze ans.

Mais maintenant, tout était changé. La salle obscure au plancher malpropre n'existait plus, et, à sa place, on voyait un espace libre au sol dallé, ciré pour la danse, limité d'un côté par des miroirs et de l'autre par une rangée de logettes contenant une table et deux chaises éclairées par une lampe discrète à l'abat-jour d'un rose spécial, et isolées par de lourds rideaux de reps nègre. Et au lieu de la bonne nourriture italienne à bon marché, on servait à présent des plats si chers qu'on n'était même pas tenu de les manger : des plats de spaghetti et de volailles rôties entières qui ne dégageaient plus aucune odeur, retournaient à la cuisine à peine entamés. Ce n'était plus le taciturne Joe aux bras nus qui les passait, mais des garçons en smoking, au visage impassible, plus vieux que le péché, et les plats qu'ils portaient n'étaient plus que les accessoires de la plus vieille comédie du monde. Cela, ç'avait été l'idée de Joe. A vingt-cinq ans, il avait été le plus américanisé de la famille ; il avait vu sur le mur paraître les mots magiques, il avait discuté, imposé sa volonté et prouvé qu'il avait raison. Mais Mr. Ginotta n'avait pas supporté la prospérité. D'abord, il avait eu peur du nouveau plancher trop glissant pour un homme de son âge et de sa corpulence, et puis, il n'osait plus entrer dans sa cuisine avec son tablier maculé et il regrettait la salle naguère remplie de bruits joyeux, de bonnes odeurs de mangeaille et de la foule de ses amis. Il ne connaissait même pas les garçons ni les mets qu'ils servaient, et le bruit se composait aujourd'hui du vacarme des saxophones, du grondement des tambours et du rire strident et métallique des femmes, continu et sans joie, qui traversait, comme un oiseau affolé, l'air où se mêlaient les senteurs du tabac, de l'alcool et des parfums impudiques. Dans la cuisine inodore, sa vieille cuisinière avait été remplacée par un fourneau à pétrole.

Aussi mourut-il en laissant à son compte en banque plus d'argent que n'en possèdent la plupart des princes italiens. Au même moment, sa femme tomba malade de l'influenza, ses oreilles furent atteintes, et elle devint bientôt complètement sourde. Comme ses anciens amis allaient maintenant dîner ailleurs et que les nouveaux clients arrivaient très tard, lorsqu'elle était déjà couchée, comme son vieux mari était mort et que ses fils, de véritables Américains, riches et taciturnes, étaient toujours occupés, comme les garçons étrangers lui faisaient un peu peur, elle avait tout à fait perdu l'habitude de parler. Elle préparait des aliments pour ses fils sur le nouveau fourneau qui l'effrayait, mais ils étaient sans cesse en mouvement, sortant et rentrant, si bien que l'heure de leurs repas était impossible à prévoir. Ses yeux n'étaient plus assez bons pour qu'elle pût coudre ; elle passait son temps à bricoler dans leur logement, au-dessus du restaurant, ou bien dans un coin retiré de la cuisine, à éplucher des légumes ou à effectuer de menues besognes qui ne nécessitaient ni trop d'attention ni une bonne vue. Elle ne pénétrait jamais dans la salle du restaurant mais, de son coin dans la cuisine, elle observait parfois le geste du joueur de saxophone et les mouvements rapides des baguettes sur le tambour. Elle en avait entendu le bruit, il y avait de longues années ; à présent, elle l'avait si bien oublié que les gesticulations des musiciens ne s'associaient dans son esprit à aucun son. Joe, qui possédait plusieurs automobiles, essayait vainement de la persuader de s'en servir, mais elle s'y refusait avec obstination ; ce qui n'empêchait pas les voisins de vanter la bonté des fils Ginotta envers leur vieille mère.

Debout devant la caisse avec son maître d'hôtel, Joe, dont les cheveux se clairsemaient, interrompit un instant ses comptes et laissa errer son regard sur cette salle à l'ameublement moderne, sur ses miroirs, ses lumières et son sol dallé non sans quelque fierté légitime ; avec la joie tranquille du propriétaire, il embrassa le tunnel de miroirs jusqu'à l'entrée aux rideaux discrets, au-dessus de laquelle flamboyait l'enseigne électrique, ultime marque de son américanisation, et qui projetait son nom en lettres d'or, malgré la pluie ou la brume, défiant les lointaines étoiles elles-mêmes. Ce fut alors qu'il aperçut son frère coiffé de son chapeau endommagé. Sa liasse de billets dans une main, un doigt mouillé de l'autre posé dessus, il regarda Pete traverser la longue pièce bordée de glaces.

— Où diable as-tu été ? lui demanda-t-il.

— A la campagne, répondit Pete d'un ton bref. Y a-t-il quelque chose à manger ?

— Que le diable t'emporte ! s'écria son frère. J'ai été obligé de payer un homme pendant deux jours simplement parce qu'il t'a plu d'aller vadrouiller quelque part ? Et maintenant, tu parles de manger. Tiens...

Il mit sa liasse de billets de côté et, sortant d'un tiroir un paquet de petites feuilles de papier, il les parcourut. Le maître d'hôtel continuait imperturbablement à compter l'argent.

— Je lui ai promis ceci pour midi. Dépêche-toi d'y aller ; voici l'adresse. Et plus de bêtises, hein ?

Mais Pete s'était éloigné sans même s'arrêter. Son frère le suivit :

— Tu vas y aller tout de suite, tu entends ? dit-il en élevant la voix. Tu crois que tu peux partir sans rien dire et rester absent aussi longtemps qu'il te plaît, hein ? Tu crois que tu peux rentrer au bout d'une semaine comme si de rien n'était ? Tu crois que tu es le maître, ici, hein ?

La vieille attendait dans la cuisine. Elle ne savait presque plus parler maintenant ; elle n'émettait plus que des bruits humides pour exprimer la satisfaction ou la peur ; elle en fit entendre un, à la vue du visage de son fils aîné ; n'osant se consacrer ni à lui ni à Pete, elle les regardait à tour de rôle. Joe resta dans l'embrasure de la porte ; Pete s'avança dans la cuisine ; sa mère se dirigea d'un pas traînant vers le fourneau, y prit un plat de spaghetti et de poisson réchauffé et le plaça devant Pete, sur une table recouverte de zinc. Foudroyant son frère des yeux, Joe dit :

— Lève-toi ; fais ce que je t'ai dit. Dépêche-toi ; tu mangeras à ton retour.

Mais la vieille s'interposait entre eux, plaçait le couteau et la fourchette dans les mains de Pete et rapprochait l'assiette.

Joe lui jeta un regard furieux, mais comme toujours, il céda.

— Et ne traîne pas, au moins, dit-il en se détournant.

Pete mangeait voracement. Il entendit s'ouvrir et se refermer la porte de la rue ; puis par-dessus le claquement rapide de talons sur le dallage, il distingua une voix de femme ; elle parlait à son frère, devant la caisse. Au moment où Pete relevait la tête, elle entra, juchée sur les hauts talons de ses souliers de pacotille ; la longueur invraisemblable de ses jambes gainées de bas clairs était coupée par sa robe sombre étriquée. Sous son petit chapeau on voyait un visage fardé et passionné.

— Où es-tu allé ? demanda-t-elle.

— Me promener avec des femmes, répondit-il en recommençant à manger.

— Plus d'une ? demanda-t-elle vivement.

— Oui. Cinq ou six. C'est pourquoi cela m'a pris si longtemps.

— Toi, alors, dit-elle, tu es un peu là !

Il continua son repas sans rien dire.

— Pourquoi es-tu fâché ? Quelqu'un t'a pris ton sucre d'orge ?

Elle lui enleva son chapeau.

— Tiens, regarde ton chapeau.

Elle le posa sur la table et enfonçant les doigts dans l'épaisse chevelure bouclée de Pete, elle lui releva la tête.

— Essuie ta bouche, dit-elle.

Elle n'attendit pas qu'il l'eût fait pour l'embrasser.

— Il faut que je m'en aille, dit-elle en s'écartant de lui.

Et avant de partir, elle s'arrêta auprès de la vieille mère et lui cria quelque chose en italien. La vieille hocha la tête et se repencha sur ses haricots.

Pete acheva son repas. Il entendait toujours sa voix grise dans la salle ; il alluma une cigarette et quitta la cuisine. Dès qu'il fut sorti, sa mère, bien qu'elle ne l'eût pas observé, se leva, lava son assiette et la rangea.

— Alors, tu es prêt à y aller, quand même ? dit Joe, de derrière la caisse. Voici l'adresse. Et grouille-toi ; je le lui avais promis pour midi.

La plus grande partie du commerce de Joe se faisait ainsi au dehors. Il avait un renom d'exactitude dont il était fier.

— Prends la Studebaker, ajouta-t-il.

— Ce vieux clou ? ricana Pete. Je vais prendre ta Chrysler.

— Tiens, ça me ferait mal que tu la prennes, s'écria Joe qui s'échauffait de nouveau. Prends la Studebaker comme je te l'ai dit et si ça ne te plaît pas, tu n'as qu'à t'acheter une voiture.

— Ça va, ça va, dit Pete en s'éloignant.

Dans l'une des logettes, derrière un rideau mal tiré, il la vit qui se remettait du rouge sur les lèvres ; auprès d'elle, l'un des garçons, en bras de chemise, tenait un torchon. Elle lui fit un signe de la main dans le miroir. Il inclina son chapeau sans répondre.

A côté de la splendeur fauve et nickelée de la Chrysler, c'était bien un vieux clou, mais elle marchait, et transportait facilement six ou sept caisses ; les quatre caisses dont elle était chargée ne la gênaient pas plus que quelques pois dans une boîte d'allumettes. Il traversa la rue du Canal et prit la queue des voitures qui attendaient de pouvoir s'engager dans la rue Saint-Charles. Il avança de quelques centimètres, s'arrêta, avança de nouveau imperceptiblement et la cloche sonna. Sur le trottoir, l'agent l'avait fait stopper. Pete regarda les vendeurs de journaux, les flâneurs, les acheteurs, les promeneurs et les petites filles semblables à des pouliches avec leurs jambes blondes toutes pareilles. La cloche sonna, mais l'agent les tenait toujours immobiles. Pete se pencha par la portière et accéléra.

— Eh bien, alors, crétin vêtu d'azur, cria-t-il. Alors, tu nous laisses passer ?

A la fin, l'agent abaissa sa main gantée et Pete prit promptement la rue Saint-Charles. Celle-ci ne tarda pas à s'élargir, devenant une avenue plantée de palmiers ; allongé sur le dos, son canotier abîmé en bataille sur ses cheveux sombres, Pete commença à doubler toutes les voitures trop lentes.

Son affreux mal de tête réveilla Fairchild, et il demeura un moment submergé par la douleur physique avant de s'apercevoir que le bateau était de nouveau immobile et qu'il était onze heures. Aucun bruit nulle part, et, cependant, il sentait dans l'atmosphère quelque chose de différent. Mais la recherche de ce que cela pouvait être redoublant son mal de tête, il y renonça et se recoucha. Le Sémite dormait dans sa couchette.

Au bout d'un certain temps, Fairchild gémit, se leva, traversa la cabine en titubant et alla boire de l'eau à longs traits. Puis il vit la terre par le hublot : une route, un mur de planches usées par les intempéries, et, au-delà du mur, des arbres. « Mandeville, sans doute », pensa-t-il. Il essaya de réveiller le Sémite, mais celui-ci lui dit quelque chose de désagréable sans se réveiller et se retourna vers la cloison.

Il se mit à la recherche d'une bouteille, mais il n'en trouva même pas de vides ; la personne qui les avait raflées avait tout enlevé. Il allait être obligé de prendre une tasse de café. Il enfila son pantalon et alla de l'autre côté du couloir se mettre la tête sous le robinet du lavabo. Puis, il revint dans sa cabine achever de s'habiller et partit à l'aventure. Des ronflements s'échappaient de la cabine du Major Ayers. Fairchild s'assura que c'était bien le Major, referma la porte et poursuivit son chemin, frappé de nouveau par l'étrange atmosphère qui semblait s'être emparée du yacht pendant la nuit. Le salon était vide lui aussi et la sensibilité momentanément aiguisée de Fairchild s'offensa d'y voir les restes d'un repas, des tasses à demi pleines et des assiettes sales. A part les ronflements du Sémite et du Major, toujours aucun bruit, aucun bruit humain. A la porte du salon, Fairchild gémit encore une fois, puis, il monta sur le pont, rafraîchit sa tête endolorie.

Clignant des yeux dans la lumière tandis que des marteaux brûlants continuaient à ébranler de leurs coups l'intérieur de son crâne, il vit trois hommes qui balançaient leurs jambes au bord du quai en le regardant.

— Salut, dit-il. Où est-on ici ? Mandeville ?

Les trois hommes le dévisagèrent. Enfin l'un d'eux dit :

— Quoi, Mandeville ?

— Où, alors ? demanda-t-il.

Mais tout en parlant, il avait remarqué un pont de fer, un trolley sur le pont, une tache mauve dans le ciel, et, de l'autre côté, le drapeau qui flottait au-dessus du Yacht Club, langoureusement, dans la brise légère. L'un des trois hommes qui balançaient leurs jambes dit :

— Vos amis sont partis et vous ont lâchés.

— Ça m'en a tout l'air, répondit Fairchild. Savez-vous s'ils ont parlé d'envoyer une voiture nous chercher ?

— Non, répondit l'homme, elle ne renverra pas de voiture aujourd'hui.

Les yeux endoloris de Fairchild reconnurent le capitaine.

— Il y a un trolley par là-bas, cria-t-il, pendant que Fairchild descendait l'escalier des cabines.

Le rendez-vous du Major Ayers était pour trois heures. Sa montre le louait de son exactitude tandis qu'il quittait l'ascenseur et pénétrait dans un long couloir bordé de part et d'autre de cloisons de verre dépoli derrière lesquelles cliquetaient des machines à écrire. Ayant trouvé la porte qu'il cherchait, il entra et tendit sa carte à la jeune fille maigre et fortement parfumée qui était assise de l'autre côté d'une barrière basse.

Elle revint au bout d'un moment et dit, en ouvrant la barrière, et en mâchonnant son chewing-gum :

— Mr. Reichman va vous recevoir tout de suite.

Mr. Reichman lui serra la main et lui offrit un cigare. Il demanda au Major Ayers ses impressions sur la Nouvelle-Orléans, mais il interrompit aussitôt sa réponse bredouillée pour l'interroger sur l'état comparé des affaires à Londres et à la Nouvelle-Orléans, ignorant que la guerre aurait seule permis au Major de retourner en Angleterre et que des raisons personnelles lui avaient interdit le séjour de Londres depuis l'Armistice. Puis, se renversant dans son fauteuil à bascule, il dit :

— Alors, Major, de quoi s'agit-il au juste ?

— Ah oui, dit le Major en secouant la cendre de son cigare. Voilà, ce sont des sels. Etant donné que tous les Américains sont constipés...

En dessous, au rez-de-chaussée d'où un rectangle de lumière s'étendait sur l'allée, une main rude et impitoyable martelait une machine à écrire. Fairchild était assis sur son balcon, avec son cigare, juste au-dessous de la dactylographe invisible, jouissant de la nuit fraîche et du jardin plein d'arbres qui entourait la cathédrale. De temps à autre, un trolley ébranlait la rue Royale de son fracas, mais quand ce bruit, peu fréquent, s'était éteint, seul le cliquetis monotone de la machine à écrire rompait le silence du soir. Soudain, il vit Mr. Talliaferro tourner le coin de la rue. Bondissant de son siège avec une exclamation d'effroi, il se précipita dans la pièce, éteignit la lampe et se jeta sur un divan où il feignit de dormir.

Mr. Talliaferro marchait d'un pas vif en balançant sa canne. « Oui, pensait-il, Fairchild a raison. Il connaît les femmes, l'âme féminine. Non, pas leur âme, elles n'en ont pas. Leur nature, cette substance de leur être, impalpable comme le clair de lune, qui vous attire et vous repousse à la fois : créatures inconséquentes, voire incompréhensibles et qui pourtant visent leurs buts avec un sens pratique si déconcertant. A croire que la terre, le monde, l'homme, ses désirs et ses impulsions mêmes n'avaient été créés que pour calmer la faim de leurs petites âmes, et occuper leur temps en vue de leur fonction biologique...

« Oui, de l'audace. Et de l'à-propos. Et l'occasion, cette conjonction heureuse de la technique et des circonstances ; être avec celle qu'il faut au moment où il faut et à l'endroit où il faut. L'Occasion. L'Occasion est peut-être plus importante que tout. » Mr. Talliaferro mit l'Occasion aux voix et les « oui » l'emportèrent.

Il s'arrêta, saisi par l'inspiration. Il avait fini par mettre le doigt sur le Mot magique ; il avait compris. C'était si simple qu'il demeurait stupéfait de ne pas l'avoir découvert plus tôt. Puis, il se rendit compte que cette simplicité même l'excusait. « Car ma nature est complexe », se dit-il en regardant les étoiles qui brillaient dans l'étroite bande de ciel au-dessus de la rue. Cette simplicité lui inspira comme un léger remords. Etait-ce... sportif ? N'était-ce pas comme de tirer des cailles à terre ? Non, non : maintenant qu'il avait trouvé la clé, qu'il avait découvert le Mot, il pouvait s'avouer qu'il avait souffert. Pas tellement dans son amour-propre, non pas physiquement — après tout, un homme peut se passer des plaisirs de l'amour : on n'en meurt pas — mais chaque échec semble vous vieillir plus que le passage des années. Oui, Mr. Talliaferro se devait une compensation, dût quelqu'un en pâtir. D'ailleurs ce rôle n'incombait-il pas aux femmes depuis un temps immémorial ?

« L'Occasion ; créer l'Occasion ; préparer le terrain en n'omettant aucun des petits détails qu'elles prisent tant, et puis, en profiter. Je suis capable de faire cela, se dit-il. Feindre l'indifférence, peut-être, commme si les femmes n'étaient pas rares dans ma vie ; faire croire à l'existence d'une autre femme que j'aurais préférée si des circonstances indépendantes de notre volonté à tous deux n'étaient intervenues. Pour une raison que j'ignore, elles aiment les hommes à femmes. Serait-ce parce que, pour elles, l'amour est moitié adultère et moitié jalousie ?

« Oui. Il saurait faire cela...

« Elle aurait un jeu de dessous en soie noire », dit Mr. Talliaferro à voix haute avec une sorte de joie triomphante. Et, frappant le pavé de sa canne, il s'exclama : « Bon Dieu ! c'est bien cela ! Créer l'Occasion : délicatement mais fermement. Dire, en passant, que je suis venu ce soir seulement pour tenir ma promesse... » Elle dira : « Je vous en prie, emmenez-moi danser. » Je répondrai : « Non, vraiment, je n'ai pas envie de danser ce soir. » Elle dira : « Vraiment vous ne voulez pas danser ? » Elle s'appuiera sur moi... elle me prendra la main. Mais je ne marcherai pas tout de suite. Elle me taquinera ; alors, je l'entourerai de mon bras, je l'embrasserai dans le fiacre obscur, avec cynisme et je dirai : « Désirez-vous vraiment aller danser ce soir ? » Elle dira : « Oh ! je ne sais pas. Si on se promenait tout bonnement en voiture ? » Est-ce qu'elle le dira ? Enfin, si elle le dit, je répondrai : « Non, allons danser... » Oui, et puis je ferais bien de l'embrasser de nouveau, moins froidement... Mais si elle disait autre chose ? Je serais préparé pour toutes les éventualités, n'est-ce pas ? La moitié de la bataille est gagnée... Oui, quelque chose de délicat et de ferme en même temps. Certaines forteresses s'enlèvent d'assaut, mais toutes finissent par être réduites quand on les assiège. »

Mr. Talliaferro sortit soudain de sa rêverie pour remarquer qu'il avait dépassé la porte de Fairchild. Il revint sur ses pas et leva la tête vers la fenêtre sombre.

— Fairchild !

Pas de réponse.

— Oh ! Fairchild !

Il appuya sur le bouton de sonnette et recula pour compléter son inspection. Il y avait une seconde entrée à côté de la porte, et la lumière filtrait à travers un volet à demi fermé derrière lequel une machine à écrire était maniée avec fureur. Mr. Talliaferro frappa en hésitant contre le volet.

— Hello ! fit une voix sans que la machine cessât de cliqueter.

Mr. Talliaferro frappa de nouveau.

— Eh bien ! Entrez ! dit la voix, dominant un instant le bruit de la machine. Entrez ! Où vous croyez-vous ? dans une salle de bains ?

Mr. Talliaferro ouvrit le volet et l'énorme individu sans faux col assis devant la machine leva sa tête léonine et regarda Mr. Talliaferro d'un air irrité :

— Eh bien ?

— Pardon, je voudrais voir Mr. Fairchild.

— L'étage au-dessus, dit l'autre sèchement. Bonne nuit.

— Il ne répond pas. Savez-vous par hasard s'il est chez lui ?

— Je n'en sais rien.

— Je me demande comment je pourrais m'en assurer. Je suis assez pressé...

— Comment diable pourrais-je le savoir ? Montez voir ou appelez-le du dehors.

— Merci. Je vais monter si vous n'y voyez pas d'objection.

— Eh bien, montez, dit l'homme en se remettant à taper.

Mr. Talliaferro le regarda travailler un moment, puis il demanda avec douceur et politesse :

— Est-ce que je puis passer par ici ?

— Passez par où vous voudrez, nom de Dieu, mais ne m'embêtez pas davantage.

Mr. Talliaferro murmura un remerciement et quitta la petite pièce remplie de la trépidation frénétique de la machine à écrire. Il prit un corridor et gravit un escalier obscur conduisant à une région imprégnée d'une forte odeur de menthol. Fairchild l'entendit trébucher et gémit. « Il me le paiera », murmura-t-il à l'adresse du dactylographe inconscient. Bientôt, sa porte s'ouvrit et le visiteur balbutia :

— Fairchild !

Fairchild jura de nouveau à mi-voix. Le divan protesta en grinçant, puis il dit :

— Attendez que j'allume la lumière. Vous allez casser tout ce que je possède à vous balader dans l'obscurité.

Mr. Talliaferro poussa un soupir de soulagement.

— Bon, bon, dit-il ; j'allais renoncer à vous voir quand l'homme d'en bas a eu la bonté de me laisser passer par chez lui.

La lumière jaillit.

— Ah ! Vous étiez endormi ? Oh ! Je suis désolé de vous avoir dérangé. Mais je n'ai pas pu vous voir ce matin et j'ai besoin de votre conseil... Vous êtes bien rentré ? ajouta-t-il avec tact.

— Oui, répondit Fairchild d'un ton bref.

Mr. Talliaferro posa son chapeau et sa canne sur une table et renversa le vase de fleurs automnales qui s'y trouvait. Il le rattrapa avec une agilité surprenante avant qu'il se brisât, mais non sans que son contenu l'eût éclaboussé.

— Ah ! diable ! s'écria-t-il.

Il remit le vase en place et s'empressa d'éponger son veston à l'aide de son mouchoir.

— Et ce complet qui sort du teinturier ! dit-il, exaspéré.

Fairchild le regardait en dissimulant mal sa joie vengeresse.

— Quelle malchance ! dit-il avec une commisération hypocrite en s'étendant de nouveau sur le divan. Mais elle n'y fera pas attention. Elle sera trop occupée à écouter ce que vous lui direz.

Mr. Talliaferro lui jeta un coup d'œil rapide, un peu inquiet. Il étala son mouchoir sur un coin de la table pour le faire sécher et lissa de ses mains sa chevelure d'un blond pâle.

— Le croyez-vous vraiment ? demanda-t-il. C'est pour en discuter que je suis venu.

Il regarda Fairchild avec une expression de désespoir que ce dernier remarqua avec intérêt ; mais avant qu'il eût pu dire un mot, Mr. Talliaferro avait repris son air habituel.

— Qu'est-ce que vous avez ? demanda Fairchild.

— Moi ? Rien. Rien du tout, mon cher. Pourquoi me le demandez-vous ?

— Vous aviez l'air préoccupé, à l'instant.

L'autre rit d'un rire artificiel :

— Pas du tout. Vous vous l'êtes imaginé... Cependant, je vais vous demander quelque chose avant... de vous demander conseil. C'est de ne pas mentionner notre conversation... de n'en rien dire, surtout à aucune de nos amies communes...

— Promis, dit Fairchild. Je ne mentionne jamais les conversations que nous avons sur ce sujet.

— Merci. J'ai cette fois une raison spéciale de vous demander le secret. Une raison que je vous divulguerai dès que je me considérerai... Vous serez le premier averti.

— Entendu, répéta Fairchild. De quoi s'agit-il cette fois ?

— Je crois, dit Mr. Talliaferro avec optimisme, que j'ai découvert le secret du succès auprès des femmes : créer d'avance l'ambiance propice, ne pas hésiter à les offenser, et puis... de l'audace. Ecoutez : ce soir, je veux me lancer. Mais j'ai besoin de votre conseil.

Fairchild gémit et se renversa en arrière.

— Voilà, reprit Mr. Talliaferro, je commencerai par la rendre jalouse en parlant d'une autre femme dans les termes... euh... les plus intimes. Elle aura sans doute envie d'aller danser ; je prétendrai ne pas en avoir le désir ; je feindrai l'indifférence, mais quand elle me priera de l'emmener danser, je l'embrasserai soudain, mais avec détachement... vous comprenez ?

— Oui ? murmura le romancier en enfouissant sa tête entre ses bras et en fermant les yeux.

— Oui. Alors, nous irons danser ; je la peloterai un peu, toujours d'une façon impersonnelle comme si je pensais à quelqu'un d'autre. Elle sera naturellement intriguée et elle me demandera à qui je pense. Je lui répondrai : « Pourquoi tenez-vous à le savoir ? » Et, malgré ses supplications j'affirmerai préférer lui dire à quoi elle pense elle-même. Elle dira : « Quoi ? » et je répondrai aussitôt : « Vous pensez à moi. » Qu'en dites-vous ? Que dira-t-elle ensuite ?

— Probablement que vous ne vous mouchez pas du pied, dit Fairchild.

— Vous croyez qu'elle dira cela ? fit Mr. Talliaferro tout déconfit.

— Oh ! je n'en sais rien. D'ailleurs, vous saurez bientôt à quoi vous en tenir.

— Eh bien non, je ne crois pas que vous voyiez juste. Je me suis figuré qu'elle me croirait très expert en galanterie.

Il réfléchit profondément pendant quelques minutes, puis :

— Si elle le dit, je répondrai : « Peut-être ; mais j'en ai assez de cet endroit ; allons-nous-en. » Elle voudra rester, mais je serai ferme. Et alors...

Mr. Talliaferro se rengorgea, éclatant d'une chose qu'il ne voulait pas révéler.

— Non, non, je ne vous en dirai pas plus long... c'est trop incroyablement simple. Comment se peut-il que personne d'autre n'ait jamais...

— Vous avez peur que je me hâte d'employer votre truc avant que vous ayez pu vous en servir ? demanda Fairchild.

— Non, pas du tout. Seulement je sens que... Ayant fait cette découverte, vous comprenez, mon cher... j'ai confiance en vous. Ce sont simplement mes scrupules qui m'arrêtent... vous saisissez ?

— Je comprends parfaitement, dit Fairchild avec sécheresse.

— Vous aurez tant d'occasions, tandis que moi... (L'inquiétude assombrit de nouveau l'esprit de Mr. Talliaferro.) Vous croyez vraiment que ça marchera ?

— Sûrement. Pourvu que le coup final soit aussi mortel que vous le prétendez. Et pourvu qu'elle agisse comme vous le prévoyez. Peut-être que vous pourriez lui exposer la trame afin qu'elle ne commette pas d'erreur.

— Vous vous payez ma tête maintenant, dit Mr. Talliaferro, légèrement piqué. Mais ne croyez-vous pas que ce plan soit bon ?

— Parfait. Vous avez tout prévu, n'est-ce pas ?

— Oui. C'est le seul moyen de gagner les batailles, vous savez. Napoléon nous a enseigné cela.

— Napoléon a aussi dit quelque chose au sujet de l'artillerie la plus lourde, repartit l'autre, méchamment.

— Je suis comme je suis, dit Mr. Talliaferro, avec un sourire indulgent.

— Surtout quand on ne s'en est pas servi depuis quelque temps, ajouta Fairchild.

Mr. Talliaferro eut l'air d'une bête blessée et l'autre se hâta de dire :

— Mais allez-vous exécuter votre projet ce soir ? Ou ne faites-vous que décrire un cas hypothétique ?

Mr. Talliaferro tira sa montre et la consulta avec consternation :

— Ciel ! Il faut que je file ! Merci pour vos conseils. Je crois vraiment avoir enfin trouvé le système, n'est-ce pas ?

— Certainement.

A la porte, Mr. Talliaferro se retourna et revint serrer la main de Fairchild.

— Souhaitez-moi bonne chance, dit-il, et surtout, ne parlez à personne de notre petite conversation.

— Bien sûr, bien sûr.

La porte se referma. Fairchild entendit les pas de son visiteur descendre l'escalier, puis la fermeture de la porte de la rue. Il alla sur le balcon et le vit s'éloigner. Quand il eut disparu, Fairchild retourna s'allonger sur le divan et se mit à rire. Il s'arrêta brusquement et resta un moment plongé dans ses réflexions. Puis, après un nouveau gémissement, il se leva et prit son chapeau. Comme il s'engageait dans l'allée, le Sémite qui arrivait lui demanda :

— Où allez-vous ?

— Je ne sais pas. Quelque part. La Grande Illusion sort de chez moi. Il a pour ce soir un projet inédit.

— Vous vous esquivez ?

— Non, mais je n'ose pas rester à la maison ce soir. Dans moins de deux heures, il sera revenu pour me raconter les raisons de son insuccès. Il faut que nous allions ailleurs.

Le Sémite épongea son front chauve. Derrière les volets, la machine à écrire crépitait toujours. Fairchild rit à nouveau et soupira.

— Je voudrais bien que Talliaferro se trouve une femme, dit-il. Je suis fatigué d'être tenté... Si nous allions voir Gordon ?

La nièce avait déjà bâillé plusieurs fois sous le nez de l'unique invité ; elle distinguait les symptômes préliminaires du départ abrupt de son frère qui se lèverait bientôt de table en marmottant de faibles excuses. Elle se leva aussi avec bonne humeur.

— Eh bien, Mark, dit-elle, j'ai pris grand plaisir à faire votre connaissance. Peut-être reviendrons-nous l'été prochain, et il faudra recommencer, n'est-ce pas ?

— Assieds-toi, Patricia, dit sa tante.

— Je suis désolée, tante Pat, mais Josh désire que je reste avec lui ce soir. Il s'en va demain, expliqua-t-elle à l'invité.

— Vous ne partez pas en même temps ? demanda Mark Frost.

— Si, mais c'est la dernière soirée que nous passons ici et Gus veut que je...

— Mais non, intervint son frère. Tu n'auras pas besoin de t'en aller à cause de moi.

— Si, il faut que je m'en aille. De toute manière.

— Patricia, répéta la tante.

Mais la nièce l'ignora. Elle fit le tour de la table, serra vivement la main de Mark Frost avant qu'il pût se lever et dit :

— Eh bien, alors, au revoir, à l'été prochain.

Sa tante dit une fois de plus avec fermeté :

— Patricia !

La nièce se retourna, près de la porte et dit poliment :

— Bonne nuit, tante Pat.

Son frère montait l'escalier. Elle le suivit, laissant sa tante continuer à crier « Patricia ! » dans la salle à manger, et elle atteignit l'étage à l'instant où la porte de son frère se refermait. Elle tourna la poignée et constata qu'il avait déjà donné un tour de clé. Tranquillement, elle se rendit dans sa chambre. Elle se déshabilla dans l'obscurité et s'étendit sur son lit. Bientôt elle l'entendit barboter dans la salle de bains qui séparait leurs deux chambres. Quand les bruits aquatiques eurent cessé, elle entra à son tour dans la salle de bains et essaya la porte de son frère : elle était ouverte.

Elle ouvrit le commutateur et le robinet de la douche. Elle avançait la main de temps à autre pour tâter la température de l'eau ; quand ce fut devenu piquant de froid, elle retint son souffle comme avant de plonger et sauta dans la baignoire ; serrant un pain de savon, elle tremblait pendant que l'eau flagellait son corps musclé dans son étonnant maillot de peau blanche et trempait son épaisse chevelure.

Elle referma le robinet, se sécha vigoureusement et constata qu'elle avait aussi chaud qu'avant sa douche, mais qu'elle ne se sentait plus poisseuse. Elle retourna dans sa chambre et revêtit un pyjama neuf. Puis, silencieusement, les pieds nus, elle alla écouter à la porte de son frère.

— Attention, Josh ! cria-t-elle tout à coup en ouvrant la porte, j'entre !

La chambre était obscure, mais elle discernait sa silhouette allongée sur le lit. D'un bond, elle s'y jeta à ses côtés. Il se souleva brusquement :

— Pourquoi viens-tu m'ennuyer ? dit-il en se soulevant davantage.

Après une lutte brève, la nièce tomba rudement par terre.

— Oh ! ah ! dit-elle d'un ton surpris.

— Maintenant sors d'ici et n'y reviens pas, dit son frère. Je veux dormir.

— Laisse-moi rester un peu avec toi. Je ne t'ennuierai pas, dit-elle.

— Non. Voilà une semaine que je t'aie eue constamment sur le dos ; je n'ai pas besoin que tu viennes dans ma chambre quand j'ai envie de dormir. Fiche le camp maintenant.

— Un tout petit moment seulement, dit-elle. Je ne bougerai pas, si tu veux dormir.

— Je te connais, tu ne peux pas rester tranquille. Va-t'en tout de suite.

— Je t'en prie, Gus. Je te promets de ne pas remuer.

— Bon, dit-il enfin de mauvaise grâce. Mais si tu commences à gigoter...

— Je resterai tranquille, promit-elle.

Elle se glissa rapidement dans le lit et demeura ainsi, étendue sur le dos et rigide. Dehors, dans la nuit chaude, des insectes grattaient, crépitaient et bourdonnaient. Mais la chambre était spacieuse et fraîche et une ombre de brise agitait les rideaux de la fenêtre.

— Josh..., dit-elle en conservant son immobilité absolue.

— Quoi ?

— Est-ce que tu n'as pas fait quelque chose à ce bateau ?

— Quel bateau ? dit-il après un silence. Pourquoi ? Pourquoi aurais-je fait quoi que ce soit à ce bateau ? Qu'est-ce qui t'a donné cette idée ?

— Sois franc, dit-elle. Est-ce que tu n'as rien fait ?

— Tu es folle. Je n'ai jamais... Je ne suis descendu en bas que le matin où tu es venue m'y relancer.

Ils étaient tous deux tendus et parfaitement immobiles. Soudain, il demanda :

— Tu lui as dit que j'avais fait quelque chose à son bateau ?

— Tu es bête. Je n'irais pas moucharder des histoires sur ton compte.

— Tu aurais raison. D'ailleurs, je n'ai jamais rien fait à ce bateau.

— Très bien, très bien. Je ne dirai rien si tu n'as pas toi-même assez de cran pour le faire. Tu es lâche, Josh, ajouta-t-elle calmement.

— Ecoute, dit-il, je t'ai dit que si tu voulais rester ici, tu devais te tenir tranquille, n'est-ce pas ? Alors, tais-toi ou fiche le camp.

— C'est vraiment vrai que tu n'as pas démoli ce bateau ?

— Je t'ai déjà dit non. Maintenant, tais-toi ou fiche le camp d'ici.

Ils restèrent silencieux un long moment. Puis, doucement, avec d'infinies précautions, elle se tourna sur le ventre. Il paraissait dormir. Elle se détendit, posant ses bras et ses jambes là où le drap était encore frais. A voix très basse, comme se parlant à elle-même, elle murmura :

— Je suis contente que nous partions demain. J'aime voyager en chemin de fer. Nous reverrons des montagnes. J'aime les montagnes, toutes bleues... si bleues... Après-demain, nous reverrons les montagnes. Il y a dessus des petites villes qui ne sentent pas tout le temps la nourriture...

— D'accord, il n'y a pas de montagnes en allant vers Chicago, dit brutalement son frère. Tais-toi.

— Si, il y en a, dit-elle en se soulevant sur un coude. J'en ai vu en venant.

— C'était en Virginie ou dans le Tennessee. Nous ne passons pas par la Virginie pour aller à Chicago, imbécile.

— Mais nous passons par le Tennessee.

— Pas cette partie du Tennessee. Tais-toi, je te dis. Et puis, d'ailleurs, lève-toi et file dans ta chambre.

— Non, je t'en prie, encore un tout petit peu. Je ne parlerai pas. Sois gentil, Gus.

— Va-t'en tout de suite, répéta-t-il, implacable.

— Je resterai tranquille, sans dire un mot.

— Non. Allez, ouste ! Va-t'en, Gus, va-t'en comme je te le commande.

Elle se souleva et se rapprocha davantage.

— Je t'en prie, Josh. Je m'en irai après.

— Bon, mais dépêche-toi.

Il détourna la tête ; elle se baissa vers lui et lui prit l'oreille entre ses dents, le mordant légèrement avec un petit bruit maternel.

— En voilà assez, dit-il en écartant sa tête et son oreille humide. Fous-le-camp !

Elle se leva docilement et retourna dans sa chambre. Il lui parut qu'il y faisait plus chaud ; elle retira son pyjama et se coucha sur le dos ; les bras ramenés autour de sa tête sombre, elle fixait l'obscurité. La chaleur s'atténua bientôt et il lui sembla être sur une hauteur d'où elle voyait au loin rêver et bleuir des montagnes ; et plus loin encore, tout se fondait en une brume violette sous les rayons solennels du soleil. Elle les reverrait après-demain, les montagnes...

Fairchild se dirigea vers le marbre et se tint devant lui, les mains croisées derrière le dos. Le Sémite s'était assis dès son entrée dans l'atelier, en accaparant l'unique chaise comme d'habitude. Gordon était occupé derrière le rideau qui délimitait sa chambre à coucher ; il en émergea bientôt portant une bouteille de whisky. Dépouillé à la fois de sa chemise et de son maillot de corps, son torse, sous son duvet rougeâtre, luisait de sueur comme celui d'un gladiateur huilé.

— Je vois, lui dit Fairchild, que vous avez aussi adopté le culte de ce fétiche moderne qu'est la virginité. Seulement vous possédez sur nous cet avantage que votre fétiche à vous, demeurera inviolé, sans que vous ayez à fermer les yeux sur ses manèges. Je reconnais que vous n'avez aucun effort à faire pour le protéger. C'est très exceptionnel, très satisfaisant. Parce je crois que lorsque l'homme immole une virginité, c'est surtout dans la crainte qu'un autre s'en empare.

— L'illusion particulière de Gordon à ce sujet, dit le Sémite, lui fait peut-être redouter qu'un autre ne l'immole pas.

— A mon avis, dit Fairchild, il n'espère vendre cette œuvre à personne. Qui donc donnerait son bon argent pour une virginité qu'il ne lui serait pas possible de violer, simplement pour s'assurer qu'elle est authentique ?

— On pourrait en faire une Léda serrant son canard entre ses cuisses, dit l'autre ; elle est assez grande pour cela.

— Son cygne, corrigea Fairchild.

— Non, canard, insista le Sémite. Les Américains préféreront un canard. Ou bien, on pourrait bien ajouter des mamelles et une feuille de vigne. N'est-ce pas possible, Gordon ?

— Si, dit Gordon, sèchement : elle pourrait être restaurée.

Il disparut de nouveau derrière le rideau et revint avec deux lourds gobelets et un bol à raser marqué d'un nom en caractères gothiques d'un or terni. Il approcha le banc sur lequel était posé son broc d'eau en émail ; Fairchild vint s'y asseoir. Gordon prit le bol à raser et appuya son grand corps contre le mur. A la lueur de l'ampoule nue, son visage de faucon semblait de bronze. Le Sémite tirait son cigare. Fairchild leva son verre et répéta :

— Des mamelles et une feuille de vigne.

Il but, reposa son verre et alluma une cigarette.

— Après tout, n'est-ce pas le but de l'Art ?

— L'Art nous apporte certainement quelque chose, dit le Sémite. Nous le reconnaissons tous.

— Oui, dit Fairchild. L'Art nous rappelle notre jeunesse, cet âge où la vie n'a pas besoin de lever aussi souvent la tête pour qu'on la trouve belle. C'est à peu près toute la vertu de l'Art : une sorte de Battle Creek pour l'esprit. Et quand l'Art nous rappelle la jeunesse, nous nous souvenons de nos peines et nous oublions le temps. C'est déjà quelque chose.

— A condition que tout ce dont un homme a besoin, ce soit d'oublier le temps, dit le Sémite. Mais celui qui passe ses jours à oublier le temps est comme celui qui l'occupe à oublier la mort ou la digestion. Voilà un nouvel exemple de votre inébranlable foi en la parole. Le langage est comme la morphine, une horrible habitude ; elle vous rend assommant pour tous ceux qui seraient disposés à vous chérir. Naturellement, il y a une chance pour que vous soyez considéré comme un génie après votre mort, mais qu'est-ce que cela peut vous faire ? Il y aura toujours le grand effort qui aboutit à des baisers dans l'obscurité, mais que vous importe ? Le Temps ? Le Temps ? Pourquoi se tourmenter à propos d'une chose qui se tire bien d'affaire toute seule ? Vous êtes né avec l'habitude de passer le temps. Contentez-vous-en. Seul Tom le Fou savait le passer génialement : c'est-à-dire dans une inconscience totale.

« Mais vous parlez pour les artistes. Je pense, moi, à la

majorité d'entre nous qui ne sommes pas artistes et qui avons même besoin d'être protégés contre eux, eux qui s'acharnent à faire passer le temps. Mais nous, il nous suffirait parfaitement de dormir, manger et procréer, si vous vouliez bien nous laisser tranquilles. Seulement vous ne vous contentez pas du monde tel qu'il est, vous vous efforcez de reconstruire jusqu'au plancher qui vous supporte, vous parlez, vous criez, vous gesticulez jusqu'à ce que nous en soyons tout effrayés et énervés. Je suis d'avis que si l'Art doit avoir une utilité quelconque, ce serait de servir d'occupation aux artistes.

— C'est plus que cela, dit Fairchild. Il s'incorpore à la vie, vous enveloppe et vous digère. Il agit comme les femmes ; la Nature leur a donné cette faculté. Mais les hommes, les hommes... Une femme conçoit ; se soucie-t-elle après cela de qui vient la semence ? Elle enfante et tout le reste de sa vie — tout au moins pour ses jeunes années frémissantes — en est empli. Bien sûr, le père part et jette un coup d'œil de temps en temps. Mais dans l'Art, l'homme fut créé sans la moindre assistance ; ce qu'il fait est à lui seul. C'est une perversion, je vous l'accorde, mais une perversion qui édifie Chartres et crée *le Roi Lear,* c'est une joliment bonne chose.

Il but et posa son verre.

— La reproduction à partir de la source même... Est-il vrai que l'élément dominant de l'univers soit féminin, comme le pensaient les primitifs ? Il y a une espèce d'araignée ou quelque chose comme ça : la femelle est la plus grande des deux et quand le mâle court après elle, il court à la mort : elle le dévore pendant l'accouplement. Et l'homme : une sorte de voracité suscitant à ses côtés un artiste, le carnet de notes à la main, qui met par écrit toutes les choses charmantes qui lui arrivent, les assassinant en vue de quelque « sujet » problématique qu'il n'utilisera peut-être jamais. Tenez, l'amour, la jeunesse, le chagrin et l'espérance, et le désespoir, ce n'était rien du tout pour moi jusqu'au jour où, bien plus tard, j'ai eu besoin d'une réplique à mettre dans la bouche du personnage, dont je n'étais pas sûr à ce moment-là et que je ne considère pas, encore maintenant, comme très remarquable. Mais peut-être est-ce parce que j'ai eu à travailler tout le temps quand j'étais jeune pour gagner ma vie.

— En effet, approuva le Sémite, les gens pensent encore qu'il faut travailler pour vivre.

— Bien sûr, qu'il faut travailler pour vivre, dit Fairchild.

— C'est le fait que vous le disiez qui est naturel. Quand on a été obligé de se priver de tout plaisir à l'âge où l'on en jouit le plus, on préfère toujours penser que cela était nécessaire. C'est cela qui fait les puritains. Nous n'aimons pas voir violer impunément les lois que nous avons nous-mêmes observées autrefois. Dieu sait que le Ciel est une maigre récompense pour une vie d'abnégation.

Fairchild se leva et alla se placer de nouveau devant la fixité fluide et passionnée du marbre. Il rêva un moment :

— La fin de l'Art, répéta-t-il. Je veux dire : pour le consommateur, pas pour nous. Nous, nous avons à faire cela, pas eux : ils peuvent l'accepter ou le refuser. Sans doute Gordon éprouve-t-il à l'égard de la littérature la même chose que moi à l'égard de la sculpture... Seulement, moi...

Il rêva encore devant le marbre :

— Quand une statue est complètement nue, dit-il, elle n'offre qu'un sens froid et conventionnel. Mais quand une feuille ou une draperie (tenue Dieu sait comment), attire l'imagination sur les organes reproducteurs en les dissimulant, la statue acquiert une chaleur, une...

— ... Signification spéculative, suggéra le Sémite.

— En tout cas, j'avoue que ma conception de la sculpture l'exige.

— Les moralistes sont d'accord avec vous là-dessus.

— Pourquoi pas ? La même nourriture alimente les convictions de tout le monde. L'homme qui gagne sa vie dans une fabrique de colle doit prendre quelque plaisir à sentir l'odeur des sabots de bestiaux, sinon il changerait de métier. C'est là qu'est votre perversion, je crois.

— Et même, ajouta le Sémite, si vous passez votre vie

à vous préoccuper de la question sexuelle, c'est une satisfaction supplémentaire que d'être payé pour cela.

— Oui, mais si je gagnais ma vie au moyen du sexe, j'aurais du moins la fierté d'être une bonne et franche putain.

Gordon emplit de nouveau les verres. Fairchild prit le sien et se mit à errer dans l'atelier, examinant ce qui s'y trouvait. Le Sémite resta assis, son mouchoir sur sa tête chauve. Il regardait le torse nu de Gordon avec étonnement et envie.

— Elles ne semblent nullement vous tourmenter, dit-il avec irritation.

— Venez voir ! s'écria tout à coup Fairchild.

Il avait soulevé un linge mouillé qui enveloppait quelque chose et se penchait sur sa trouvaille.

— Venez ici, Julius.

Celui-ci se leva et alla le rejoindre. L'argile grise, encore humide, figurait avec une ressemblance cruelle la multitude des mentons et des bajoues de Mrs. Maurier. Deux coups de pouce avaient creusé dans son visage des yeux qui exprimaient son étonnement habituel ; pourtant derrière ces orbites vides, derrière cette surprise coutumière, il y avait autre chose... une chose qui dévoilait à quel point son visage était un masque, voire un masque inconscient.

— Nom de Dieu ! dit Fairchild lentement. Je la connais depuis un an, et Gordon la voit ainsi au bout de quatre jours... Nom de Dieu !

— J'aurais pu vous le dire, dit le Sémite, mais j'ai voulu que vous vous en aperceviez vous-même. Je ne comprends pas que cela vous ait échappé ; je ne comprends pas comment un homme ayant autant que vous confiance en ses semblables ait pu croire qu'un être quelconque fût aussi bête sans raison.

— Une explication de la bêtise, en somme ? dit Fairchild. Son genre de bêtise exige-t-il une explication ?

— C'est criant, dit l'autre ; voyez de quelle manière Gordon l'a tout de suite saisie.

— C'est vrai, dit Fairchild, le regard fixé sur la sculpture.

Puis, se tournant vers Gordon :

— Alors, vous l'avez devinée du premier coup ?

Gordon remplissait encore une fois les verres.

— Il ne pouvait y manquer, dit le Sémite, et je ne vois pas comment vous avez pu ne pas y voir clair, vous qui pénétrez si bien les gens — tôt ou tard.

— Eh bien, oui, dit Fairchild, je ne l'ai pas devinée. Mais cela ne sort pas de l'ordinaire, je crois ? Des plantations, l'une des meilleures familles, et ainsi de suite, n'est-ce pas ?

— A peu près, dit le Sémite. Elle est du Nord ; c'est par son mariage qu'elle appartient à ce milieu ; le mari devait être fort âgé quand il l'a épousée. Je crois que c'est ce qui l'explique.

— Quoi ? Qu'est-ce qui l'explique ? Qu'elle soit du Nord ou son mariage ? Le mariage provoque et explique beaucoup de choses en nous, tout comme le célibat ou le veuvage. Et je suppose que la rivière Ohio peut, elle aussi, affecter notre destinée. Mais comment cela l'explique-t-il ?

— Il paraît que ses parents l'ont forcée à épouser le vieux Maurier. Il avait été régisseur dans une grande propriété, avant la guerre civile. Il disparut en 1863, et quand la guerre fut terminée, on le vit montant un cheval muni d'une selle de l'Armée de l'Union avec cent mille dollars en billets fédéraux tout neufs en guise de couverture de cheval. Dieu sait combien il en avait en réalité et comment il se les était procurés ; en tout cas, il avait assez d'argent pour s'établir. L'argent ; il n'y a pas à discuter contre l'argent : on ne peut que protester. Tout le monde s'attendait à ce qu'il fît de l'esbroufe avec son argent, qu'il éclaboussât la vieille aristocratie ruinée, par réaction contre les vexations qu'il avait dû souffrir du temps qu'il était régisseur. Mais il n'en fit rien. Il s'était peut-être débarrassé de ses vexations pendant qu'il avait fait la guerre. En tout cas, il ne se conduisit pas conformément aux prévisions des gens ; alors, on déclara qu'il manquait de courage moral et qu'il s'était terré dans un trou avec son argent, comme un rat. Telle était l'opinion générale jusqu'au jour où le bruit courut qu'il se livrait avec l'assistance d'un juif au renom douteux, un certain Julius Kauffman, à des opérations immobilières assez hardies. Quand, finalement, la fumée de ce feu se fut dissipée, on le trouva plus riche encore que la rumeur le prétendait, et propriétaire de la plantation où il avait jadis été employé ; en moins de dix ans, il devint membre de la noblesse terrienne, ayant certainement découvert parmi ses ancêtres quelque émigré au sang bleu. C'était un petit homme rusé, froid et violent, précisément le type à posséder une généalogie impeccable. Malin, dénué d'humour ; mais je ne doute pas que dans le château de ses pères récemment adoptés, il devait parfois bien rire.

« On dit que son père à elle est venu à la Nouvelle-Orléans pour affaires, avec la bénédiction de Washington. Elle était jeune, alors ; elle avait dû être élevée dans un pensionnat élégant et être destinée au grand monde ; je suppose que chez eux on devait manger des choux servis par un valet de pied ; on devait s'y tenir dans un salon rempli de bibelots et parler en bon français, tandis que, sur la véranda, se présentait l'huissier et que les notes du boucher s'empilaient dans la cuisine ; on devait porter des vêtements de soirée sans pouvoir changer de chemise. J'imagine que le vieux avait dû arriver au bout de son rouleau et qu'un emploi gouvernemental lui a été offert alors dans le Sud. Toute la famille semble avoir trouvé notre climat salutaire ; les hibiscus et les mimosas sur la pelouse leur convenaient mieux que les huissiers, et notre doux climat mieux que les rigueurs de la Nouvelle-Angleterre ; elle faisait belle figure parmi la jeunesse dorée des années 90. Elle s'éprit d'un jeune homme sans le sou, mais de bonne souche, qui conduisait les cotillons, se passait de gants pour lui envoyer des fleurs et des fruits glacés de la rue Vendôme et chantait en s'accompagnant d'une guitare parmi les hibiscus et les mimosas, sous les étoiles. Dans l'intervalle, le vieux Maurier l'avait déjà demandée. Il n'avait pas encore été accepté par la noblesse en ce temps-là. Mais on ne peut ignorer l'argent ; on ne peut que protester et trembler. Il a fallu mon peuple pour enseigner au monde cette vérité... Vous savez comment, à un moment donné, pour une raison inconnue, les faits et gestes de certaines gens attirent l'attention générale et prennent aux yeux du public une importance démesurée. C'est ce qui se produisit pour eux. On paria sur leurs destinées. Et pendant ce temps, elle continuait, sous son masque froid de porcelaine de Saxe, à fréquenter les bals et les réceptions. Elle était très belle alors, dit-on. On faisait constamment son portrait ; on voyait son visage dans toutes les expositions ; sa beauté était passée en proverbe dans les rues et l'on buvait à sa santé au Saint-Charles et chez Antoine... Mais peut-être ne se passait-il rien derrière ce joli masque.

— Mais si, il y avait quelque chose, dit Fairchild ; l'histoire le demande.

— Peut-être de l'orgueil, je suppose, dit le Sémite. Même si son orgueil seul a dû souffrir, ce n'a pas été drôle pour elle. Mais les femmes supportent n'importe quoi...

— Et en jouissent, dit Fairchild. Continuez.

— C'est tout. Ils furent mariés dans la cathédrale. Elle n'était pas catholique ; les Irlandais n'avaient pas encore émigré en nombre suffisant quand ses parents se sont établis en Nouvelle-Angleterre. Cela constituait une difficulté de plus. Son amoureux était présent. On avait parié que s'il s'abstenait de venir et donnait le mot à ses amis, personne n'assisterait à la cérémonie. Maurier n'était encore pas considéré... imaginez-vous cette situation : une société d'une richesse traditionnelle, inattaquable, s'effondrant sous vos pas et, surgissant de ses décombres, un homme qui, autrefois, tenait votre étrier quand vous montiez à cheval... Une amertume de trente ans est à peine adolescente... J'aurais aimé la voir sortant de l'église. Il devait y avoir une marquise depuis la porte jusqu'à la voiture, et des fleurs, beaucoup de fleurs lourdes ; l'amoureux a dû envoyer des gardénias... Et elle, parée de tous les attributs païens de l'innocence, son beau visage secret à côté de cet homme froid et violent, grisonnant ; mais vous avez remarqué qu'il faut l'arlequinade de l'aristocratie pour vraiment révéler le sang paysan, n'est-ce pas ? Et son amoureux lui apportant ses vœux et regardant ses chevilles tandis qu'elle montait en voiture... Ils n'eurent jamais d'enfant. Maurier était peut-être trop vieux, ou elle, stérile. Ce type de femme l'est souvent. Mais je ne le crois pas. Je crois... Mais qui sait?... En tout cas, cela me l'explique. D'abord, on pense que ce n'est que de la bêtise, l'absence d'occupation. Mais j'y vois quelque chose de comprimé, d'étouffé qui n'a pas voulu mourir tout à fait.

— Une vierge, en somme, dit Fairchild, vivement. C'est cela, en réalité. Elle joue avec le sexe comme un chaton avec une pelote de ficelle. Il lui a manqué quelque chose ; son corps le lui a dit ; il insiste pour qu'elle essaie d'y remédier et de remplir le vide. Mais, à présent, son corps est vieux ; il ne se rappelle plus qu'il a été frustré, et il ne lui reste qu'une habitude, l'ombre de ce besoin de compenser une privation dont son corps ne souffre plus depuis longtemps.

Le Sémite ralluma son cigare éteint. Fairchild regardait son verre et le tournait lentement entre ses doigts. Gordon, toujours debout contre le mur, contemplait au loin quelque chose qui n'était pas dans la pièce.

— Et moi qui n'ai rien deviné de tout cela ! dit Fairchild. Dites donc, comment en avez-vous eu connaissance ?

— Julius Kauffman était mon grand-père, répondit le Sémite.

— Oh !... Eh bien, vous avez bien fait de me le raconter. Je pense que je n'aurai plus l'occasion de rien apprendre directement de sa bouche !

— Vous vous trompez. Elle ne nous tiendra pas rancune. Les gens sont bien plus indulgents envers les artistes que les artistes envers le public. L'ennui, avec vous, est que vous ne vous conduisez pas selon les règles. Vous êtes l'artiste le plus décevant que je connaisse. Mark Frost répond bien mieux à l'idée qu'on s'en fait. Il est vrai qu'il dispose de bien plus de temps que vous pour être un génie : vous passez trop de temps à écrire. C'est cela qui va perdre Gordon. Vous et lui représentez le génie débraillé. Or les possesseurs d'automobiles et de maîtres d'hôtel n'admettent le négligé que jusqu'à la clavicule. Rappelez-moi qu'il faut que je donne ce tuyau à Mark Frost demain.

Fairchild remplit à nouveau son verre, le porta à ses lèvres et but avidement ; sa main tremblait et l'alcool lui coula sur le menton. Il l'essuya et jeta son verre vide par terre. Le Sémite grogna.

— Il va falloir nous en aller, dit-il, à moins, Fairchild, que vous ne désiriez vous étendre un peu ?

— Non, dit Fairchild d'une voix pâteuse. Si je me couchais, je ne pourrais plus me relever. J'ai besoin d'air. Je vais sortir.

Le Sémite l'aida à se remettre debout.

— Venez, Gordon, dit Fairchild, il faut que je sorte un moment.

Gordon s'arracha à son rêve. Il prit la bouteille, l'éleva vers la lumière et en partagea le contenu entre son bol et le gobelet du Sémite, puis, ils burent en soutenant Fairchild chacun par un bras. Ensuite, Fairchild voulut encore revoir le marbre. Titubant, avalant avec peine le liquide chaud et salé qui continuait à lui remplir la bouche, il bredouilla :

— Vous aimeriez qu'elle vous parle, hein ? Ce serait comme le bruissement du vent à travers les arbres... non... pas parler... Vous aimeriez la voir de loin, un matin de mai, se baigner dans un étang ombragé de peupliers... C'est le moyen d'oublier votre chagrin.

— Elle n'est pas blonde, dit Gordon de sa voix dure, sa bouteille vide à la main. Elle est brune, très brune, plus terrible et plus belle que le feu.

Il se tut, les regarda fixement et lança la bouteille dans l'énorme cheminée pleine de détritus.

— Elle n'est pas ?... fit Fairchild.

— Du marbre ; la pureté, dit Gordon. Pur, parce qu'on n'a pas encore découvert comment le rendre impur.

Ses yeux pâles, enfoncés sous ses sourcils de bronze semblaient deux éclats d'acier.

— Oublier son chagrin ? dit-il. Seul un idiot ignore la douleur, et seul un sot l'oublie. Qu'y a-t-il d'autre, en ce monde, d'assez fort pour vous tenir ainsi aux entrailles ?

Il décrocha le mince veston suspendu à un clou sur la porte, l'enfila sur son torse nu et aida le Sémite à faire descendre l'escalier obscur au romancier soudain calmé et silencieux.

Mark Frost se tenait au coin de la rue, franchement exaspéré. Le réverbère projetait sur sa haute silhouette l'ombre des feuilles flétries de la fin d'août ; indécis, il se livrait à des réflexions maussades. Sa soirée était gâtée : il était trop tard pour inviter quelqu'un ou se joindre à des amis, trop tôt pour rentrer se coucher. Mark Frost dépendait entièrement des autres pour passer son temps.

Il était surtout exaspéré contre Mrs. Maurier. Exaspéré et désagréablement choqué et intrigué par son étrange... non pas froideur, mais plutôt par son attitude distante, son manque de sensibilité. En général, pour peu que l'on fût artiste, en dînant avec elle, on occupait sa soirée. « Mais, ce soir, se dit-il, elle s'était montrée complètement indifférente à la présence du génie. Peu lui importait que je reste ou que je m'en aille. Elle ne se sentait peut-être pas bien, après les émotions de ces derniers jours ; ce n'est qu'une femme, après tout... » Il avait entièrement oublié la nièce et la flamme qu'elle avait temporairement allumée dans son cœur sépulcral.

L'instinct le fit monter dans le tram et prendre le billet qu'il fallait. Mais au point de correspondance, l'embarras des automobiles le coinça devant une pharmacie où il y avait un téléphone. Son numéro lui coûta un cent.

— Allô... c'est moi... Je croyais que vous sortiez ce soir. Oui, j'y suis allé. Réunion très ennuyeuse : je n'ai pas pu y rester... Alors, vous avez décidé de ne pas sortir ?... Non, j'ai simplement eu envie de vous appeler... J'ai encore perdu un bouton... Merci. Je l'apporterai la prochaine fois que je passerai par là... Ce soir ? Eh bien, oui. Je viens. Au revoir.

Il arrivait invariablement lorsqu'on l'avait oublié et avant qu'on l'attendît. Mais elle le connaissait depuis longtemps ; elle devança son coup de sonnette, ouvrit sa fenêtre et lui jeta sa clé. Il pénétra dans le vestibule sombre ; en haut de l'escalier brillait une faible lumière.

Elle regarda sa claire chevelure vaporeuse tandis qu'il montait.

— Je suis toute seule, dit-elle. Mes parents sont partis pour le week-end ; ils ne m'attendaient pas avant dimanche.

— Tant mieux, dit-il. Je ne me sens pas assez vaillant pour causer avec votre mère, ce soir.

— Moi non plus. Avec personne, d'ailleurs, après ces quatre jours de croisière. Entrez donc.

C'était une vague bibliothèque au milieu de laquelle une lampe à l'abat-jour champagne projetait une oasis de clarté sur un divan de brocart bleu. Mark Frost alla immédiatement s'y étendre de tout son long. Puis il tira de sa poche un paquet de cigarettes. Miss Jameson en accepta une et il se détendit en gémissant :

— Je suis trop confortable ; j'ai vraiment honte de l'être autant.

Miss Jameson approcha un fauteuil jusqu'à la limite de l'oasis de lumière.

— Servez-vous, dit-elle. Nous sommes seuls, la famille ne rentre que dimanche soir.

— Chic, murmura Mark Frost. Toute la maison pour vous seule ; vous avez de la chance. Bon Dieu, ce que je suis content de ne plus être sur ce bateau ! Plus jamais...

— Ne parlez pas de ce bateau ! dit Miss Jameson avec un frisson. Je crois qu'aucun des invités n'y retournera jamais. D'après ce que Mrs. Maurier a dit, ce matin, Dawson et Julius, en tout cas, n'y remettront plus les pieds.

— A-t-elle envoyé une voiture les chercher ?

— Non. Après leur conduite d'hier, ils auraient pu tomber par-dessus bord qu'elle n'aurait pas averti la police... Mais ne parlons plus de cette expédition... Pendant que j'y pense : n'oubliez pas de refermer la porte en vous en allant : je suis seule, ce soir.

— Entendu, dit-il.

Sa cigarette à bout de bras, il allait la secouer là où il croyait trouver un cendrier. Mais le cendrier n'y était pas ; Miss Jameson le plaça sous la trajectoire de sa main.

Derrière lui, une pendule rythmait le silence. Miss

Jameson après avoir écrasé dans le cendrier sa première cigarette, se pencha et en prit une seconde dans son paquet. Mark Frost souleva le bras et compta les cigarettes qui lui restaient.

— Vous êtes bien silencieux, ce soir, dit-elle.

Il grogna, et elle s'avança une deuxième fois dans le cercle de lumière pour écraser d'un geste décidé sa cigarette à demi fumée.

— Je vais me changer et mettre quelque chose de plus léger, dit-elle en se levant. Excusez-moi un instant.

Il grogna de nouveau derrière le bras dont il se protégeait les yeux. Elle quitta le cercle de lumière, ouvrit la porte de sa chambre, la referma avec bruit, puis la rouvrit légèrement et appuya sur le commutateur du plafonnier. Elle réfléchit un moment, alluma la lampe de la coiffeuse et éteignit le plafonnier. La chambre était maintenant baignée d'une lueur rose où les flacons de cristal de la table à coiffer étaient les seuls objets discernables. Elle enleva rapidement sa robe, et comme rien ne bougeait encore dans le salon, elle ralluma le plafonnier et s'examina dans le miroir. Puis, avec une hâte fébrile, elle alla prendre, dans le tiroir fermé à clé de la commode, une chemise de nuit brodée, toute neuve et légèrement parfumée. A l'endroit où la porte, si elle s'ouvrait, la dissimulerait, elle passa la chemise de nuit et retira ses sous-vêtements. Le cœur troublé, elle s'assit devant le miroir et se mit à peigner inlassablement ses longs cheveux, sans intérêt.

Toujours allongé sur le divan, Mark Frost fumait, jouissant du silence et de la douceur moelleuse de sa couche. Mais quand il ne lui resta plus de cigarettes, il se mit à rôder dans la pièce avec l'espoir d'en trouver une que quelqu'un aurait oubliée. Finalement, il découvrit celle que Miss Jameson n'avait qu'à peine entamée. Il l'alluma et reprit sa position horizontale. Le tic-tac de la pendule lui rappela qu'à partir de minuit, il n'y avait plus qu'un trolley par heure. S'il manquait celui de minuit... Il se décida enfin à tourner la tête pour regarder le cadran, et se leva immédiatement avec une hâte affolée. Heureusement, il se rappelait où il avait déposé son chapeau ; il s'en saisit et se précipita dans l'escalier. Dehors, la lune mourante caressait les troncs des grands palmiers aux gestes graves entre lesquels brinquebalait le trolley. Il vit s'arrêter ses vitres éclairées, entendit cesser son bourdonnement qui reprit, couvrant ses cris d'appel, tandis que les vitres s'éloignaient. Mais le conducteur finit par l'apercevoir et tira le cordon d'arrêt. Pantelant, Mark Frost se hissa jusqu'à la portière ouverte par laquelle le conducteur lui criait :

— Allons, allons, dépêchez-vous ; je ne suis pas un taxi !

Trois prêtres gris, aux pas feutrés, étaient passés, mais devant de vieux murs sans fenêtres s'attardait le désespoir de leur célibat. Sous une haute voûte de pierre, ornée d'un écusson avec une devise sculptée, un mendiant, étendu, serre dans sa main une croûte de pain.

(Gordon, Fairchild et le Sémite marchaient dans la ville obscure. Au-dessus d'eux, le ciel ; une nuit lourde, immense, lourde et voluptueuse, chaude d'étoiles semblables à des gardénias mourants. Autour d'eux, des rues : étroites, cañons d'ombre creux, pleins de décrépitude et de ferronneries délicates, à peine entrevues.)

Le printemps est quelque part, sur la terre, comme un roseau éventé, haut et brûlé de froid — on ne le voit pas encore ; les trois prêtres passent : les murs ont étouffé le pas gris de leurs pieds nus.

(Sur le seuil d'une porte entrouverte se tenaient des femmes ; la lueur des étoiles éclairait leurs visages pâles et mûrs, odorants, excitants et impudiques. Gordon dominait de sa tête nue ses deux compagnons. Il passa, sans faire attention aux femmes. Fairchild ralentit le pas, et le Sémite, par force, aussi. Le rire d'une femme éclata tout bas, vibrant dans l'obscurité odorante : « Venez, garçons, il y a des femmes ici, pour vous rafraîchir. » Le Sémite entraîna Fairchild en avant, parlant avec agitation.)

C'est cela, c'est cela ! On marche dans la nuit, dans une

rue obscure. La nuit proche et intime renferme toutes choses : il n'y a qu'à étendre la main pour toucher la vie, pour sentir battre son cœur. La beauté : une chose invisible, suggérée : naturelle, féconde et infâme ; on ne s'y arrête pas ; on passe son chemin.

(Le Sémite le tira, derrière les pas allongés de Gordon.) J'aime trois choses. *Les rats, masse d'argent terne et rusée, tranchante et grasse comme la mort, sortent pour grignoter la croûte que le mendiant tient à la main sous la voûte de pierre. Impunément, ils grouillent autour de son corps toujours étendu, explorant ses vêtements dans un silence obscène, traînant leurs ventres chauds sur son maigre corps que l'âge a refroidi, flairant ses prairies intimes.* J'aime trois choses.

(Il tira en avant Fairchild qui bavardait, extasié. Une voix, un attouchement, un son : la vie qui continue autour de vous, invisible dans l'obscurité, au-delà de ces murs, de ces briques — (Fairchild s'arrêta, posant la main sur le mur saturé de chaleur, regardant son ami à la lueur des étoiles. Gordon marchait toujours en avant.) On voudrait parcourir toutes les rues de toutes les villes qu'habitent les hommes, regarder dans toutes les chambres obscures du monde. Non avec curiosité ni crainte, ni doute, ni désapprobation ; mais humblement, doucement, comme on regarde à la dérobée un enfant endormi, sans le déranger.)

Puis, comme un seul rat, ils s'enfuient, et, de nouveau tranquilles et en sécurité, ils deviennent pareils à une rangée de cigarettes, toutes au même niveau sans clignement. Le mendiant, dont la main conserve la courbe de sa croûte volée, dort sous la voûte de pierre.

(Fairchild continuait à divaguer. Gordon prit un tournant et franchit une porte. Elle s'ouvrit, projetant un faisceau de lumière sur le pavé, puis, elle se referma, emportant la lumière. Le Sémite serra le bras de Fairchild et s'arrêta. Autour de lui, la ville se pâmait en une volupté faite d'obscurité et de chaleur, en un sommeil qui n'était pas du sommeil et l'obscurité et la chaleur lapaient son petit corps épais au rythme du pouls éternel du monde. Au-dessus de lui, au-dessus de l'étroit cañon de la rue, d'énormes étoiles chaudes brûlaient le cœur des choses.)

Trois autres prêtres, pieds nus, en robes couleur de silence, surgissent du néant. Ils courent après les trois premiers, quand ils aperçoivent le mendiant sous la voûte de pierre. Ils s'arrêtent devant lui : les murs étouffent leurs pas sifflants et gris. Les rats sont immobiles comme une rangée de cigarettes. (Gordon réapparut, dominant les deux autres, sous la lueur silencieuse des étoiles. Il tenait à la main une bouteille.) *Les prêtres s'approchent, se touchant les uns les autres ; ils se penchent avec hésitation sur le mendiant, dans la rue déserte, tandis que le silence se fait, lent comme une procession de nonnes aux souffles confondus. Au-dessus des murailles étouffantes, plane une chose sauvage et passionnée, lointaine et triste, stridente comme un fifre et que pourtant l'on n'entend pas. Sous elle, des formes muettes parmi lesquelles, vaguement, on devine une vierge à la robe sans ceinture, une chaîne brillante entre les chevilles, et, au loin, un bruit de lamentations.*

(Ils s'engagèrent dans une rue plus sombre. Gordon s'arrêta de nouveau, rêveur et distant. Il leva la bouteille vers le ciel.) Oui, amère et neuve comme le feu. Alimenté maintenant par le sommeil. Etouffée, son étrange et ardente flamme. Une chrysalide de flamme blanche. Splendide et neuve comme le feu. (Il but, écoutant les battements mesurés de son cœur amer et sauvage. Puis il passa la bouteille à ses compagnons et son visage de faucon se détachait sur le ciel au-dessus d'eux. Les autres burent. Ils continuèrent leur route à travers la ville obscure.)

Le mendiant dort toujours, la main courbée sur sa croûte volée, et l'un des prêtres dit : « Avez-vous besoin d'aide humaine ? » Au-dessus du silence, parmi les ombres, un jeune garçon nu, peint en vermillon, porte négligemment une couronne. Un rire insensé lui imprime des mouvements bizarres ; et le corps nu acéphale d'une femme, taillé dans de l'ébène, s'entoure de femmes vêtues de peaux de bêtes, enchaînées les unes aux autres et se lamentant. Le mendiant ne répond pas ni ne bouge ; le second prêtre se penche plus près de son visage pâle que l'ombre cache à demi, il n'est pas endormi, car son haut front blanc, ses yeux fixent tranquillement la nuit, au-delà des trois prêtres, sans les remarquer. Le troisième prêtre se penche et élève la voix : « Frère... »

(Ils s'arrêtèrent et burent encore une fois. Puis, ils se remirent en marche, le Sémite portant la bouteille et la serrant contre sa poitrine.) J'aime trois choses. (Fairchild marchait à côté de lui d'un pas chancelant, avec, au-dessus de lui, parmi les folles étoiles, la tête barbue de Gordon. La nuit était pleine et grasse de l'odeur des rues et des gens, de choses et d'êtres secrets.)

Le mendiant ne remue pas, et la voix du prêtre est un oiseau sombre cherchant à s'échapper d'une cage. Au-dessus du silence, entre lui et le ciel cocasse, s'élève un bruit semblable à celui que fait au loin la mer. Les trois prêtres s'entre-regardent. Le mendiant demeure immobile sous la voûte de pierre. Les rats assistent à la scène qu'ils fixent de leurs cigarettes attentives.

J'aime trois choses : l'or, le marbre et la pourpre. *Le bruit s'accroît. Parmi les échos et les ombres, il devient un vent qui descend des collines avec les sabots sonores des centaures. La femme noire sans tête dresse sa détresse sculptée au-delà de la placidité pâlissante de la vierge, et tandis que se fondent les échos et les ombres, les femmes enchaînées élèvent à nouveau leurs voix et se lamentent.*

(Ils furent accostés. A chaque seuil, des murmures, des mains impudiques et importunes dans l'obscurité dense. Fairchild oscillait, et Gordon s'arrêta de nouveau. « J'entre ici, dit-il ; donnez-moi de l'argent. » Le Sémite lui tendit un billet.) *Le vent souffle plus fort, s'emplissant de silhouettes bondissantes, grotesques comme des flammes, et le son froid des fifres découpe le monde sombre dans l'espace. Les sabots des centaures font un bruit de tonnerre ; des voix aiguës traversent la tempête comme des oiseaux irascibles, sauvages, tristes et passionnés.*

(Une porte s'ouvrit dans le mur. Gordon entra, et avant que la porte se refermât, ils le virent, dans un étroit couloir, soulever une femme de l'ombre et l'élever sur le ciel étoilé, étouffant ses glapissements sous des baisers.) *Puis, les voix et les bruits, les échos et les ombres changent de forme et deviennent le torse sans tête ni bras ni jambes d'une fille immobile, virginale et passionnément éternelle.*

(Ils poursuivirent leur marche. Le Sémite serrait la bouteille contre sa poitrine. J'aime trois choses... Le Dante inventa Béatrice, créant pour lui-même une vierge que le temps n'avait pas su créer, et il posa sur ses épaules frêles et droites tout le fardeau de l'histoire humaine et le désir inassouvible du cœur de l'homme... *A la fin, un prêtre, devenant plus hardi, glisse la main sous la robe misérable du mendiant, contre son cœur. Il est froid ?* Soudain, Fairchild trébucha lourdement et serait tombé s'il ne l'avait soutenu ; Fairchild s'appuya au mur, sa tête nue renversée en arrière, les yeux fixés au ciel, écoutant le battement sombre et régulier du cœur des choses. « C'est cela, le génie. » Il parlait lentement, distinctement, regardant le ciel. « Les gens n'y comprennent rien. Pour eux, le génie n'est à présent qu'un état actif de l'esprit qui permet à un tableau d'être peint, à un poème d'être composé. Alors que ce n'est pas cela du tout. C'est la Semaine de la Passion, la Semaine Sainte du cœur, cet instant d'une béatitude infinie, que quelques-uns ne connaissent jamais, que d'autres, je suppose, ressentent à volonté, et que d'autres encore demandent à un agent extérieur tel que l'alcool, comme ce soir, — cet état passif du cœur, avec lequel le cerveau n'a aucun rapport, dans lequel les accidents banaux de la vie — amour, mort, chagrin — réunis par hasard en proportions parfaites, se parent d'une beauté splendide et éternelle. Comme Yseult aux blanches mains et son Tristan avec sa noble bêtise ; comme cette Lady Une Telle qu'un gouvernement quelconque exécuta et qui demanda la permission de toucher le tranchant du glaive destiné à lui trancher la tête ; comme une jeune idiote rousse tournoyant, à la fin d'un bel après-midi de mai, sous une treille couverte de glycine... »

Il s'appuya au mur et regarda fixement le ciel silencieux, écoutant battre le cœur sombre et simple des choses tandis qu'un rayon de la lune exsangue et froide parvenait jusqu'à eux.)

(Le Sémite serrait la bouteille contre sa poitrine.

« J'aime trois choses : l'or, le marbre et la pourpre... ») *Les prêtres font le signe de la croix pendant que les nonnes silencieuses mêlent à nouveau leurs souffles et s'éloignent ; bientôt les hauts murs sans fenêtres ont étouffé leur faible désespoir de vierges. Les rats sont arrogants comme des cigarettes. Au bout d'un moment, ils ressortent et grimpent sur le mendiant, traînant sur lui leurs ventres chauds, explorant impunément ses prairies intimes. Quelque part, au-dessus de la rue obscure, au-dessus des collines que sculpte le vent, au-delà du silence, les fifres qu'on n'entend pas égrènent leurs notes tristes et passionnées.* (« ... Forme, solidité, couleur », dit-il à son propre cœur sombre et passionné et à Fairchild qui, à ses côtés, appuyé au mur, vomissait.)

Le rectangle de lumière se projetait encore sur l'allée, et derrière les volets, la machine à écrire continuait son cliquetis forcené.

— Fairchild !

Le dactylographe se sentit vaguement importuné comme le dormeur qui sent que l'on cherche à l'arracher à un songe agréable.

— Oh ! Fairchild !

L'homme à la machine s'efforça d'exorciser l'interrupteur de sa béatitude en tapant sur son clavier avec une violence accrue. Mais lorsqu'un coup timide fut frappé sur le volet, il renonça d'un seul coup à se défendre.

— Entrez ! hurla-t-il en levant la tête. D'où venez-vous, bon Dieu ? Il n'y a qu'une dizaine de minutes que je vous ai laissé entrer, n'est-ce pas ?

Il aperçut le visage de son visiteur :

— Qu'avez-vous, mon vieux ? demanda-t-il vivement. Etes-vous malade ?

La lumière faisait clignoter les yeux de Mr. Talliaferro. Il entra lentement et s'effondra sur une chaise.

— Pire que cela, répondit-il avec un accablement absolu.

Le géant se tourna lourdement vers lui :

— Voulez-vous un médecin ?

— Non, non, un médecin ne saurait me soulager, répondit l'autre, la figure cachée dans les mains.

— Qu'est-ce que vous voulez, alors ? Je suis occupé. De quoi s'agit-il ?

— Je crois qu'une gorgée de whisky me ferait du bien, si ce n'est pas indiscret, dit Mr. Talliaferro. Il vient de m'arriver une chose terrible...

L'autre se leva et lui apporta un verre à demi plein d'alcool. Mr. Talliaferro l'accepta avec gratitude, en but une gorgée et abaissant le verre d'une main tremblante, dit :

— Il faut absolument que je parle à quelqu'un. Il m'est arrivé une chose terrible...

Il réfléchit un instant et reprit :

— C'était ma dernière occasion, vous comprenez. Pour Fairchild, par exemple, ou pour vous, ce serait différent... mais pour moi...

— Eh bien, accouchez et dépêchez-vous !

Mr. Talliaferro se tamponna la figure avec son mouchoir sous les regards impatients de son hôte.

— Eh bien, conformément à mon plan, j'ai feint l'indifférence, dit-il ; j'ai dit que je n'avais pas envie de danser ce soir. Alors elle a dit : « Allons, venez donc ; vous ne croyez pas que je sois sortie pour aller m'asseoir dans le parc ou quelque chose de ce genre ? » Comme ça ! Et quand j'ai passé mon bras autour d'elle...

— Autour de qui ? dit l'homme à la machine.

— Autour d'elle. Et quand j'ai essayé de l'embrasser, elle a tout bonnement...

— Mais, où cela ?...

— Dans le fiacre. Je n'ai pas de voiture, vous comprenez. J'ai l'intention d'en acheter une l'année prochaine. Elle a tout bonnement mis son coude sous mon menton et m'a étouffé jusqu'à ce que je reprenne ma place de l'autre côté de la banquette, et elle a dit : « Je ne danse jamais en tête à tête et sans musique, mon bon monsieur ». Et puis...

— Au nom du Ciel, mon vieux, de qui parlez-vous ?

— De J... — de la jeune fille avec qui j'étais ce soir.

Nous sommes ensuite allés dans un dancing ; je la pelotais un peu, comme je l'avais fait sur le bateau ; pas davantage, je vous assure ; elle m'a dit immédiatement de cesser, en me faisant observer qu'elle n'avait pas de lumbago. Et pourtant, sur le bateau, elle ne s'y est pas opposée une seule fois.

Mr. Talliaferro regarda son hôte avec un étonnement poli et soupira. Puis il finit le whisky et posa le verre auprès de ses pieds.

— Bon Dieu ! fit l'autre à voix basse.

— Bientôt, continua Mr. Talliaferro d'un ton plus vif, je remarquai que son attention se portait sur quelqu'un ou sur quelque chose qui se trouvait derrière moi. Elle tournait tout le temps la tête, se trompait de pas et disait « Pardon », mais quand je cherchais à voir ce qui la distrayait ainsi, je ne pouvais pas le découvrir. Alors, je lui ai demandé : « A quoi pensez-vous ? » Elle a répondu : « Hein ? » et j'ai dit : « Je sais à quoi vous pensez. » Alors elle a dit : « Qui ? moi ? A quoi est-ce que je pense ? » et elle s'efforçait toujours de voir cette chose derrière moi. Je remarquai alors qu'elle souriait et je dis : « Vous pensez à moi. » Et elle dit : « Oh ! vraiment ? »

— Bon Dieu ! murmura l'autre.

— Oui, dit Mr. Talliaferro d'un ton malheureux. Alors je dis, comme j'avais projeté de le faire : « J'en ai assez de cet endroit : allons-nous-en. » Elle refusa, mais je tins bon ; à la fin elle consentit à partir et me demanda d'aller retenir un taxi, en disant qu'elle me rejoindrait dans la rue. J'aurais dû me méfier, mais je ne l'ai pas fait. Je suis descendu et j'ai arrêté un taxi. J'ai donné dix dollars au conducteur et il a convenu avec moi de nous mener sur une route peu fréquentée, de stopper en prétendant avoir laissé tomber un objet, d'aller le chercher à pied et de revenir seulement lorsque je klaxonnerais. J'ai patienté, patienté. Enfin, comme elle ne venait pas, j'ai dit au chauffeur de m'attendre et je suis remonté. Elle n'était pas dans le vestibule ; alors, je suis retourné dans la salle de danse...

Il se tut et demeura figé dans son abattement.

— Eh bien ? fit l'autre.

— Je vous jure que je vais y renoncer, dit Mr. Talliaferro avec un soupir. Je ne veux plus jamais rien avoir à faire avec elle. Tout d'abord, je ne la vis pas : elle n'était pas à la table que nous avions occupée. Puis, je l'aperçus qui dansait avec un homme que je n'avais encore jamais rencontré : un grand, dans votre genre. Je supposai qu'il y avait eu un malentendu et qu'elle dansait avec un ami en attendant mon retour. Je me tins près de la porte et finis par attirer son regard. Elle agita la main comme pour dire qu'elle me priait d'attendre la fin de cette danse. Je restai près de la porte, de façon à ce qu'elle pût toujours me voir. Mais quand la musique cessa, elle alla s'asseoir à une table et ils appelèrent un garçon. Et après elle ne me jeta plus un seul coup d'œil. La moutarde commençait à me monter au nez et je me dirigeai vers leur table. Je ne voulais pas laisser voir au public que j'étais en colère, et je les saluai poliment. Elle leva la tête et dit : « Tiens, je croyais que vous m'aviez abandonnée, et ce monsieur a eu la gentillesse de m'offrir de me ramener. » — « Et vous pouvez compter que je le ferai ! » dit l'homme en dardant ses yeux sur moi. Vous voyez le genre, ajouta Mr. Talliaferro. J'essaie de parler comme lui mais je n'arrive pas à imiter sa manière exécrable...

— Continuez, dit l'homme.

— Alors elle dit : « C'est un de mes petits amis », en parlant de moi et l'homme répliqua : « Eh bien, il est l'heure pour les petits garçons comme lui d'aller se coucher. » Il me regardait fixement mais je fis celui qui ne le voyait pas et je dis fermement : « Venez, Miss Steinbauer, notre taxi nous attend. » Alors, il dit : « Est-ce que vous prétendez m'enlever ma danseuse ? » Je lui répondis, d'un ton ferme, qu'elle était venue avec moi. Alors, elle dit : « Filez. Vous êtes fatigué de danser ; mais pas moi. Je vais rester danser avec ce gentil monsieur. Bonne nuit. » Elle souriait de nouveau ; je voyais qu'ils se moquaient de moi, et il se mit à rire... comme un cheval. « Décampez, vieux frère ; elle vous a donné votre congé. Revenez demain. » En voyant sa grosse figure rouge et toutes ses dents, j'avais envie de le frapper. Mais je me suis rappelé à temps ma position dans la vie et mes amis, et je me suis contenté de leur jeter un regard et de m'en aller. Naturellement tout le monde avait tout vu et entendu ; à la porte, un garçon me dit : « Pas de veine, vieux ; mais c'est comme ça qu'elles font ! »

Mr. Talliaferro rêva de nouveau, en proie à la stupéfaction plus encore qu'à la colère ou au désespoir.

— Par-dessus le marché, ajouta-t-il en soupirant, le chauffeur de taxi était parti avec mes dix dollars.

L'autre le regarda avec admiration :

— O Seigneur tout-puissant, regarde ton chef-d'œuvre ! Et toi, Balzac, mords tes ongles pleins d'encre ! Me voilà gaspillant ma chienne de vie à tâcher de créer des personnages au moyen de mots écrits !

Son visage s'empourpra :

— Foutez le camp ! s'écria-t-il en se levant de toute sa haute taille. Vous allez me faire dégueuler !

Mr. Talliaferro se leva docilement.

— Que vais-je faire ? demanda-t-il.

— Faire ? faire ? Allez au bordel si vous voulez. Ou si vous avez peur que quelqu'un vienne vous la souffler, ramassez-en une dans la rue et amenez-la ici. Mais au nom du Christ, ne me parlez plus jamais. Vous avez déjà suffisamment porté préjudice à ma personnalité. Voulez-vous encore un autre verre ?

Mr. Talliaferro secoua la tête.

— Merci quand même, dit-il. Mais je crois que ce whisky ne peut me soulager.

L'autre lui prit le bras et, poussant le volet d'un coup de pied, il conduisit gentiment mais fermement Mr. Talliaferro jusque dans l'allée. Le volet se referma, et Mr. Talliaferro resta un moment à écouter le crépitement frénétique de la machine à écrire dans la nuit apaisante. Un chat vint le regarder furtivement et franchit l'allée d'un trait sombre. Il le suivit des yeux avec envie. « L'amour est si simple pour les chats, songea-t-il : c'est surtout du bruit ; le succès leur importe peu. » Il s'éloigna, et n'entendit bientôt plus la machine à écrire. Tout en marchant, il s'émerveilla de demeurer extérieurement le même alors qu'intérieurement il n'était plus que désespoir. « Est-ce parce que je deviens vieux, se demanda-t-il, que je ne plais pas aux femmes ? Cependant, je connais nombre d'hommes de mon âge, et plus âgés encore, qui ont toutes les femmes qu'ils désirent... ou qui le prétendent. C'est quelque chose qui me manque, que je n'ai jamais eu... »

Il ne tarderait pas à se remarier. Se voyant sur le point de perdre à nouveau sa liberté, et d'être abandonné par la jeunesse, Mr. Talliaferro avait éprouvé un clair et vif regret, presque du désespoir, car il se rendait compte que, cette fois, le mariage serait critique ; qu'après cela, il cesserait définitivement d'être jeune ; et, comme une flamme qui s'élève avant de mourir, une dernière flambée de liberté et de jeunesse avait surgi en lui. Mais, maintenant qu'il parcourait les rues obscures sous le ciel chaud où les étoiles se fanaient comme des gardénias épuisés, se sentant vide et un peu las, il se mit à envisager le mariage avec un véritable soulagement comme la solution de son problème. « Oui, se dit-il avec un soupir, les hommes mariés sont tenus d'être chastes ou, du moins, ils ne dérogent pas en l'étant... »

Mais il lui était insupportable de penser qu'il n'avait jamais eu le don d'émouvoir les femmes, qu'il avait toujours été, sans en avoir conscience, une arme non chargée. « Non, il doit y avoir quelque chose à dire ou à faire que je n'ai pas encore découvert », pensa-t-il. Comme ils s'engageait dans la rue tranquille où il demeurait, il vit, dans l'embrasure d'une porte, deux personnes qui s'embrassaient. Il hâta le pas.

Une fois chez lui, il enleva lentement son veston et l'accrocha avec soin dans une armoire sans se douter qu'il venait d'accomplir un rite. Puis, prenant dans sa salle de bains une pompe à main en métal, il se mit à asperger méthodiquement sa chambre d'un liquide mentholé. A chaque coup de piston, il pensait : « Quelque chose à dire, quelque chose à faire. » Il scandait ces mots suivant le rythme de la pompe ; l'atmosphère s'imprégnait de menthol ; son bras poussait le piston de plus en plus vite. « Qu'est-ce donc qu'il faudrait dire ? ou faire ? Serai-je un vieillard avant de l'avoir découvert ? Oh ! je serai vieux, vieux avant d'avoir vécu... »

Il alla lentement remettre la pompe dans la salle de bains et en revint avec une cuvette d'eau chaude. Il déposa la cuvette par terre et s'approcha de la glace. Ses cheveux se clairsemaient et son visage accusait fortement ses trente-huit ans. Il n'avait jamais eu de tendance à l'embonpoint, mais sa peau, sous sa mâchoire, se détendait et devenait flasque. Il soupira et acheva de se dévêtir, rangeant ses effets méticuleusement au fur et à mesure qu'il les retirait. Sur la table se trouvait une boîte à pastilles digestives. Les pieds dans l'eau chaude, il en prit une et la mâcha. L'eau, dont la chaleur pénétrait tout son petit corps maigre, lui produisait un effet apaisant. Sa peine s'allégeait ; calmement, il revécut sa soirée. « Mon plan était bon, se dit-il ; Fairchild lui-même l'a approuvé. Alors en quoi me suis-je trompé ?... » Ses regards tombèrent sur la photographie de sa défunte femme. « Pourquoi n'agissent-elles jamais conformément à nos calculs ? On a beau prévoir toutes les éventualités, elles font toujours autre chose, une chose qu'elles n'ont pu ni préparer ni imaginer d'avance. C'est cela, je crois que j'ai été trop doux ; j'ai été trop doux ; j'ai permis à leur perversité naturelle et au hasard d'intervenir en leur laissant trop de jeu. Voilà quelle a été mon erreur à chaque fois : en les invitant tout de suite à dîner et au théâtre, je me suis mis dans la position d'un soupirant, d'un homme qui attendait leur bon plaisir. Le truc, le seul truc c'est de les bousculer, de les dominer dès le début ; ne jamais recourir à la ruse, et ne jamais leur donner l'occasion de ruser. La plus vieille technique du monde, le bâton, par Dieu ! c'est cela ! »

Il s'essuya rapidement les pieds, les glissa dans ses pantoufles puis il alla au téléphone et composa un numéro. « C'est exactement cela, le truc », murmurait-il encore quand une voix masculine, endormie, lui répondit.

— Fairchild ? Désolé de vous déranger, mais je crois que j'ai enfin trouvé.

Il ne s'inquiéta pas du bruit inarticulé que lui transmettait le récepteur, et continua précipitamment :

— J'ai commis une erreur instructive, ce soir. Je n'ai pas été assez audacieux ; j'ai craint de la faire partir en l'effarouchant. Mais je ne me tiens pas pour battu ; écoutez, je vais l'amener ici ; je serai dur et cruel, s'il le faut, jusqu'à ce qu'elle me supplie de l'aimer. Qu'en dites-vous ?... Allô ?... Fairchild ?...

Un bourdonnement lointain emplit le silence, puis une voix de femme dit :

— T'as raison, mon grand ; mène-les à la baguette !

Table

IMP. BUSSIÈRE À SAINT-AMAND (1-88)
D.L. 4e TRIM. 1980. No 5691-3 (3172)

Collection Points

SÉRIE ROMAN

DERNIERS TITRES PARUS

R169. Épitaphe pour un espion, *par Eric Ambler*
R170. Fin de saison au Palazzo Pedrotti, *par Frédéric Vitoux*
R171. Jeunes Années. Autobiographie 1, *par Julien Green*
R172. Jeunes Années. Autobiographie 2, *par Julien Green*
R173. Les Égarés, *par Frédérick Tristan*
R174. Une affaire de famille, *par Christian Giudicelli*
R175. Le Testament amoureux, *par Rezvani*
R176. C'était cela notre amour, *par Marie Susini*
R177. Souvenirs du triangle d'or, *par Alain Robbe-Grillet*
R178. Les Lauriers du lac de Constance, *par Marie Chaix*
R179. Plan B, *par Chester Himes*
R180. Le Sommeil agité, *par Jean-Marc Roberts*
R181. Roman Roi, *par Renaud Camus*
R182. Vingt Ans et des poussières
par Didier van Cauwelaert
R183. Le Château des destins croisés
par Italo Calvino
R184. Le Vent de la nuit, *par Michel del Castillo*
R185. Une curieuse solitude, *par Philippe Sollers*
R186. Les Trafiquants d'armes, *par Eric Ambler*
R187. Un printemps froid, *par Danièle Sallenave*
R188. Mickey l'Ange, *par Geneviève Dormann*
R189. Histoire de la mer, *par Jean Cayrol*
R190. Senso, *par Camillo Boito*
R191. Sous le soleil de Satan, *par Georges Bernanos*
R192. Niembsch ou l'immobilité, *par Peter Härtling*
R193. Prends garde à la douceur des choses
par Raphaële Billetdoux
R194. L'Agneau carnivore, *par Agustin Gomez-Arcos*
R195. L'Imposture, *par Georges Bernanos*
R196. Ararat, *par D. M. Thomas*
R197. La Croisière de l'angoisse, *par Eric Ambler*
R198. Léviathan, *par Julien Green*
R199. Sarnia, *par Gerald Basil Edwards*
R200. Le Colleur d'affiches, *par Michel del Castillo*
R201. Un mariage poids moyen, *par John Irving*
R202. John l'Enfer, *par Didier Decoin*
R203. Les Chambres de bois, *par Anne Hébert*
R204. Mémoires d'un jeune homme rangé
par Tristan Bernard
R205. Le Sourire du Chat, *par François Maspero*
R206. L'Inquisiteur, *par Henri Gougaud*
R207. La Nuit américaine, *par Christopher Frank*

R208. Jeunesse dans une ville normande
par Jacques-Pierre Amette
R209. Fantôme d'une puce, *par Michel Braudeau*
R210. L'Avenir radieux, *par Alexandre Zinoviev*
R211. Constance D., *par Christian Combaz*
R212. Épaves, *par Julien Green*
R213. La Leçon du maître, *par Henry James*
R214. Récit des temps perdus, *par Aris Fakinos*
R215. La Fosse aux chiens, *par John Cowper Powys*
R216. Les Portes de la forêt, *par Elie Wiesel*
R217. L'Affaire Deltchev, *par Eric Ambler*
R218. Les amandiers sont morts de leurs blessures
par Tahar Ben Jelloun
R219. L'Admiroir, *par Anny Duperey*
R220. Les Grands Cimetières sous la lune, *par Georges Bernanos*
R221. La Créature, *par Étienne Barilier*
R222. Un Anglais sous les tropiques, *par William Boyd*
R223. La Gloire de Dina, *par Michel del Castillo*
R224. Poisson d'amour, *par Didier van Cauwelaert*
R225. Les Yeux fermés, *par Marie Susini*
R226. Cobra, *par Severo Sarduy*
R227. Cavalerie rouge, *par Isaac Babel*
R228. Tous les soleils, *par Bertrand Visage*
R229. Pétersbourg, *par Andréi Biély*
R230. Récits d'un jeune médecin, *par Mikhaïl Boulgakov*
R231. La Maison des prophètes, *par Nicolas Saudray*
R232. Trois Heures du matin à New York
par Herbert Lieberman
R233. La Mère du printemps, *par Driss Chraïbi*
R234. Adrienne Mesurat, *par Julien Green*
R235. Jusqu'à la mort, *par Amos Oz*
R236. Les Envoûtés, *par Witold Gombrowicz*
R237. Frontière des ténèbres, *par Eric Ambler*
R238. Les Deux Sacrements, *par Heinrich Böll*
R239. Cherchant qui dévorer, *par Luc Estang*
R240. Le Tournant, *par Klaus Mann*
R241. Aurélia, *par France Huser*
R242. Le Sixième Hiver, *par Douglas Orgill et John Gribbin*
R243. Naissance d'un spectre, *par Frédérick Tristan*
R244. Lorelei, *par Maurice Genevoix*
R245. Le Bois de la nuit, *par Djuna Barnes*
R246. La Caverne céleste, *par Patrick Grainville*
R247. L'Alliance, tome 1, *par James A. Michener*
R248. L'Alliance, tome 2, *par James A. Michener*
R249. Juliette, chemin des Cerisiers, *par Marie Chaix*
R250. Le Baiser de la femme-araignée, *par Manuel Puig*
R251. Le Vésuve, *par Emmanuel Roblès*
R252. Comme neige au soleil, *par William Boyd*
R253. Palomar, *par Italo Calvino*
R254. Le Visionnaire, *par Julien Green*

R255. La Revanche, *par Henry James*
R256. Les Années-lumière, *par Rezvani*
R257. La Crypte des capucins, *par Joseph Roth*
R258. La Femme publique, *par Dominique Garnier*
R259. Maggie Cassidy, *par Jack Kerouac*
R260. Mélancolie Nord, *par Michel Rio*
R261. Énergie du désespoir, *par Eric Ambler*
R262. L'Aube, *par Elie Wiesel*
R263. Le Paradis des orages, *par Patrick Grainville*
R264. L'Ouverture des bras de l'homme, *par Raphaële Billetdoux*
R265. Méchant, *par Jean-Marc Roberts*
R266. Un policeman, *par Didier Decoin*
R267. Les Corps étrangers, *par Jean Cayrol*
R268. Naissance d'une passion, *par Michel Braudeau*
R269. Dara, *par Patrick Besson*
R270. Parias, *par Pascal Bruckner*
R271. Le Soleil et la Roue, *par Rose Vincent*
R272. Le Malfaiteur, *par Julien Green*
R273. Scarlett, si possible, *par Katherine Pancol*
R274. Journal d'une fille de Harlem, *par Julius Horwitz*
R275. Le Nez de Mazarin, *par Anny Duperey*
R276. La Chasse à la licorne, *par Emmanuel Roblès*
R277. Red Fox, *par Anthony Hyde*
R278. Minuit, *par Julien Green*
R279. L'Enfer, *par René Belletto*
R280. Et si on parlait d'amour, *par Claire Gallois*
R281. Pologne, *par James A. Michener*
R282. Notre homme, *par Louis Gardel*
R283. La Nuit du solstice, *par Herbert Lieberman*
R284. Place de Sienne, côté ombre
par Carlo Fruttero et Franco Lucentini
R285. Meurtre au comité central
par Manuel Vázquez Montalbán
R286. L'Isolé soleil, *par Daniel Maximin*
R287. Samedi soir, dimanche matin, *par Alan Sillitoe*
R288. Petit Louis, dit XIV, *par Claude Duneton*
R289. Le Perchoir du perroquet, *par Michel Rio*
R290. L'Enfant pain, *par Agustin Gomez-Arcos*
R291. Les Années Lula, *par Rezvani*
R292. Michael K, sa vie, son temps, *par J. M. Coetzee*
R293. La Connaissance de la douleur, *par Carlo Emilio Gadda*
R294. Complot à Genève, *par Eric Ambler*
R295. Serena, *par Giovanni Arpino*
R296. L'Enfant de sable, *par Tahar Ben Jelloun*
R297. Le Premier Regard, *par Marie Susini*
R298. Regardez-moi, *par Anita Brookner*
R299. La Vie fantôme, *par Danièle Sallenave*
R300. L'Enchanteur, *par Vladimir Nabokov*
R301. L'Ile atlantique, *par Tony Duvert*
R302. Le Grand Cahier, *par Agota Kristof*